MAYA HUGHES

The Memories We Make

MAYA HUGHES

THE *Memories* WE MAKE

Roman

Ins Deutsche übertragen von Katrin Reichardt

LYX

LYX in der Bastei Lübbe AG
Dieser Titel ist auch als E-Book erschienen.

MIX
Papier aus verantwortungsvollen Quellen
FSC® C014496

Die Originalausgabe erschien 2019 unter dem Titel »The Perfect First«.

Textredaktion: Jana Karsch
Umschlaggestaltung: © Sarah Buhr Covermanufaktur
unter Verwendung von Motiven von © banyat jantamas / Shutterstock;
Bilberry Create / Designbundles
Satz: Greiner & Reichel, Köln
Gesetzt aus der Adobe Caslon
Druck und Verarbeitung: GGP Media GmbH, Pößneck
Printed in Germany
ISBN 978-3-7363-1449-8

1 3 5 7 6 4 2

Sie finden uns im Internet unter lyx-verlag.de
Bitte beachten Sie auch: luebbe.de und lesejury.de

Für alle, die sich schon einmal gewünscht haben,
stark genug zu sein, um ihre Zukunft verändern zu können.
Ihr seid stark genug.

1. KAPITEL

Reece

Ein eisiger Schwall Gatorade ergoss sich über mich. Ich warf den Kopf in den Nacken und spritzte alle voll, die mit mir an der Seitenlinie standen. Wenn ich dieses klebrige Zeug später wieder abwaschen musste, dann sollten es die anderen gefälligst auch tun. Es lief mir in Strömen den Rücken hinunter und durchweichte mein Trikot und meinen Schulterschutz. Man bekam das Zeug leider nur schwer wieder aus der Ausrüstung raus, aber – verdammt noch mal – es fühlte sich großartig an zu gewinnen.

Ich packte LJ am Schulterschutz, legte ihm die Arme um den Hals und schüttelte ihn. Seine schweißnassen, braunen Haare klebten ihm halb am Kopf, halb standen sie ab. Es war unser Tight End, mein Mitbewohner und einer der entspanntesten Jungs im Football-Team. Nur Keyton war womöglich noch entspannter, und das war wahrscheinlich auch der Grund dafür, warum ich es vorhin geschafft hatte, ihm den Touchdown-Pass direkt vor der Nase wegzuschnappen. In einem so intensiven Sport durfte man eben nicht zu entspannt sein.

»Eines Tages wird eines deiner riskanten Manöver gehörig schiefgehen – aber solange sie funktionieren, sind sie verdammt noch mal der Hammer!« LJ schlug mir mit der Faust gegen die Brust, doch er lächelte dabei und hob eine seiner Augenbrauen, durch die eine Narbe verlief.

Ich schüttelte grinsend den Kopf und bespritzte ihn von oben bis unten mit einer Mischung aus Regenwasser, Schweiß und Gatorade. Er stieß mich weg und trabte davon, um mit dem Rest des Teams zu feiern. Schulterpanzer und Helme krachten gegeneinander und die Jungs warfen jubelnd die Arme in die Höhe. Die Fulton-U-Fans sprangen auf der Tribüne auf und ab, sodass der Boden unter meinen Füßen vibrierte. Voller Stolz genoss ich den Jubel und die Gesänge. Ich drehte mich um, blickte zu ihnen hinauf und winkte all den Menschen zu, die trotz des Regens dageblieben waren, um sich das Spiel anzusehen. Das Grölen wurde sogar noch lauter und hallte durchs Stadion. Nach allem, was während der Saisonpause gelaufen war, hatte ich angenommen, dass sich die Atmosphäre auch bei den Spielen gewandelt hätte, aber ein Sieg ließ die Fans offenbar den ganzen Mist, der abseits des Spielfelds passiert war, vergessen.

Ich fühlte mich wie elektrisiert. Die Begeisterung des Publikums und die Freude über den Sieg versetzten mich in einen Adrenalinrausch. Obwohl die Saison noch nicht mal zur Hälfte vorbei war, sprachen manche bereits vom Meistertitel.

Ich fragte mich, wie mein Vater hatte aufhören können. Ich fühlte mich durch meinen Sport lebendig und hätte ihn um nichts in der Welt aufgegeben. Für Momente wie diesen lebte ich.

»Nummer 6, Baby!«, brüllte mir Nix alias Phoenix Russo alias mein zweiter Mitbewohner, Quarterback unseres Teams und mein bester Freund ins Ohr und hätte mich um ein Haar über den Haufen gerannt. Seine strahlend blauen Augen, nach denen die Mädels ganz verrückt waren, leuchteten regelrecht. Oben auf der Tribüne riefen einige Mädchen unsere Namen. Sofort lief er rot an, wie immer, wenn ihm abseits des Spielfelds derartige Aufmerksamkeit zuteilwurde.

»Versprich mir, dass du dieses Jahr wenigstens einmal jemand anderen einen Pass fangen lassen wirst.« Er schlug mir auf die Polster auf meinem Rücken.

»Wenn du auf so abwegige Ideen kommst, wie jemand anderem den Ball zuzuspielen, dann passiert so etwas eben. Es ist doch nicht meine Schuld, dass die anderen zu langsam sind«, entgegnete ich schulterzuckend. Ich schloss die Finger fester um das Gesichtsgitter meines Helms und griff mir mit der anderen Hand in den Nacken, um den klebrigen Halsausschnitt meines Trikots von meiner Haut wegzuziehen. Höchste Zeit für eine Dusche und eine Party.

Wir liefen auf den Gang zu, der zu den Umkleidekabinen führte, und wurden sofort von einer Traube aus anderen Mitspielern, Trainern, Reportern und Offiziellen umschwärmt. Schulterpanzer, Helme und andere Ausrüstungsgegenstände knallten gegen die Betonwände und der Lärm hallte durch den engen Tunnel. Der Radau nach einem Sieg war immer ohrenbetäubend.

Als Nix die Tür des Umkleideraums öffnete, sprang LJ uns von hinten an und legte uns die Arme um die Schultern.

»Zuerst die Pressekonferenz.« Coach Saunders schubste LJ beiseite und packte Nix und mich an unseren Trikots. Mit seinen grau melierten Haaren sah der Coach fast aus wie ein Politiker. Allerdings würde er ein Baby, das man ihm reichte, wahrscheinlich nicht küssen, sondern eher wie einen Football wegkicken. Viele ehemalige Profis ließen sich irgendwann gehen – doch er tat das nicht. Beim Sprint-Training lief er immer mit uns mit, hauptsächlich damit sich unser Gemecker auf ein Minimum beschränkte. Wenn er das Trainingspensum locker schaffte, konnten wir uns schlecht davor drücken. Abgesehen von den Spielen und dem Training schien er alles und jeden zu hassen und er machte immer ein Gesicht, als müsse er gleich vors Erschießungskommando treten. In diesem Moment galt seine finstere Miene allerdings ausschließlich LJ. Ich hatte keine Ahnung, womit LJ den Unmut des Coachs erregt hatte, aber ich war heilfroh, dass ich nicht selbst das Ziel seiner bösen Blicke war.

»Ab unter die Dusche, Lewis.«

Das ließ sich LJ nicht zweimal sagen und flitzte in die Umkleide. Keiner wusste, was er ausgefressen hatte, dass der Coach so sauer auf ihn war, aber was immer er auch angestellt hatte, war anscheinend eine ganze Leistung gewesen. Wenn Blicke töten könnten, hätte LJ schon seit Monaten unter der Erde gelegen. Seit Saisonbeginn gab es Spannungen zwischen ihm und dem Coach, aber LJ wollte partout nicht verraten weshalb.

»Kann ich vorher noch schnell duschen?« Meine Fingerspitzen berührten schon den metallenen Türgriff. Mit singenden Fans hatte ich kein Problem. Aber penetrante Reporter, die mir ihre Mikros vor die Nase hielten? Das war wirklich nicht mein Ding. Nachdem die Medien jahrelang nur lobende Worte für uns gefunden hatten, war es verdammt unangenehm gewesen, sich im letzten Frühling plötzlich ihren aufdringlichen Fragen und abwertenden Blicken stellen zu müssen. Es hatte sich angefühlt wie ein Tritt in die Eier.

Der Coach ignorierte meine Frage und schob uns in den Korridor. »Bringen wir es hinter uns.«

Ich zog an der Brustpartie meines langsam trocknenden Trikots, das noch immer klamm und klebrig an meiner Haut pappte.

»Keine Sorge – sie finden dich bestimmt trotzdem niedlich«, flüsterte mir Nix ins Ohr und zerzauste mir mit seinen Riesenhänden die klebrigen Haare. Sofort verzog er angeekelt das Gesicht und wischte sie sich an der Hose ab. »Mann, das ist ja widerlich.«

»Das hast du jetzt davon.«

Der Coach öffnete die Tür. Blendendes Blitzlichtgewitter setzte ein, als wir an dem klapprigen Tisch Platz nahmen, der auf einer kleinen Bühne vor den Reportern stand. Daran musste ich mich wohl gewöhnen. Flecken tanzten vor meinen Augen. Ich biss mir auf die Innenseiten meiner Wangen, um einen möglichst neutralen Gesichtsausdruck zu wahren. Der Coach knallte sein Spielbuch auf den Tisch und deutete mit seinem Wurstfinger auf den ersten Reporter.

Die Frau stand auf und sah mich direkt an. »Reece, wie fühlt es sich an, einen weiteren spielentscheidenden Touchdown zu Ihrer Statistik hinzufügen zu können, der Ihnen zum Sieg verholfen hat?« Sie starrte mich weiter unablässig an und hielt den Stift einsatzbereit über ihr Notizbuch. Alle im Raum Anwesenden hingen an meinen Lippen. Die Anspannung in meinen Schultern löste sich und ich legte los, genoss es, im Mittelpunkt zu stehen.

Ich beugte mich zum Mikro vor. »Es fühlt sich verdammt gut an und ich werde es mit Freuden bei jedem weiteren Spiel bis zur Meisterschaft wieder tun.«

»Was sagen Sie dazu, dass Sie Ihrem eigenen Mannschaftskameraden den Pass abgejagt haben?«, rief ein Mann, der ganz hinten an die Wand gelehnt stand, in den Raum.

Alle drehten sich zu ihm um.

»Keyton stand perfekt für die Interception. Doch Sie sind übers ganze Feld gerannt und haben ihm den Ball quasi aus den Händen gerissen.«

»Wer sind Sie? Sein Vater?« Meine Mundwinkel gingen schlagartig nach unten. »Wäre er schneller gewesen, hätte er den Pass auch bekommen. Ende der Geschichte.« Keyton kam mit Druck nicht unbedingt gut klar. Mit meiner Aktion hatte ich uns allen einen Gefallen getan.

»Was denken Ihre Mannschaftskameraden über das Drama, das sich am Ende der letzten Saison um Sie herum abgespielt hat?«

Ich funkelte den arroganten Reporter böse an. Wir hatten in dieser Saison schon vier Spiele gespielt und bisher hatte niemand ein Wort über die Saisonpause verloren. Wahrscheinlich hatte ich mich deswegen fälschlicherweise in Sicherheit gewiegt. »Ich habe nichts falsch gemacht und wenn jemand etwas dazu sagen möchte, dann kann er mich mal am A…« Das Mikrofon wurde vom Tisch geschlagen, der Coach wirbelte zu mir um und packte mich am Arm.

»Phoenix, mach du hier den Rest«, knurrte er ihm über die Schulter hinweg zu.

Das Blitzlichtgewitter brach erneut mit noch größerer Heftigkeit los. Selbst draußen auf dem Gang, als die Tür schon wieder hinter mir zugeschlagen war, konnte ich die Rufe der Reporter noch immer hören.

»In mein Büro, sofort«, brüllte der Coach, bevor er davonmarschierte.

Ich folgte ihm wie ein kleines Kind, das zum Schuldirektor zitiert worden war. Dabei ballte und öffnete ich unablässig die Fäuste. Am Büro angekommen riss er die Tür auf und trat beiseite, um mich vorbeizulassen. *Kommen Sie mal wieder runter*, hätte ich am liebsten zu ihm gesagt, aber da ich meine Eier behalten wollte, hielt ich lieber die Klappe.

Er knallte die Tür so kraftvoll hinter sich zu, dass das Glas klirrte. »Ich habe von deinem großmäuligen Getue die Nase gestrichen voll. Man sollte doch meinen, dass du nach der letzten Saison ein bisschen Bescheidenheit entwickelt hättest.«

Nach der letzten Saison hatte ich vor allem eine gesunde Abneigung gegen das andere Geschlecht entwickelt und war noch fester entschlossen, mich einzig und allein auf meine Profikarriere zu konzentrieren. »Wir gewinnen doch, oder?« Ich ließ mich auf einen der Stühle vor seinem Schreibtisch fallen. *Viel Spaß dabei, die klebrige Sauerei, die ich hier hinterlasse, nachher wieder wegzuputzen. Sie hätten mich eben doch vorher duschen lassen sollen.*

»Gewinnen ist nicht alles.« Er warf das Spielbuch auf den Schreibtisch. Die Papiere, die auf der Arbeitsfläche lagen, stoben in alle Richtungen und ein gerahmtes Foto von einem Mädchen mit Zöpfen fiel klappernd zu Boden. Ich hob es auf. Die Kleine kam mir bekannt vor, aber er hatte nie etwas davon erwähnt, dass er eine Tochter hatte. Ich stellte das Bild zurück auf den Schreibtisch.

»Da sprechen Ihr Gehalt und meine Chancen beim Draft aber eine ganz andere Sprache.« Ich lehnte mich auf dem Stuhl zurück und schlug die Beine übereinander.

Er drehte mir den Rücken zu, legte die Hände in den Nacken und verschränkte die Finger. Der große goldene Meisterschaftsring an seiner rechten Hand glänzte im Licht.

»Ich bin mir sicher, dass Sie auch ein bisschen auf den Putz hauen mussten, um diesen Ring zu bekommen«, fügte ich mit trotziger Miene hinzu.

Er drehte sich um und sah mich wütend an. »Ich stand aber nicht allein auf dem Spielfeld, genauso wenig wie du. Keyton war für den Pass bereit. Er hatte ihn schon fast und du hättest uns beinahe den Sieg versaut.«

»Aber das habe ich nicht.« Wie auch in allen anderen bisherigen Spielen der Saison.

»Wenn du es in die Profiliga schaffen willst …«

Ich presste die Lippen fest aufeinander und starrte zur Decke.

Er trat direkt vor mich, sodass ich ihn ansehen musste.

»Wenn du es in die Profiliga schaffen und tatsächlich Karriere machen willst, dann gewöhn dir dieses Benehmen ab.

Keiner will mit einem Angeber zusammenarbeiten, und wenn du dich nicht zusammenreißt, wird sich kein Team mit dir herumschlagen wollen. Ich schlage mich mit dir herum, weil du Spiele gewinnst, aber in der NFL gibt es größere Primadonnas, die dich locker in die Tasche stecken können.«

Die Muskeln in meinem Hals spannten sich und ich kniff die Augen zusammen. Sollten sie doch versuchen, es mit mir aufzunehmen.

»Versteh mich nicht falsch, du bist ein großartiger Spieler, aber auf lange Sicht reicht das nicht aus. Keyton hätte das Spiel heute machen können, und das weißt du auch.«

Ich verschränkte die Arme vor der Brust und starrte ihn so durchdringend an, als wollte ich ihm mit meinem Blick ein Loch in den Schädel bohren. Vielleicht hätte Keyton das Spiel gewonnen – oder er hätte den Ball fallen gelassen. Unter Druck schaffte er es in vier von zehn Fällen, einen Pass erfolgreich anzunehmen. Ich würde nicht zulassen, dass dem Team seinetwegen der Meistertitel durch die Lappen ging.

»Ich möchte, dass du mit jemandem redest.«

»Ich gehe nicht zu einem Seelenklempner.«

Er drehte den Kopf und hob eine Augenbraue. »Ich meinte keinen Therapeuten, obwohl du vielleicht wirklich einen brauchen könntest. Ich meinte jemanden, der dir beibringt, mit den Medien umzugehen, und dir dabei hilft zu lernen, wie man vor einem Raum voller Reporter zumindest einigermaßen liebenswürdig wirkt.«

Der Coach nahm an seinem Schreibtisch Platz, setzte sich die Brille auf und begann, an seinem Computer zu tippen und hin und wieder mit der Maus zu klicken. Mit jeder Sekunde, die verstrich, schien die Uhr in seinem Büro lauter zu ticken. Vielleicht hätte ich das, was ich auf dem Spielfeld getan hatte, doch lassen sollen. Aber wenn ich etwas wollte, dann ließ ich nicht zu, dass sich mir jemand in den Weg stellte – nicht mal einer meiner eigenen Mannschaftskameraden. Dies war meine Chance zu glänzen und den Talentscouts der Profivereine zu zeigen, was für ein Spieler ich sein konnte … Aber mir ein bisschen Finesse anzueignen, würde vielleicht trotzdem nicht schaden.

»Eine durchschnittliche Profikarriere dauert drei Jahre. Zwei, wenn man als Wide Receiver spielt. Aber wenn du gleich in der Erstrunde des Drafts ausgewählt wirst, können bis zu neun Jahre daraus werden. Lass nicht zu, dass ein Team deines Charakters wegen Bedenken bekommt, dich zu nehmen.« Er hielt mir einen Zettel hin, auf dem in blauer Tinte etwas geschrieben stand.

Ich würde keine Eintagsfliege werden.

Ich würde erst aufhören, wenn ich dazu bereit war.

Ich würde nicht so enden wie mein Dad.

»Na gut, ich treffe mich mit ihm.«

»Mit ihr.« Der Coach spähte über den Rand seiner Brille hinweg. »Und ich hätte dir ohnehin keine Wahl gelassen.«

Ich verließ sein Büro und ging in die Umkleidekabine. Dort sah es ganz danach aus, als hätte ich die Siegesfeier schon verpasst. Überall auf dem Boden lagen Polster, Helme und Flaschen verstreut.

Keyton kam aus der Dusche. Er hatte sich ein Handtuch um die Hüften gewickelt und ein zweites hing ihm um den Hals. Er rubbelte sich damit über die hellbraunen Haare, die er stets kurz und ordentlich frisiert trug wie die Kinder aus gutem Hause, die mich damals in der Mittelstufe gnadenlos gepiesackt hatten. Doch Keyton war ganz anders als sie. Er hatte vor zwei Jahren zu uns gewechselt und war ein ruhiger Kerl, der lieber für sich blieb. Er ging an mir vorbei.

»Hör mal, ich habe dich da draußen nicht gesehen. Ansonsten hätte ich mir den Ball nicht geholt.« Ich streckte ihm die Hand entgegen.

Er starrte mich an und packte das Handtuch fester. In seinen Augen erschien ein Funkeln, das ich schon öfter bei Jungs gesehen hatte, die kurz vor der Explosion standen. Er war nur anderthalb Zentimeter kleiner als ich – und wenn einen jemand so ansah, war derjenige in diesem Moment zu allem fähig.

»Doch, hättest du wohl.« Der Ausdruck in seinen Augen verschwand wieder, wie eine Feder, die vom Wind fortgeblasen wurde. Er lächelte, schüttelte meine Hand und schlug mir auf die Schulter. »Mach dir keine Gedanken. Beim nächsten Mal komme ich dir wieder zuvor.«

Ich grinste ihn an. »Ganz bestimmt.« *Nie im Leben.*

Rasch ging ich unter die Dusche und schrubbte mir im Schnelldurchlauf die klebrigen Getränkereste von der Haut. Dann eilte ich zurück in die Kabine, trocknete mich ab und setzte mich vor meinen Spind. Ich ließ den Blick über die Bank wandern. Dann spähte ich darunter. Mein Herz schlug schneller. *Was zum Teufel …?*

Ich sprang auf, riss meinen Spind auf und blieb wie versteinert stehen. Sämtliche Farbe wich aus meinem Gesicht. Der Boden meines Spinds war leer. Als ich meine Sprachlosigkeit endlich überwunden hatte, brüllte ich los: »Wo sind meine Schuhe, verdammt noch mal?«

»Welche Schuhe?« Nix mit seinen Hippie-Haaren saß neben mir und grinste dreckig.

»Verarsch mich nicht. Das sind limitierte Adidas.« Das Paar im Vintage-Look hatte ich mir im Sommer gekauft. Schon seit Ewigkeiten hatte ich meine Eltern um solche Schuhe angebettelt, aber sie hatten mich immer abblitzen lassen, während alle anderen im Team schon in der neunten Klasse mit solchen Prachtstücken rumgelaufen waren. Als Sohn eines ehemaligen

Profis hatte ich in meiner Kindheit so etwas wie eine unsichtbare Zielscheibe auf dem Rücken gehabt. Stets hatten immens hohe Erwartungen auf mir gelastet, und das nicht nur im Bezug darauf, wie gut ich spielte, sondern auch, was unseren Lebensstil anging.

»Mann, du bist schlimmer als die Mädels.« Nix formte mit den Händen eine Tüte um den Mund und rief in den Raum: »Kann ihm mal jemand seine Schuhe geben, bevor er noch in Ohnmacht fällt?«

Berkley kam mit einem breiten Grinsen auf den Lippen, bei dem man deutlich seine dämlichen Grübchen sehen konnte, aus der Dusche geschlendert. Von seinen schwarzen Haaren tropfte das Wasser, weil er sich standhaft weigerte, ein Handtuch zu benutzen, sondern sie immer an der Luft trocknen ließ.

»Du warst das, oder?« Ich deutete auf ihn, als wäre ich eine alte Hexe, die ihn in einen Frosch verwandeln wollte.

»Was? Redest du von den Latschen in Größe 49 ½, die schon wieder auf meinen Klamotten standen?« Berk angelte die makellosen Sneakers von den Spinden hinter mir herunter und knallte sie mir vor die Brust.

Nachdem ich mich von seinem Linebacker-Angriff ein wenig erholt hatte, drückte ich die rot-weiß gestreiften Schönheiten an mich. »Soll ich sie etwa einfach irgendwo hinstellen?«

»Wenn du sie noch mal auf meine Kleider stellst, dann nehmen sie, genau wie du, ein Gatorade-Bad.« Er schob die Füße in seine ausgelatschten, ramponierten Sneakers, die inzwischen alle Farbe eingebüßt hatten und nur noch grau aussahen – ungefähr so wie die, die ich in meinem letzten Jahr an der Highschool auch getragen hatte. Meine Familie war zwar nicht direkt arm, aber mein Vater hatte nur wenige Jahre als Profi gespielt und anschließend hatten wir es nicht unbedingt leicht gehabt. Wenn man keinen lukrativen Vertrag ergatterte, konnte man einpacken – was für mich bedeutete, dass ich es unbedingt schaffen musste, in der Erstrunde des Drafts ausgewählt zu werden, weil ich andernfalls einpacken konnte.

»Dann rasiere ich dir im Schlaf die Augenbrauen ab. Ich stelle die Schuhe doch nicht auf die dreckige Bank.«

»Aber mit dem Hintern setzt du dich drauf? Du hast wirklich merkwürdige Prioritäten.« Er schüttelte den Kopf wie ein nasser Hund nach einem Regenschauer und spritzte alle in seiner unmittelbaren Umgebung voll, bevor er sich ein T-Shirt überzog.

»Nur, weil du deine Latschen schon seit dem ersten Collegejahr trägst, heißt das noch lange nicht, dass wir alle mit Schuhen herumlaufen müssen, die aussehen, als hätten wir sie aus einem Müllcontainer gefischt.«

»Sie sind bequem«, meinte er schulterzuckend und schnappte sich seine Tasche. »Gehst du wieder zurück in den Puff?«

Ich war gerade dabei, meine Jeans zuzuknöpfen, und verzog gequält das Gesicht. »Kannst du das Haus nicht einfach bei seinem normalen Namen nennen?« Diese Bezeichnung für das ehemalige Verbindungshaus, in dem wir wohnten, stammte noch aus der Zeit, bevor die alte Verbindung vom Campus geschmissen worden war und wir das Haus übernommen hatten. Früher hatten dort Theta Beta Sigma alias *The Bed Shakers* residiert und das Haus war aus gutem Grund »Puff« genannt worden.

Wir hatten das vergangene Jahr damit zugebracht, es von oben bis unten zu desinfizieren und Kondome aus Ecken zu entfernen, wo sie absolut nichts zu suchen hatten. Obwohl die früheren Bewohner längst ausgezogen waren, hielt sich der Name hartnäckig, und nun lebten wir, ob es uns gefiel oder nicht, im Puff. Dass unser Team ausgerechnet »Trojans« hieß, wie die bekannte Kondommarke, machte die Sache nicht gerade besser. Wir waren die Fulton University Trojans oder auch FU Trojans, wie im Stadion oft in ohrenbetäubender Lautstärke gegrölt wurde. Den Ruf einer männlichen Hure zu haben fand ich anfangs eigentlich gar nicht schlimm – bis ich schließlich auf die harte Tour lernen musste, dass es gar nicht so einfach ist, jemanden davon zu überzeugen, eine vorgefasste Meinung über einen noch mal zu ändern.

»Unser Haus hat einen Ruf zu wahren.« Er grinste und genoss sichtlich den Gedanken an die permanente Aufmerksamkeit, die ihm auf dem Spielfeld und auch abseits zuteilwurde. »Aber du hast recht, vielleicht solltest du dich lieber in der Bibliothek verkriechen und die neuen Spielzüge durcharbeiten, die der Coach rumgeschickt hat.«

»Wir brauchen keine neuen Spielzüge außer einem – spielt den Ball zu mir.« Ich drehte mich schwungvoll um, nahm meine Tasche und folgte ihm nach draußen. Wie immer standen einige Leute vor dem Ausgang herum.

Die Mädchen, die dort nach den Spielen warteten, waren immer sehr darum bemüht, unsere Aufmerksamkeit zu erregen. Manchmal auch etwas zu sehr. Ich hatte in den vergangenen Jahren mehrmals miterlebt, dass Jungs sich ordentlich die Finger verbrannt hatten. Und das neuste Opfer war: ich.

»Hey, Reece.«

Lächeln und winken. Das war am ungefährlichsten. Ich würde nicht behaupten, dass ich ein Mönch war, aber ich vögelte auch nicht alles, was sich bewegte, insbesondere nicht nach allem, was passiert war, und ich vergaß auch nie, vorher klarzustellen, dass ich kein Interesse an einer Beziehung hatte und schon gar nicht vorhatte, mich von einem Mädchen ausnehmen zu lassen.

Unter meinen Scheibenwischern steckte neben einigen Zetteln auch ein pinkfarbener Spitzenstring, auf den eine Telefonnummer gekritzelt war. *Mann, ich hoffe, er ist nicht benutzt.* Aber immer noch besser als das Zeug, das ich in der letzten Saison auf meiner Motorhaube vorgefunden hatte: dämliche Strampler und Babyfläschchen. Wie schnell sich die Zeiten änderten. Celeste war zwar von der Schule abgegangen, aber obwohl ich inzwischen Autogramme schrieb und Fans abklatschte, brodelte die Gerüchteküche im Hintergrund weiter.

Ich öffnete den Kofferraum, holte den Eiskratzer heraus und schob damit die Zettel und den String von der Windschutzscheibe. Die Telefonnummern verschwammen, als das Papier auf dem nassen Boden landete.

Ich stieg ein und musste dabei lachen. Wenn es im College schon so lief, dann musste die Profiliga wirklich der Wahnsinn sein. Dad hatte es vergeigt, indem er geheiratet hatte, bevor er Profi geworden war – obwohl Mom natürlich klasse war. Die beiden waren noch immer ekelhaft peinlich ineinander verliebt. Aber trotzdem hatte er sich einiges entgehen lassen. Andererseits war Football für ihn nicht das Einzige im Leben gewesen. Er hatte das College mit guten Noten abgeschlossen und das Geschäft meines Großvaters übernommen.

Ich dagegen würde mit meinem mittelmäßigen Notenschnitt von 2,3 höchstens eine Stelle in einem Kaufhaus ergattern können. Profi zu werden war meine große Chance, und ich würde sie mir nicht entgehen lassen.

Ich schaute noch schnell auf dem Campus vorbei, um einen Aufsatz abzugeben, und fuhr dann weiter zum Puff. Als ich ankam, hatte die Party schon begonnen. Für eine Weile war deutlich weniger gefeiert worden, aber jetzt waren die Partys wieder in vollem Gange. Ich parkte ein Stück weiter weg, blieb noch kurz im Auto sitzen und setzte mein Pokerface auf. Ich konnte wieder der Reece sein, der ich gewesen war. Ich musste es unbedingt schaffen.

Schneematsch und Eis knirschten unter meinen Sohlen. Das verdammte Salz auf dem Gehsteig würde mir noch die Schuhe ruinieren. Ich musste mehrmals jemanden abklatschen und Chest Bumps verteilen, während ich mir einen Weg zum Gebäude bahnte. Überall schwirrten Leute herum und zogen von Haus zu Haus, auf der Suche nach der besten Party, in die sie reinkommen konnten. Aus den umstehenden Häusern jubelten mir die Leute zu. Ich winkte über die Schulter hinweg allen kurz zu, die über ihren Balkongeländern hingen, um mich zu Hause willkommen zu heißen.

Am Haus angekommen joggte ich die Treppe hinauf und stieß die Tür auf, die sowieso nur angelehnt gewesen war. Die Bässe der Musik ließen den Boden vibrieren. Als ich die Tür zuknallte, drehte sich ein Meer aus Gesichtern nach mir um.

Ich blieb an die Tür gelehnt stehen und machte mich auf den Ansturm gefasst. Die Partygäste, die schon mehr als ein paar Drinks intus hatten, stürzten sich sofort auf mich und überschütteten mich mit Beifallsbekundungen in Form von hochprozentigen Getränken und kumpelhaften Umarmungen. Die blauen Glühbirnen, die wir als Partybeleuchtung angebracht hatten, verliehen dem Haus eine gewisse Klubatmosphäre.

Der Geruch nach Bier und Alkohol, Schweiß und den fruchtigen Parfüms und Shampoos der Mädchen war so intensiv, dass ich ihn quasi auf der Zunge schmecken konnte. Während sich die anderen richtig anstrengen mussten, damit ihre Festivitäten nicht zu Würstchenpartys verkamen, hatten wir nie Probleme, das Haus mit Frauen vollzubekommen. Dank des Rufs, den der Puff genoss, war es eher schwierig, sie draußen zu halten, insbesondere wenn drinnen die Trojans feierten, das siegreichste Team in der Geschichte der FU.

Unsere Partys entstanden wortwörtlich aus dem Nichts. Bierfässer wurden zur Tür hereingerollt und schon wurden

Hunderte rote Plastikbecher ausgeteilt. Einmal hatten wir an einem Wochenende, an dem ein Spiel stattgefunden hatte, die Tür abgeschlossen. Als wir zurückkamen, war ein Fenster eingeschlagen und die Tür aufgebrochen worden und drinnen tobte eine alkoholselige Party. Manchmal muss man eben mit dem Strom schwimmen. Wir hatten jedenfalls keine Lust, nach jedem Spiel neue Fenster und Schlösser bezahlen zu müssen.

Die Parkettböden im Haus nach den Partys wieder sauber zu kriegen war immer eine Heidenarbeit, aber wir hatten diese Aufgabe an LJ und Berk übertragen, weil sie noch zu den Jüngeren gehörten. An den Wänden hatten wir Filmplakate aufgehängt: *Stirb Langsam*, *Terminator*, *Kill Bill* und natürlich *Rocky*. Die beiden Sofas und der Sessel im Wohnzimmer standen dicht an der Wand, damit sie bei der Party keinen Schaden nahmen. Nicht weil die Möbel besonders schön gewesen wären. Wir hatten nur keine Lust, bis zu unserem Abschluss in sechs Monaten auf dem Fußboden sitzen zu müssen.

Berk und LJ standen am Bier-Pong-Tisch im Esszimmer. Sie riefen nach mir und winkten mich zu sich. Nix hielt in der Küche Hof, während Keyton und einige andere Jungs aus unserem Team im Wohnzimmer saßen. Die Bierbecher in ihren Händen wurden niemals leer. Ich streckte die Arme aus und bewegte sie auf und ab.

»Wer ist bereit für den verdammten Meistertitel?« Beim letzten Wort legte ich die Hände an den Mund. Alle grölten und eine Bierdusche setzte ein. Ich musste dringend die Schuhe wechseln, bevor sie noch klatschnass wurden.

Diese Rolle zu spielen, war mir immer leichtgefallen, und ich hatte nie etwas getan, weswegen ich mich verstecken müsste. Ich musste ihnen demonstrieren, dass ich keinen Grund hatte, mich zu schämen – gleich, nachdem ich mir ein anderes Paar Schuhe angezogen hatte. Ich eilte nach oben. Die Leute, die auf der Treppe vor dem Klo warteten, klatschten mich ab. Zum Glück hatte ich ein Zimmer mit eigenem Bad. Ich schloss die Tür auf und ging hinein. Wir wussten inzwischen aus leidvoller Erfahrung, dass man während einer Party unbedingt seine Tür abschließen musste. Andernfalls fehlten hinterher Sachen aus dem Zimmer oder, noch schlimmer, man erwischte womöglich die Gäste dabei, wie sie es in unseren Betten trieben.

In der Mitte meines Bettes lag ein Haufen zerknitterter Klamotten. Später, wenn die Klamotten schmutzig waren, würden sie auf dem Boden einen neuen Haufen bilden. Eine Lichterkette hing im Zimmer. Meine Schwester hatte sie aufgehängt, als sie mir beim Einzug »geholfen« hatte – indem sie mir tierisch auf die Nerven gefallen war und versucht hatte, sich heimlich zu einer Campusparty zu schleichen.

Auf meinem Schreibtisch stapelten sich Bücher, zwischen deren Seiten zahlreiche Zettel steckten. Da ich zweimal täglich Training hatte, hatte ich es vor Semesterbeginn nicht mehr geschafft, Ordnung zu schaffen.

Ich stellte meine Schuhe zurück zu der kleinen Sammlung, die ich mir in den vergangenen Jahren zugelegt hatte. Ich würde es nie wieder zulassen, dass mich jemand beim Betreten oder Verlassen des Spielfeldes in Scheißschuhen sehen und sich deshalb für etwas Besseres halten würde.

Ich zog mir ein für den Anlass perfekt geeignetes, älteres Paar Schuhe an, dem ein bisschen Partydreck nichts ausmachen würde, und trabte wieder nach unten. Jemand schlang die Arme um meine Taille und eine Hand schob sich in meine Gesäßtasche. Dann wurde mir ein roter Plastikbecher in die Hand gedrückt. Es war toll, ganz oben zu stehen.

2. KAPITEL

Seph

»Du hast mir doch erlaubt hierherzukommen.« Meine Geige lag gefährlich nah an der Sofakante, wie ich aus dem Augenwinkel bemerkte, während ich im Wohnzimmer auf und ab lief. Wenn ich mit ihm in meinem eigenen Zimmer sprach, bekam ich immer das Gefühl, als läge ich in einem Sarg und würde in diesem Augenblick lebendig begraben. Die Wände schienen dann näher zu kommen und ich konnte kaum noch atmen. Unsere Wohnung war ein Musterbeispiel für Gegensätzlichkeit. Mein Kaffeebecher mit dem geschwungenen Schriftzug *Be Happy* stand ordentlich neben der Kaffeemaschine, die ich gekauft hatte.

»Ich habe zugestimmt, weil Dr. Huntsman dort unterrichtet und sich bereit erklärt hat, dir beim Studium über die Schulter zu schauen. Aber jetzt ist Dr. Mickelson wieder in Harvard.«

Abgesehen von einigen plüschigen, pinkfarbenen Bilderrahmen mit Fotos meiner Mitbewohnerin Alexa gab es in der Wohnung kaum persönliche Gegenstände. Seit dreiundsiebzig Tagen hockten wir hier nun schon aufeinander – nicht, dass ich mitgezählt hätte. All ihre Freunde studierten dieses Semester im Ausland. Diese Tatsache hatte sie mir, seitdem wir zusammengezogen waren, schon mindestens dreißigmal unter die Nase gerieben, um mir unmissverständlich klarzumachen, dass sie mich sonst nie im Leben als Mitbewohnerin genommen hätte.

»Ich bin mit dem Studium hier eine Verpflichtung eingegangen. Du hast mir doch beigebracht, dass man Verpflichtungen ernst nehmen muss.« Nicht, dass er mir in dieser Hinsicht jemals eine Wahl gelassen hätte.

Während wir miteinander sprachen, versuchte Alexas dreckiges Geschirr aus eigener Kraft aus der Spüle zu klettern. Ganz sicher würde ich eines Morgens in die Küche kommen und von glitschigen Fangarmen überrascht werden, die aus den Tiefen der verkrusteten Essensreste herauswuchsen und versuchten, mich in den Abfluss zu zerren.

Mit spitzen Fingern hob ich eine ihrer Unterhosen auf und warf sie auf den wachsenden Berg Schmutzwäsche auf der anderen Seite des Sofas. Ihre Kleider lagen praktisch überall in der Wohnung herum. Die Armlehne des Sofas, das bei unserem Einzug schon in der Wohnung gestanden hatte, war mit Nagellack verschmiert. Aber dass ich womöglich meine Kaution nicht wiederbekommen würde, war gerade meine geringste Sorge.

»Du bist unvernünftig, Persephone.«

Ich zog den Kopf ein, sodass meine Schultern fast gegen meine Ohren stießen. Niemand nannte mich Persephone, nur meine Eltern, meine Professoren und Tutoren … Was im Grunde bedeutete, dass mich alle Persephone riefen. Ich würde ja behaupten, dass meine Freunde mich Seph nannten, aber dafür hätte ich erst einmal Freunde haben müssen, nicht wahr?

»Mein Studium hier dauert nur noch fast zwei Jahre. Damit setzte ich wohl kaum meine Zukunft aufs Spiel.«

»Mickelson ist die Koryphäe auf seinem Gebiet. Er hätte allen möglichen Leuten mitteilen können, dass er früher nach Harvard zurückkehrt.«

Ja genau. Das hatte für ihn nach der Rückkehr aus dem Sonderurlaub, den er genommen hatte, nachdem seine Frau gestorben war, bestimmt oberste Priorität.

»Das Programm hier ist trotzdem großartig. Ich mache erst meinen Abschluss und dann können wir über weitere Studien reden. Es ist noch Zeit.«

»Nicht, wenn du aus der Masse herausragen möchtest.« Das knackende Geräusch, das sein Kiefer immer machte, wenn er besonders wütend wurde, jagte mir einen Schauer über den Rücken.

Ich massierte mit der freien Hand meine Schulter. »Das hier ist eine Eliteuni, Dad.«

»Weißt du, welche Universität im letzten Jahrzehnt den prozentual höchsten Anteil an Fields-Medaillen-Gewinnern hatte?«

»Harvard«, formte ich mit den Lippen, während er es laut aussprach. Seit ich fünf Jahre alt war, redete er, soweit ich mich erinnern konnte, praktisch ausschließlich von diesem begehrten Mathematikpreis.

»Ja, ich weiß.« Ich hockte mich verkrampft auf die Kante des Sessels und hatte das Gefühl, als würde er direkt über mir thronen. Obwohl er mir die Standpauke aus Hunderten Meilen Entfernung hielt, kam es mir so vor, als würden sich seine perfekt geputzten Schuhe direkt in meine Brust drücken.

»Du wirst die jüngste Gewinnerin sein.«

»Ich werde alles in meiner Macht Stehende tun, um das zu schaffen, wenn du mich nur vorher an der Fulton meinen Abschluss machen lässt.«

»Schön, dass du das sagst. Ich habe mit deinen Betreuern gesprochen.«

War das überhaupt erlaubt? Ich war inzwischen achtzehn. Eigentlich hätte es gar nicht möglich sein dürfen, dass er mit ihnen über mich redete. »Sie hatten nicht über alle Kurse und Prüfungen, die du schon absolviert hast, Unterlagen.« In seiner Stimme lag ein tadelnder Unterton. »Aber es sieht so aus, als könntest du ein Jahr früher als erwartet deinen Abschluss machen.«

Sämtliche Farbe wich aus meinem Gesicht. Es war Oktober. Ich wohnte gerade mal zwei Monate in Philly, hatte kaum Gelegenheit gehabt, auf eigenen Beinen zu stehen, und jetzt wollte er mich in weniger als sieben Monaten schon wieder zurück nach Boston holen? Mein Blick verschwamm und ich lehnte mich gegen die Armlehne des Sessels.

»Bitte, Dad.«

Die Unzufriedenheit und Verächtlichkeit in seiner Stimme waren nicht zu überhören, als er fortfuhr: »Wir haben unser Leben nicht deiner Bildung gewidmet und alles geopfert, nur damit du jetzt deine Zukunft wegwirfst. Du wirst die jüngste Gewinnerin der Fields-Medaille werden.« Es klang genauso endgültig wie damals, als er mir unmissverständlich klargemacht hatte, dass ich keine öffentliche Schule besuchen würde. Oder als sie mir vorübergehend erlaubt hatten, mit den anderen Kindern aus der Nachbarschaft zu spielen, und ich es tatsächlich geschafft hatte, mich mit einem Mädchen anzufreunden, woraufhin er mir prompt verboten hatte, bei ihr zu übernachten. Oder als er mir verkündet hatte, dass Geige spielen nicht mehr wichtig wäre und ich damit aufhören würde.

Vielleicht hätten meine Eltern zuerst mich fragen sollen, was ich eigentlich wollte. In diesem Moment ging die Wohnungstür auf und Alexa kam hereingerauscht. Sie war ein rothaariges Energiebündel. Bei ihrer Kleidung achtete sie immer auf grüne Akzente, weil das ihre Augen zur Geltung brachte. Heute hatte sie ihre Locken mit einer grünen Baskenmütze gebändigt. Sie sah aus wie eine lebendige Zeichentrickprinzessin. Zu schade, dass sie trotzdem die Rolle meiner Widersacherin innehatte.

»Du hast recht. Es tut mir leid.« Ich raufte mir die Haare und massierte meinen Nacken.

»Zeit ist ein wertvolles Gut. Überall werden Rekorde gebrochen und wenn du herumtrödelst, wirst du unweigerlich abgehängt.«

Vielleicht wollte ich ja gar nicht die jüngste Harvard-Absolventin sein, die jemals die Fields-Medaille gewonnen hatte.

Vielleicht wollte ich das mathematische Äquivalent zum Nobelpreis gar nicht haben.

Vielleicht wollte ich einfach nur ein Weilchen ganz normal sein. Aber jeglicher Widerspruch hätte nur zu noch unangenehmeren und schmerzhafteren Diskussionen geführt.

»Ich habe dein Ticket für Thanksgiving schon gekauft. Deine Mutter freut sich sehr darauf, dich wiederzusehen.« Er aber nicht. Nie.

»Kann ich mit ihr sprechen? Ich wollte sie was fragen.« Nach einem mütterlichen Rat, wie man Freunde gewinnt, oder nach ein paar aufmunternden Worten, wie früher, wenn sie mich zum Spielplatz in unserem Viertel brachte – bevor Dad Einspruch dagegen erhoben hatte, dass ich mich mit *solchen* Kindern abgab. Sprich: normalen Kindern, die rumrannten, sich die Knie aufschlugen und Matschkuchen backten. Doch da ich aus derartigen Aktivitäten vermeintlich keinen intellektuellen Nutzen ziehen konnte, wurden sie verboten. Es ist ja nicht so, dass Spielen etwas ist, was Kinder einfach *gern* tun. Ich hatte den Eindruck, dass er selbst nie wirklich ein Kind gewesen war. Als wäre er schon so kalt und erwachsen geboren worden.

Also hatte ich damals am Fenster gesessen und die Nachbarskinder dabei beobachtet, wie sie Fahrrad fuhren, Fangen spielten oder sich einfach mit Stöcken über die Wiese jagten, während ich die Formel für quadratische Gleichungen lernte. Welchem sechsjährigen Kind hätte das keinen Spaß gemacht?

»Sie kocht gerade Abendessen und ich möchte sie lieber nicht stören. Du weißt doch, wie leicht sie sich ablenken lässt. Letzte Woche hat sie die Kartoffeln anbrennen lassen ...«

Klar, ein Anruf der Tochter ist ja wirklich kein Grund zu riskieren, dass das Abendessen womöglich etwas später als gewöhnlich auf dem Tisch steht. Ich verkniff mir die Bemerkung. »Okay. Ich versuche es ein andermal.«

»Wir haben für die Ferien, wenn du zu uns kommst, schon einige Termine für dich organisiert. Bereite dich entsprechend vor.«

Ich umklammerte das Telefon fester. »Ich freue mich schon darauf.« Ich konnte so oft Nein sagen, wie ich wollte – meine Einwände wurden lediglich als Anmerkungen oder lästiges Übel gewertet.

»Auf Wiederhören, Persephone.«

»Wiederhören, Dad.« Ich legte auf und legte das Telefon auf die Küchentheke, obwohl ich es am liebsten quer durchs Zimmer gepfeffert hätte.

»Aha, du benimmst dich also nicht nur Fremden gegenüber wie ein Android, sondern auch gegenüber deiner Familie?« Alexa grinste fies wie die Mädchen, die man aus Filmen kennt – die Oberzicken, die die Schule mit eiserner Hand regieren. Vielleicht waren ihre Freunde deswegen bei der ersten sich bietenden Gelegenheit ins Ausland geflüchtet. Die hatten Glück.

Ich atmete mit zusammengebissenen Zähnen aus. »Hi, Alexa.« Ich drehte mich zu ihr um und bemühte mich dabei um einen möglichst neutralen Gesichtsausdruck. Waren College-Mitbewohner nicht eigentlich dazu da, beste Freunde für den

Rest des Lebens zu werden? Leute, die man zu Trauzeugen oder zu den Paten seiner Kinder machte?

Alexa ließ sich auf die Couch plumpsen und warf dabei fast meine Geige herunter.

Hastig schnappte ich mir das Instrument und zog den Bogen unter Alexas Hintern heraus.

»Dan kommt gleich vorbei. Warum verschwindest du also nicht schön in deinem Zimmer und schließt ab? Wir wollen doch nicht, dass meine schlechten Gewohnheiten auf dich abfärben.« Sie schnippte mit den Fingern, ohne dabei auch nur von ihrem Handy aufzusehen. Ich wurde hier nicht mehr gebraucht.

So sollte das eigentlich nicht laufen. Die Zeit im College sollte doch die tollste Zeit meines Lebens sein, eine Chance, endlich echte Freunde zu finden, die zu mir hielten. Aber anscheinend waren die Leute, die am Ende im Mitbewohner-Lostopf übrig blieben, nicht unbedingt als beste Freunde geeignet.

»Das stört mich nicht. Er scheint ganz nett zu sein.«

Sie schnaubte spöttisch und verdrehte die Augen. »Er ist nicht interessiert«, sagte sie, ohne vom Telefon aufzusehen, und ihr Lachen klang wie Fingernägel, die über eine Tafel kratzten.

Ich stand da, mit der Geige und dem Bogen unter dem Arm, und öffnete und schloss unschlüssig die Hände, bevor ich es schließlich aufgab, mein Instrument einpackte und in mein Zimmer ging. Warum war das nur so schwer? Warum konnte ich ihr nicht einfach etwas entgegensetzen? *Alexa, du bist wirklich eine blöde Kuh und es würde nicht schaden, wenn du etwas netter wärest. Warum gehst du, wenn du einen Jungen hierhast, nicht in* dein *Zimmer?*

Ihr Freund kam ständig zu ihr und ihre sexuellen Eskapaden waren in den vergangenen Monaten zu meinem Schlaf-

Soundtrack geworden. Dabei hatte mich mehr als einmal die Eifersucht gepackt. Es war so einfach für sie, für sie beide – verdammt, für alle war es so einfach, Beziehungen aufzubauen.

Die kleine Topfpflanze auf der Fensterbank war der einzige Farbtupfer in meinem Zimmer. Es war ein Veilchen, das ich einsam und verlassen unter einer Bank auf dem Campus gefunden hatte. Die Blumen waren in der Orientierungswoche verschenkt worden. Die einsame Pflanze hatte halb umgekippt auf dem Boden gelegen, sodass ein Teil der Erde aus dem Topf gefallen war. Sie war der einzige Gegenstand im Raum, der eine persönliche Note hatte, und der erste, den ich, abgesehen von Büchern, neu angeschafft hatte.

Ich schaute mich in dem kargen Raum um. Kahle weiße Wände, eine weiße Steppdecke auf dem Bett, mein ordentlich aufgeräumter Schreibtisch, wo immer alles an seinem Platz war. Ich nahm einen Stapel nach Farben sortierter Karteikarten und warf ihn in die Luft. Sie regneten in allen Regenbogenfarben auf mich herab.

Ich presste die Hände fest aneinander und widerstand dem Drang, sie aufzuheben. Morgen würde ich etwas Buntes kaufen, ganz egal was. Ab sofort war alles Weiße, Graue, Beigefarbene oder Schwarze verboten. Schluss mit neutral. Es wurde Zeit für Farbe. Zeit, sich etwas zu trauen.

Ich setzte mich vor den Laptop und loggte mich ins Studentenportal ein. Dort navigierte ich zum Diskussionsforum und las mir die verschiedenen Themenbereiche durch. *Tutoren gesucht. Lerngruppen. Fundsachen.* Daneben gab es noch einen Bereich mit Kontaktanzeigen. Dort posteten die Leute manchmal, wenn sie jemandem auf dem Campus begegnet waren, den sie wiederfinden wollten.

In meinem Inneren brodelte der Zorn auf meinen Dad und auf Alexa – und auf mich selbst. Vielleicht gab es ja eine einfache Möglichkeit, mit der ich mehrere Fliegen mit einer Klappe schlagen konnte. Ich könnte etwas versuchen, dass meiner Persönlichkeit komplett widersprach – denn damit, mir treu zu sein, war ich bisher offensichtlich nicht weit gekommen. Ich musste die Initiative ergreifen. Wenn ich endlich anfangen wollte zu leben, dann musste ich mein Leben irgendwie selbst in Fahrt bringen.

Ich klickte den Link zu den Kontaktanzeigen an und öffnete eine neue, anonyme Anzeige. *Freunde gesucht.* Sofort hämmerte ich mit dem Finger auf die Löschtaste. Wie dämlich klang das denn bitte? *Entweder ganz oder gar nicht, Seph.* Nein, lieber aufs Ganze gehen, denn der Gedanke, nach Hause zurückzukehren, ohne wenigstens einen Versuch gewagt zu haben, mich und mein Leben zu verändern, war einfach unerträglich.

Die Wohnungstür ging auf, und nach Alexas begeistertem Aufschrei zu urteilen, war ihr Freund Dan offenbar eingetroffen.

Im Flur ertönten schwere Schritte, begleitet von den Geräuschen, die sie immer von sich gaben, wenn sie anfingen rumzuknutschen. Ich wappnete mich innerlich. Normalerweise dauerte es von diesem Moment an nur wenige Minuten, bis man sie gegen die Wand hämmern hörte.

»Hey, Seph«, rief Dan, als er an meiner offenen Tür vorbeikam. Ich zog den Kopf ein und hörte gleich darauf Alexas gedämpfte, deutlich verärgerte Stimme. Er war der Einzige, der mich Seph nannte.

Ich ließ die Finger über der Tastatur schweben. Durch das dünne Holz von Alexas Tür konnte ich die beiden überdeutlich hören. Schnell sprang ich auf, schloss meine Tür ebenfalls, legte den Kopf gegen das Türblatt und starrte zum Computerbildschirm hinüber.

Dan und Alexa legten sich inzwischen ordentlich ins Zeug. Die Tür zu schließen, half da nur wenig. Das Holz schien die Geräusche obendrein direkt in mein Hirn zu übertragen. Schnell stieß ich mich von der Tür ab und kehrte zu meinem Computer zurück.

Die Einsamkeit, die ich verspürte, wenn ich unter Menschen war, war irgendwie noch schlimmer als die, die ich empfand, wenn ich alleine war. In Gegenwart anderer brannte meine Lunge, als würde ich direkt vor aller Augen ertrinken, ohne dass es irgendjemanden interessierte. Ich hatte niemanden – und war es endgültig leid.

Pfeif auf Freunde – ich wollte mehr. Wenn ich wirklich die begrenzte Zeitspanne, die mir blieb, nutzen und mein Leben in die Hand nehmen wollte, dann konnte ich auch gleich Nägel mit Köpfen machen. Ich würde nicht klein anfangen und mich langsam hocharbeiten. Dafür blieb keine Zeit.

Ich würde so dermaßen aufs Ganze gehen, das alles andere dagegen verblasste und dass meine Angst davor, niemals zu wissen, wie es ist, sich frei zu fühlen, einfach ausradiert werden würde.

Ich würde dafür sorgen, dass ich ein erstes Mal erlebte, dass ich niemals vergaß.

Wenn ich es einfach tat, einfach ins kalte Wasser sprang, dann würde ich vielleicht ein Stück weit das finden, was ich suchte, und es würde sich etwas ändern. Dann würde sich alles nicht mehr so unglaublich Furcht einflößend anfühlen.

Ich atmete tief durch und setzte mich wieder auf meinen Schreibtischstuhl.

Am Ende dieses Semesters werde ich keine Jungfrau mehr sein.

Ich hatte keine Zeit, darauf zu warten, dass mir zufällig jemand in einem Café begegnete, oder mich an die »normalen« Dating-Regeln zu halten. Es waren schon zwei Monate verstrichen und ich hatte noch nicht einmal Freundschaften geschlossen. Wie sollte ich da einen Mann kennenlernen? Nein, das kam nicht infrage. Die Uhr lief. Mir blieb keine Zeit, um jemanden zu suchen, in den ich mich verlieben konnte. Ich hatte noch sieben Monate, um das Leben einer »normalen« College-Studentin zu leben. Jetzt oder nie.

Ich starrte auf den Bildschirm und tippte los. *Möchtest du mein erstes Mal sein?*

Ich formulierte meinen Post so eindeutig wie möglich. Ich suchte einen Kommilitonen, vorzugsweise im dritten oder vierten Studienjahr, der mir dabei half, meine Jungfräulichkeit zu verlieren. Vorab musste ein Lebenslauf vorgelegt sowie ein Fragebogen ausgefüllt werden. Ich legte Uhrzeit, Datum und Ort der Bewerbungsgespräche fest.

Das Stöhnen aus dem Nebenraum ließ mich nach meinem kabellosen Kopfhörer greifen. Ich schaltete ihn ein und blickte wieder angestrengt auf den Bildschirm. Mozart half dabei, den Porno zu übertönen, der sich nur wenige Meter von meinem Zimmer entfernt abspielte. Es war noch nicht mal Nacht. Hatte man nicht eigentlich erst dann Sex? Nachts, im Schutz der Dunkelheit, nach einer Flasche Wein?

Ich begann, im Zimmer auf und ab zu laufen. Dabei warf ich immer wieder einen Blick auf den Bildschirm. Schließlich nahm ich einen Notizblock und listete die Pros und Kontras meines Vorhabens auf.

Pro: Jungfräulichkeit verlieren; endlich wissen, wie Sex ist; das echte College- und Erwachsenenleben hautnah erfahren; etwas tun, was meine Eltern nicht guthießen; etwas nach meinen eigenen Regeln tun; leben.

Kontra: Eventuell enttäuscht werden; sich womöglich eine Krankheit einfangen; möglicherweise schwanger werden.

Ich klatschte den Block auf den Schreibtisch und stierte ihn an. Die Kontras waren allesamt Dinge, mit denen ich entweder leben konnte oder die man durch kluges Handeln und Schutzvorkehrungen vermeiden konnte. Die Pros waren zu gut, um sie sich entgehen zu lassen. Meine Finger schwebten über der Eingabetaste. Ich ballte die Hand zur Faust. Wollte ich das wirklich tun? Wollte ich auf diese Art meine Jungfräulichkeit verlieren? Machte ich mich dadurch nicht komplett zum Loser?

Doch angesichts des begrenzten Zeitrahmens blieb mir als Alternative doch nur, irgendwelche Männer auf der Straße anzusprechen. Durch die Anzeige hatte ich zumindest die Möglichkeit, die Bewerber genauer zu überprüfen. Ich legte den Finger wieder auf die Eingabetaste und betrachtete noch einmal, was ich geschrieben hatte. Wahrscheinlich wirkte ich total verzweifelt und durchgeknallt und es würde sich bestimmt sowieso niemand auf die Anzeige melden.

Eine Hand legte sich auf meine Schulter. Ich zuckte erschrocken zusammen und drückte dabei unabsichtlich die Taste. Sofort schnürte mir Panik die Kehle zu, als hätte ich einen Käfer verschluckt. Die Seite lud neu und *Gesendet* blinkte mir fett entgegen. *Was habe ich getan?* Ich riss meinen Kopfhörer herunter und drehte mich auf dem Stuhl um.

»Dein Telefon klingelt schon seit bestimmt zehn Minuten.« Ein verschwitzter, etwas atemloser Dan stand mit einem Bettlaken um die Hüften in meinem Zimmer. Er hielt mir auffordernd das Handy hin. Ich starrte wie gebannt auf seine nackte Brust. »Erde an Seph.« Er wedelte mit dem leuchtenden Display vor meiner Nase.

»Sorry.« Ich nahm es ihm ungeschickt aus der Hand und hätte es dabei um ein Haar fallen lassen.

»Schon okay. Alexa mag es nur nicht, wenn mich etwas ablenkt.« Er verließ das Zimmer und schloss die Tür hinter sich.

Ein kleiner Zipfel des Lakens blieb dabei im Spalt unter der Tür hängen, verschwand aber gleich wieder, als er sich auf den Rückweg in Alexas Zimmer machte.

Ich lehnte mich auf dem Stuhl zurück. Dabei rollte er nach hinten und prallte gegen meinen Schreibtisch. Langsam kam ich aus meinem Trancezustand zurück. Ich drehte mich um und starrte die Anzeige an, die ich gerade aufgegeben hatte. Sie war bereits achtzig Mal angeschaut worden. *Verflucht!* Jetzt gab es kein Zurück mehr. Zu hyperventilieren würde ich auf später verschieben müssen.

Verdammt noch mal, ich wollte schweißtreibenden, verrückten Sex, der mich von den Socken haute und um den Verstand brachte. Ich wollte intensive Gefühle erleben und zur Abwechslung endlich mal loslassen können. Das war etwas Gutes – kein Grund, auszuflippen. Ich schlug eine neue Seite in meinem Notizblock auf. Das würde nicht mein einziges erstes Mal sein. Bevor ich von hier weggehen und ein Leben beginnen würde, das von Lehrsätzen, staubigen Bibliotheken und himmelhohen, erdrückenden Erwartungen geprägt sein würde, würde ich dafür sorgen, dass dieses Jahr unvergesslich wurde. Etwas, worauf ich zurückblicken konnte, wenn mein Leben wie ein Schnellzug dahinraste, ohne dass ich ein Mitspracherecht hatte, wohin die Reise ging. Dieses Jahr würde das Jahr der perfekten ersten Male werden.

3. KAPITEL

Seph

Ich legte die Hand um die hellblaue Tasse und klemmte mir das Telefon zwischen Ohr und Schulter. Über der heißen Schokolade mit Mini-Marshmallows stieg eine kleine Dampfwolke auf. Was für ein zügelloser Genuss, dem ich mich da hingab. Fast war ich versucht, mich mit einem Blick über die Schulter davon zu überzeugen, dass mein Dad nicht mit missbilligender Miene hinter mir stand. Überall duftete es nach Brownies und Weihnachten – oder zumindest so, wie ich mir den Duft von Weihnachten dank all der Filme und der weihnachtlich dekorierten Schaufenster in den Geschäften vorstellte. Warm und wohlig. Genauso, wie es hier roch.

Da ich mich hier im *Uncommon Grounds*, einem Café unweit meiner Wohnung, wohl ein Weilchen aufhalten würde, hatte ich mir die Zeit genommen, die Karte zu studieren. Eigentlich war schwarzer Kaffee mein Standardgetränk. Es war mir beigebracht worden, Kaffee so zu trinken. Mein Dad betrachtete Frivolitäten wie Zucker oder Milch als reine Verschwendung. Doch damit war es jetzt vorbei. Das hier war mein erstes *erstes Mal.*

Ich bestellte für jede Stunde, die ich hier verbringen würde, ein anderes Getränk, und bat die Bedienung, mir immer zur vollen Stunde das nächste zu servieren. Dann hatte ich auch etwas, womit ich meine Hände beschäftigen konnte, während ich Gespräche führte mit meinen potenziellen … Liebhabern? Dates? Bettgenossen? Für das, was ich suchte, gab es irgendwie kein passendes Wort.

»Hast du dich schon mit irgendwelchen Jungs verabredet?« Tante Sophies melodische Stimme beruhigte meine Nerven ein wenig.

»Ich bin doch erst ein paar Monate hier.« Allerdings hoffte ich, dass ich in ein paar Minuten mehr als nur eine Verabredung haben würde. Vielleicht hätte ich mir doch einen Muffin oder ein Stück Kuchen bestellen sollen. Hier duftete es, als würden sich eine Bäckerei und ein Coffeeshop einen Wettkampf liefern. Ich hätte mich glatt auf meiner gepolsterten Bank in der Sitznische wohlig zusammenrollen und einschlafen können – hätte nicht in etwa zwanzig Minuten die Befragung der Kandidaten für meine Entjungferung angestanden.

»Und dein Vater zählt wahrscheinlich schon die Stunden, bis er dich endlich zurück ins Hamsterrad holen kann.« Ich konnte mir bildlich vorstellen, wie sie gerade am anderen Ende der Leitung entrüstet das Gesicht verzog. Meine Tante Sophie, die Schwester meiner Mutter, war nach Ansicht meines Vaters eine Schande und ein furchtbares Vorbild für mich. Und sie war mir einer der liebsten Menschen auf der ganzen Welt.

»Es ist kein Hamsterrad. Wenn ich mich an den Weg halte, den sie für mich vorgezeichnet haben, kann ich einiges erreichen.«

»Beispielsweise als alte Jungfer zu sterben, die ihr ganzes Leben lang nur von Männern umgeben war, die fünfzig Jahre älter waren als sie selbst.«

»Hey, einige sind auch nur ungefähr zwanzig Jahre älter als ich.« Ich nahm das Handy vom Ohr, schloss die Augen und öffnete dann kurz eines, um auf das Display zu spähen, bevor ich das Telefon wieder ans Ohr drückte.

»Hör mal, wenn du diesem Zirkus dauerhaft entkommen willst, dann weißt du, dass hier ein Gästebett steht, das für dich reserviert ist.«

»Ich glaube, das wäre dann eher eine Flucht *zum* Zirkus. Zumindest sagt Mom das immer.«

»Nur, weil ich jonglieren kann, bin ich noch lange kein Clown.«

»Vergiss das Trapez nicht.«

»Junge Dame, das Trapez ist ein exzellentes Fitnessgerät. Außerdem bin ich doch erst durch deine Mutter auf all diese verrückten Dinge gekommen.« Obwohl sie schon fünfzig Jahre alt war, wurde sie oft nicht für Moms Schwester, sondern für ihre Tochter gehalten. Ich wusste nicht, über wen das mehr sagte – über meine Mom oder über Tante Sophie.

»Ach ja? Ich kann mir gar nicht vorstellen, dass sie je so locker gewesen sein könnte.«

»Oh doch. Ich habe sie früher immer meine Wilde genannt. Meine verrückte, große Schwester ...« Sie klang abwesend, als wäre sie in Gedanken ganz woanders, wahrscheinlich weit in der Vergangenheit. Ich wünschte, ich hätte meine Mutter gekannt, bevor sie meinen Dad getroffen hatte. Wenn sie auch nur ein bisschen wie Tante Sophie gewesen war, dann konnte ich wirklich nicht nachvollziehen, wieso sie und Dad zusammengekommen waren.

Meine Tante räusperte sich und wechselte rasch das Thema. »Wie klappt es mit deiner Mitbewohnerin?«

»Wie immer. Sie ist sehr nett.«

»Kleines, du kannst mir nichts vormachen. Sie ist eine Riesenzicke, nicht wahr?«

»Wir befinden uns noch immer in der Kennenlernphase.«

»Du darfst dich nicht von anderen Leuten schikanieren lassen. Dann regst du dich nur ständig innerlich auf. Mach dich locker und zieh mal den Stock aus deinem …«

»Tante Sophie!« Mir wurde bewusst, wie kerzengerade ich auf der burgunderroten Bank in der Sitzecke saß, und lockerte meinen Rücken etwas. Schnell warf ich einen Blick auf die anderen Gäste, die um mich herum an den Tischen und in den Nischen saßen, und ließ die Schultern ein wenig entspannter nach unten sacken. Durch meine Bewegungen quietschte der Vinylbezug der Sitzbank unter meinen Beinen leise. *Oh Mann, hoffentlich denkt jetzt niemand, dass ich hier vor mich hin furze.*

Die anderen Gäste saßen mit ihren Laptops an hohen Tischen, hatten Kopfhörer in den Ohren, Ladekabel und Karteikartenstapel neben sich liegen und tranken einen Kaffee nach dem anderen. Niemandem fiel auf, dass ich überhaupt da war.

»Tut mir leid, du hast recht. Ich habe eben ein dreckiges Mundwerk. Aber ich sag's dir, Schätzchen, eines Tages wirst du noch durchdrehen. Und wenn es so weit ist, dann bist du nicht allein, okay?«

»Okay.«

»Ich werde dieses Jahr versuchen, an Weihnachten vorbeizukommen, damit ich dich sehen kann. Ich verspreche auch, mich gut zu benehmen.«

Ich konnte mir ein leises Lachen nicht verkneifen. »Als du das das letzte Mal versprochen hast, hat es hinterher fast eine Woche gedauert, bis Dad sich wieder einigermaßen beruhigt hatte.«

»Diese Brownies waren köstlich.«

Das Glöckchen über der Eingangstür klingelte. Ich hob den Kopf und spähte über die Lehne der Sitzbank. Eine kleine

Gruppe kam herein. *Nein, die kommen nicht meinetwegen.* Bis zu der Uhrzeit, die ich in meinem Post angegeben hatte, blieben ohnehin noch zwanzig Minuten.

»Mom hat fast vierundzwanzig Stunden lang gekichert. Sogar noch im Schlaf.« Die hervorstehende Ader an Dads Stirn war geschlagene drei Tage lang geschwollen gewesen. Mom dagegen hatte so zufrieden gewirkt wie schon lange nicht mehr.

»Freut mich, das zu hören. Sie brauchte das mal. Aber ich schwöre: diesmal keine Backwaren.«

»Oder andere Leckereien mit Spezialzutaten.«

»Pfadfinderehrenwort. Okay, ich muss jetzt zum Malkurs. Hab dich superlieb und vermiss dich sehr. Wir hören uns.«

»Ja, wir hören uns. Hab dich lieb.«

Sie beendete das Gespräch. Ich legte das Handy auf den Tisch und rückte den Stapel Karteikarten vor mir gerade. Neben mir auf der Sitzbank lag meine Liste mit Fragen. Ich wischte mir die Hände an meiner marineblauen Wollhose ab und begann, nervös auf der Bank auf und ab zu hopsen, riss mich aber sofort wieder zusammen. *Atme tief durch. Das klappt schon und morgen um diese Zeit bist du vielleicht keine Jungfrau mehr.* Aus meiner Tasche lugte meine neue rote Strickmütze hervor. Bevor ich die Wohnung verlassen hatte, hatte ich schnell noch das Preisschild abgerissen. Mein hämmerndes Herz beruhigte sich ein wenig. Ich hatte mir zum ersten Mal etwas Gewagtes gekauft. Dies war der Beginn von etwas Neuem. Ich konnte es spüren.

Wieder klingelte es, als sich die Tür des Cafés öffnete. Ich riss den Kopf hoch und mein Bein, mit dem ich eben noch ungeduldig gewippt hatte, erstarrte mitten in der Bewegung. Jemand stand im Eingang, durch den die Sonne hereinfiel. Er war groß, größer als alle anderen, die bisher hereingekommen waren, und so kräftig, dass sich seine Muskeln selbst unter seiner Jacke deutlich abzeichneten. Er blieb auf der Schwelle stehen und ließ den Blick durch den Raum schweifen, als wüsste er genau, dass die anderen seine Blicke erwidern würden. Als wolle er ihnen die Gelegenheit geben, seine Anwesenheit ehrfürchtig zur Kenntnis zu nehmen. Seine rabenschwarzen Haare waren auf genau die richtige Art und Weise zerzaust, als wäre er auf dem Weg hierher mit der Hand hindurchgefahren. Die Jacke saß so perfekt, als wäre sie ihm auf den Leib geschneidert worden.

Ich sah mich um. Ich war nicht die Einzige, die sein Eintreffen bemerkt hatte. Irgendwie kam er mir bekannt vor, aber ich kam nicht drauf woher. Er beugte sich nach unten. Ich dachte, dass er sich die Schnürsenkel binden wollte, doch stattdessen wischte er ein nasses Blatt von seinem makellosen weißen Turnschuh. Als er durch den Raum auf mich zukam, drehten sich überall Leute nach ihm um. Ich packte die Karteikarten fester und musste mich ermahnen, das Atmen nicht zu vergessen.

Wieder sah er sich um. Schließlich entdeckte er mich. Selbst aus der Ferne konnte ich erkennen, wie grün seine Augen waren. Dunkle Haare und dazu solche Augen, das war eine ungewöhnliche Kombination. Er blieb stehen und presste die Lippen aufeinander. Dann schob er die Hände in die Taschen und kam mit einem *Bringen wir es hinter uns*-Gesichtsausdruck auf mich zu. Das verhieß nichts Gutes. Er blieb mir gegenüber stehen und sah mich erwartungsvoll an.

Ich betrachtete sein Gesicht. Kantiger Kiefer. Leichte Stoppeln auf Wangen und Kinn. Ich errötete. Er hatte wunderschöne Lippen. Wie würden sie sich wohl auf meinem Mund anfühlen? Ich strich mit dem Finger über meine Unterlippe. Wie würden sie sich wohl an gewissen anderen Stellen anfühlen? Mein Körper reagierte sofort auf diese Vorstellung. In diesem Moment war ich wirklich heilfroh, dass ich einen BH, ein Shirt und einen Blazer trug, die meine steinharten Brustwarzen verbargen. Das war schon mal ein gutes Zeichen.

Er räusperte sich.

Ich zuckte zusammen und ließ rasch die Hand sinken. Währenddessen spürte ich, wie die Hitze in meine Wangen stieg, und wusste, dass ich knallrot im Gesicht war. »Entschuldige, setz dich doch.«

Ich erhob mich halb von meinem Platz und wies mit der Hand auf die andere Bank. Die Tischplatte grub sich dabei in meine Oberschenkel. Dann ließ ich mich wieder auf das weiche Polster fallen.

Er glitt auf die Bank mir gegenüber, zog den Reißverschluss seiner Jacke auf und legte den Arm auf die glänzend bezogene Rückenlehne.

»Hi, es ist echt schön, dich kennenzulernen. Ich bin Seph.« Ich streckte die Hand über den Tisch. Dabei rutschte der Ärmel meines Blazers hoch und schnürte beinahe meinen Unterarm ab.

Er zog die Augenbrauen zusammen. »Seth?« Er beugte sich vor und stützte die Ellenbogen auf die Tischkante. Er war ganz anders als die Jungs aus dem Mathe-Fachbereich. Sie waren eher ruhig, manche auch unausstehlich, und keiner von ihnen verursachte bei mir dieses Flattern in der Magengrube, als würde eine Horde Schmetterlinge versuchen, olympisches Gold in rhythmischer Sportgymnastik zu erringen.

Ich musste ein Kichern unterdrücken. Schließlich gehörte ich nun wirklich nicht zu den Leuten, die *kicherten*. Stattdessen entfuhr mir so etwas wie ein scharfes Schnauben. Doch ich widerstand dem Drang, die Augen zu schließen und mich unter dem Tisch zu verstecken. *Bleib cool, Seph. Bleib cool.* »Nein – Seph. Die Kurzform von Persephone.«

Er hob eine Augenbraue.

»Die griechische Frühlingsgöttin. Tochter von Demeter und Zeus. Egal, ist nicht so wichtig. Ich freue mich, dass du bereit bist, dich heute mit mir zu treffen.«

»Mir blieb ja kaum eine andere Wahl.« Er lehnte sich zurück und klopfte mit den Fingerknöcheln einen ungleichmäßigen Rhythmus auf die Tischplatte.

Ich leckte mir über die Lippen, öffnete sie leicht. Er hatte keine andere Wahl gehabt? Hatte ihn etwa jemand hierzu angestiftet? Hatte er sich durch irgendetwas in meinem Post dazu verpflichtet gefühlt herzukommen? Ich hatte es nicht über mich gebracht, mir die Anzeige, nachdem ich sie abgeschickt hatte, noch einmal durchzulesen. Ich schüttelte den Kopf und streckte wieder die Hand aus. »Freut mich, dich kennenzulernen, …«

Er betrachtete meine Hand, dann mein Gesicht, und schnaubte schließlich gelangweilt. »Reece. Reece Michaels.«

»Schön, dich kennenzulernen, Reece. Ich bin Persephone Alexander. Wenn du nichts dagegen hast, würde ich dir für den Anfang gern einige Fragen stellen.«

»Je schneller wir loslegen, desto schneller sind wir fertig.« Er blickte sich um und sah aus, als wäre er am liebsten irgendwo anders – nur nicht hier.

Ich spürte ein albernes Kribbeln in meinem Magen. Die Bedienung kam an unseren Tisch und brachte die Mineralwasserflaschen, die ich bestellt hatte. Ich arrangierte sie am Tischende zu einem ordentlichen Dreieck.

»Möchtest du ein Wasser?« Ich hielt ihm eine der Flaschen hin.

Er beäugte mich, als böte ich ihm irgendeine verbotene Substanz an, streckte dann aber schließlich doch die Hand nach der Flasche aus. Dabei berührten seine Fingerspitzen die Rückseite meiner Finger. Sofort spürte ich ein Prickeln.

Er nahm mir die Flasche aus der Hand, öffnete sie und trank einen Schluck.

Wieder wurden meine Wangen ganz heiß. Schnell senkte ich den Blick auf meine Karten und drehte die erste um.

»Ich habe hier eine Karteikarte, die ich dich bitten würde auszufüllen.«

Ich schob sie über den Tisch und hielt ihm einen Stift hin. Er nahm ihn und achtete diesmal darauf, meine Finger nicht zu berühren. Es wäre gelogen gewesen, wenn ich behauptet hätte, dass ich mir nicht wünschte, er würde mich noch einmal berühren. Nur um zu sehen, ob ich beim ersten Mal mehr als nur statische Aufladung gespürt hatte. Er schrieb seine persönlichen Daten auf die Karte und gab sie mir anschließend zurück.

Ich las mir die Infos kurz durch. Er war einundzwanzig. Bis zu seinem Geburtstag kurz nach Neujahr war es nicht mehr lange. Gutes Verhältnis von Körpergröße und Gewicht. Ich nahm meinen Stift und betrachtete die Fragen, die ich für das Treffen vorbereitet hatte.

»Fangen wir an.« *Rein ins kalte Wasser.* Ich räusperte mich und klopfte mit den Karteikarten auf den Tisch – so laut, dass sich einige der anderen Gäste nach uns umdrehten. »Wann wurdest du zum letzten Mal auf sexuell übertragbare Krankheiten getestet?«

Er stellte die Flasche auf den Tisch und musterte mich plötzlich interessiert, als wäre ich eine Gleichung, die er lösen wollte. Doch gleich darauf war dieser Gesichtsausdruck schon wieder verschwunden. »Am Anfang der Saison. Alles bestens.« Er schaute über seine Schulter und wirkte nun wieder sichtlich gelangweilt. *Wow.* Ich dachte immer, Jungs wären total versessen auf dieses ganze Sex-Ding. Doch er verhielt sich eher, als säße er beim Zahnarzt im Wartezimmer.

»Wann hattest du zum letzten Mal Geschlechtsverkehr?«

Er riss den Kopf herum und starrte mich mit großen Augen an. »Was?« Nun hatte ich seine volle Aufmerksamkeit.

»Sex? Wann hattest du zum letzten Mal Sex?« Ich klopfte mit dem Stift auf die Karteikarte.

»Kein Kommentar.«

»Unter den gegebenen Umständen ist das eine durchaus berechtigte Frage.«

Die Muskeln in seinem Nacken spannten sich und er kräuselte die Lippen. »Na gut, am Anfang der Saison.«

»Welche Saison meinst du eigentlich?«, fragte ich und sah von meiner Karte auf. Er drückte sich irgendwie merkwürdig aus.

»Die Football-Saison.«

Jetzt passte alles zusammen – sein Körperbau, die Blicke der anderen Gäste im Café. »Du spielst Football.« Das ergab Sinn. Er sah wirklich wie das Musterbeispiel eines amerikanischen Sportlers aus.

»Ja, ich spiele Football.«

»Wann hat die Saison denn angefangen?«

Er schüttelte verwirrt den Kopf und beäugte mich, als spräche ich eine Fremdsprache. »Im September.«

»Und …« Ich fuhr mir mit der Hand über den Nacken. »Wie lange, würdest du sagen, hat es ungefähr gedauert?«

Er runzelte die Stirn. »Es hat überhaupt nicht lange gedauert. Es war nur eine Sache für eine Nacht. Ich steh nicht auf Beziehungen.«

Natürlich nicht. Er war ein Frauenheld. Stieß sich die Hörner ab. Vögelte so viele Studentinnen, wie er kriegen konnte. Er hatte also Erfahrung. Hervorragend.

Ich räusperte mich. »Nein, ich meinte nicht, wie lange du mit der Frau zusammengeblieben bist. Ich wollte wissen, wie lange der Sex gedauert hat.«

Das Trommeln auf der Tischplatte verstummte abrupt. »Ernsthaft?«

Ich leckte mir die staubtrockenen Lippen. »Das ist eine berechtigte Frage. Wie lange hat es gedauert?«

»Ich habe die Zeit nicht gestoppt, aber sagen wir es mal so: Wir sind beide auf unsere Kosten gekommen.«

»Interessant.« Ich notierte wieder etwas auf der Karte.

»Solche Fragen werden mir also im Rahmen des Auswahlverfahrens gestellt?« Er schraubte den Deckel von der Wasserflasche ab.

Auswahlverfahren? Ich runzelte kurz die Stirn und las mir dann die nächste Frage auf meiner Karte durch. Dabei verzog ich ein wenig das Gesicht. »Okay, diese Frage könnte dir jetzt ein wenig persönlich erscheinen.« Ich räusperte mich wieder. »Aber wie groß ist dein Penis? Die Länge reicht schon. Den Umfang – also den Durchmesser – muss ich nicht unbedingt wissen.«

Ein Sprühnebel aus Wassertropfen spritzte aus seinem Mund und hüllte mich ein. »Was zum Teufel ist das denn für eine Frage? Ich weiß, du versuchst, mich aus der Reserve zu locken, aber das geht jetzt wirklich etwas zu weit.«

4. KAPITEL

Reece

Ich kannte die Redewendung, dass man »seine Zunge verschluckt«, hätte aber nie für möglich gehalten, dass einem so etwas wirklich passieren könnte. Doch als sie die Frage »Wie groß ist dein Penis?« aussprach, wäre mir meine Zunge beinahe tatsächlich in den Hals gerutscht. Das Mineralwasser brannte in meiner Lunge und ich hustete und schlug mit der Hand auf den Tisch. Ihre Wasserflaschen schwankten gefährlich und der Löffel in ihrer Kaffeetasse schlug klirrend gegen den Rand. Als sie dann noch die Bemerkung darüber nachschob, dass sie den Durchmesser nicht unbedingt wissen müsse, konnte ich endgültig nur noch nach Luft schnappen.

»Sicherlich geht man eine sexuelle Begegnung normalerweise anders an, aber ich dachte mir, dass du mir angesichts der Anzeige vielleicht vorab ein wenig beschreiben könntest, wie Sex mit dir ungefähr sein könnte.«

Trotz des fiesen Brennens in meiner Lunge, das mich zu ersticken drohte, registrierte mein Hirn die Bedeutung ihrer Worte. »Du glaubst, dass ich wegen irgendeiner Sex-Anzeige hier bin? Was für eine Sex-Anzeige? Wer gibt denn bitte schön eine Sex-Anzeige auf?«, stieß ich mühsam keuchend hervor. Tausend weitere Fragen schwirrten in meinen Gedanken herum, doch ich musste erst mal wieder zu Atem kommen, bevor ich sie stellen konnte.

Seph wirkte wie eine Chefbibliothekarin bei einer Bibliothekskonferenz. Ihr Aussehen – der holländische Zopf, der sich wie eine Krone um ihren Kopf wand, die Bluse und der ordentlich gebügelte Blazer – schrie nicht gerade: *Ich bin so sexgeil, dass ich eine Anzeige schalten muss.*

Sie schob mir ein gefaltetes Blatt Papier über den Tisch zu. Ich starrte es an und fürchtete mich ein wenig vor dem, was darauf stehen mochte. Doch ich öffnete es. Meine Augen huschten über die Zeilen und ich verschlang die Worte, während mein Hirn auf Hochtouren arbeitete und beinahe heiß lief. Ich starrte den Zettel an, dann sie, dann wieder den Zettel.

»Hast du den Verstand verloren?« Ich wandte ihr wieder den Blick zu und musterte sie diesmal genauer. Sie war jung. Trotz dieses Heidi-Zopfs, den sie sich um den Kopf gewickelt hatte, konnte sie kaum älter als zwanzig sein.

»Bist du überhaupt schon volljährig?«

Sie schürzte die Lippen, zog sie dann wieder ein und begann, daran zu knabbern. »In drei Monaten werde ich neunzehn.«

Nachdem ich nun wusste, dass sie nicht mehr minderjährig war, betrachtete ich sie noch etwas eingängiger. Sie war süß. Hellbraune Haare. Hellbraune Augen, die sie abwechselnd auf mich und ihre Karten richtete. Sie war attraktiv. Ich konnte keinen Grund dafür erkennen, warum sie eine Sex-Anzeige hätte aufgeben müssen. »Willst du Männern die Organe rauben oder was? Wenn du es wirklich auf Sex abgesehen hast, dann geh doch einfach zu einer beliebigen Party auf dem Campus und lass dich flachlegen.«

Sie zupfte an den Knöpfen ihrer Bluse, was meine Aufmerksamkeit ganz automatisch auf ihr Dekolleté lenkte. Ich fügte *tolle Brüste* zur mentalen Liste ihrer positiven Eigenschaften hinzu. Ihre Körpergröße einzuschätzen war schwierig, aber im Sitzen wirkte sie durchschnittlich groß.

»Mit der Partyszene habe ich nicht viel zu tun. Ich bin der Ansicht, dass dies der beste Weg ist, um potenzielle Kandidaten für den Job zu finden.«

»Was für ein Job?«

Sie strich mit den Fingern über die oberste Karteikarte des Stapels und antwortete so leise, dass ich sie kaum verstehen konnte: »Meine Jungfräulichkeit zu verlieren.«

Ach du Scheiße. Eine Jungfrau. Ich hätte nicht für möglich gehalten, dass es überhaupt welche im College-Alter gab. »Du willst deine Jungfräulichkeit an einen Kerl verlieren, der sich auf eine derartige Anzeige meldet?« Ich klatschte den gefalteten Zettel auf den Tisch. »Du wirst verletzt werden. Oder umgebracht. Nur ein Irrer würde sich auf eine derartige Anzeige melden.« Oder jemand, der so verzweifelt war, dass er keine Skrupel hätte, jemanden wie sie auszunutzen.

Sie sah zu mir auf. »Du hast dich gemeldet.«

»Nein, ich wollte mich hier mit einer Medienspezialistin treffen. Und da ich hier außer dir niemanden sonst entdecken konnte, der dafür bieder genug aussieht, dachte ich eben, dass du diese Spezialistin wärst.«

»Oh.« Die Enttäuschung in ihrer Stimme war unüberhörbar. »Tut mir leid, das wusste ich nicht. Ich habe die Kandidaten für drei Uhr hergebeten. Ich dachte, du wärst einfach besonders pünktlich. Was dir übrigens schon einen Pluspunkt eingebracht hat.« Sie deutete auf die kleinen Rautenzeichen am oberen Rand meiner Karteikarte.

»Das hier ist wirklich dein voller Ernst?« Es war mir unbegreiflich, weshalb jemand wie sie so etwas tat. Es war nicht nur dumm, sondern auch gefährlich. Ich war zwar auch kein Paradebeispiel für Anstand und Moral, aber sie würde sich in größere Schwierigkeiten bringen, als jemand wie sie verkraften konnte.

»Über eine derartig ernste Angelegenheit würde ich niemals Scherze machen. Ich habe eine Menge vor und nur noch bis Mai Zeit, um alles zu erledigen.«

Die Tür des Cafés öffnete sich. Ich spähte über die Schulter. Eine Frau im Anzug mit genervtem Gesichtsausdruck und mehreren Mappen und Schnellheftern unter dem Arm betrat das Café. Sie sah schon eher nach meiner Spezialistin aus. Mir war es ohnehin direkt so vorgekommen, als würde Seph zu jung für diesen Job wirken, aber wer trug denn bitte schön auf einem College-Campus einen Blazer, abgesehen von Leuten, die ein wichtiges Meeting hatten? Alle anderen Gäste des *Uncommon Grounds* sahen so aus, als wären sie entweder vor fünf Minuten oder vor zwanzig Stunden aus dem Bett gekrochen und hätten sich anschließend hier niedergelassen. Die Frau, die ich auf Mitte vierzig schätzte, war an der Tür stehen geblieben und ließ den Blick nun von Tisch zu Tisch schweifen.

Ich beugte mich dicht zu Seph hinüber, denn mir war plötzlich ein furchtbarer Gedanke gekommen. »Stirbst du etwa?« Sie war doch erst achtzehn und sah vollkommen gesund aus. *Verdammt.*

Die Frau im Anzug stand plötzlich neben unserer Sitzecke. »Reece?«

Ich nickte.

»Schön, Sie kennenzulernen. Ich bin Rebecca.« Sie hielt mir die Hand hin. »Ihr Coach hat unser Treffen vereinbart. Leider hatte ich eine Autopanne. Tut mir leid. Setzen wir uns doch gemeinsam an einen Tisch, wenn Sie hier fertig sind.« Als ihr Blick auf Seph in ihrem seriösen Outfit mit ihren Karteikarten fiel, schwächte sich ihr strahlendes Lächeln etwas ab. »Habe ich Sie beide bei etwas unterbrochen?«

Ich schüttelte ihr die Hand. »Es dauert nur noch einen Augenblick.«

Rebecca blieb stehen, wo sie war, und trat ungeduldig von einem Fuß auf den anderen.

Seph hatte mir noch immer nicht meine Frage beantwortet. »Stirbst du?« Ich zog den Kopf ein und versuchte, ihr in die Augen zu sehen.

Sie knabberte wieder an ihren vollen Lippen.

»Meinst du das im Wortsinn oder metaphorisch, also ob ich vor Scham gleich tot umfalle?«

»Ersteres.« Ich legte meine Hand auf ihre. Sie erzitterte leicht. Sie hatte tierische Angst, wie ein Anfänger, der zum ersten Mal aus dem Kabinentunnel aufs Spielfeld lief. Am liebsten hätte ich sie an mich gedrückt und ihr ins Ohr geflüstert, dass alles gut werden würde. *Wow!* Wie kam ich denn plötzlich auf die Idee? Das hatte ich nun davon, dass ich seit Beginn der Saison keinen Sex mehr gehabt hatte. Ich mutierte langsam zu einem Mädchen.

Sie spähte zu mir herüber. »Nicht mehr oder weniger als wir alle. Tut mir leid wegen der Verwechslung. Geh ruhig zu deinem Treffen.« Sie zog ihre Hand unter meiner heraus und legte sie unter dem Tisch in den Schoß.

In diesem Moment verspürte ich den immensen Drang, sie von hier wegzubringen. Am liebsten hätte ich ihre Sachen eingesammelt und sie aus dieser Sitzecke gezerrt, in der sie hockte und darauf wartete, irgendwelche Männer zu interviewen, an die sie ihre Jungfräulichkeit verlieren wollte. Herrje, ich hätte nie gedacht, dass ich mal einen derartigen Satz formulieren würde. Seph blieb still sitzen und setzte eine tapfere Miene auf.

»Seph …« Mir blieben die Worte im Halse stecken. Ich kannte sie nicht. Warum hatte ich das Gefühl, sie unbedingt davor bewahren zu müssen, einen riesengroßen Fehler zu machen?

»Ich komme schon klar.«

Ich konnte mir lebhaft das Gerede auf dem Campus vorstellen, nachdem sie ihre Anzeige aufgegeben hatte. Von den Leuten, die gleich hier auftauchen würden, käme nur die eine Hälfte, weil sie Interesse hatte, und die andere, um zu glotzen oder sich über sie lustig zu machen. Ich erschauderte bei dem Gedanken an die Typen, die sie wegen ihres Angebots tatsächlich beim Wort nehmen würden. Meine Finger umklammerten die Tischkante so fest, dass die Fingerknöchel weiß wurden. Dann schüttelte ich den Kopf, ließ den Tisch los und rutschte aus der Sitzbank.

»Bist du ganz sicher okay? Nur weil du die Anzeige aufgegeben hast, heißt das noch lange nicht, dass du diese Sache jetzt auch durchziehen musst. Das brauchst du nicht.«

Sie setzte sich aufrecht hin und sah mich an. Diesmal wich sie meinem Blick nicht aus. Ihre ganze Körperhaltung veränderte sich von zusammengekauert zu *Ich meine es ernst*. »Doch, muss ich. Ich entschuldige mich nochmals bei dir. Viel Spaß bei deinem Meeting.« Sie war wirklich beängstigend entschlossen, obwohl sie dieser Angelegenheit eigentlich absolut nicht gewachsen war.

Rebecca hatte sich derweil einen Tisch auf der anderen Seite des Cafés gesucht. Ich winkte ihr und deutete auf den Tisch direkt hinter Sephs. Dort setzte ich mich so hin, dass ich die Tür im Blick behalten konnte. Rebecca nahm mir gegenüber Platz.

»Ist alles in Ordnung?« Sie öffnete einen ihrer zahlreichen Schnellhefter.

»Alles bestens. Ich habe nur verwechselt, mit wem ich mich treffen sollte.«

Einige Minuten nach drei kam der erste Kerl ins Café geschlendert. *Mann, kannst du nicht wenigstens pünktlich kommen?* Rebecca reichte mir irgendwelches Informationsmaterial und ich hörte mit halbem Ohr zu, während sie irgendwas dazu erklärte. Dann wühlte sie in ihrer Tasche nach weiteren Unterlagen.

Derweil suchte ich Blickkontakt zu dem Typen, der gerade hereingekommen war. Er bemerkte mich und blieb wie erstarrt stehen.

Vielleicht, weil er meine strahlend weißen Schuhe bewunderte.

Vielleicht lag es aber auch daran, dass ich das Blatt Papier, das ich gerade in Händen hielt, mit meinen Fäusten zusammenknüllte.

Oder an dem bitterbösen Blick, mit dem ich ihn durchbohrte.

Wir würden es nie erfahren. Sein Blick fiel auf Seph in der Nische vor mir. Ich schüttelte kurz und bestimmt den Kopf und deutete mit dem Finger auf die Tür. Er riss die Augen auf und kam zögerlich einen Schritt näher.

Ich erhob mich ein Stück von meinem Platz. Seine Sohlen quietschten, als er eine Kehrtwende vollführte und zur Tür hinausrannte. Eine ganze Reihe weiterer Jungs versuchte nach ihm noch, sich Seph zu nähern, aber ich verscheuchte sie alle. Einmal entschuldigte ich mich kurz bei Rebecca, stand auf und ging nach draußen, wo sich inzwischen schon eine Schlange aus Vollidioten gebildet hatte.

»Alle mal herhören: Ihr werdet auf keinen Fall das Café betreten und nach dem Mädchen aus der Anzeige suchen. Habt ihr verstanden? Sie ist die Schwester von einem meiner Mannschaftskameraden und hat die Anzeige nur aufgegeben, um ihn zu ärgern. Wer sie anrührt, wird vom kompletten Football-Team zur Rechenschaft gezogen werden. Kapiert?« Ich verschränkte die Arme vor der Brust. Mein Wort war Gesetz.

Die Blödmänner draußen vorm Café wirkten unschlüssig, während sie erst mich und dann die Eingangstür betrachteten. »Wieso kommt man überhaupt auf die Idee, sich auf eine solche Anzeige zu melden? Sie klingt doch viel zu gut, um wahr zu sein. Womöglich hätte sich das Ganze am Ende als Undercover-Aktion herausgestellt und ihr hättet euch in den Nachrichten wiedergefunden.«

Die verschüchterten Angsthasen nickten und ergriffen die Flucht. Ich ging wieder hinein.

Seph hob den Kopf, als das Glöckchen am Eingang klingelte, doch als sie mich sah, wurde sie rot und ihre hoffnungsvolle Miene verwandelte sich in Enttäuschung. Sollte ich deswegen beleidigt sein?

Ich blieb an ihrem Tisch stehen. »Keine Interessenten?«

»Es ist noch Zeit. Ein paarmal dachte ich schon, es wäre jemand gekommen, doch die meisten Jungs, die das Café betreten haben, haben mich nur kurz angeschaut und dann sofort wieder kehrtgemacht.« Sie faltete die Hände im Schoß und schürzte die Lippen wie eine Sonntagsschullehrerin.

»Vielleicht ist es besser so.« Ich legte ihr die Hand auf die Schulter. Dabei strichen meine Finger über die nackte Haut ihres Halses und ich spürte, wie sich ihr Puls unter meinen Fingerspitzen beschleunigte.

Sie blickte zu mir hoch. Ihre rosigen Lippen glänzten im Licht der Abendsonne, das durch die Fenster fiel.

»Reece.« Rebeccas Stimme durchschnitt die Verbindung, die ich plötzlich zu Seph verspürt hatte. »Wir müssen noch einige Punkte besprechen.«

Ich kehrte an meinen Tisch zurück und überflog die Unterlagen, die sie mir gab, behielt aber gleichzeitig die Tür im Auge. Immer wieder klingelte das Glöckchen und mein Blutdruck schoss jedes Mal in die Höhe. Ein Typ kam herein. Ich kannte ihn noch aus dem Studienanfängerseminar im ersten Semester. Ich kam nicht gleich auf seinen Namen, doch sein Gesicht hatte ich nicht vergessen. Hauptsächlich wegen des arroganten Grinsens, mit dem er mich bedacht hatte, als wir unsere ersten Aufsätze zurückbekommen hatten und unter seinem eine fett eingekreiste Achtundneunzig gestanden hatte, unter meinem dagegen nur eine Fünfundsiebzig. Wir hatten nie in den gleichen Kreisen verkehrt und er hatte auch nie einen Hehl daraus gemacht, was er von studentischen Sportlern hielt. *Graham.*

Er kam ins Café und würdigte mich dabei keines Blickes. Als er Seph entdeckte, begann er zu strahlen wie ein Kind an Weihnachten. Ich schlug mit den Händen auf den Tisch.

Rebecca zuckte erschrocken zusammen und schaute mich mit großen Augen an. »Wir sind fast fertig. Ich werde Ihrem Coach mitteilen, wie großartig Sie mitgearbeitet haben.«

Ich lehnte mich auf der Bank zurück und wünschte, ich könnte per Röntgenblick durch sie hindurchschauen und sehen, worüber genau die beiden sich einen Tisch weiter unterhielten.

»… und wenn Sie erst einmal in der Lage sind, auf diese grundlegenden Fragen gute Antworten zu geben, wird Ihnen das zukünftig im Umgang mit der Presse sehr helfen.« Sie musterte mich erwartungsvoll.

Ich nickte und setzte ein Grinsen auf. »Vielen Dank für Ihre Hilfe. Sobald ich zu Hause bin, lese ich mir alles noch einmal durch.«

»Perfekt.« Sie sammelte ihre Unterlagen ein und steckte die Schnellhefter zurück in ihre Tasche. Ich schenkte ihr ein flüchtiges Lächeln und stand auf. Gerade als ich den Tisch umrundete, stand Graham ebenfalls auf und schüttelte Seph die Hand. Sie sah zu ihm auf mit einem Blick, als wäre er der Erfinder der Karteikarte. *Nicht dieser Kerl. Er ist ein aufgeblase-*

nes Arschloch. Dann schloss sich die Tür hinter ihm und dieses dämliche Glöckchen hörte endlich auf zu klingeln.

»Wie ist es gelaufen?«

Mein Schatten fiel auf sie. Sie zuckte zusammen und riss den Kopf hoch.

»Ganz okay. Die Anzeige hat zwar nicht so viel Anklang gefunden wie erwartet, aber das alles ist ja auch noch neu für mich.«

»Glaubst du, du hast deinen Kandidaten gefunden?«

Sie runzelte ein wenig die Stirn und nickte. »Ich denke schon. Aber ich muss noch die Daten auswerten und mit meiner Pro-und-Kontra-Liste abgleichen.«

Sie würde mit Graham schlafen. Warum ging mir das so sehr gegen den Strich? Ich kannte diesen Typen ja kaum. Sie kannte ich ebenso wenig. Vielleicht war sie ja in Bezug darauf, ob sie sterben musste, doch nicht ehrlich gewesen – wie damals in diesem Film, den ich mir vor ein paar Jahren mit meiner kleinen Schwester angeschaut hatte, weil sie mich dazu überredet hatte. Anschließend hatte sie fast zwei Tage lang nur geheult.

Graham war nicht die Art von Mann, mit der Seph ihr erstes Mal erleben sollte. Wahrscheinlich würde er ein Geodreieck mit ins Bett nehmen, um sicherzugehen, dass alle Winkel stimmten – obwohl, nach dem zu urteilen, was ich bisher über sie wusste, würde sie das vielleicht sogar toll finden.

Lass es einfach gut sein. Das geht dich nichts an. Ich schob die Hände in die Taschen. »Na dann, viel Spaß. Und ich hoffe, dass du genau das bekommst, was du suchst.«

»Ich glaube, das werde ich.« Sie lächelte mich an. Es war das erste richtige Lächeln, dass ich in der kurzen Zeitspanne, die ich in ihrer Gegenwart verbracht hatte, zu sehen bekam. Es war ein Lächeln, das richtig von Herzen kam, wie an einem

Weihnachtsmorgen oder wenn man seinen ersten Touchdown geschafft hat.

Ich hob die Hand zu einem knappen Winken und verließ das Café. Über mir strahlte die Leuchtreklame von *Uncommon Grounds* mit zwei Kaffeetassen, aus denen Kaffeebohnen quollen.

Draußen hielt ich Ausschau nach eventuellen Nachzüglern, doch ich konnte niemanden entdecken. Trotzdem blieb ich noch eine Weile stehen und beobachtete sie dabei, wie sie aufbrach. Sie steckte ihren grauen Schal in den Halsausschnitt ihres beigefarbenen Mantels und zog sich eine rote Mütze über die Ohren.

Was zum Teufel tat ich da? Ich versuchte, sie vor sich selbst zu schützen. Aber sie konnte jederzeit eine neue Anzeige aufgeben oder vielleicht meinen Rat beherzigen und einfach zu einer Party gehen und sich flachlegen lassen. *Das geht dich nichts an, Reece.* Genau wegen solcher Verwicklungen mied ich jegliche Form von Beziehung. Sich in solche Dinge hineinziehen zu lassen endete unweigerlich damit, dass man seine Träume in den Wind schießen konnte, und das kam für mich nicht infrage. Auf keinen Fall.

5. KAPITEL

Seph

Es war *nicht* gelaufen wie geplant. Aus irgendeinem Grund hatte ich damit gerechnet, dass die Jungs vor dem Café Schlange stehen würden und dass es ein Albtraum werden würde, sich zwischen den zahlreichen Bewerbern zu entscheiden. Doch stattdessen war es noch viel schlimmer gekommen. Ich hatte zwei Stunden lang im Café gesessen, heiße Schokolade mit Marshmallows in mich hineingeschüttet und alles, was dabei herausgekommen war, war ein Interviewpartner gewesen, der nur versehentlich bei mir gelandet war, sowie ein weiterer Bewerber. Ein einziger *richtiger* Kandidat.

Graham war nett. Ich hatte ihn schon mal im Mathegebäude gesehen, mich jedoch nie mit ihm unterhalten. Genauso wie ich mich bisher auch mit niemandem sonst unterhalten hatte. Er hatte ein angenehmes Lächeln, weiche Hände und einen sanften, aber auch festen Händedruck. Seine Haare waren ähnlich hellbraun wie meine und seine Augen honigfarben, was ihn auf jeden Fall zum attraktivsten Mann unserer Fakultät machte. Bestimmt wäre er ein toller Partner fürs erste Mal, würde sich Zeit lassen, nichts überstürzen. Trotzdem musste ich immer wieder an den Typen denken, der nur zufällig an meinem Tisch gelandet war.

Reece. Er war hereingekommen und seine schiere Anwesenheit hatte den Raum erhellt. Er war nicht der Typ Mann, der sich zurücklehnte und die Dinge auf sich zukommen ließ. Er nahm sich das, was er wollte. Strahlte immenses Selbstvertrauen aus. Als er mir die Hand auf die Schulter gelegt hatte, war mein Inneres in Aufruhr geraten. Meine Dopaminwerte waren bestimmt durch die Decke gegangen. Solche Gefühle erlebte man nicht jeden Tag — zumindest ich nicht. Es ließ sich mit dem vergleichen, was ich gespürt hatte, als ich die schriftliche Zusage für die Aufnahme an der Fulton bekommen hatte. Dass er augenscheinlich kein Interesse an mir oder meinem Anliegen hatte, machte alles nur noch schlimmer.

Mit Graham konnte ich auf Nummer sicher gehen. Er hatte sich auf die Anzeige gemeldet. Er hatte freundliche Augen und einen angenehmen Charakter. Er hatte mir sogar erzählt, dass er nach seinem Abschluss zurück nach Boston ziehen wollte, was bedeutete, dass wir uns, falls sich aus dieser Sache mehr als ein einmaliges Zusammentreffen entwickeln sollte, nach meinem Umzug weiterhin sehen könnten. Er war die logische, die beste Wahl.

Aber Reece … Er war derjenige, an den ich unwillkürlich denken musste, als ich nun vor der Bibliothek stand. Ich hatte kurz darüber nachgedacht, ins Apartment zurückzukehren, doch der Gedanke an Alexa und ihren Freund hatte mich sofort wieder davon abgebracht. Ich wusste aus Erfahrung, wie ausdauernd sie sein konnten, wenn sie erst einmal in Fahrt kamen. Auf diese Weise hatten die beiden mich schon öfter ins Exil verbannt – oder besser gesagt ins Sexil. Meine Gedanken kehrten zu Reece zurück. Mit ihm im Sexil zu sein, das wäre mal was ganz anderes. *Holla, mach mal halblang*, mahnte ich mich selbst. *Er ist nicht interessiert. Konzentrier dich lieber auf deine unmittelbaren Probleme.* Warum konnte ich mich nicht einfach gegen Alexa behaupten? Aus dem gleichen Grund, aus dem ich mich nicht gegen meine Eltern behaupten konnte.

Ein Schritt nach dem anderen. Wenigstens war die Sache kein kompletter Reinfall gewesen. Ich hauchte meine Hände an und machte mich auf die Suche nach etwas zu essen. Mein Magen war den ganzen Tag in Aufruhr gewesen. Doch nun, nachdem ich ins kalte Wasser gesprungen war und es überlebt hatte, hatte ich einen Bärenhunger. Der verlockende Duft von köstlich gewürztem Fleisch stieg mir in die Nase. Mir lief das Wasser im Mund zusammen. Was immer das auch war, ich musste es sofort haben.

Über der schmalen Steintreppe, die zum Restaurant führte, hing ein mit zwei Paddeln dekoriertes Schild. *The Vault* stand darauf zu lesen. Ich hatte meine Kommilitonen schon über dieses Etablissement sprechen gehört, hatte mich jedoch noch nie auf die Suche danach gemacht. Ich drückte die schwere Holztür auf und betrat die Mischung aus Bar und Restaurant, die unweit des Campus lag. Ein großer Kerl in einem engen Top stand vor mir. Er hielt die Arme vor der Brust verschränkt und starrte mich an. Ich ließ mich nicht einschüchtern, erwiderte seinen Blick und lächelte.

»Hi. Ich würde hier gern was essen.«

»Zeig mir mal deinen Ausweis«, verlangte er, streckte mir die Hand hin und wedelte auffordernd mit den Fingern.

Ich wühlte in meiner Tasche und fischte meinen Führerschein heraus. Erst mit achtzehn hatte ich es geschafft, meinen Vater davon zu überzeugen, dass ich ihn machen durfte. Ich hatte damit argumentiert, dass es praktisch wäre, wenn ich mir später, wenn ich an Konferenzen teilnehmen wollte, ein Auto mieten könnte.

»Bis neun Uhr musst du wieder draußen sein. Ab da schenken wir Alkohol aus.« Er trat zurück, um mich vorbeizulassen. Ein schmaler Gang mit unverputzten Backsteinwänden führte ins Restaurant.

Ich sah auf die Uhr. Es war erst sechs. »Okay, dann habe ich ja noch eine Menge Zeit.« Ich drückte mich an ihm vorbei. Dabei schabte die Schulter meines Mantels an den rauen Steinen.

»Und hier wird sich nicht in den Waschräumen versteckt.« Er wandte sich zu mir um, kaum dass ich an ihm vorbei war.

»Das würde ich nie tun.«

Er schürzte die Lippen, musterte mich von Kopf bis Fuß und nickte. »Ja, genau.«

Ich strich mir eine vorwitzige Haarsträhne hinters Ohr, ging weiter ins Restaurant hinein und drückte die zweite Schwingtür auf. Drinnen liefen Kellner mit Tabletts umher. Die meisten Tische und Nischen waren leer. Anscheinend herrschte gerade diese merkwürdige Ruhephase zwischen Mittagessen und der College-Abendessenszeit, die später anzufangen schien als normal. Jemand lief an mir vorbei, als ich stehen blieb und die Handschuhe auszog.

Eine Frau mit einer Schürze um die Hüften kam zu mir. »Setzen Sie sich, wo Sie möchten. Es kommt gleich jemand zu Ihnen. Und hier ist die Karte.« Sie reichte mir eine laminierte Speisekarte und ich suchte mir einen Platz.

Nachdem ich mich an den Tisch gesetzt hatte, studierte ich das Menü. Es gab so vieles, von dem ich noch nie gehört hatte. Während ich die Beschreibungen las, begann mein Magen zu knurren. *Blauschimmelkäse auf einem Burger? Und was sind* Atomic Fries*? Passen so viele Zutaten auf eine Portion Pommes?*

»Wissen Sie schon, was Sie bestellen möchten?«, fragte eine Frau, die anscheinend meine Kellnerin war. Sie zog einen Bleistift und einen Notizblock aus der Schürzentasche. Ihr Gesicht kam mir irgendwie bekannt vor. Der Großteil der Angestellten hier sah aus wie Collegestudenten.

Mein letzter Restaurantbesuch, wo mir beim Bestellen niemand über die Schulter geschaut hatte, war in Begleitung von Tante Sophie gewesen. Das war schon eine gefühlte Ewigkeit her. Ich hatte mich bisher darauf beschränkt, zu Hause zu essen oder mir einen Snack einzupacken, wenn ich in die Bibliothek ging. »Ich nehme einen Shirley Temple.«

Die Frau nickte.

Ich hob die Hand wie ein Kind im Unterricht. Sie sah mich schweigend an. »Kann ich extra Kirschen haben?«

»Klar. Und was möchten Sie essen?« Sie ging neben dem Tisch in die Hocke und legte die Hand neben die Speisekarte.

»Ich weiß es wirklich nicht. Das klingt alles so gut. Was würden Sie bestellen?«

»Der *Juicy Lucy*-Burger mit Pommes ist wirklich super. Das ist mein Favorit auf der Karte.«

Ein Burger mit Hackfleisch-Käse-Patty, Bacon und Ranch Dressing. Mir lief das Wasser im Mund zusammen. »Das nehme ich.«

»Perfekt. Ich komme gleich mit Ihrem Getränk wieder.« Sie nahm meine Karte und ging.

Ich trommelte mit den Fingern auf meine Oberschenkel

und sah mich im Restaurant um. Einige Gäste waren in ihre Bücher vertieft und lernten. Viele saßen mit Freunden beisammen, unterhielten sich und lachten. Sogar hier, außerhalb des Colleges, war ich eine Außenseiterin. Die Einsamkeit, die ich empfand, und als deren Auslöser ich meine Eltern betrachtete, sowie die Tatsache, dass ich zu Hause unterrichtet worden und als Kind nur von Erwachsenen umgeben gewesen war, wurden in Gegenwart von Gleichaltrigen noch viel schlimmer. Wenn ich auf dem Campus an ihnen vorbeilief oder im Unterricht neben ihnen saß und mich praktisch unsichtbar fühlte, war das Ganze am schwersten zu ertragen.

Die Kellnerin brachte mein Getränk, inklusive extra Kirschen. Selbst hier im Restaurant lachten Freunde zusammen und machten Witze. Pärchen flirteten und lächelten sich an. Ich angelte eine Kirsche aus meinem Glas.

Ich saß alleine an einem leeren Tisch, nur mit meiner Tasche, meinen Büchern und einem Handy, auf dem höchstens zehn Kontakte gespeichert waren. Ich steckte mir den Stiel der Kirsche in den Mund und machte einen Knoten hinein – eine meiner vielen sinnlosen Fähigkeiten, mit denen ich mich als Kind unterhalten hatte. Schließlich hatte ich irgendwas gebraucht, womit ich mich während der vielen, langweiligen Computermathematik-Veranstaltungen ablenken konnte.

»Hey, verfolgst du mich etwa?« Ein Schatten fiel auf meinen Tisch.

Ich sah auf. Graham stand vor mir. Ein paar andere Jungs liefen an uns vorbei.

»Ich komme gleich«, rief er ihnen nach.

»Nein, keinesfalls. Bestimmt liegt das Restaurant nur zufällig auf dem Weg vom Café zur Bibliothek. Vielleicht liegt es ja auch an der Windrichtung. Menschen laufen generell nicht gern gegen den Wind, weshalb man beispielsweise, wenn ein kleines Kind verschwindet, immer in Windrichtung sucht. Bitte, unterbrich mich jederzeit, wenn dir diese Unterhaltung zu schräg wird.« Ich schluckte und wünschte mir, auf der Stelle im Boden zu versinken. Vielleicht hatte ich ja Glück und unter dem Campus befand sich ein erloschener Vulkan oder ein Höllenschlund.

Er lachte. »Das ist eine interessante Information für den Fall, dass ich mal bei der Suche nach einem vermissten Kind helfen sollte. Und ich habe eigentlich nicht wirklich geglaubt, dass du mich verfolgst.«

»Graham, kommst du?«, rief jemand weiter hinten im Restaurant.

»Bitte sehr.« Die Kellnerin brachte einen Teller mit meinem Essen.

»Dann lasse ich dich in Ruhe essen. War schön, dich heute zu treffen, Persephone.«

Ich versuchte, nicht gequält das Gesicht zu verziehen. »Mich hat es auch gefreut, dich kennenzulernen.«

Er verließ meinen Tisch und verschwand außer Sichtweite. Als ich auf meinen Teller schaute, entspannte sich mein Magen, der sich gerade noch völlig verkrampft hatte, schlagartig. Ein Haufen fettiges Essen wartete auf mich und ich konnte es kaum erwarten, ordentlich reinzuhauen.

Vollgestopfter als jemals zuvor in meinem ganzen Leben machte ich mich auf den Rückweg in meine Wohnung. Ich hatte den Eindruck, dass Mutter Natur für den Jahreszeitenwechsel vom Herbst in den Winter deutlich zu früh dran und außerdem schlecht gelaunt war. Aus irgendeinem Grund hatte ich angenommen, dass es in Philly um diese Jahreszeit nicht so kalt sein würde.

Ich öffnete die Tür zum Apartment. Stille empfing mich. Ich atmete erleichtert auf. Schon eine Weile hatte ich mich darauf gefreut, mal wieder ein wenig Zeit für mich allein zu haben. Schnell lief ich in mein Zimmer, stellte die Tasche ab und zog meinen Instrumentenkoffer unter dem Bett hervor. Dann klappte ich ihn auf und nahm vorsichtig die Geige aus dem Samtfutter.

Ich hatte gehofft, durch den Auszug bei meinen Eltern mehr Zeit zum Spielen zu haben, doch Alexas Abneigung gegen Saiteninstrumente entsprach in etwa der meines Vaters, was bedeutete, dass ich schon fast eine Woche lang nicht mehr gespielt hatte. Ich legte das lackierte Holz auf meine Schulter, hob den Bogen und ließ die Finger über die Saiten tanzen. Neben der Mathematik hatte ich auch die Musik schon früh als Ventil für mich entdeckt.

In der Mathematik gab es immer eine richtige Antwort, immer eine Lösung. Manchmal dauerte es vielleicht Jahrzehnte, sie zu finden, aber sie existierte. Bei der Musik war genau das Gegenteil der Fall. Wenn man eine Note nicht richtig traf, eine Tonart nicht ganz stimmte, konnten daraus wundervolle Überraschungen entstehen.

Doch als mein Vater festgestellt hatte, dass ich wahrscheinlich eher in Mathe als im Geigenspielen Rekorde brechen würde, hatten meine Geigenstunden ein abruptes Ende gefunden. Schon witzig, dass ich erst, nachdem ich erfahren hatte, dass sie dagegen waren – dass *er* dagegen war –, endlich richtig Freude daran gefunden hatte, die Finger auf die Saiten zu setzen und den Bogen in der Hand zu halten. An Tagen, wenn alles blöd war oder wenn ich ein Problem einfach nicht lösen konnte, spielte ich immer ein bisschen und fand dadurch jedes Mal eine Lösung. Dann legte ich das Instrument vorsichtig auf dem Bett ab und schrieb rasch alles in mein Notizbuch, was mein Hirn sich zusammengereimt hatte, während ich mich in der Musik verloren hatte.

Doch heute Abend grübelte ich nicht über Mathematik nach, oder über irgendeine komplexe Theorie, die anderen die Tränen in die Augen getrieben hätte. Ich dachte über die Jungs nach, die mir am Nachmittag gegenübergesessen hatten.

Graham war attraktiv, schien nett zu sein und war außerdem interessiert. Er stellte eindeutig die sicherste Wahl dar. Vielleicht musste ich deswegen immer wieder an Reece denken. Wahrscheinlich würde er Nein sagen. Er war ja nicht mal der Anzeige wegen im Café gewesen. Peinlich. Ich dachte an unser Gespräch, spielte es noch einmal im Kopf durch, wobei ich knallrot anlief. Ich hatte ihn gefragt, wie groß sein Penis sei.

Das sollte doch eigentlich Anlass genug sein, um ihm nie wieder unter die Augen treten zu wollen. Trotzdem drängten sich mir ständig die Erinnerungen an seine Augen und seine Lippen auf und jagten alle vernünftigen Gedanken davon.

Was hatte ich schon zu verlieren, wenn er Nein sagte? Graham konnte ich auf jeden Fall fragen. Die Chancen standen gut, dass diese Erfahrung annehmbar ausfallen würde – na ja, zumindest so gut wie das eben bei zwischenmenschlichen Dingen möglich war. Die Haustür wurde geöffnet und wieder geschlossen. Ich wünschte, Alexa wäre jemand, mit dem ich über all das reden könnte. Dass wir uns vielleicht Popcorn und ein paar Drinks machen und quatschen könnten, während wir uns die Nägel lackierten und einen Film ansahen und dass sie mir einen Rat geben könnte, was ich tun sollte.

Ich setzte mich auf die Bettkante und löste meine Haare. Die Flechtzöpfe waren eine alte Gewohnheit. In den alten Schwarz-Weiß-Filmen, die mein Vater gern anschaute, trugen die Frauen immer aufwendige Flechtfrisuren. Möglicherweise hatte ich mir auch einfach zu oft *Heidi* angesehen. Als ich noch klein gewesen war, hatte ich immer, wenn ich zu müde zum Lesen gewesen war oder keine Lust mehr gehabt hatte, Gleichungen zu lösen, stundenlang in meinem Zimmer gesessen und mir beigebracht, wie man sich selbst die Haare flocht, damit meine Mutter das nicht mehr tun musste.

Vielleicht machte ich es deswegen so gern. Es war etwas, das ich nur für mich selbst tat. Mathe, Geige – alles andere in meinem Leben war mir von jemand anderem aufgedrängt worden. Doch meine albernen, viel zu aufwendigen Flechtfrisuren gehörten mir allein. Ich zog die Haarnadeln heraus und legte sie in die kleine Keramikschüssel auf meinem Schreibtisch, während sich mit jedem äußerst befriedigenden *Plink* meine Haare schwerer und schwerer anfühlten, bis sie mir schließlich über die Schultern fielen. Ich kämmte sie mit den Fingern kurz durch und betrachtete mich im Spiegel.

Alexas Absätze klackerten auf dem Fußboden. Durch den Spiegel betrachtete ich die offene Tür hinter mir. Alexa erschien auf der Schwelle. »Heute Abend kommen ein paar Freunde von mir.« Ohne ein weiteres Wort legte sie die Hand an den Knauf und zog die Tür hinter sich zu. Die Botschaft war unmissverständlich. Manchmal kam ich mir vor, als wäre sie die böse Stiefschwester und ich Aschenputtel. Sogar meine Flechtfrisur passte irgendwie dazu.

Nachdem ich meinen Schlafanzug angezogen hatte, ging ich noch einmal in die Küche, um mir etwas Saft zu holen – mein persönlicher, kleiner Akt der Auflehnung. Sobald ich den Fuß ins Wohnzimmer setzte, wurde es still im Raum. Ich konnte die Blicke der Leute förmlich spüren, wie sie sich in meinen Rücken bohrten. Ich ließ mir Zeit, nahm gemächlich ein Glas, goss mir aus dem Saftkarton im Kühlschrank etwas ein und kehrte in den Flur zurück.

In derselben Sekunde, in der ich im dunklen Korridor verschwunden war, erwachten sie wieder zum Leben, als hätte jemand die Wiedergabetaste gedrückt. Eigentlich hatte ich geglaubt, außerhalb meines Elternhauses mehr Freundlichkeit und Wärme zu finden, aber diese Hoffnung war nur meiner Naivität geschuldet gewesen. Ich war bereit, diesen Teil von mir abzulegen. Echte Entscheidungen zu treffen. Richtige Sprünge nach vorn zu machen. Was bedeutete, dass ich nur eine einzige Möglichkeit hatte.

6. KAPITEL

Reece

Der Tod hämmerte auf meinen Schädel ein. Da wir erst nächste Woche wieder ein Spiel hatten, hatten Berk und LJ beschlossen, unseren Sieg noch einmal zu feiern – mit Shots. Ich zog meine Tür auf. Ihr Quietschen schien sich wie Nägel direkt in mein Hirn zu bohren. Ich stützte mich mit den Händen an der Wand ab und schlich die Treppe hinunter.

Auf den Stufen lagen Plastikbecher und es roch nach abgestandenem Bier. *Widerlich*. Ich stieg über einen der Jungs aus dem Team hinweg, der auf den Stufen eingeschlafen war. Zwei weitere Leute schliefen auf der Couch. Wenn wir zum Training um zehn zu spät kämen, würde der Coach uns umbringen.

Ich schaffte es in die Küche und öffnete vorsichtig den Schrank, in dem die extragroße Flasche Ibuprofen residierte. Rasch kippte ich mehrere Tabletten heraus, drehte den Wasserhahn auf und ließ mir Wasser in die hohle Hand laufen. Dann warf ich die Tabletten in den Mund und spülte sie herunter.

Stöhnend lehnte ich die Stirn gegen den Küchenschrank und sehnte mich nach dem Tod. Das hatte ich nun davon, dass ich eine Weile kaum etwas getrunken hatte. Seit Saisonbeginn hatte ich mich immer nur auf ein oder zwei Gläser beschränkt. Doch am gestrigen Abend war ich wirklich in die Vollen gegangen.

Vielleicht hatte ich damit versucht, die Gedanken an eine gewisse Jungfrau auf dem Campus zu ertränken, und daran, was sie wohl gerade tat, um ebendiese Jungfräulichkeit zu verlieren. Warum interessierte mich das überhaupt? Hätte ich mich nicht zu ihr gesetzt, hätte ich mich mit dem ganzen Thema gar nicht beschäftigen müssen. Doch stattdessen hatte ich jedes Mal, wenn meine Gedanken zu ihr abgedriftet waren, ein Glas Schnaps gekippt. Dabei waren verdammt viele Shots zusammengekommen und jetzt trat mir mein Hirn aus Rache dafür, dass ich so dämlich gewesen war, ordentlich in den Hintern.

Mit geschlossenen Augen atmete ich gegen den Schmerz an, als das schrille Piepsen meines Telefons oben in meinem Zimmer ertönte. Mühsam öffnete ich ein Auge und zog die Vorhänge hinter der Spüle auf. Der verdammte Morgen dämmerte gerade erst. Wer zum Teufel rief mich bloß so früh an?

Ich hatte mich gerade wieder zur Treppe zurückgeschleppt, als mir mein Handy von oben entgegengeflogen kam und mich fast am Kopf getroffen hätte. Ich riss die Hand hoch und fing es.

»Danke, Nix.«

Er zeigte mir gleich zwei Mittelfinger, gähnte und knallte seine Tür wieder zu.

Das Telefon begann erneut, in meiner Hand zu klingeln. Ich hackte mit dem Finger aufs Display ein. »Hallo?«

Schweigen. Ich nahm das Handy kurz vom Ohr, um mich zu versichern, dass ich den Anruf nicht weggedrückt hatte.

»Reece Michaels?«

»Ja.« Hatte ich mich um einen Kredit beworben? Der kühle, professionelle Ton der Anruferin klang, als wolle sie mich zu einem Bewerbungsgespräch oder Ähnlichem zitieren.

»Mir ist klar, dass du wahrscheinlich nicht mehr weißt, wer ich bin. Das kann ich vollkommen nachvollziehen, denn wir hatten eine wirklich seltsame erste Interaktion.« Ihre umständliche Ausdrucksweise und ihr strenger Ton verrieten sie.

»Hi, Seph.«

»Du erinnerst dich an mich?«, kiekste sie.

»Man landet ja nicht jeden Tag bei einem Sex-Auswahlgespräch, wie ein potenzieller Kandidat für die nächste Staffel von *Die Bachelorette*.

»Die was?«

»Das ist eine Fernsehsendung. Vergiss es. Und, hast du's schon geschafft, das zu erreichen, was du dir vorgenommen hattest?«

Sie räusperte sich. Ich konnte sie praktisch vor mir sehen, wie sie gerade am Saum ihres Shirts herumspielte. »Nein, und darüber wollte ich mit dir sprechen, falls du heute etwas Zeit hast.«

Es überraschte mich selbst, wie viel Erleichterung ich bei ihren Worten empfand. »Ich habe um zehn Training, aber wir können uns gegen zwölf treffen.«

»Du hast an einem Samstag Training?«

»Wir üben oder trainieren an jedem Tag, an dem wir nicht spielen.«

»Wow, das nenne ich mal Engagement. Zwölf Uhr passt mir gut. Ich habe dieses tolle Restaurant entdeckt – wir könnten uns dort treffen.« Sie betete die Adresse von einer der üblichen Studentenkneipen herunter, in der eigentlich jeder am College schon mindestens einmal gewesen war. Doch bei ihr klang es, als hätte sie sich mit einer Machete durch den Urwald geschlagen und ein verstecktes Juwel entdeckt.

»Ja, ich kenne *The Vault*. Wir sehen uns dort.«

Ich legte auf. In diesem Moment rollte sich Berk von der Couch auf den Wohnzimmerboden und warf ein Kissen nach mir. Ich wich dem Geschoss aus, bereute die abrupte Bewegung aber sofort.

»Halt die Klappe«, stöhnte er wie ein verkaterter Zombie.

»Spreche ich etwa zu laut für dich?« Zwar tat es mir selbst weh, derart die Stimme zu heben, doch das war es mir wert. Ich wurde dafür mit seinem schmerzverzerrten Gesicht belohnt. Ich warf das Kissen zurück und traf ihn am Kopf. Wieder stöhnte er auf, schnappte es sich und legte es auf den Boden unter seinen Kopf. Nachher beim Training würde er garantiert kotzen.

Langsam schlurfte ich die Treppe hinauf und legte mich mit einer großen Flasche Wasser zurück ins Bett. Dann stellte ich den Handyalarm, damit er mich in einigen Stunden weckte. Hoffentlich hatte ich meinen Kater bis dahin weitestgehend ausgeschlafen. Andernfalls würde Berk nicht der Einzige sein, der das Spielfeld vollkotzte.

Der Tod – anders ließ es sich nicht beschreiben. Wenn ich Glück hatte, würde ich sterben. Ich war schweißgebadet, und das nicht nur durch die knallharten Drills, die der Coach uns hatte absolvieren lassen, nachdem das halbe Team sich fünf Minuten zu spät zum Training aufs Feld geschleppt hatte. Die strategisch neben dem Spielfeldrand platzierten Mülleimer waren Gold wert. Hätten wir auf den sorgsam manikürten Rasen gekotzt, hätte uns das Landschaftsgärtnerteam bestimmt kastriert.

Ich zog mir den Schulterschutz über den Kopf.

»Erinnere mich daran, dass ich so etwas nie wieder tue.« Berk war zwar inzwischen nicht mehr ganz so grün wie noch vorhin, als er aufs Feld getaumelt war, machte aber trotzdem keinen wirklich guten Eindruck.

»Ich war nicht derjenige, der auf die Idee gekommen ist, unseren Sieg mit einem Schnaps für jeden erzielten Punkt zu feiern. Mir hätten ein paar Bierchen und Musik gereicht. Du warst derjenige, der mit dem harten Zeug ankam.«

Nix ließ sich neben mich fallen. Er hatte zwar nicht viel getrunken, sah aber trotzdem übel aus. Seine Würfe waren nicht gerade berauschend gewesen, aber immer noch um Klassen besser als die vom Rest des Teams. Er war ein Naturtalent, erinnerte im Moment aber eher an ein überfahrenes Tier am Straßenrand.

»Wie geht's dir?« Ich spritzte mir Wasser in den Mund.

Er fuhr sich mit den Händen übers Gesicht, zog es lang und massierte seine Wangen mit den Fingern. »Wie nach einem Trip in die Unterwelt ohne Rückfahrkarte.«

»Wie viel hast du denn gestern Abend getrunken?«

Er schüttelte den Kopf. »Daran liegt es nicht. Mein Dad hat mich nach der Pressekonferenz nach dem Spiel abgepasst.«

Ich sog scharf die Luft durch die Zähne ein. »Du hättest mir Bescheid sagen sollen. Dann hätte ich eine Entführung oder so was vorgetäuscht.«

Er schüttelte den Kopf. »Das hätte auch nichts gebracht. Er ist eine unaufhaltsame Naturgewalt. Ende des Monats geht er nach London, weil Philly und San Francisco dort spielen.«

Nix' Vater war vor zehn Jahren aus der NFL ausgeschieden und arbeitete jetzt als Sportkommentator.

Ich öffnete die Tür zur Umkleidekabine. »Dann bist du ihn wenigstens eine Zeit lang los.« Leises Schlurfen von Schritten, das Rauschen der Duschen und Stöhnen empfingen uns, als wir die Kabine betraten.

»Er wird trotzdem einen Weg finden, mir Stress zu machen.« Er legte seine Polster weg und nahm sich ein Handtuch.

»Habt ihr von dem Mädchen gehört, das eine Anzeige geschaltet hat?« Berk rieb sich mit einem Handtuch über die tropfnassen Haare und warf es anschließend in seinen Spind.

Mein Blut erstarrte zu Eis und auch der Schweiß, der mir über den Rücken rann, gefror binnen Sekunden. »Was für eine Anzeige?«

»Irgendein Mädel hat eine Scherzanzeige aufgegeben, als Versuch, gevögelt zu werden.« Er holte seine Klamotten aus dem Spind.

»Ernsthaft?« LJ ließ sich neben ihm auf die Bank fallen.

»Ja. Angeblich ist sie eine Psychologiestudentin, die damit eine Art Fallstudie machen wollte. Ein paar Jungs haben erzählt, dass sie hingegangen sind und von einem Mädchen mit Karteikarten und solchem Zeug erwartet wurden. Wahrscheinlich wollte sie herausfinden, wer um alles in der Welt so verzweifelt sein würde, sich auf eine derartige Anzeige zu melden.« Er steuerte die Duschen an.

Wenn die anderen tatsächlich glaubten, dass es so gewesen war, wäre das wohl das bestmögliche Szenario. Es bedeutete, dass, falls sie es noch einmal versuchen würde, die Jungs sie höchstwahrscheinlich einfach ignorieren würden. Warum machte ich mir darüber nur so viele Gedanken? Warum ließ mich das Verlangen, sie vor diesem Fehler zu bewahren, nicht mehr los, seitdem ich mich von der Bank ihrer Sitzecke erhoben und sie mit ihren großen karamellbraunen Augen zu mir aufgesehen hatte?

Ich sprang schnell unter die Dusche und fühlte mich hinterher schon nicht mehr ganz so fix und fertig.

Anschließend verstaute ich meine Ausrüstung im Auto und ging zu Fuß zu der wenige Blocks entfernten Kneipe, wo ich mich mit Seph treffen wollte. Ich hatte es geschafft, nach unserem Telefonat nicht mehr an sie zu denken. Da ich mich in den vergangenen Stunden voll darauf hatte konzentrieren müssen, mich nicht zu übergeben, war mir das auch nicht allzu schwergefallen.

Das Handy vibrierte in meiner Gesäßtasche. Ich zog es heraus und ging ran.

»Hey, Mom.«

»Komm mir nicht mit *Hey Mom*. Du wolltest uns dieses Wochenende doch eigentlich besuchen.«

»Das Wochenende ist doch noch jung. Es ist gerade erst Samstag. Damit bleibt noch ein ganzer Tag vom Wochenende, um euch einen Besuch abzustatten.«

»Ja, das sagst du jetzt. Aber ich wette, wenn ich erst morgen Abend angerufen hätte, wäre es dir bequemerweise völlig entfallen, dass du eigentlich vorbeikommen wolltest.«

»Ich bin gerade mit dem Training fertig und gehe jetzt zum Mittagessen.«

»Wie lief das Training?«

»Gut. Der Coach nimmt uns hart ran, damit uns der Meistertitel dieses Jahr sicher ist.«

»Du hast diese Saison gut gespielt.«

»Nur gut? Hast du dir die Spiele angesehen?«

Sie lachte. »Na schön, mehr als gut. Aber ich habe den Eindruck, dass ich deinen Vater vor deinem Besuch noch bitten muss, die Haustür zu richten.«

Ich runzelte die Stirn. »Die Haustür?«

»Dein Ego ist inzwischen so groß geworden, dass ich mir nicht sicher bin, ob es noch durch die Tür passt.«

»Ich sage nur die Wahrheit.« Diese Saison war bislang meine beste. Ich hatte mehr Touchdowns geliefert und war mehr Yards gelaufen als jemals zuvor.

»Ist Dad im Büro?«

Sie seufzte. »Wie immer. Er kommt bald nach Hause. Mit wem gehst du essen?«

»Mit jemandem, den ich kürzlich kennengelernt habe.«

»Mit einem Mädchen?«

»Sie ist tatsächlich weiblich.«

»Datest du sie?«

»Nein, sie ist nicht unbedingt der Typ für Dates.«

Sie gab ein scharfes, kehliges Geräusch von sich. »Solche Mädchen kenne ich noch aus der Zeit, als dein Vater und ich aufs College gingen.«

»So ein Mädchen ist sie auf keinen Fall. Es gibt da etwas, wobei sie Hilfe braucht, und ich will sehen, was ich tun kann, um ihr unter die Arme zu greifen. Sie ist in zwischenmenschlichen Dingen etwas unbeholfen.«

»Och, wie süß, ist sie ein Nerd? Ich war auch ein Nerd.«

»Du *warst* ein Nerd?«

Ich konnte mir bildlich vorstellen, wie sie missmutig das Gesicht verzog.

»So hat dein Vater mich kennengelernt. Ich saß auf dem Campus unter einem Baum und habe gelesen, als er mir einen Ball ins Gesicht geknallt hat.«

»Halte dich bitte zurück, Mom. Ich will nichts über deine außerschulischen Aktivitäten mit Dad hören.«

»Ach, sei still. Ich weiß, dass du am Dienstag ein Spiel hast, aber wir möchten gern, dass du nächstes Wochenende vorbeikommst.«

»Ich schaue, was sich machen lässt.«

»Und bring die junge Dame mit, mit der du dich zum Mittagessen triffst. Schließlich ist sie deinen Worten nach ja nicht *so* ein Mädchen.«

»Momentan weiß ich nicht mal, ob sie so mondäne Dinge wie essen überhaupt tut, und es ist auch gar nicht diese Art von Treffen, die du meinst. Wir hören uns später. Hab dich lieb. Tschüss.«

Ich beendete rasch das Gespräch, bevor sie Anstalten machen konnte, wie im Film eine gleißend helle Lampe auf mein

Gesicht zu richten, sich scheppernd einen Metallstuhl heranzuziehen und ein Verhör zu beginnen. Bestimmt wünschten sich viele, ihre Eltern wären noch so verliebt, wie meine es waren. Manchmal war es schon fast peinlich. Es war einfach unübersehbar, wie viel die beiden noch immer füreinander empfanden. Und genau das machte mir eine Heidenangst.

Dies waren exakt die Dinge, in denen man sich vollkommen verlieren konnte, und sämtliche Pläne und Ziele vergaß, die man sich selbst gesteckt hatte. Wenn man so absolut glückselig war, wurde alles andere bedeutungslos – obwohl es das eigentlich nicht war. Man merkte es vielleicht nicht gleich, womöglich erst nach zehn oder sogar dreißig Jahren, aber es ließ sich wohl kaum verhindern, dass einen irgendwann die Tatsache, dass man das aufgegeben hatte, wofür man sein ganzes Leben lang gearbeitet hatte, wieder einholte.

Dad schuftete hart für meinen Großvater. Manchmal arbeitete er zu den unmöglichsten Zeiten und verpasste der Arbeit wegen viel vom Familienleben. Wäre es da nicht besser, erst ordentlich Kasse zu machen und sich dann zur Ruhe zu setzen? Alles hinter sich zu lassen und sich nur noch auf die Familie zu konzentrieren? Zumindest erschien mir das am logischsten.

Ich trabte die Stufen zum *Vault* hinab. Unten reckte mir schon der Türsteher die Hand entgegen. Ich nahm sie und wir klopften uns auf den Rücken und stießen zur Begrüßung mit den Schultern gegeneinander. Schließlich ließ er meine Hand wieder los.

»Dich hab ich hier ja schon lange nicht mehr gesehen.« Er setzte sich wieder auf seinen Hocker neben dem Eingang.

Früher war ich oft im *Vault* gewesen. Ich hatte mich entspannt zurückgelehnt und die Frauen waren mir wie von selbst zugeflogen. Doch inzwischen lag mein Interessenschwerpunkt woanders.

»Ich treffe mich hier mit jemandem. Vielleicht hast du sie gesehen. Sie hat ungefähr diese Größe.« Ich hielt die Hand an meine Schulter. »Wahrscheinlich hat sie einen Anzug oder etwas in dieser Art an. Hellbraune Haare, die vielleicht geflochten sind.«

Seine Augenbrauen schnellten nach oben. »Mit der bist du verabredet?«

»Ja, hast du sie gesehen?«

»Sie ist vor ungefähr zwanzig Minuten gekommen. Eigentlich ist sie aber nicht dein Typ«, sagte er grinsend, verschränkte die Arme vor der Brust und lehnte sich auf dem hölzernen Hocker zurück, der direkt an der Wand stand.

Ich zuckte nur mit den Schultern. »Man sieht sich.« Was sollte ich auch sonst sagen? Ich betrat das Restaurant und ließ den Blick durch den Raum schweifen. Einige Köpfe hoben sich und mehrere Leute winkten mir zu. Ich antwortete mit einem Nicken und drehte eine Runde durch die Bar, bis ich Seph entdeckte. Sie studierte die Speisekarte so konzentriert, als könnte sie darin ein Heilmittel für Krebs finden.

»Wenn du sie weiter so anglotzt, starrst du noch ein Loch hinein.«

Sie riss den Kopf hoch und lächelte mich an. »Du bist gekommen.«

Als sie mich ansah, strahlte sie so sehr, dass auch ich übers ganze Gesicht grinsen musste. Ich hätte es mir nicht verkneifen können, selbst wenn man mir eine Waffe an den Kopf gehalten hätte. Das Gefühl, wenn ich aufs Spielfeld trat und Tausende von Leuten mir zujubelten, war nicht mal annähernd so toll wie das, was ich bei ihrem Anblick empfand – was bedeutete, dass ich ernsthaft in Schwierigkeiten steckte und dass mit ihr zu schlafen unweigerlich dazu führen würde, dass ich mir meine Zukunft versaute. Mit einem Mädchen, das einen so ansah, konnte man nicht ins Bett gehen und mit heiler Haut davonkommen. Mein Vater war das beste Beispiel dafür.

»Ich hab doch gesagt, dass ich komme.« Ich setzte mich ihr gegenüber. »Was klingt denn lecker?«

»Alles. Ich habe schon drei Gerichte probiert, aber ich werde wohl mit Jogging anfangen müssen, wenn ich bis Thanksgiving noch den Rest testen und hinterher in meinen Flugzeugsitz passen will. Mir bleibt nicht mehr viel Zeit.«

Da waren sie wieder, diese Worte. Ich beugte mich über den Tisch zu ihr und bog mit dem Finger die Speisekarte herunter, um ihr in die Augen sehen zu können. »Bist du sicher, dass du nicht stirbst?«

7. KAPITEL

Seph

Ich hasste es, dass mein Puls dermaßen in die Höhe schnellte, als Reece plötzlich an meinem Tisch auftauchte. Hasste es, wie meine Fingerspitzen kribbelten. Hasste es, wie aufgeregt ich auf einmal war und wie sehr ich mich auf das Treffen mit ihm gefreut hatte. Ich hatte mir extra den perfekten Tisch mit guter Sicht auf die Tür ausgesucht, mich dann aber so in die Speisekarte vertieft, dass ich nicht bemerkt hatte, wie er hereingekommen war. Aber die Auswahl an leckerem, fettigem, geschmacksintensivem Essen war eben eine gute Möglichkeit gewesen, mich davon abzulenken, ständig an ihn zu denken.

Als ich ihn lächeln sah, schien in meinem Magen schlagartig eine Art Backpulver-Essig-Vulkanexplosion loszubrodeln. Grinste ich zu breit? Waren die Kleider, die ich trug, okay? Ich hatte versucht, mich etwas lässiger anzuziehen, und statt eines Anzugs eine hellblaue Bluse und eine marineblaue Hose ausgewählt.

»Nein, ich sterbe nicht, aber ich werde, wenn ich Glück habe, noch höchstens anderthalb Jahre hier sein. Wenn ich Pech habe, sind es nur noch sieben Monate, und was die Entscheidungen meiner Eltern angeht, habe ich das Glück meistens nicht auf meiner Seite.«

»Warum sollst du vorzeitig von der Fulton abgehen? Du bist doch erst achtzehn. Wechselst du die Uni?«

»Ich mache meinen Abschluss.«

»Mit achtzehn?«

Ich nickte. »Also, bis dahin werde ich neunzehn sein, aber, ja, bedauerlicherweise ist das so.« Das kommt davon, wenn man seinen ersten Collegekurs in einem Alter belegt, in dem andere Jugendliche gerade erst mit Algebra anfangen.

»Ich hätte wissen müssen, dass du eines dieser Genies bist.«

Meine Schultern schnellten in die Höhe und ich versteckte mich schnell hinter der Speisekarte. »Ich bin kein Genie. Einstein war ein Genie. Ich bin nur ausgesprochen gut darin, Dinge schnell zu lernen.« Ich hasste diese Bezeichnung, seitdem ich begriffen hatte, was sie bedeutete und welche Erwartungen andere Menschen damit verknüpften.

»Ich bin mir sicher, dass das die Beschreibung von Genialität ist.«

»Ein Genie hätte gewusst, was für eine grottenschlechte Idee es ist, eine Anzeige bezüglich des Verlusts meiner Jungfräulichkeit an die komplette Studentenschaft zu schicken.«

Er lehnte sich zurück und nahm seine Karte zur Hand. »Du siehst deinen Fehler also endlich ein?«

»Kann schon sein, aber zumindest habe ich dabei einen Treffer gelandet.«

Er legte die Stirn in Falten. »Graham.«

Ich ließ die Karte sinken. »Du kennst ihn?« Ich starrte ihn durchdringend an. Insiderinformationen würden den Entscheidungsprozess deutlich vereinfachen.

»Wir hatten im ersten Jahr einige Kurse zusammen. Er ist in Ordnung.«

»Das finde ich auch.«

Er presste die Lippen zusammen. »Dann hast du dich also

für ihn entschieden?« Warum klang seine Stimme so komisch? Sollte ich Graham nicht nehmen? Aber Reece hatte mich doch abblitzen lassen.

»Vielleicht.« Ich sog so energisch die Unterlippe ein, als wolle ich sie aufessen. »Außer es findet sich jemand anderes, der dieser Aufgabe gewachsen ist. Meine Liste umfasst eine ganze Reihe von Punkten, die ich abhaken möchte, und ich finde, diese Sache wäre ein toller Auftakt.« Ich legte die Speisekarte hin und meine Hände darauf.

»Warum hast du es so eilig?« Er beugte sich vor. Der Duft von Seife und Aftershave waberte über den Tisch hinweg in meine Richtung.

»Warst du mit achtzehn noch Jungfrau?«

»Was?« Er schnaubte ungläubig und starrte mich so entgeistert an, als wäre das die lächerlichste Frage, die er jemals gehört hatte. »Nein.«

Ich bedachte ihn mit einem vielsagenden Blick.

Die Rädchen in seinem Hirn begannen zu rattern. Dann kapierte er, worauf ich hinauswollte, und ruderte rasch zurück. »Nicht, dass das etwas Schlimmes wäre. Es gibt unheimlich viele Leute, die noch Jungfrau sind.«

Der Kellner kam mit seinem Notizblock an den Tisch. »Seid ihr bereit zu bestellen?«

»Noch nicht ganz. Ich habe da vorher noch eine Frage. Wie alt sind Sie?« Ich stützte die Ellenbogen auf den Tisch und legte das Kinn in die Hände.

Er lachte auf. »Ich bin zweiundzwanzig.«

»Und wann haben Sie ihre Jungfräulichkeit verloren?«

Reece und der Kellner machten große Augen. »Darauf müssen Sie nicht antworten«, versuchte Reece meine Frage abzufedern. »Nehmen Sie es ihr nicht übel, sie kommt nicht oft unter Leute.«

»Das ist doch eine völlig normale Frage, um sich besser kennenzulernen.«

»Was zum Teufel würdest du denn dann als persönliche Frage ansehen?« Ich öffnete den Mund, doch er schüttelte rasch den Kopf und hob einen Finger. »Ich will es gar nicht wissen.« Er drehte sich zu dem Kellner um, der mich noch immer verdattert anstarrte. »Geben Sie uns bitte noch einen Moment, dann bestellen wir. Danke.«

Der Kellner nickte langsam und wich vorsichtig vom Tisch zurück, als würde ein Haufen Klapperschlangen darauf herumkriechen.

Reece beugte sich vor. »Was stimmt nicht mit dir? Du kannst nicht einfach x-beliebige Leute fragen, wann sie ihre Jungfräulichkeit verloren haben.«

»Das ist doch nichts, wofür man sich schämen müsste.« Alle anderen schienen es schon hinter sich gebracht zu haben. Der Nonstop-Sex-Soundtrack, den ich in meiner Wohnung genießen durfte, war das beste Beispiel dafür.

»Was, wenn er selbst noch Jungfrau ist?«, flüsterte er vernehmlich mit zusammengebissenen Zähnen und deutete auf den Kellner, der sich ein Stück weit zurückgezogen hatte.

Ich bemerkte, dass der arme Kerl knallrot angelaufen war. »Daran hatte ich nicht gedacht. Gutes Argument.«

»Deine Freunde haben bestimmt immer einen Heidenspaß mit dir, wenn ihr ausgeht.« Er senkte den Blick auf die Karte und nahm sie wieder in die Hand.

Ich rieb mit dem Zeigefinger über meinen Daumen und starrte auf meine Hände. *Volltreffer, Reece.* »Ich habe keine Freunde.« Diese niederschmetternde Einsicht war mir vor einigen Tagen gekommen und jetzt fühlte sie sich sogar noch schlimmer an. Meine College-Karriere nahm wirklich einen deprimierenden Anfang.

»Ich kann mir vorstellen warum.«

Ich hatte selbst nicht bemerkt, dass ich ein Geräusch von mir gegeben hatte, doch ich musste es getan haben. Reece sah nämlich von seiner Karte hoch, riss die Augen auf und schüttelte sofort den Kopf.

»So habe ich das nicht gemeint. Ich wollte damit nicht sagen, dass etwas mit dir nicht stimmt.« Er rieb sich mit der Hand das Gesicht. »Hast du wirklich keine Freunde? Also, gar keine?«

Ich nahm meine Tasche und zog mir den Träger über den Kopf. »Das hier war ein Fehler. Tut mir leid, dass ich dich gebeten habe herzukommen. Du hast bestimmt eine Menge anderes zu tun.« Ich bemühte mich, meine Stimme nicht brechen zu lassen. Warum tat es nur so weh, wie eine Kreissäge, die sich in meine Brust fraß? Zu Hause hatte ich noch nie etwas Vergleichbares empfunden. Kleine Lichtfunken, umgeben von dumpfer Monotonie – das war ich gewohnt. Aber nicht so etwas.

Reece griff nach meiner Hand und hielt sie auf dem Tisch fest. »Seph, warte. Ich hab's nicht so gemeint. Es sollte ein Witz sein, aber er ging daneben. Ich würde wirklich gern mit dir zu Mittag essen. Bitte, geh nicht.«

Ich spürte seinen Puls gegen meine Hand pochen. Dieses Kribbeln, das ich nur zu gern auf statische Aufladung geschoben hätte, schoss wieder meinen Arm hinauf. Jedes Mal, wenn er mich berührte, war es das Gleiche. Ich riss mich vom Anblick meiner Hand unter seiner los.

Er sah mir direkt in die Augen. Sein Blick wirkte aufrichtig – und auch ein wenig besorgt. Er rieb mit dem Daumen über meine Hand, an der Stelle zwischen meinem Daumen und dem Rest der Finger, langsam und gleichmäßig, als wolle er einen verängstigten Welpen beruhigen.

Ich wollte sein Mitleid nicht. Ich lehnte mich auf meinem Platz zurück und zog mir den Taschenriemen wieder über den Kopf.

»Wie kann es sein, dass du keine Freunde hast? Wirklich gar keine?«

Ich zuckte mit den Schultern.

»Hast du denn keine Freunde zu Hause? Von der Highschool? Oder welche, die du hier kennengelernt hast?«

Ich senkte den Blick auf die Tischplatte, strich mit den Fingern über das betagte Holz. Es hatte Macken und Kerben, die überlackiert worden waren, wodurch der Tisch alt und gleichzeitig neu wirkte.

»Es ist schwer, Freunde zu finden, wenn man zu Hause unterrichtet wird. Und damit meine ich nicht die Art von Heimunterricht, bei dem sich mehrere Eltern zusammentun, damit die Kinder trotzdem eine einigermaßen normale Kindheit erleben können. Ich wurde ganz alleine zu Hause unterrichtet. Die Privatlehrer kamen zu uns. Außerschulische Aktivitäten, die allein dem Treffen anderer Kinder gedient hätten, gab es nicht. Nachdem ich mit dem Stoff der Highschool durch war, belegte ich Kurse auf dem College. Meine Mutter oder mein Vater kamen immer mit und saßen die ganze Zeit neben mir.« Ich spähte zu ihm hoch. »Es ist schwer, Freunde zu finden, wenn man vier oder fünf Jahre jünger ist als alle anderen und die Eltern ständig dabei sind. Wenn man über zwanzig ist, machen vier oder fünf Jahre nicht viel aus, aber wenn man vierzehn ist und alle anderen sind neunzehn, ist das ein gewaltiger Unterschied.«

»Das war bestimmt hart.« Wieder eine Runde Mitleid für mich.

»Es gibt Schlimmeres«, entgegnete ich schulterzuckend.

»Durftest du nie mit anderen Kindern deines Alters zusammen sein? Niemals?«

»Wenn mein Vater verreist war, ging meine Mutter mit mir ab und zu in den Park und ließ mich dort spielen. Wenn ich mit meinen Aufgaben schnell genug fertig wurde, durfte ich in mein Zimmer gehen und dort mit den Puppen spielen, die meine Tante mir geschenkt hatte. Aber das war es auch schon.«

»Verdammt, das ist heftig.« Er lehnte sich zurück und musterte mich, als hätte ich ihm gerade eröffnet, dass ich den Großteil meines Lebens im Keller eingesperrt gewesen war.

»Ich muss dir nicht leidtun. Ich habe einige tolle Dinge gemacht. Habe mit meinen Eltern die Welt bereist. Sie wollen nur mein Bestes.«

»Aber du durftest keine Freunde haben oder mit Gleichaltrigen zusammen sein.«

Mir fiel wieder ein, dass ich erneut aus meiner Wohnung ins Sexil vertrieben worden war. »Ich stelle gerade fest, dass ich nicht unbedingt mit Gleichaltrigen zusammen sein möchte. Meine Mitbewohnerin ist …«, ich zermarterte mir das Hirn nach einer Alternative für *Miststück*, »… schwierig. Aber ich bin entschlossen, alles auf meiner Liste abzuhaken, und ich werde mich dabei nicht aufhalten lassen.«

»Erzähl mir mehr über diese Liste.«

Der Kellner kehrte zurück und erkundigte sich nach unserer Bestellung. Es gab ein Gericht, das ich schon länger probieren wollte. »Ich nehme Chilli-Cheese-Fries, den Bacon-Cheeseburger und einen Milchshake.«

Reece stand der Mund offen. Er und der Kellner tauschten verwunderte Blicke.

»Was ist?« Ich gab die Karte zurück.

»Zweimal gegrillte Hähnchenbrust, statt Pommes als Beilage bitte Brokkoli und Spargel, und dazu ein Wasser.«

Ich hob fragend eine Augenbraue, während er die Speisekarte zurückgab.

»Ich habe meinem Körper diese Woche schon genug zugemutet. Ich muss ihn gut behandeln. Verrate mir, was sonst noch auf deiner Liste steht.«

Ich holte den Notizblock aus der Tasche und schlug die entsprechende Seite auf, obwohl ich sie schon auswendig kannte. »Punkt Nummer eins auf der Liste kennst du bereits. Außerdem habe ich noch: Nachtisch zum Abendessen, die ganze Nacht aufbleiben und Cartoons schauen, Nacktbaden, zu einer Collegeparty gehen, mich betrinken.« Ich ratterte noch einige weitere Punkte herunter. »Ich habe viel zu erledigen und nur wenig Zeit dafür.«

»Warum meinst du, das alles in sieben Monaten schaffen zu müssen? Dir bleibt doch noch dein ganzes Leben, um das alles zu machen.«

»Es gibt keine Garantie auf ein Morgen. Wir wissen nie, was die Zukunft bringt. Warum sollte ich also nicht so viel wie möglich in meine restliche Zeit hier hineinquetschen? Am Ende des Schuljahres wird mein Vater höchstwahrscheinlich seine Beziehungen spielen lassen, damit ich in Harvard promovieren kann.«

»Klingt nicht, als würdest du dich darüber freuen.«

»Ich würde mich freuen, wenn das Ganze meine Entscheidung wäre. Mathe war immer logisch für mich. Im Gegensatz zu Menschen kommt mein Gehirn mit Mathe gut zurecht. Aber es ist *sein* Wunsch, dass ich dort hingehe, und wenn ich erst mal wieder in meinem Elternhaus wohne oder auch nur ein paar Minuten entfernt, wird mein Leben zweifellos wieder genauso sein wie früher.« Mir wurde flau im Magen.

»Das muss nicht so kommen.«

Ich presste die Lippen zusammen und schnaubte durch die Nase. »Du kennst meinen Vater nicht.«

»Na gut, dir bleiben also noch sieben Monate. Das bedeutet

aber trotzdem nicht, dass du sofort alles erledigen und in dieses Wochenende quetschen musst. Du kannst dir Zeit lassen.« Nun war sein Blick nicht mehr mitleidig und in seiner Stimme lag ein ernster Unterton.

»Was, wenn ich das nicht will?« Ich hatte mein ganzes Leben darauf gewartet, dass endlich etwas – irgendetwas – geschah, und ich hatte genug davon, die Dinge untätig an mir vorbeiziehen zu lassen.

Die Muskeln in seinem Unterarm spannten sich sichtlich, wurden wieder locker.

»Hier geht es um die Sache mit dem Sex, oder?« Und dann erkannte ich auf einmal glasklar, weshalb er so zögerlich reagierte. Die Erkenntnis traf mich wie ein Eimer eiskaltes Wasser und das flaue Gefühl in meinem Magen wurde noch schlimmer. »Dir geht es nicht darum, dass ich mit dem Sex noch warten soll – sondern darum, dass du nicht derjenige sein willst, mit dem ich es tue.«

»Nein!«, rief er und sein Arm schnellte vor. Ich versuchte, die Hand wegzuziehen und auf meinem Schoß zu verstecken, doch er war schneller und hielt meine Hand fest.

»Seph, darum geht es ganz und gar nicht. Selbstverständlich würde ich mit dir schlafen wollen, diesen verrückten Flechtzopf lösen und mit meinen Fingern durch deine Haare streichen, während ich –« Er räusperte sich. »Sagen wir einfach, ich habe schon darüber nachgedacht.« Er nahm seine Hand wieder weg und lehnte sich zurück. »Es gibt eine Menge Jungs, die gern mit dir schlafen würden. Wahrscheinlich so viele, dass es dich fast ein bisschen erschrecken würde. Aber das bedeutet noch lange nicht, dass du auch mit ihnen schlafen wollen würdest. Dein erstes Mal sollte etwas Besonderes sein. Du solltest nichts übereilen.«

»Statistisch gesehen ist das erste Erlebnis dieser Art für

die meisten Frauen sowieso schrecklich und mit einer Menge Schmerzen, Blut und Peinlichkeit verbunden. Ich will endlich den Sprung ins kalte Wasser wagen.«

»Vielleicht ist das ja nur deshalb so, weil die meisten es überstürzen. Nur weil viele Frauen ein solches Erlebnis haben, musst du es doch nicht darauf anlegen, dass es dir genauso geht. Mit dem richtigen Partner wird es fantastisch sein.«

»Und du denkst nicht, dass Graham der Richtige ist.«

»Du kannst einen Besseren finden.«

»Aber du willst nicht derjenige sein.«

»Du kannst definitiv jemand Besseres finden.«

»Dann bist du also schlecht im Bett?«, fragte ich herausfordernd. Das war etwas enttäuschend, aber man hatte durch Studien herausgefunden, dass Männer, die viel Zeit im Fitnessstudio verbrachten, in Sachen Sex nicht gerade die Gebefreudigsten waren.

»Gäbe es eine Sex-Ruhmeshalle, wäre ich der Erste, der dort verewigt würde. Aber ich bin nun mal kein Mann für Beziehungen. Oder einer, mit dem man nach dem Sex kuscheln oder sich auf der Couch zusammenrollen kann. Aber genau so einen Mann brauchst du.«

»Und wo finde ich so einen? Soll ich wieder per Anzeige nach ihm suchen?«

»Hör doch mit diesen Anzeigen auf!«, blaffte er und riss genervt die Hände hoch.

Der Kellner kam mit unserem Essen und stellte die Teller vor uns ab. Aus meinem dicken, goldenen Brötchen quollen Bacon und Käse heraus. Eine fettige, fleischige Sauerei – genau das, was ich früher nie hatte genießen dürfen.

Ich schob die Ärmel hoch und atmete die salzige, würzige Hitze ein, die von meinem Teller aufstieg. Diesen Burger hätte ich glatt heiraten können.

»Aber wie soll ich ohne Anzeige jemanden finden? Auf dem Campus Flyer verteilen?« Ich hob den Burger zum Mund. So etwas Saftiges hatte ich noch nie zuvor gesehen. Ich senkte genussvoll die Zähne hinein und schloss die Augen. Meine Füße tanzten unter dem Tisch, ich wiegte genüsslich den Kopf hin und her und schwelgte in dem herrlichen Geschmack, der sich auf meiner Zunge ausbreitete. *So gut*. Ich hatte noch nie einen dermaßen leckeren Burger gegessen.

Als ich die Augen wieder aufschlug, starrte mich Reece mit einem merkwürdigen Gesichtsausdruck an. Auf der Gabel, die direkt vor seinem Mund in der Luft hing, steckte ein Brokkoliröschen. Er bohrte die Zähne in seine Unterlippe.

»Was ist? Habe ich was im Gesicht?« Ich legte eine Hand vor den Mund.

Sein Blick wanderte von meinen Lippen hinauf zu meinen Augen. Er senkte die Gabel. »Nein – ich meine, ja. Du hast da was im Gesicht.« Er deutete auf eine Stelle neben seinem Mund.

Ich nahm die Serviette und wischte über die Stelle, auf die er gezeigt hatte. Doch als ich anschließend einen Blick auf das Tuch warf, konnte ich nichts entdecken. »Hab ich es erwischt?«

Er räusperte sich und widmete sich wieder seiner äußerst vernünftigen Mahlzeit. »Ja, hast du.«

Ich vertilgte den Burger und verputzte dazu noch die Hälfte der Pommes und den Milchshake.

Dann lehnte ich mich auf der Bank unserer Sitzecke zurück, ließ den Kopf gegen die Lehne sinken und hielt mir den Bauch. Es fühlte sich an, als würde ich gleich platzen. »Ich glaube, das war ein Fehler.«

»Siehst du?« Er stibitzte sich eine Pommes von meinem Teller und deutete damit auf mich. »Was habe ich dir gesagt? Das passiert, wenn man es überstürzt.«

»Beim Sex kann man es aber unmöglich so maßlos übertreiben wie beim Essen.«

»Du würdest dich wundern«, murmelte er.

»Dann bist du also so eine Art Frauenheld?«

»Ich bin kein Frauenheld. Wäre ich einer, hätte ich dich im *Uncommon Grounds* in den Besenschrank gezerrt und dich, ohne zu zögern, durchgevögelt. Allerdings muss ich zugeben, dass sich mir dadurch, dass ich Sportler bin und wir einige erfolgreiche Saisons gespielt haben, durchaus zahlreiche Gelegenheiten geboten haben, das andere Geschlecht zu beglücken.«

»Dann bist du eher ein Mini-Frauenheld?«, sagte ich grinsend und schob meinen Teller beiseite.

»Vielleicht ein kleines bisschen.« Er hob die Hand und zeigte zwischen Daumen und Zeigefinger ungefähr einen Zentimeter.

»Um sicherzugehen, dass ich es nicht noch einmal so übertreibe – in Sachen Sex oder anderweitig –, könnte ich eine Art Lotsen gebrauchen. Jemanden, der mir hilft, durch die Welt der Exzesse zu navigieren, ohne mich dabei umzubringen.«

Er zog ein Stück Spargel durch den geschmolzenen Käse auf meinen Pommes und steckte es sich in den Mund. Dann neigte er nachdenklich den Kopf und sah mir in die Augen. Das gleiche Kribbeln, das ich gespürt hatte, als er das Café betreten hatte, erfasste mich. »Ich helfe dir, deine Liste abzuarbeiten – unter einer Bedingung.«

»Was immer du willst.« Ich beugte mich vor und ignorierte dabei tapfer meinen übervollen Magen, in dem eine halbe Kuh steckte.

Er steckte sich ein weiteres Stück Spargel in den Mund. »Kein Sex.«

Ich sank in mich zusammen wie ein Ballon, dem die Luft ausgegangen war. Das war ja, als würde man mit einem Kind in den Süßwarenladen gehen und ihm lediglich erlauben, sich Pfefferminzkaugummi zu kaufen. Meine armen Hormone, die sich in seiner Gegenwart unkontrolliert verselbstständigten, musste ich wohl wieder zurückpfeifen. Ich wog meine Optionen gegeneinander ab und fand keine davon berauschend.

Er würde mir alles zeigen, mich vielleicht mit anderen Leuten außerhalb der Mathematischen Fakultät bekannt machen. Ich konnte ihn nach seiner Meinung über bestimmte Jungs fragen, da es ja mit meiner Intuition, wenn es ums andere Geschlecht ging, nicht weit her war. Er könnte nach dem Training herkommen, wenn er Zeit hatte … Oh Mann, er war verdammt noch mal ein attraktiver Typ. Aber ich konnte es schaffen, unsere Beziehung rein platonisch zu halten. Doch, auf jeden Fall.

Ich wischte mir die Finger an der Serviette auf meinem Schoß ab, bevor ich ihm eine Hand hinstreckte. »Abgemacht.«

Wir besiegelten den Deal mit einem Handschlag. Er bezahlte die Rechnung. Wurde unser Treffen dadurch ein Date? Was soll's, für mich zählte es. Mein erstes Date! Dass er das womöglich anders sah, war mir in diesem Augenblick egal. Als wir schließlich gemeinsam nach draußen gingen, tanzte ich noch immer innerlich.

Ich knöpfte meinen Mantel zu. Nervosität ballte sich in meiner Magengrube zusammen wie eine Schlange, die bereit war, zuzuschlagen. »Wann fangen wir an?«

8. KAPITEL

Reece

Mich darauf einzulassen, als Sephs Lebensguru zu fungieren, war ein Fehler gewesen. Das musste ich mir eingestehen. Es war wahrscheinlich der größte Fehler, den ich begangen hatte, seitdem ich mir die Air Jordans eine Nummer zu klein gekauft hatte, weil es das letzte Paar gewesen war, und ich mir beinahe die Füße verkrüppelt hätte, oder seit diesem einen Mal letztes Jahr, als ich, entgegen meiner Überzeugungen, kurz mit diesem ganzen Beziehungskram geliebäugelt hatte.

Seph preschte voran, als könne sie nichts und niemand aufhalten – im wahrsten Sinne des Wortes. Die Leute, die uns auf dem Gehweg entgegenkamen, mussten ihr aus dem Weg springen, weil sie sich, während sie sich mit mir unterhielt, ausschließlich auf mich konzentrierte. Einmal packte ich sie an der Schulter, damit sie nicht gegen einen Laternenpfahl lief. Aber so, wie ich sie einschätzte, hätte sie ihn wahrscheinlich einfach umgerannt und wäre weitermarschiert. Vielleicht machte ich deshalb mit. Weil sie praktisch keinen Filter hatte, sondern hemmungslos Sachen sagte, die selbst Berk die Schamröte ins Gesicht getrieben hätten. Vielleicht auch, weil sie so traurig ausgesehen hatte, als sie mir erzählt hatte, dass sie zu Hause unterrichtet worden war und nie Freunde gehabt hatte. Oder weil sie sich diesen Burger reingehauen hatte, als könne sie bei einem Wettessen mit Nix locker mithalten.

Ich wusste selbst nicht genau, woran es lag, aber ich hatte Ja gesagt.

Seit unserem Treffen im *Vault* waren zwei Tage vergangen. Ich hatte mir ihre Liste angesehen und überlegt, bei welchen Punkten ich ihr helfen konnte und bei welchen ich mich lieber komplett heraushalten würde. Nacktbaden bekam schon mal ein dickes, fettes Nein. Seph nackt? Nix da. Die angezogene Seph war schon süß genug – aber die nackte Seph würde mich womöglich meinen Teil der Abmachung vergessen lassen. Sie im Badeanzug zu sehen, würde schon schlimm genug werden. Als ich sie gebeten hatte, einen mitzubringen, hatte ich meine Hoffnung darauf gesetzt, dass sie einen dieser langweiligen Einteiler tragen würde wie die Omas im Schwimmbad.

Die kalte, noch nicht ganz winterliche Luft, drang durch meine Jacke. Mist. Da ich schon mein ganzes Leben hier in der Region wohnte, war ich eigentlich davon ausgegangen, dass der Winter für mich keine große Sache sein würde. Wenn ich im kurzärmeligen Trikot und mit hautengen Hosen an der Seitenlinie stand, wo der Boden mit Schnee bedeckt war, konzentrierte ich mich aufs Spiel und nicht auf die Eiskristalle, die sich in meinen Wimpern bildeten. Doch jetzt, als wir die Straße entlangliefen, fühlte es sich an, als würde mir jemand Eiszapfen hinten in die Jacke stecken.

Seph lief neben mir her und hielt mit mir Schritt.

»Bist du sicher, dass du heute anfangen willst? Studien haben gezeigt, dass, wenn man eine neue Gewohnheit annimmt …«

Ich blieb abrupt stehen und sie prallte gegen meinen Arm. Ich drehte mich zu ihr um. »Warum artet bei dir immer alles in ein Verhör aus?«

Sie öffnete leicht den Mund und hob den Zeigefinger, wie dieses Kind, das wahrscheinlich jeder aus seiner Grundschulzeit kannte – dieses Kind, das den Lehrer kurz vor dem Klingeln noch darauf aufmerksam gemacht hatte, dass er vergessen hatte, Hausaufgaben aufzugeben.

»Halt den Mund.« Ich hielt ihr den Zeigefinger vors Gesicht, um sie zum Schweigen zu bringen. »Wenn du meine Hilfe willst, dann machen wir es auf meine Art.« Ich bog um die Ecke und hielt auf unser Ziel zu.

»Du kannst nicht einfach verlangen, dass ich einen Badeanzug mitbringen soll, und mir dann nicht verraten, wo wir hingehen.« Ich hörte, wie ihre Schritte hinter mir klackerten, als sie eilig wieder zu mir aufschloss.

»Wir gehen zu einer Lagerfeuerparty. Was glaubst du denn, wo wir hingehen?«

»Schon gut, aber trotzdem. Ich würde gern etwas genauer wissen, was auf mich zukommt, damit ich mich vorbereiten kann.«

»Wie gut kannst du schwimmen?«

»Ich habe viel über das Thema gelesen.« Sie biss sich auf die Unterlippe und schaute betreten auf ihre Füße.

»Also nicht sehr gut.«

»Korrekt.« Sie musste rennen, um mich wieder einzuholen. »Aber Schwimmen stand auch nicht auf meiner Liste.«

»Nacktbaden aber schon, doch du kannst nicht schwimmen.«

»Warum soll ich schwimmen lernen, wenn es mir doch nur darum geht, nackt zu sein?«, rief sie genervt, worauf sich mehrere Passanten nach uns umdrehten und uns anglotzten.

Sie zog rasch den Kopf ein. Ich konnte mir das Lachen gerade noch verkneifen. »Na, du schaffst es wirklich immer wieder, einen bleibenden Eindruck zu hinterlassen.«

»Halt die Klappe.« Sie knuffte meine Schulter.

Ich blieb vor der Eingangstür stehen und öffnete sie. Sie trat einen Schritt zurück, reckte den Hals und betrachtete die Buchstaben über der Tür. »Das Fitnesscenter?«

»Hast du etwa geglaubt, wir laufen zu einer tropischen Insel? Die haben ein Schwimmbecken.«

»Tatsächlich.« Sie kniff nachdenklich die Augen zusammen, als wäre sie sich nicht hundertprozentig sicher, ob ich sie gerade auf den Arm nahm.

»Wie viel vom Campus hast du dir eigentlich schon angeschaut?«

Sie starrte mich an und blinzelte mehrmals, als würde sie mir mit den Augen in Morsecode antworten.

»Na also. Gehen wir.« Ich hielt ihr die Tür auf und sie duckte sich unter meinem Arm hindurch. Dabei umklammerte sie ihre Tasche so fest, dass ihre Fingerknöchel weiß hervortraten.

Ich zog meine Campus-Karte durch den Scanner und ging durchs Drehkreuz. Sie klopfte ihre Taschen ab, fand ihre Karte, tat, was ich gemacht hatte, und rannte prompt gegen die Metallstange, die den Eingang versperrte. Sie prallte so heftig dagegen, dass sich ihr Körper beinahe in der Mitte zusammenfaltete. Ich bemühte mich, so gut ich konnte, nicht zu lachen.

»Du musst es langsamer machen. Manchmal funktioniert das Drehkreuz nicht richtig – warte, bis das rote Licht auf Grün umspringt.«

Sie riss den Kopf hoch. Ihre Wangen leuchteten knallrot. Sie betrachtete wieder die Karte, zog sie noch einmal durch und wartete auf das Licht. Dann drückte sie mit der Hand die Stange vorwärts und folgte mir.

»Diese Dinger sind verzwickt«, grummelte sie, während sie die Karte zurück in ihre Tasche steckte.

»Stimmt«, sagte ich schmunzelnd.

Sie kniff die Augen zusammen und schnaubte genervt.

Ich deutete auf die Tür auf der anderen Seite des Ganges. »Die Umkleidekabine ist dort drüben.«

Ich zog mich in der Männerumkleide um und ging anschließend hinaus zum Wasser. Es waren nicht viele Leute da. Anscheinend stand den meisten Studenten an einem winterlichen Dienstagnachmittag nicht der Sinn danach, eine Runde zu schwimmen.

Einen Augenblick später schwang die Tür zum Beckenbereich auf. Fast hätte man meinen können, ein Poltergeist hätte sie aufgestoßen, hätte nicht ein Zipfel ihres hellblauen Handtuchs durch die Türöffnung gelugt.

Ich legte die Hände an den Mund und rief: »Zum Schwimmen muss man auch ins Wasser gehen.« Die Tür schloss sich kurz, bevor sie wieder aufschwang.

Seph hatte sich das Handtuch fest um den Körper gewickelt und ihre Flip-Flops schmatzten und klatschten in einem gleichmäßigen Rhythmus auf dem gekachelten Boden. Ihr Blick huschte zum Becken hinüber. Nervös knabberte sie an ihrem Daumen und starrte unablässig das Wasser an. Ich erhob mich von der Bank und griff nach dem Saum ihres Handtuchs.

»Das kannst du im Wasser nicht anbehalten.«

Nun richtete sie den Blick auf mich und nickte. Zögerlich, als wäre es ihr letzter verbliebener Rettungsanker, ließ sie das Handtuch von ihrem Körper gleiten.

Meine bisherige Wertschätzung für ihren Körper war komplett unzureichend gewesen. Unter ihrem Bibliothekarinnen-Look verbargen sich Kurven, die einen Zug zum Entgleisen hätten bringen können. Der schwarze Einteiler, den sie trug, war schlicht und nicht unbedingt aufreizend, aber vielleicht fiel es mir gerade deshalb so schwer, den Blick von ihr zu lösen. Von wegen Oma-Badeanzug – das Teil war super eng und schmiegte sich dicht an ihre weiche Haut.

Du willst sie nicht ficken, sondern ihr helfen. Ich räusperte mich, nahm ihr das Handtuch ab und führte sie zum Becken.

Dort setzten wir uns an den Rand und ließen die Füße ins Wasser hängen.

»Was genau hast du damit gemeint, dass du nicht besonders gut schwimmen kannst?«

»Ich habe mir das Thema ausgiebig angeeignet«, antwortete sie, hielt den Blick aufs Wasser gesenkt und nagte an ihrer Unterlippe. Dabei ließ sie ihre Füße baumeln, zog sie langsam durchs Wasser.

»Dann geht es jetzt vorangig darum, dass du dich im Wasser wohlfühlst? Keine Sorge, ich helfe dir.« Ich ließ mich vom Rand ins Becken gleiten und tauchte neben ihren Beinen wieder auf. Nachdem ich mir das Wasser aus dem Gesicht gewischt hatte, begann ich, Wasser zu treten. »Wir können ganz langsam anfangen, und ehe du dich versiehst, schwimmst du schon Bahnen.«

Sie klammerte sich so krampfhaft am Beckenrand fest, dass es an ein Wunder grenzte, dass die Kacheln nicht zersprangen. Ganz langsam drehte sie sich um und ließ sich so zögerlich ins Becken gleiten, als wäre es mit Säure gefüllt. Das Wasser schwappte gegen ihre Schultern. Dass sie sich die Haare wie immer eng an den Kopf geflochten hatte, erwies sich in diesem Fall als äußerst praktisch. Ein Tropfen rann ihren langen Hals hinab, bevor er ihm Wasser verschwand.

Ich schwamm kopfschüttelnd zu ihr. »Nimm meine Hand, dann drehen wir eine Runde.«

Sie spähte rasch über die Schulter, ehe sie sich zögerlich umdrehte, ohne den Rand dabei loszulassen. Ihr Blick zuckte unruhig von einer Ecke des Beckens zur anderen, bevor sie schließlich die Hand in meine schob und sie packte – mit einer Kraft, die ich nie von ihr erwartet hätte. Ich hätte schwören können, dass meine Knochen dabei knirschten.

»Nicht ganz so fest, Seph. Ich brauche diese Hand noch

zum Spielen, und, na ja, zum Tippen und Essen und so weiter.«

Erschrocken riss sie den Kopf hoch und starrte mich an. Sie lächelte nicht, keine Spur, aber immerhin lockerte sie ihren Griff ein wenig. Ich stieß uns vom Rand ab. Schnell hielt sie sich mit der anderen Hand an meinem Arm fest.

»Hey, Reece. Fang!«, rief plötzlich jemand am anderen Ende des Beckens.

Ich fuhr herum, ließ ihre Hand los und schoss aus dem Wasser, um den Football zu fangen. Dann warf ich ihn zurück in die ausgestreckten Arme des Typen, der mich gerufen hatte. Mit einem dumpfen Laut prallte er gegen seine Brust. Wie ich Nix immer sagte – ich hätte durchaus auch einen guten Quarterback abgegeben.

Der andere hob den Arm, um den Ball zurückzuwerfen, ließ ihn dann aber langsam wieder sinken. »Ist mit ihr alles okay?«

Ich wirbelte herum. Ein Schemen mit Sephs Umrissen versank gerade unter Wasser. Nur ihre Fingerspitzen lugten noch über die Wasseroberfläche. Ich schwamm zu ihr, so schnell ich konnte, packte sie unter den rudernden Armen und zog sie mit dem Kopf wieder über die Wasseroberfläche. Dann drückte ich ihren Körper fest gegen meine Brust und schleppte sie zum Beckenrand.

Sie hustete und keuchte. *Verdammt.* Ich hätte mir für meine Unachtsamkeit am liebsten selbst in den Hintern getreten. *Hey, Seph, lass mich dir helfen – beim Ertrinken.* Sie stützte sich mit den Händen auf den Rand und zog sich auf die blauweißen Fliesen, die das Becken umgaben. Ich half nach und schob an ihrem Po, bis sie schließlich draußen auf dem Boden lag. Einige andere Besucher eilten herbei und hockten sich zu ihr.

Ich sprang aus dem Becken und kniete mich neben sie.

Sie lag auf der Seite, die Hände flach auf dem Boden. Ein Zittern schüttelte sie und sie schloss die Augen. Das war alles meine Schuld. Ich kam mir vor wie ein Riesenarschloch. Hätte ich geahnt, dass sie noch nicht einmal wusste, wie man sich über Wasser hielt, hätte ich sie niemals losgelassen.

»Seph, alles in Ordnung?«

Sie nickte, rollte sich auf den Rücken und öffnete die Augen. Ihr Blick huschte über die besorgten Gesichter der Umstehenden und sie setzte sich auf.

»Es geht mir gut. Ich danke euch allen für eure Sorge, aber mir geht es gut.«

Hustend sprang sie auf und flüchtete in die Umkleidekabine.

»Scheiße.«

»Kennst du sie?«, fragte jemand.

»Ja, ich sollte ihr dabei helfen, sich im Wasser wohlzufühlen.« Ich schlug mit der Hand auf den Boden und bekam prompt einen Schwall Wasser ins Gesicht.

»Vielleicht solltest du lieber beim Football bleiben, Reece.« Jemand lachte und das Grüppchen verzog sich wieder.

Ich eilte in die Umkleide und schnappte mir meine Klamotten. Nachdem ich mich so rasend schnell wie Clark Kent umgezogen hatte, stellte ich mich vor den Ausgang der Damenumkleide und wartete. Einige Frauen kamen heraus und musterten mich befremdet, weil ich versuchte, durch den Türspalt in die Kabine zu lugen. Ich sah ungefähr hundertmal auf die Uhr. *Gibt es noch einen anderen Ausgang? Ist sie zurück ins Wasser gegangen?* Nach einer gefühlten Stunde kam sie endlich heraus.

Sie schob sich durch die Tür, die Tasche unter den Arm geklemmt. Die geflochtenen Zöpfe hingen ihr über die Schultern, ihre nassen Enden hinterließen kleine, feuchte Flecken auf ihrem Mantel.

Ich war unendlich erleichtert. »Seph!«

Vor Schreck hätte sie um ein Haar die Tasche fallen gelassen. Ihr Blick richtete sich auf mich. Dann griff sie hastig nach einer dünnen Haarsträhne, die ihr ins Gesicht gerutscht war und musterte sie missmutig, als wäre sie ein missratener Schüler, der sich danebenbenommen hatte.

»Du hast auf mich gewartet.« Es klang weder hoffnungsvoll noch erfreut, sondern tonlos und distanziert. Von ihrer Aufregung und ihrer Begeisterung von vorhin war nun nichts mehr zu spüren.

»Selbstverständlich. Hör mal, mir tut das, was da drinnen passiert ist, furchtbar leid. Aus irgendeinem Grund war mir nicht klar, dass deine Aussage, dass du etwas übers Schwimmen gelernt hast, bedeutete, dass deine praktischen Schwimmfähigkeiten auf Nichtschwimmer-Niveau liegen.«

»Ja, ich bin ein ziemlich absoluter Nichtschwimmer.« Sie strich sich die widerspenstige Haarsträhne hinters Ohr.

»Das weiß ich jetzt. Ab sofort gehen wir nur noch ins flache Wasser, bis du dich etwas sicherer fühlst.«

»Das ist wahrscheinlich keine gute Idee.« Sie beäugte den Ausgang, als wäre sie kurz davor, die Flucht zu ergreifen.

Hinter ihr öffnete sich die Tür zur Umkleide. Ein Mädchen kam heraus und blieb neben Seph stehen. »Hey, ich hab mitbekommen, was da drinnen passiert ist. Alles okay bei dir?«

Seph wurde vom Hals aufwärts knallrot. Von Sekunde zu Sekunde glich sie immer mehr einer menschlichen Rote Bete.

Ich rieb mir betreten den Nacken.

»Danke für deine Anteilnahme. Es geht mir gut.« Ihr Lächeln war so künstlich, dass ich fast meinte, Plastik zu riechen.

Das Mädchen ging. Seph starrte den Boden zwischen uns an.

»Wir können es noch mal versuchen.«

»Ich melde mich bei dir.« Sie sah mich nicht an. Ihre Augen blieben fest auf meine Schuhe gerichtet. Zum Glück pflegte ich sie gut. So waren sie wenigstens nicht so ein schlimmer Anblick wie die Scheußlichkeiten, die Berk immer trug. »Ich muss los. Wir sehen uns. Mach's gut.« Sie rasselte das Ganze herunter, als wäre es ein einziges, langes Wort. Und dann war sie weg.

Als ich in mein Auto stieg, gab mein Handy ein durchdringendes *Pling* von sich.

Nix: Hab gehört, du hättest heute im Schwimmbecken fast jemanden umgebracht.

Das sprach sich aber schnell herum. Als ob ich mich nicht auch so schon mies genug gefühlt hätte.

Ich: Es geht ihr gut. Ist nichts passiert.

Nix: Da habe ich aber was anderes gehört.

Berk: Uns hat man erzählt, du hättest sie wiederbelebt und dabei versucht, sie zu begrapschen!

Ich: Es gibt kein Emoji, mit dem ich ausdrücken könnte, wie schwachsinnig das ist.

LJ: Stört es euch, wenn Marisa heute Abend rüberkommt?

LJ und seine vollkommen platonische, aber trotzdem allgegenwärtige beste Freundin waren seit ihrem Studienstart an der Fulton quasi untrennbar.

Nix: Kein Problem. Ich muss heute mit meinem Vater zu Abend essen. Falls also jemand Lust hat, mich vorher mit dem Auto zu überfahren – nur zu.

Ich: Meinst du mit der brandneuen Mercedes S-Klasse, die du im Sommer von deinen Eltern bekommen hast? Wenn ich es mache – kann ich dann das Auto behalten?

Nix' Vater hatte deutlich länger als Profi gespielt als meiner, und das war für seine Familie sehr einträglich gewesen – nicht nur durch das Geld, dass er als Spieler verdient hatte, sondern auch in Form von Sponsorings und anderen lukrativen Verträgen, die er nach seiner aktiven Karriere geschlossen hatte.

Nix: Alles hat seinen Preis.

Ich: Es stört mich nicht, wenn Marisa vorbeikommt, aber lass sie um Himmels willen nichts in der Küche machen. Nicht mal Popcorn.

Wir waren den Gestank vom letzten Mal, als sie eine Tüte Popcorn in die Mikrowelle gesteckt hatte, noch immer nicht ganz losgeworden.

LJ: So schlimm sind ihre Kochkünste doch gar nicht.

Berk: Es wundert mich, dass wir von ihren Spaghetti Surprise keine Magengeschwüre bekommen haben.

Ich: Die Überraschung bei diesem Gericht bestand darin, dass wir uns eine Stunde, nachdem wir es gegessen hatten, auf dem Boden gekrümmt und nach dem Tod gesehnt haben.

LJ: Sie bemüht sich!

Nix: Ja, uns umzubringen.

Berk: Um es mit unseren Leichen zu treiben!

Ich: Warum nur? Wir haben ihr doch nie was getan.

LJ: SCHLUSS JETZT! Lasst sie in Ruhe. Vergesst, dass ich gefragt habe. Ich gehe lieber zu ihr. Ihre Mitbewohnerin macht sowieso bessere Drinks als ihr.

Nix: Sind wir aber empfindlich.

Wieder zu Hause angekommen, kam ich mir immer noch so vor, als würde ich vor meinen Schuldgefühlen davonlaufen.

Durch die geschlossene Tür von Nix' Zimmer dröhnte Musik. Keine Ahnung, wie er es schaffte, bei diesem Getöse zu lernen. Jedenfalls war er mir in Sachen Noten weit überlegen.

In meinem Zimmer warf ich die nasse Badehose und das Handtuch auf den Klamottenhaufen in der Ecke und nahm wieder das Telefon zur Hand.

Ich: Seph, das heute tut mir wirklich leid. Es ist allein meine Schuld und ich übernehme die volle Verantwortung.

Geschlagene drei Minuten lang ploppte ihre kleine Sprechblase immer wieder auf und verschwand, bevor sie schließlich eine Antwort schickte.

Seph: Schon okay. Ich weiß dein Angebot zu schätzen, aber ich werde mir etwas einfallen lassen, wie ich das alles allein regeln kann.

Dass sie das allein regeln wollte, war keine gute Idee. Allerdings hatte ich bisher auch nicht gerade dabei geholfen, ihr Schwierigkeiten zu ersparen. *Warum kümmert mich das Ganze so sehr?* Ich versuchte, es darauf zu schieben, dass sie meinen Beschützerinstinkt weckte, wie bei einem großen Bruder. Nur dachte ein großer Bruder nicht solche Dinge über seine kleine Schwester, wie ich sie gedacht hatte, als sie im Badeanzug hereingekommen war und das Handtuch abgelegt hatte.

9. KAPITEL

Seph

Hier im alten, etwas muffigen Gebäude der Mathematischen Fakultät fühlte ich mich wohl. Seit jenem Tag, an dem ich aus dem Fitnesscenter geflüchtet war, als wäre mir der Tod persönlich auf den Fersen, hatte ich nur noch wie in Trance am Unterricht teilgenommen. Schon vor Tagen hatte ich den allerletzten Rest Chlor aus meinen Haaren gewaschen. Doch die Scham darüber, dass wenige Minuten, nachdem ich die Zehen ins warme Wasser des Schwimmbeckens gesteckt hatte, mein Leben an mir vorbeigezogen war, würde mir noch eine ganze Weile länger nachhängen.

Als ich neben dem Becken gelegen und alle mich angeglotzt hatten, hatte es sich angefühlt, als würde meine Haut in Flammen stehen. Ich war so eine Idiotin. Es war furchtbar dämlich gewesen, tatsächlich zu glauben, dass Reece sich um mich kümmern und meine Hand halten würde. Er hatte sich nur aus Mitleid von mir dazu beschwatzen lassen, mir zu helfen, aber ich musste das alleine schaffen. Wieder einmal spürte ich den Schmerz, einerseits Genie genannt zu werden, und andererseits feststellen zu müssen, dass es mir so sehr an praktischen Alltagsfähigkeiten mangelte, dass es mich in diesem Fall beinahe umgebracht hätte.

Ich hätte gern behauptet, dass ich nach der Rückkehr in meine Wohnung nicht geheult hatte, aber die fetten, nassen

Tränen, die mein Kopfkissen durchweicht hatten, waren der klare Gegenbeweis. Warum musste denn alles außerhalb des Unterrichts, bei dem andere Menschen involviert waren, so schwierig sein? Warum hatten mir meine Eltern nie schwimmen beigebracht? Warum hatte ich zugelassen, dass ich mich so sehr darauf gefreut hatte, dass Reece es mir beibrachte? Warum hatte ich keine Sicherheitsvorkehrungen getroffen? Stattdessen hatte ich mich kopfüber in dieses Wagnis gestürzt und prompt den Preis für meinen Forscherdrang bezahlt.

Noch nie hatte ich mein hervorragendes Gedächtnis so verflucht wie in dieser Situation. Jedes scheußliche Detail des Zwischenfalls war in plastischer Deutlichkeit abgespeichert, von dem Augenblick an, als ich die Umkleide verlassen und den blau-weiß gefliesten Bereich ums Becken herum betreten hatte, bis zu dem Moment, als ich Reece neben dem Becken entdeckt und seinen muskulösen, gebräunten Körper angestarrt hatte.

Als er mich angesehen hatte, hatte ich am ganzen Körper eine Gänsehaut bekommen. Seine Augen hatten kurz einen merkwürdigen Glanz angenommen, der aber gleich darauf wieder verschwunden war. Ich wollte zu gern daran glauben, dass da tatsächlich etwas gewesen war. Doch in Wirklichkeit hatte mir meine Fantasie nur einen Streich gespielt. Ich wollte, dass er mich wollte und dass es ihm genau wie mir derart den Atem verschlug, wenn unsere Blicke sich trafen, doch das war reines Wunschdenken.

Zudem konnte ich mich äußerst lebhaft daran erinnern, wie mein Kopf unter Wasser versunken war, wie mich alle angestarrt hatten, als ich endlich wieder aufgetaucht war, und wie entsetzt Reece ausgesehen hatte, als er mich aus dem Becken gezogen hatte.

Als ich in die Kabine geflohen war, hatte ich das Gefühl gehabt, als würden mir ihre Blicke die Nackenhärchen versengen.

»Miss Alexander?«

Ich riss den Kopf hoch. »Bitte entschuldigen Sie, Professor Huntsman. Könnten Sie das noch einmal wiederholen?«

»Es ist zwar äußerst ungewöhnlich, aber in Anbetracht Ihrer Begabung hat die Fachbereichsleitung ihr Einverständnis gegeben. Wären Sie daran interessiert, über den Sommer zu unterrichten? Wir haben da ein Programm für Highschool-Abgänger, die im Herbst mit dem Studium beginnen. Jemanden wie Sie könnten wir dort gut gebrauchen.« Professor Huntsmans gütige Augen strahlten so viel Warmherzigkeit aus wie die eines Weihnachtsmanns im Einkaufszentrum.

»Jemanden wie mich?« Ich pikte mir mit dem Daumen gegen das Brustbein und meine Stimme schoss eine Oktave nach oben.

Die Lachfältchen in seinen Augenwinkeln vertieften sich und er senkte die schlohweißen Augenbrauen. »Ich habe Sie bei den Fragestunden mit Ihren Kommilitonen erlebt. Sie schaffen es hervorragend, ihnen zu helfen, sogar bei Fragestunden, an denen Sie eigentlich gar nicht teilnehmen müssten.« Er lachte.

Ich strich mit den Händen über die Seite mit ordentlich ausgedruckten Notizen, die vor mir lag. Die Fragestunden, die er meinte, bildeten meine Zuflucht, wenn ich mal wieder aus der Wohnung geworfen worden war. Matheunterricht war für mich wie eine zweite Heimat und es langweilte mich kein bisschen, wenn Stoff besprochen wurde, den ich schon mit zehn Jahren gelernt hatte. Ich fand es faszinierend zu hören, wie die Professoren die Theorien erklärten, und den anderen dabei zuzusehen, wie es langsam »Klick« machte. Das Strahlen in ihren Augen war der Lohn für alle Mühen, die man auf sich nahm. Und noch toller war es, wenn jemand etwas nicht verstand und ich meine eigene Denkweise hinterfragen musste, um demjenigen dabei zu helfen, ein bestimmtes Prinzip zu begreifen.

»Das würde ich sehr gern, aber ich weiß nicht genau, ob ich nach Ende des nächsten Semesters noch hier sein werde.« Ich legte die Hände in den Schoß und knibbelte am Daumennagel.

Er gab einen kehligen Laut von sich, der wie eine Mischung aus Keuchen und Bellen klang.

»Was meinen Sie damit? Sie haben hier doch gerade erst angefangen.« Er machte ein dermaßen langes Gesicht, als hätte ich ihm gerade eröffnet, dass er den letzten Flug nach Aruba verpasst hatte. Ich hasste es, ihn enttäuschen zu müssen. Seitdem ich hier war, hatte er sich ein Bein ausgerissen, um mir die Ausnahmegenehmigungen zu besorgen, die ich für einige meiner Kurse benötigte, und um sicherzustellen, dass ich mich gut einlebte und hierbleiben wollte.

»Mein Vater verhandelt gerade mit Harvard darüber, ob sie mich früher zum Promotionsstudium zulassen.«

Er bekam große Augen und schlug mit der Hand auf die Tischplatte. »Warum haben Sie mir das nicht gesagt? Wir haben alles für Sie so belassen, wie es gerade ist, weil Ihre Bewerbung so überzeugend war. Sie hatten erwähnt, dass Sie es langsam angehen und das College-Leben genießen möchten.« Er schob einige Papiere auf seinem Tisch herum.

Ich rutschte abrupt auf meinem Stuhl nach vorne. »Das möchte ich auch. Auf jeden Fall. Aber ich weiß nicht genau, ob mir in dieser Angelegenheit überhaupt eine Wahl bleibt.« Meine Brust wurde eng.

»Meine Liebe, Sie sind erwachsen. Sie allein haben die Wahl, das zu entscheiden.« Sein nachsichtiger Blick war ein deutlicher Beweis dafür, wie wenig er über mein Leben wusste. Entscheidung war nicht gleich Entscheidung, und in meinem bisherigen Leben waren mir nie sonderlich große Wahlmöglichkeiten zugestanden worden. Darum war es für mich mehr oder weniger ein Reflex, mich nach dem zu richten, worum ich gebeten – *ha, schön wär's* – oder eher was von mir *verlangt* wurde.

Unser Treffen endete damit, dass ich ihm versprach, noch einmal darüber nachzudenken, ob ich meine Doktorarbeit wirklich in Harvard schreiben würde. Auf dem Weg über den Campus schaute ich auf die Uhr. Warum gehörte ich nur nicht zu diesen mutigen Menschen, denen es egal war, was andere dachten? Warum war ich nicht jemand, der mitten in einem Raum voller Menschen stehen konnte, ohne wegrennen zu wollen? Aber so etwas konnte ich einfach nicht. Weil das noch mehr Aufmerksamkeit auf mich gelenkt hätte. Manchmal kam ich mir vor wie ein Tier im Wald, das sich aufplusterte, um Feinde zu vergraulen. Das war immer noch besser, als zu versuchen, sich anzupassen, und dann festzustellen, dass mich so, wie ich wirklich war, niemand mochte.

Mein Handy vibrierte in der Tasche und mein Magen krampfte sich ängstlich zusammen. Der Einzige, der mich anrief, war mein Vater – und er schien jeden Anflug von akademischer Unsicherheit bei mir aus fünfhundert Meilen Entfernung wittern zu können. Ich atmete tief durch, um den Knoten aus Angst in meinem Bauch zu lösen. Doch als ich das Telefon zur Hand nahm, musste ich zweimal hinschauen, bevor ich mit dem Finger übers Display strich.

»Hallo?«

»Hi, Seph. Hier spricht Graham. Aus dem Café.« Seine Stimme klang höher, freundlicher, irgendwie so, als würde er gut als Bedienung in ein altmodisches Eiscafé aus den Fünfzigerjahren passen.

»Ja, natürlich erinnere ich mich an dich.« Ich hielt mir mit dem Zeigefinger der freien Hand das andere Ohr zu, verließ den gepflasterten Weg und nahm eine Abkürzung über die mit Laub übersäte Wiese.

»Wie geht es dir?«

»Gut – hervorragend. Ich komme gerade von einer Besprechung in der Mathematischen Fakultät.« Ich schob die Hand unter den Arm und drückte mir das Handy ans Ohr. Wir hatten im Café unsere Nummern ausgetauscht. Es war unhöflich von mir gewesen, dass ich ihn noch nicht zurückgerufen hatte, insbesondere da er der Einzige gewesen war, der sich auf meine Anzeige gemeldet hatte. Reece war der festen Überzeugung, dass nur ein Irrer so etwas tun würde, aber mir schien Graham alles andere als verrückt zu sein. Er wirkte sogar eher prüde – was mich alles andere als begeisterte.

»Dann hast du also gerade Zeit.«

»Zeit für was?« Sofort erwachte mein Interesse. *Vielleicht sollte ich mich für Graham entscheiden.*

»Es gibt da eine Ausstellung im Kunstmuseum, die ich mir schon seit Längerem ansehen möchte – würdest du gern mitkommen?«

Und schon verpuffte mein Interesse wieder. Meine Hoffnungen, dass er mich einladen würde, mit ihm eine Runde auf seinem Motorrad zu drehen oder sich mit ihm in eine Rave-Party in einem verlassenen Lagerhaus einzuschleichen, zerstoben. Trotzdem: Entweder konnte ich mit ihm ins Museum gehen oder ich müsste zurück in meine Wohnung. »Museum klingt toll.«

»Super, ich komme und hole dich ab.« Er legte auf.

Ich nahm das Handy vom Ohr und starrte das Display an. Abholen? Von wo denn? Wo glaubte er denn, dass ich mich gerade aufhielt? Ein sachtes Tippen auf meiner Schulter setzte meiner Verwirrung ein abruptes Ende. Ich drehte mich um. Graham stand grinsend vor mir.

»Ich hatte gerade Unterrichtsschluss«, erklärte er. »Und da habe ich dich gesehen.«

»Du hast mich gerade ganz schön durcheinandergebracht.«

»Ich dachte, es wäre vielleicht eine nette Überraschung.« Er grinste noch breiter.

Ich wartete darauf, dass die Schmetterlinge in meinem Bauch losflatterten. Aber anscheinend waren sie schüchtern oder sie steckten noch in ihren Kokons. »Willst du wirklich ins Museum gehen?«

»Wenn du mitkommst.« Er war lieb, nett – wahrscheinlich genau der Typ Mann, nach dem ich Ausschau halten sollte. Nach jemandem, der gut zu mir passte.

»Klar, gehen wir.« Irgendwie hatte ich nicht das Gefühl, als würde ich gerade zum allerersten Mal auf eine Art Date gehen, sondern als bräche ich zu einer Schulexkursion auf. Doch ich folgte ihm trotzdem.

Wir liefen über den Campus. Wenn wir auf den Gehwegen jemanden überholten, stießen wir hin und wieder mit der Schulter aneinander. Ich zog mir die Mütze tiefer ins Gesicht. Mit dieser neuen, roten Ergänzung meiner Garderobe kam ich mir noch immer vor, als stünde mein Kopf in Flammen. Aber bestimmt würde ich mich irgendwann daran gewöhnen.

»Kennst du ihn?«

Ich folgte Grahams Blick und entdeckte Reece, der zu mir herübersah. Hastig schaute ich wieder zu Boden, schob die Hände in die Taschen und lief schneller. »Wir sind uns schon auf dem Campus begegnet, aber mehr eigentlich nicht.«

Graham schloss zu mir auf. »Er starrt dich an, als hättest du ihm was geklaut.«

»Wahrscheinlich liegt es an der Mütze. Damit errege ich

viel Aufmerksamkeit.« Ich spähte über die Schulter hinweg zu Reece hinüber. Er stand inmitten einer Gruppe von Jungs. Wahrscheinlich waren es Freunde oder zumindest Teamkameraden. Einer von ihnen warf gerade den Kopf zurück und lachte schallend. Das Geräusch hallte über den gesamten Campus. Lachten sie etwa über mich?

»Die Mütze ist echt schön.« Er spähte verstohlen zu mir herüber. Sein Blick war freundlich und sanftmütig. Ein perfekter Gentleman.

»Danke.«

Wir besuchten das Museum und nahmen uns im Anschluss aus dem Café Sandwiches für den Rückweg zum Campus mit. Während wir zusammen waren, konnte ich die ganze Zeit über an nichts anderes denken als daran, dass das, was wir hier machten, exakt das Gleiche war, was ich sonst auch immer tat. Er entsprach genau dem Typ Mann, den man an meiner Seite erwartet hätte. Er sagte immer das Richtige, wusste immer über alles Bescheid – und trotzdem passte es zwischen uns irgendwie nicht richtig.

Ich stand wieder ganz am Anfang.

Ohne Freunde.

Ohne Date.

Ohne Sex.

Als ich die Wohnungstür öffnete, traf ich auf Alexa, die auf der Couch im Wohnzimmer ihren Freund mehr oder weniger ritt.

»Du könntest anklopfen«, fauchte sie über die Schulter hinweg und warf die Haare zurück.

»Ist ja nicht so, als wäre es auch meine Wohnung«, raunte ich.

»Hey, Seph.« Dan winkte mir über ihre Schulter hinweg zu. Ich trottete aus dem Wohnzimmer und durch den Flur in mein

Zimmer. Wie konnte ein netter Kerl wie er nur an eine derartige Megazicke geraten? Aber wahrscheinlich war es manchmal auch genau andersherum – wie war meine Mom nur an meinen Dad geraten? Anscheinend veränderte eine Beziehung die Menschen. Sie konnte einen dazu bringen, verrückte Dinge zu tun, die man normalerweise nicht tun würde. Umstände zu erdulden, von denen Außenstehende nicht nachvollziehen konnten, dass man sie aushielt.

Als ich meine Zimmertür schloss, fiel mir der Geigenkasten ins Auge. Ich ließ den Verschluss aufspringen und hob den glatten, hölzernen Korpus heraus. Dann schloss ich rasch die Tür ab, bevor ich zum Bett zurückkehrte und den Bogen aufnahm. Das Holz erwärmte sich an meiner Haut und die kühlen Metallsaiten drückten gegen meine Finger. Als ich schließlich zu spielen begann, die Finger über die Metallfäden wandern ließ, traten meine Ängste, die mich den Tag über begleitet hatten, und meine Sorgen darüber, was vor mir lag, endlich in den Hintergrund.

Vielleicht, weil Geige spielen mich entspannte.

Vielleicht, weil ich das Spielen so sehr liebte. Und vielleicht, weil ich genau wusste, wie sehr Alexa es hasste. Ich ließ den Bogen hin und her gleiten, probierte etwas Neues aus – meine eigene Version eines Songs, den ich mit Graham im Café gehört hatte. »Take me to Church« von Hozier vibrierte in meinen Knochen. Ich wünschte mir, dass mich auch jemand so sehen würde, wie es in dem Lied besungen wurde. Dass jemand einzig und allein durch meine Nähe seinen Frieden finden könnte.

Ein lautes Hämmern an meiner Tür zauberte mir ein Lächeln ins Gesicht. Ich schlug die Augen auf und starrte zum Fenster hinaus. War es gemein von mir, dass ich mich diebisch über Alexas lautes Gezeter draußen auf dem Flur freute? Und darüber, dass Dan zu ihr sagte, er fände die Musik schön, und dass Alexa sich nicht so aufregen solle? Ich war es leid, nett und still und klein zu sein. Ich war es leid, ich zu sein. Die einzige Möglichkeit, etwas zu ändern, bestand darin, dass ich aufhörte, mich vor dem zu fürchten, was ich wollte.

10. KAPITEL

Reece

Ich rannte mit dem Ball unterm Arm in die Endzone, ließ ihn auf den Boden fallen und wartete den Ruf des Schiedsrichters ab. Dann steuerte ich die Bank an. Ein Rudel Mannschaftskameraden stürmte mir entgegen und warf sich auf mich. Doch heute hatte ich auf den Freudentanz, der normalerweise folgte, irgendwie keine Lust. Ich joggte lediglich vom Feld und setzte mich auf die Bank.

Bei Heimspielen war der Jubel der Fans immer ohrenbetäubend. Eigentlich machte das jeden Punkt, den man erzielte, noch grandioser. Doch heute Abend ging mir unablässig etwas ganz anderes im Kopf herum – die gleichen Gedanken, die mir auch schon beim Training und beim Gewichtheben keine Ruhe gelassen hatten. Anstatt mich aufs Lernen zu konzentrieren und darauf, meine Noten auf einem anständigen Niveau zu halten, grübelte ich ständig über einen kleinen Fisch nach, der um ein Haar ertrunken wäre.

Als ich aufsah, merkte ich, dass mich die anderen entgeistert anstarrten. »Was ist?«, fragte ich und glotzte zurück. Ich schnappte mir meine Flasche und spritzte mir Wasser in den Mund. Dann stellte ich sie mit einem Knall neben mir auf die Bank und die zehn Augenpaare, die mich eben noch angestiert hatten, wendeten sich hastig von mir ab und widmeten sich wieder dem Geschehen auf dem Spielfeld.

Erneut musste ich daran denken, wie Seph sich an mich geklammert hatte, als ich sie zum Beckenrand geschleppt hatte. Sie hätte bei dem Zwischenfall draufgehen können. Als sie gesagt hatte, sie hätte viel übers Schwimmen gelernt, war ich davon ausgegangen, dass sie eben nicht allzu gut schwimmen konnte oder dass sie etwas aus der Übung war und sich deshalb nicht ganz wohl im Wasser fühlte – die Idee, dass sie sich schlichtweg nicht über Wasser halten konnte, war mir nie gekommen. Und selbstverständlich hatte sie das nicht zugeben wollen, hatte sich nicht anmerken lassen, dass es etwas gab, was sie nicht gut beherrschte.

Inzwischen war fast eine Woche vergangen und sie hatte sich noch nicht wieder bei mir gemeldet. Hatte sie zu viel mit der Uni zu tun? War sie schon mit Graham im Bett gewesen? Wenn sie von ihm bekommen hatte, was sie wollte, hatte sie vielleicht gar kein Interesse mehr an mir. Möglicherweise bekam ich sie nicht mehr aus dem Kopf, weil sie mich abserviert hatte oder weil ich selbst beschlossen hatte, dass sie für mich tabu war und dass ich unter keinen Umständen mit ihr schlafen würde. Die Sehnsucht nach der verbotenen Frucht oder so was in dieser Art.

Ihre verkniffene Steifheit weckte in mir erst recht das Verlangen, sie aus ihren Klamotten zu pellen, diese albernen Flechtzöpfe zu lösen und dafür zu sorgen, dass sie alle Hemmungen fallen ließ. In ihr schlummerte etwas Wildes. Das wusste ich genau. Eine gewisse Verruchtheit à la *ich verpasse dir einen Klaps mit dem Lineal und setze mich auf deinen Schoß.*

Hör endlich auf, an sie zu denken. Auf dem Spielfeld tickten die Sekunden herunter.

»Mann, was ist denn los mit dir?« LJ setzte sich neben mich auf die Bank. Er saß in letzter Zeit oft auf der Ersatzbank.

»Nichts Besonderes.«

»Aha, und trotzdem lenkt es dich vom zehnten Gewinn in dieser Saison ab, und davon, dass Profiliga-Scouts auf der Tribüne sitzen.«

Ich drehte mich um und ließ den Blick schweifen. Die Scouts sahen sich hauptsächlich Aufzeichnungen an. Nur in den seltensten Fällen kamen sie persönlich zu einem Spiel und dann ließen sie sich immer ganz leicht erkennen. Ihre stahlharten Blicke und die abgespannten Gesichter, denen man die Strapazen des ständigen Herumreisens ansah, verrieten sie jedes Mal.

»Und wenn schon.« Ich wippte ungeduldig mit dem Bein auf und ab; mein Herz raste.

Die Uhr tickte auf null herunter und alle sprangen von der Bank auf und rannten aufs Spielfeld. Diesmal war ich nicht der Letzte, der es wieder verließ. Nachdem ich Nix abgeklatscht hatte, durch dessen geniale Pässe wir mal wieder einen Sieg eingeheimst hatten, verzog ich mich in die Kabine. Sein Vater war bestimmt unheimlich stolz darauf, dass sein Sohn höchstwahrscheinlich schon in der ersten Runde des Drafts ausgewählt werden würde. Das stand eigentlich so gut wie fest. Mein Vater dagegen war noch nie zu einem meiner College-Spiele gekommen.

Im Kabinentunnel holte der Coach mich ein. Ich zog mir die Polster aus und trug sie zur Kabine.

»Wie ich sehe, hat die Medienberaterin etwas gebracht.« Er klopfte mir auf den Rücken. »Klasse, dass du dich da draußen nicht mehr so aufgespielt hast. So was lieben die Scouts.«

Ich hielt wohlweislich die Klappe und nickte nur.

»Gehen wir zur Pressekonferenz.« Er legte mir die Hände auf die Schultern und schob mich praktisch in den Raum, in dem uns Blitzlichtgewitter und eine kleine Gruppe Reporter erwarteten. Sie stellten die gleichen Fragen, die sie schon eine

Million Mal gestellt hatten. Normalerweise kam mir das sehr entgegen – niemand mag unangenehme Überraschungen –, aber an diesem Abend wollte ich einfach nur so schnell wie möglich wieder weg.

Als ich ins Haus zurückkehrte, war die Party schon in vollem Gange. Ich ließ mich nur kurz blicken, bevor ich mich in mein Zimmer zurückzog. Inzwischen hatte ich kein Interesse mehr, den Schein zu wahren. Was die anderen über mich dachten, war weniger als bedeutungslos. Es war wirklich übel, dass sie alle bei den Partys auftauchten, obwohl sie diese ganzen Anschuldigungen, die gegen mich erhoben worden waren, wahrscheinlich glaubten. Warum wollten sie überhaupt noch etwas mit mir zu tun haben, wenn ich angeblich ein Riesenarschloch war? Weil Football wie eine Droge war und ich der Star der Show. Sie würden mich feiern, solange ich von Nutzen war, und sobald ich meinen Zweck erfüllt hatte, fallen lassen.

Ich öffnete meine Zimmertür und zuckte erschrocken zusammen. Auf der Couch in der Ecke saß jemand. Ich war offenbar nicht der Einzige, dem trotz unseres Sieges der Sinn nicht nach Feiern stand.

»Ich wusste, dass es keine gute Idee war, einen Generalschlüssel für dich machen zu lassen.« Ich plumpste neben LJ auf die Couch.

»Ich habe Bier mitgebracht.« Er hielt mir eine eiskalte Flasche hin. Kondenswasser rann am Glas hinab. »Was ist denn los mit dir? Du bist so übel drauf.«

»Bin ich nicht.« Ich nahm ihm das Bier ab und kleckerte mir dabei etwas auf den Schoß.

»So, so, du findest also nicht, dass du dich wie ein launisches Mädchen benimmst.«

»Ich bin nicht launisch. Mir geht nur viel durch den Kopf.«

»Zum Beispiel, dass du dieses Mädel beinahe ersäuft hättest.«

Ich fuhr mir mit den Fingern durch die Haare und trank einen Schluck Bier. »Es geht ihr gut. Das Spiel heute war einfach wie sonst auch. Kein Grund für übertriebene Begeisterungsstürme.«

»Wenigstens durftest du spielen. Gegen mich hat der Coach gerade was.«

»Was war denn los? Ihr beide kamt doch anfangs gut miteinander klar und du durftest fast in jedem Spiel von Beginn an raus. Aber inzwischen holt er dich wegen jeder Kleinigkeit sofort vom Feld.«

Er starrte zum Fenster hinaus und puhlte dabei am Etikett der Bierflasche herum. »Er ist momentan nicht unbedingt ein Fan von mir.«

»Ich weiß. Deswegen frage ich ja, was passiert ist. Hast du seinen Hund überfahren oder so was?«

»Wenn es doch nur das wäre. Aber bei der Art und Weise, wie er es auf mich abgesehen hat, werden meine Chancen auf die Profiliga mit jedem Spiel schlechter und schlechter.«

»Es gibt doch Aufzeichnungen aus anderen Saisons. Da kann jeder sehen, was für ein guter Spieler du bist.«

Er zuckte mit den Schultern.

»Wo ist denn dein Schatten?«

Er hob den Kopf und runzelte die Stirn. »Marisa? Sie unternimmt heute Abend was mit ihrer Mitbewohnerin.«

»Ach, wie traurig. Und dich haben sie nicht zu ihrem Mädelsabend eingeladen? Dann musst du dir ja ganz allein die Nägel lackieren.«

»Sehr witzig.«

Meine Tür flog auf. Ich holte Luft, um den unverfrorenen Partygast anzuschnauzen, er solle sich wieder verziehen, als

Nix ins Zimmer stürmte, als wäre der Teufel persönlich hinter ihm her. Er trat die Tür hinter sich zu und zog die Hände aus den Taschen. Dann begann er, vor meiner Kommode auf und ab zu tigern, als wolle er eine Kuhle in den Boden laufen. Er war direkt nach dem Spiel zu seinem Vater gefahren. Seine schwarzen Schuhe waren auf Hochglanz poliert und in seinem langen, schwarzen Kaschmirmantel, den er zusammen mit Handschuhen und einer schwarzen Anzughose trug, wirkte er wie einem Modemagazin entsprungen.

Er knöpfte den Mantel auf und warf ihn einfach auf den Boden.

»Siehst so aus, als wäre das Abendessen gut verlaufen.«

Er riss den Kopf hoch und funkelte uns wütend an. »Wenn du eine totale Katastrophe ›gut‹ findest, dann könnte man sagen, es lief perfekt.«

»Er ist mit der bisherigen Saison ohne Niederlagen also nicht zufrieden?« LJ stützte die Ellbogen auf die Oberschenkel.

»Es ist so beschissen, wenn deine Familie Riesenerwartungen an dich stellt«, grummelte Nix. »Außerdem hat die rosahaarige Landplage von nebenan schon wieder die Polizei alarmiert.«

Wir stöhnten alle.

»Wenigstens war es diesmal nur die Campus-Polizei und nicht die Beamten der Stadt.« Er massierte sich die Schulter.

»In ihr Haus geht der Spaß, um zu sterben.« Ich spähte aus dem Fenster zum Haus auf der anderen Straßenseite. Seitdem wir eingezogen waren, lagen wir mit dessen Bewohnern im Clinch.

»Du hast Glück – ich bin gut vorbereitet.« LJ lehnte sich über die Armlehne der Couch und förderte ein weiteres Bier zutage.

Ich reckte den Hals. »Wie viele Flaschen hast du denn da drin?«

»Das verrate ich nicht.«

Er schloss den Deckel der Kühlbox, die er in mein Zimmer geschleppt hatte, bevor ich einen Blick erhaschen konnte.

»Wir müssen die Meisterschaft gewinnen.« Nix nahm das Bier von LJ entgegen.

»Was zum Teufel glaubst du denn, was wir vorhaben?«

»Du verstehst nicht.« Er strich sich mit der Hand durch die Haare und trank einen Schluck aus der Flasche. »Ist dein Vater denn nicht so? Treibt er dich nicht unerbittlich dazu an, immer besser zu spielen, koste es, was es wolle?«, fragte er ungläubig.

»Mein Dad wollte mir nicht mal erlauben, an den Testspielen fürs Highschool-Team teilzunehmen.«

»Was?«, riefen LJ und Nix wie aus einem Mund.

»Ich musste es hinter seinem Rücken tun. Erst als mein Name in Verbindung mit einem Siebzig-Yard-Touchdown in der Zeitung stand – übrigens dem längsten in der Geschichte meiner Highschool –, hat er davon Wind bekommen.« Es hatte nicht unbedingt Spaß gemacht, nach jedem Training meine Ausrüstung durchs Fenster meines Zimmers ins Haus zu schmuggeln, doch mein Dad hatte mir streng verboten zu spielen. Manchmal fragte ich mich, ob er das tat, weil er bezweifelte, dass ich seinen Erwartungen gerecht werden konnte, oder weil er befürchtete, ich könnte ihn alt aussehen lassen.

»Er wollte nicht, dass du spielst? Warum?« LJ lehnte sich gegen die Armlehne der Couch.

»Wir sind bei diesen Diskussionen irgendwie nie über das kategorische ›Nein‹ hinausgekommen. Mein Vater hat aufgehört, als ich drei Jahre alt war. Mein Bruder war damals fünf und meine Schwester war gerade erst geboren worden. Er meinte, er hätte uns zu sehr vermisst und es wäre für Mom zu schwer gewesen, sich allein um uns drei zu kümmern.«

»Es macht alles verdammt viel einfacher, wenn man es sich leisten kann, ein Kindermädchen zu bezahlen. Ich muss es wissen, weil mein Dad nämlich genau das getan hat – wenn er nicht außerhalb der Saison zu Hause war und mich jeden Tag stundenlang gedrillt hat.«

»Mann, manchmal ist Familie echt scheiße.« LJ trommelte mit den Fingerknöcheln gegen die Seite der beschlagenen Flasche.

»Wie sieht es bei dir aus? Macht deine Familie dir jetzt, da die Profiliga nicht mehr weit ist, keinen Druck?«

Nix und ich drehten uns beide zu LJ um. Er zuckte mit den Schultern. »Eigentlich nicht. Meine Mom ist zufrieden, solange ich zufrieden bin. Mein Dad kann es noch immer nicht recht fassen, dass ich so weit gekommen bin. Ihr habt sie ja bei den Spielen erlebt. Sie haben irgendwie immer noch das Gefühl, als müsse das alles ein Missverständnis sein. Und diese Saison hilft nicht gerade dabei, ihre Zweifel auszuräumen.« Er fuhr mit dem Fingerknöchel den Flaschenrand entlang.

»Der Coach hat dich diese Saison wirklich auf dem Kieker. Hast du seinen Hund überfahren?«

Ich schnappte mir ein Couchkissen und warf es nach Nix. »Genau das Gleiche habe ich ihn auch gefragt.«

LJ zupfte wieder am Etikett seiner Bierflasche. »Ihr müsst mir versprechen, dass ihr es niemandem weitererzählt.«

Nix und ich wechselten einen vielsagenden Blick und beugten uns gespannt vor.

Er atmete tief durch und lehnte sich auf der Couch zurück. »Ich habe nicht seinen Hund überfahren, aber ich habe ihn in einer persönlichen Angelegenheit beschissen.«

Nix ließ auffordernd die Hand kreisen, damit er weitersprach.

»Ihr wisst ja, wie manche Leute reagieren, wenn die Familie ins Spiel kommt.«

Ich kapierte absolut nichts. *Familie … Wovon redete er da?*

»Wenn sie rausfindet, dass ich euch davon erzählt habe, wird sie mich umbringen.« Er starrte seine Flasche an.

»Spuckst du jetzt endlich mal aus, was los ist?«

»Es geht um den Coach und Marisa.«

Nix warf mir einen raschen Blick zu. »Der Coach treibt es mit deiner besten Freundin?«

LJ riss den Kopf hoch. »Was? Nein! Das ist ja widerlich.« Er verzog entsetzt das Gesicht. »Sie ist seine Tochter.«

»Moment mal. Was?! Sie ist seine Tochter?« *Das Bild auf seinem Schreibtisch.* Ich hatte doch gewusst, dass sie mir bekannt vorkam.

Er nickte. »Allerdings sind sie zerstritten. Als sie hier anfing, hatten sie schon ungefähr fünf Jahre lang kein Wort mehr gewechselt.«

»Warum hat er es dann auf dich abgesehen?«

»Sie ist meine beste Freundin.«

»Und?«

»Und eine Bedingung dafür, dass sie seine Anstellung an der Uni geltend machen darf, damit ihre Schulgebühren reduziert werden, ist, dass sie einmal wöchentlich zu ihm zum Abendessen kommt. Sie wollte nicht hingehen. Aber ich wollte nicht, dass sie die Uni wieder verlassen muss, und habe ihr deswegen angeboten mitzukommen. Diese Abende waren, gelinde gesagt, unangenehm.« Er presste die Lippen aufeinander.

»Du isst einmal wöchentlich mit dem Coach zu Abend.«

»Und mit Marisa.«

»Und worüber zum Teufel unterhaltet ihr drei euch währenddessen?«

»Über nichts. Wir schweigen uns zwei Stunden lang an. Mir Stecknadeln unter die Fingernägel rammen zu lassen, wäre angenehmer.«

»Aber warum lässt der Coach es an dir aus?«

LJ hob wieder die Schultern und ließ sie noch tiefer sacken. »Wir kennen uns seit unserem sechsten Lebensjahr. Mit ihm redet sie nicht, mit mir schon. Er bekommt einmal die Woche beim Abendessen zwei Stunden Schweigen. Wahrscheinlich kann ich von Glück sagen, dass er noch nicht versucht hat, mich während des Trainings umzubringen. Er ist schlicht und einfach wild entschlossen, meine Karriere zu torpedieren, mehr nicht.«

Jetzt war ich wirklich baff.

»Oh Mann, erwachsen zu werden ist echt kein Zuckerschlecken.« Nix lehnte sich an die Wand zurück und verschränkte die Hände hinter dem Kopf.

»Selbst wenn man sich bemüht, es nicht zu kompliziert zu machen, erwischt einen dieser Scheiß am Ende doch irgendwie. Das ist wie Jurassic Park, aber mit deutlich schlechteren Spezialeffekten.« LJ schmunzelte über seinen eigenen Witz und trank sein Bier.

»Es sind doch nur noch ein paar Monate, dann hast du das alles hinter dir. Bist du bereit, Profi zu werden?« Nix rollte die Flasche zwischen den Händen und betrachtete gedankenverloren den Flaschenhals, als wäre er ganz weit weg.

»Ich bin schon seit dem ersten Studienjahr bereit. Was ist mit dir, Goldjunge? Trittst du in die Fußstapfen deines Dads?« Ich warf ihm eine Socke an den Kopf. Dass er beim Draft selektiert werden würde, war eigentlich für die gesamte Bevölkerung der Ostküste bereits eine klare Sache.

Er verzog den Mund und starrte an die Decke. »Sicher.« Er stand auf und nahm seine leere Flasche. »Auf mich wartet eine Semesterarbeit. Am besten, ich mache mich gleich daran. Wie ist es bei dir? Wie läuft es mit deinen Kursen?«

Ich hob meine Flasche auf und warf sie von einer Hand in die andere. Jedes Mal, wenn ich sie fing, drang ein dumpfer

Ton aus dem Flaschenhals. »Ganz okay. Nicht, dass das noch von Bedeutung wäre, wenn ich erst mal beim Draft ausgewählt wurde.«

»Es ist immer gut, einen Alternativplan in der Hinterhand zu haben.«

»Zum Beispiel kein Profi zu werden, sondern direkt Sportkommentator? Wir verfügen nicht alle über so gute Verbindungen wie du.«

Nix warf mir ein zusammengeknülltes Blatt Papier direkt an den Kopf. »Mach dich an die Arbeit, Blödmann.« Er öffnete die Zimmertür und verschwand im Meer der Leute, die draußen im Flur herumstanden.

Ich warf meine Flasche in den Mülleimer. LJ stand am Fenster und presste das Handy ans Ohr.

»Ris, wenn du nicht willst, dann mach es nicht. Er kann dich nicht zwingen, die Feiertage mit ihm zu verbringen. Du weißt, dass ich dich unterstütze, ganz egal, wie du dich entscheidest.« Er fuhr sich mit den Fingern durchs Haar. Seine besorgte Miene spiegelte sich in der Scheibe.

Wenn sie von ihrem Dad sprachen, dann besiegelte LJ gerade seinen Abschied von der Profikarriere. Aber wenn man jemanden liebte, machte man manchmal dämliche Sachen. Deswegen hielt ich mich ja so fern von allen eventuellen Ablenkungen, dass man hätte meinen können, ich würde in einem anderen Sonnensystem leben.

Er verließ mein Zimmer. Ich schloss die Tür ab und schnappte mir meine geräuschunterdrückenden Kopfhörer, um Berks durchdringend laute Stimme auszublenden, die selbst die Musik und den Trubel unten übertönte.

Ich stierte auf eine meiner Hausarbeiten und las dreimal hintereinander denselben Satz. Schließlich klappte ich den Laptop wieder zu und trommelte mit den Fingern auf das warme Metallgehäuse. Ich nahm das Handy in die Hand, legte es wieder weg. Sprang vom Stuhl auf, raufte mir die Haare und begann, im Zimmer auf und ab zu gehen. *Sie hat gesagt, dass es ihr gut geht. Sie hat gesagt, dass sie meine Hilfe nicht will. Sie wird das alles sowieso allein regeln müssen. Lass es einfach gut sein.*

Wahrscheinlich hatte sie schon mit Graham geschlafen. Klar, ich fand ihn idiotisch, aber trotzdem schien er kein schlechter Kerl zu sein. Sie war klüger als er und er hatte bestimmt Ehrfurcht vor ihrem riesengroßen Gehirn.

Aber ich musste sichergehen, dass es ihr gut ging. Wenn er ihr wehtat, würde ich ihm die Nase brechen. Ich griff erneut nach dem Handy und tippte auf ihren Namen neben dem Foto, dass ich bei unserem letzten Zusammentreffen heimlich von ihr geschossen hatte. Darauf trug sie eine knallrote Mütze, die irgendwie überhaupt nicht zum Rest ihrer Kleidung passte. Unter der Mütze lugten zwei Fischgrätenzöpfe hervor, die auf ihren Schultern lagen.

Mein Finger schwebte über dem grünen Button auf dem Display.

11. KAPITEL

Seph

»Wenn dieses Benehmen der Dank dafür ist, dass ich dir erlaubt habe, nach Philadelphia zu gehen, dann frage ich lieber gleich in Harvard nach, ob sie dich statt im Frühling schon nach Ende dieses Semesters aufnehmen.«

Galle stieg in meiner Kehle hoch. »Nein, du hast recht, Dad. Tut mir leid.«

Sein unzufriedener Tonfall weckte Erinnerungen an die Abdrücke, die seine Daumen in meinem Nacken hinterlassen hatten. Ich fuhr mit der Hand über meine Haut. Die blauen Flecken waren längst verschwunden, waren schon seit Jahren nicht mehr zu sehen, doch manchmal überwältigten mich diese alten Erinnerungen, sodass ich kaum noch atmen konnte.

»Das entscheide ich, wenn du über Thanksgiving hier bist.«

Mir kamen die Tränen. Wenn ich mit ihm diskutierte, würde das nur dazu führen, dass sich diese Idee noch stärker in seinem Kopf festsetzte. Ich atmete aus und versuchte, das Zittern in meiner Stimme zu unterdrücken. »Wir sehen uns dann.« Ich legte auf, setzte mich aufs Bett und starrte das Telefon an.

Da klopfte es leise an meine Tür. Bevor ich etwas sagen konnte, wurde sie auch schon aufgerissen.

»Persephone, Dan kommt gleich vorbei und wir wollen einen Film ansehen.« Ihr falsches Plastikgrinsen war so breit, dass es ein Wunder war, dass ihre Wangen keine Risse bekamen. Vielleicht war das ihre Art einer versöhnlichen Geste. Seitdem ich mit der Geige gegen die beiden angespielt hatte, verhielt sie sich nicht mehr ganz so aggressiv. Womöglich hatte es ja etwas bewirkt, dass ich mich auf meine eigene, umständliche Art gegen sie aufgelehnt hatte.

»Klingt gut. Ich habe sowieso keine Lust mehr, mir diese Beweise anzuschauen.« Ich schlug meine Bücher zu und streckte die Arme über den Kopf, bis meine Wirbelsäule knackte. Dann drückte ich die Hände ins Kreuz und dehnte mich ausgiebig. Nur arbeiten und kein Spaß – davon wurde mir nur noch langweiliger, als es ohnehin schon war.

Alexas Lächeln verschwand. »So habe ich das nicht gemeint.«

»Warum hast du sonst etwas von einem Film erwähnt?« Ich stand vom Stuhl auf und kam auf die Tür zu.

»Weil ich will, dass du gehst.«

Ich spähte zur Oberkante der Tür hoch, wo jetzt eigentlich ein Eimer mit Schweineblut hätte stehen müssen. Selbstverständlich hatte sie es so gemeint. Warum sollte auch jemand mit mir Zeit verbringen wollen? Himmel, Reece hatte mich im Schwimmbecken beinahe ertrinken lassen. Meine Mitmenschen taten entweder so, als würde ich nicht existieren, oder sie wollten mich loswerden. Außer wenn ich in einem staubigen Klassenzimmer einen auf *Good Will Hunting* machte, wollte niemand etwas mit mir zu tun haben. Vermutlich wäre es besser, mich einfach dem Plan meines Dads zu fügen. Ein blühendes soziales Leben würde ich ja offensichtlich sowieso nie haben. Der harte Knoten in meinem Bauch wurde schlimmer. Ich brauchte dringend frische Luft. *So viel zu meinem geplanten Neustart.*

Ich kniff die Lippen zusammen und nickte. »In Ordnung,

ich mache einen Spaziergang.« Ich nahm meinen Mantel und ging zur Tür.

»Einen schönen, langen Spaziergang.« Sie winkte mir nach und schloss die Tür hinter sich.

Ich zog den Mantel über und steckte die Hand in die Tasche. Meine Finger schlossen sich um den gefalteten Zettel, der darin steckte. *Soll ich Graham anrufen?* Ich hatte den Eindruck gehabt, dass er sich auf mein Angebot einlassen würde.

Ich verließ die Wohnung und ging nach draußen. Dort faltete ich den Zettel auf und betrachtete meine ordentlich ausgedruckte Liste. Kein einziger Punkt war bisher abgehakt. Ich war meinem Ziel kein Stück näher gekommen.

Ich hielt den Zettel weiter in der Hand, starrte ihn an, studierte jeden einzelnen Punkt. Das war eine Liste, die ich aufgestellt hatte, weil … Ja, warum eigentlich? Um das Gefühl zu bekommen, mein Leben ein wenig unter Kontrolle zu haben. Es war eine Liste mit Dingen, die meine Eltern richtig sauer machen würden, und durch die ich Tante Sophie vielleicht ein bisschen ähnlicher sein könnte. Aber eigentlich war es dämlich, dies überhaupt versuchen zu wollen.

Ich konnte nicht mal richtig rebellieren. Wie soll man auch rebellieren, wenn die Person, gegen die man sich auflehnte, es nicht mitbekam? Und außerdem – wer rebellierte denn bitte schön, indem er eine Liste schrieb? Als würde man einen detaillierten Plan für den Ablauf einer Revolution erstellen. Eine Rebellion sollte chaotisch sein. Doch ich hatte es irgendwie geschafft, dass mein einziger Akt der Auflehnung darin bestanden hatte, mir eine blöde rote Mütze zu kaufen und eine Rebellion mit dem langweiligsten Ende aller Zeiten anzuzetteln. Ich knüllte den Zettel zusammen und warf ihn vor dem Haus in einen Papierkorb.

Ich schaffte es, zwei Schritte zu gehen, bevor ich am Arm festgehalten wurde und sich eine Hand um meinen Ellenbogen schloss. Ich schrie auf, fuhr herum und schlug dem Angreifer so fest, wie ich konnte, mit der Hand gegen den Kopf. Er ließ mich sofort los und hielt sich das Gesicht.

Eine Sekunde später erkannte ich die hellblauen Sneakers mit weißen Streifen und den unverkennbaren, schwarzen Haarschopf. Entsetzt schlug ich die Hände vor den Mund. »Reece? Oh Gott, tut mir leid. Ich hab dich für einen Räuber gehalten.«

»Ja, das habe ich gemerkt.« Er rieb sich mit der Hand die Wange und bewegte den Unterkiefer hin und her. Dabei spiegelte sich das Licht der Straßenlaterne in seinen dunklen Augen. »Du schlägst ganz schön fest zu.«

»Was tust du hier?« Ich blickte am Gebäude hinauf. Wollte er jemanden besuchen?

»Ich habe nach dir gesucht.«

»Nach mir?« Ich deutete mit einem behandschuhten Finger auf meine Brust.

»Du klingst, als würde dich das total schockieren.«

»Ich denke, nach allem was im Schwimmbad passiert ist, ist das auch durchaus berechtigt.« *Nein, kau das nicht noch einmal durch, während du hier in Schockstarre herumstehst wie ein Reh, das gleich von einem Lkw überfahren wird.*

»Tut mir leid. Ich habe mich wie ein Arsch benommen. Das ist eine dumme Angewohnheit, in die ich manchmal verfalle. Und das hier ist dir runtergefallen.« Er hielt ein zerknülltes Blatt Papier in der Hand – meine Liste.

»Nein, stimmt nicht. Ich habe sie weggeworfen.«

Ein gequälter Ausdruck huschte über sein Gesicht. »Tu das nicht, nur weil ich Mist gebaut habe.«

»Ich mache das nicht, weil du Mist gebaut hast. Diese ganze Liste war von Anfang an total dämlich.« Ich fuhr mit dem Finger über die einzelnen Punkte. »Nachtisch zum Abendessen. Wie alt bin ich denn eigentlich? Fünf?« Ich holte aus, um den Zettel wieder in den Papierkorb zu pfeffern, doch er hielt meine Hand fest. Seine Finger berührten die Stelle zwischen Mantelärmel und Handschuh, landeten auf der Unterseite meines Handgelenks. Mein Blut begann, durch meine Adern zu rasen, bis mir ganz heiß wurde.

Er nahm mir den Zettel aus der Hand und steckte ihn in die Tasche. »Tu das nicht. Wo willst du eigentlich hin?«

»Da ich wieder mal aus meiner Wohnung verbannt wurde, wollte ich mir einen Film ansehen.«

»Ich mag Filme.«

»Diesen Film wirst du nicht mögen.«

»Wetten, dass?« Er grinste mich an, als hätte er noch nie im Leben eine Wette verloren.

Ich holte das Handy aus der Tasche und schaute mir die Spielpläne der nächstgelegenen Kinos an. Mit Filmen ließ sich immer am besten Zeit totschlagen. Das Multiplex hatte für einige Tage einen neuen, französischen Indie-Film ins Programm genommen. *Der ist bestimmt gut.* Ich erwiderte sein Lächeln und reservierte uns zwei Plätze.

»Das ergibt überhaupt keinen Sinn«, flüsterte er mir ins Ohr. Sein Atem strich über meinen Nacken.

Konzentrier dich, Seph. Ich atmete tief durch und verscheuchte die Schmetterlinge in meinem Bauch. »Es geht um die existenzielle Krise, ausgelöst durch die Gewissheit, dass man sterben muss.«

»Aber jeder weiß doch, dass man sterben muss.« Er hielt mir den Rieseneimer Popcorn hin.

»Wissen ist nicht gleich *wissen*.« Ich steckte die Hand in den Eimer, den Reece an der Snackbar gekauft hatte, und stopfte mir die buttrige, salzige Köstlichkeit in den Mund. Den Versuch, immer nur ein Stück nach dem anderen zu essen, hatte ich längst aufgegeben.

Ein dumpfes Grollen aus dem Kino nebenan ließ unsere Sitze vibrieren.

Sein Kopf schnellte hoch und er blickte sehnsüchtig zur Wand.

Ich betrachtete die anderen Anwesenden im Saal: Allesamt Pärchen, die zusammensaßen. Insgesamt befanden sich weniger als zehn Personen im Raum. Im Verlauf des Films rückten ihre Köpfe immer dichter zusammen. Ich verdrehte den Hals und schaute nach hinten. Die drei Pärchen in den Reihen hinter uns waren alle mehr oder weniger intensiv damit beschäftigt, den Rachen ihres jeweiligen Partners zu erforschen.

Ich drehte mich wieder um und musterte Reece aus dem Augenwinkel. Er sah vollkommen verwirrt aus, aber er hielt sich tapfer, kämpfte sich durch den Film, weil ich ihn ausgesucht hatte.

Im Kinosaal nebenan wurde lautstark gejubelt. Ich starrte die Wand an. Wahrscheinlich lief drüben einer dieser neuen Superheldenfilme. Ich hatte bisher noch keinen gesehen. Bestimmt wäre ich die Einzige, die keine Ahnung hatte, worum es ging. Würde wieder mal dasitzen und als Einzige die Insiderwitze nicht kapieren.

Ich lehnte mich auf dem Sitz zurück und griff in den Eimer. Unsere Hände berührten sich und die Zeit schien sich plötzlich zu verlangsamen. Seine Hand umschloss meine. Seine rauen Fingerspitzen auf meinem Handrücken jagten einen Funkenregen durch meinen Arm. Ich brauchte etwas Stärkeres gegen die Schmetterlinge in meinem Bauch.

Ich zog im selben Augenblick die Hand weg, in dem er seine zurückriss. Er reichte mir den kompletten Eimer und ich machte mich darauf gefasst, im Kino abserviert zu werden. Rasch stopfte ich mir eine Handvoll Popcorn in den Mund und mampfte es, ohne etwas davon zu schmecken. Ich konnte nicht mal ins Kino gehen, ohne jemanden vor den Kopf zu stoßen.

In seinem Schoß leuchtete fahl sein Handy. Er drückte auf den Knopf an der Seite und steckte es zurück in die Tasche. Die anderen Zuschauer um uns herum schienen nichts zu merken.

Er schob die Arme in die Jackenärmel. Mir rutschte das Herz in die Hose. Ja, jetzt würde er mir definitiv den Laufpass geben. Mein Herz schlug schneller und schlagartig war dieses Gefühl wieder da, das mich immer gepackt hatte, wenn die anderen Kinder mit ihren Fahrrädern davongebraust waren und mich in einer Staubwolke zurückgelassen hatten.

Er legte den Arm auf die Armlehne zwischen unseren Sitzen und flüsterte mir ins Ohr: »Lass uns gehen.«

Ich zuckte zurück und starrte ihn verdattert an. »Der Film ist doch noch nicht zu Ende.«

»Na und? Lass uns gehen.« Er nickte in Richtung Ausgang. Seine Augen funkelten herausfordernd.

Na, dann mal los. Ich schnappte mir den Popcorneimer und folgte ihm nach draußen. Im schummrigen Licht auf dem Korridor kam ich mir vor wie ein Vampir, der versehentlich am Mittag aufgestanden war. »Wo gehen wir hin?«, zischte ich so laut, dass es kaum noch als Flüstern durchging, und versuchte, mit ihm mitzuhalten.

»Du wirst schon sehen.« Er nahm meine Hand. »Beeil dich.« Etwas von dem Popcorn fiel aus dem Eimer, als er mich mit sich zog.

Ich betrachtete die rot leuchtenden LED-Anzeigen über den Türen der Kinosäle. Er lief mit mir zur Snackbar auf der anderen Seite. Dort angekommen nahm er mir den Eimer aus der Hand und hielt ihn dem Mann hinter der Theke hin. »Würden Sie uns den auffüllen? Wir wollten gerade in unseren Kinosaal gehen, da hat meine Freundin ihn fallen gelassen.«

Der Mann nickte und drehte sich um, um den Eimer neu zu füllen.

Ich starrte Reece mit weit aufgerissenen Augen an. Er zwinkerte mir zu, legte den Finger an mein Kinn und klappte meinen weit offenstehenden Mund zu.

Reece drückte mir den frisch gefüllten Popcorneimer in die Hand und bugsierte mich zurück in den Korridor. Von der anderen Seite kamen uns aus Richtung des Vorraums eine Menge Leute entgegen. Reece hatte die Hand auf mein Kreuz gelegt und führte mich. Jedes Mal, wenn ich langsamer wurde, verstärkte er den Druck, damit ich weiterlief.

»Aber zum Ausgang geht's da entlang.« Ich drehte den Kopf zu den Metalltüren hinter uns.

»Ich weiß«, raunte er, wobei er nur einen Mundwinkel bewegte.

Er nahm das Popcorn und drückte mir die Hand noch fester gegen den Rücken. Dann zog er mich an seine Seite. Meine Schulter rieb über seine Brust. Ich spähte zu ihm auf. Seine grünen Augen huschten hin und her, während er sich rasch umsah und mich dann in den Strom aus Kinobesuchern lenkte. Wir ließen uns mit der Masse treiben, auf den Saal zu, zu dem sie anscheinend alle hinwollten.

»Das ist nicht unser Saal.« Ich bekam schon wieder große Augen. Jemand würde uns sehen. Jemandem würde auffallen, dass wir in den falschen Raum gingen.

»Pst. Niemand wird etwas merken. Ich will diesen Film unbedingt sehen und ich hatte den Eindruck, dass du bei dem anderen Film vor Langeweile fast gestorben wärest. Also habe ich einen der Punkte auf deiner Liste improvisiert.«

Wir bogen um die letzte Kurve eines schmalen Gangs, der in den Kinosaal führte. »Welchen?«

Seine Schulter berührte meine Brust, während er sich zu mir herunterbeugte und mir aus dem Mundwinkel zuraunte: »Das Gesetz brechen.« Er grinste.

Ich blickte starr geradeaus und ließ mich von ihm in eine Sitzreihe führen, die noch halb leer war.

»Was, wenn jemand was merkt?« Ich fuhr in der Sekunde, als mein Po den Sitz berührte, zu ihm herum und zischte die Worte fast gegen seine Brust.

»Dann gehen wir.«

»Was, wenn sie den Sicherheitsdienst verständigen?«

»Dann gehen wir.« Er lehnte sich in seinem Sitz zurück und übernahm wieder den Popcorneimer.

Ich ließ das Bein nervös auf und ab wippen und hockte mich auf die Sitzkante, rechnete jeden Moment damit, dass ein Platzanweiser kommen und uns aus dem Saal werfen würde. Vielleicht würde er uns durch die Lobby treiben und dabei lauthals verkünden, dass wir Diebe waren. Adrenalin rauschte durch meine Adern und ich wartete geradezu darauf, dass jemand kommen und uns mit einer Taschenlampe ins Gesicht leuchten würde, natürlich mit der Polizei im Schlepptau.

Die Beleuchtung wurde gedimmt, ein Zeichen dafür, dass gleich die Filmtrailer starten würden.

Reece griff nach meiner Schulter und zog mich auf meinem Sitz wieder nach hinten. »Entspann dich, uns erwischt niemand.«

Ich lehnte mich zurück. Meine verkrampften Muskeln entspannten sich nach und nach, und anstatt die Eingangstüren des Saals anzustarren, konzentrierte ich mich auf die Leinwand. Die Vorschau begann. Zahlreiche Filme wurden beworben, von denen ich noch nie im Leben gehört hatte, obwohl es von ihnen schon die fünfte oder sechste Fortsetzung gab.

Dann wurde es noch dunkler im Saal und es ging los. Auf der Leinwand herrschte plötzlich so viel Action und grelle Farben – etwas Vergleichbares hatte ich zuletzt erlebt, als ich mich in Chemie an einem Experiment versucht hatte. Meine Augen klebten förmlich an der Leinwand und ich verfolgte gebannt die Explosionen, Gags, bissigen Wortwechsel und spektakulären Computeranimationen.

Ab und zu beugte ich mich zu Reece und stellte ihm eine Frage. Auch er war von dem Film gefesselt, trotzdem ermahnte er mich nie, still zu sein, oder bedachte mich mit einem dieser Blicke, die eindeutig sagen: *Wenn du mir noch eine einzige Frage stellst, zwinge ich dich, tausendmal den Satz des Pythagoras zu schreiben.* Aber vielleicht tat das auch niemand außer meinem Dad.

Während des letzten Gefechts, bei dem sich der geläuterte Bösewicht für den Helden opferte, umklammerte ich Reece' Arm. Schließlich wischte ich mir mit dem Handrücken die Augen trocken und blickte zu ihm hinüber. Auch er sah mich an, mit einem sehr merkwürdigen Ausdruck im Gesicht.

Als der Abspann anlief, begannen alle um uns herum zu applaudieren und einige pfiffen sogar. Wir standen von unseren Sitzen auf, reihten uns ein und marschierten mit den anderen aus dem Saal.

»Das war besser, als ich gedacht habe.« Um uns herum herrschte eine freudig-erregte Stimmung. Alle unterhielten sich darüber, was die Bonusszene ganz am Schluss bedeuten mochte, und warfen mit Namen von Filmfiguren um sich, die ich noch nie gehört hatte.

»Und du konntest etwas von deiner Liste streichen.« Sein

Lächeln ließ mich alles vergessen. Ich wollte diese Lachfältchen an meiner Haut spüren, wollte den Kopf von seiner Brust heben, wenn wir schweißgebadet aufeinanderlagen, und von ihm einen Kuss auf die Stirn gedrückt bekommen.

»Was hältst du davon, wenn wir noch einen Punkt abhaken?« Ein schelmischer Zug mischte sich in sein Lächeln und ich konnte nicht anders, als sein Grinsen zu erwidern.

»Wohin geht es als Nächstes, oh, mein Verderber?«

12. KAPITEL

Reece

Die Musik aus dem Klub ließ den Gehsteig vibrieren. Jede Menge Leute standen an, um ins Innere zu gelangen. Vor dem Eingang stand ein Türsteher, der Ausweise kontrollierte und Armbänder ausgab.

»Ich bin noch nicht einundzwanzig.« Sie blieb wie angewurzelt stehen.

Ich nahm ihre Hand und zog sie dichter zu mir heran. »Ich weiß. Mach einfach mit.«

»Er wird merken, dass ich noch nicht alt genug bin«, presste sie mit zusammengebissenen Zähnen hervor und versuchte, meine Hand abzuschütteln.

»Wird er nicht.« Ich zog sie einfach weiter.

Ich ging direkt zum vorderen Ende der Schlange. Als der Türsteher mich entdeckte, hob er sofort die Hand. Ich ergriff sie und wir stießen zur Begrüßung mit den Schultern aneinander. »Hey, dich habe ich ja schon ewig nicht mehr hier gesehen«, sagte er.

Er schlug mir auf die Schulter und ich senkte den Kopf. *Ja, Party feiern verliert etwas seinen Reiz, wenn man morgens mit zwei blauen Augen aufwacht.* »Ich war zu beschäftigt damit, eine hammermäßige Saison zu spielen.«

»Nette Treter«, bemerkte er mit einem Blick auf meine blau-weiß gestreiften Turnschuhe von Adidas.

»Danke, habe ich mir vor ein paar Wochen gekauft. Hör mal, ich bin mit einer Sportreporterin hier, aber sie hat ihren Ausweis im Hotel liegen lassen. Sie schreibt eine Story über mich für *Sports Illustrated*. Meinst du, du kannst sie reinlassen? Wenn nicht, können wir noch mal zurückgehen und ihn holen, allerdings wäre das echt nervig. Aber ich dachte, du könntest mir diesmal vielleicht aus der Patsche helfen.«

Ich warf einen Blick über die Schulter und hoffte inständig, dass Seph nicht bei einem Fluchtversuch in den fließenden Verkehr gerannt war. Er musterte sie von oben bis unten. Sie hatte einen schwarzen Kaschmirmantel an und ihren Schal fachgerecht in den Kragen gesteckt. Dazu trug sie eine dunkle Hose und zweckmäßige Schuhe. Ihre aufwendig geflochtenen Zöpfe, die sie sich um den Kopf festgesteckt hatte, lagen unter ihrer roten Mütze verborgen. Diesmal erwies sich ihr biederes Auftreten als Vorteil.

Ich drückte kurz ihre Hand, damit sie nicht vor Unbehagen von einem Fuß auf den anderen trat, und ließ sie gleich wieder los, bevor der Türsteher etwas mitbekam.

Er presste die Lippen aufeinander und nickte. Dann hob er das Absperrseil. »Kein Problem, Kumpel. Rein mit euch.«

Ich streckte den Arm aus und ließ Seph vorausgehen. Sie nickte dem Türsteher zu, aber ich merkte ihr an, wie nervös sie war.

Als sich die Tür hinter uns schloss, packte sie sofort meinen Arm. »Nicht zu glauben, dass das funktioniert hat!« Sie hopste aufgeregt auf und ab.

»Man muss nur überzeugend sein, mehr nicht.«

»Du bist wirklich ein Lügenkönig erster Klasse.« Ihr Kompliment traf mich wie ein versehentlicher Schlag in die Magengrube.

Wir gingen hinein und sie knöpfte den Mantel auf.

Ich hätte eigentlich ahnen können, dass sie darunter Tweed tragen würde.

Sie zog ihn aus und hängte ihn sich über den Arm, als hätte sie gerade ein Restaurant betreten und würde nun Ausschau nach der Garderobe halten.

Am anderen Ende des Raums entdeckte ich Berk, der aufsprang und uns zuwinkte. Über einen Meter neunzig groß zu sein hatte durchaus Vorteile.

»Ihr habt es geschafft.« Er boxte mir gegen die Schulter. »Und das muss die sagenumwobene Seph sein. Reece hat uns schon viel von dir erzählt.«

Seph betrachtete zuerst ihn und dann mich.

»Selbstverständlich nur Gutes. Ich habe ein paar Bier bestellt und eine Runde Shots kommt auch noch.«

»Hast du denn nach dem letzten Wochenende nichts dazugelernt?«

»Tue ich das jemals?« Er grinste und teilte die Getränke aus, die der Barkeeper neben ihm auf den Tresen stellte.

Seph hielt ihr Glas mit zwei gespreizten Fingern, als wäre es eine volle Windel. Sie lehnte sich gegen meine Schulter. »Das riecht widerlich.«

»Das ist Schnaps – meistens schmeckt das Zeug auch nicht besonders gut.« Ich hob das Schnapsglas. »Hast du denn noch nie Alkohol getrunken?«

Sie leckte sich die vollen, rosigen Lippen. »Bei einigen Kennenlernpartys der Mathematischen Fakultät habe ich Wein getrunken. Die Barkeeper bei diesen Veranstaltungen gehen irgendwie automatisch davon aus, dass alle Gäste Doktoranden sind.«

»Ich kann dir versichern, dass dieses Zeug hier mit dem Wein dort nicht vergleichbar ist.«

Berk drehte sich schwungvoll mit zwei Schnapsgläsern

in der Hand herum und drückte LJ eins davon in die Hand. »Prost.« Wir stießen an und tranken alle unser Glas in einem Zug aus. Der Alkohol schoss brennend durch meine Kehle. Ein Glas war heute Abend für mich mehr als genug. Morgen würden wir zu einem Auswärtsspiel fahren und ich hatte nicht vor, fünf Stunden lang im Bus zu sitzen und mir eine Plastiktüte vors Gesicht zu halten.

Seph musterte fasziniert ihr leeres Glas. Kein Keuchen oder Husten ihrerseits.

»Alles okay?«, flüsterte ich ihr ins Ohr.

Sie schaute mich an und leckte sich nachdenklich die Lippen, als würde sie die Antwort noch nicht genau wissen, sondern noch über die Hitze in ihrem Magen und den Geschmack auf ihrer Zunge nachgrübeln. »Können wir noch einen trinken? Oder vielleicht etwas mit Kirsche?«

»Und ob.« Berk drückte ihr einen weiteren Schnaps in die Hand, bevor er sich umdrehte, um ihr beim Barkeeper ein Getränk zu bestellen.

LJ und ich sahen den beiden zu, wie sie sich ein Glas nach dem anderen reinkippten. »Was ist denn mit ihr los? Ist sie nicht mehr sauer, weil du sie beinahe hast ertrinken lassen?«

Ich knuffte ihn mit dem Ellenbogen in die Magengrube. »Sie ist hier, oder?«

Nachdem sie noch zwei Schnäpse und die Hälfte irgendeines knallroten Getränks getrunken hatte, nahm ich ihr das nächste volle Schnapsglas aus der Hand und stellte es zurück auf die Bar.

»Moment mal«, rief sie, schnappte sich die Kirsche, die in ihrem Glas schwamm, und steckte sie sich in den Mund.

Berkley drehte sich um und hatte schon wieder ein neues, pink-rotes Getränk in der Hand, das er ihr hinhielt. »Verdirb ihr doch nicht den Spaß!«

»Oh, wie hübsch.« Sie griff nach der eiskalten, süßen Mixtur. Der Stiel der Kirsche lugte dabei zwischen ihren Lippen hervor.

Ich konfiszierte das Glas und drückte es Berkley schwungvoll an die Brust. Das eiskalte Zeug schwappte auf sein Shirt.

»Mann, muss das sein?«, knurrte er und wischte an dem Fleck herum.

»Sie muss am ersten Abend, an dem sie etwas trinkt, nicht gleich im Krankenhaus landen.«

Während sie noch über unseren Wortwechsel lachte, zog sie sich den Kirschstiel, in dem nun ein Knoten prangte, wieder aus dem Mund.

Berk, LJ und ich tauschten erstaunte Blicke.

LJ stand der Mund offen. »Hast du das mit deiner Zunge gemacht?«

Seph riss die Augen auf und nickte. »Ich habe nur etwas länger gebraucht als sonst, weil der Stiel so kurz war. Warum?«

Berk schlang den Arm um ihre Schulter. »Seph, du bist echt legendär.«

Mein Hirn war ins Stottern geraten und in meinem Schädel flogen Funken. Schnell nahm ich mich zusammen und löschte das Feuer in meinem Kopf, das von der Vorstellung entfacht worden war, was sie wohl sonst noch alles mit ihrer Zunge anstellen konnte.

Die Musik wurde schneller und sie drehte sich zu den Leuten auf der Tanzfläche um. »Das Lied habe ich schon mal gehört.« Sie formte den Text mit den Lippen nach und sah sehr glücklich aus.

»Möchtest du tanzen?« Ich deutete auf das Meer aus zuckenden und hüpfenden Leuten vor uns.

»Tanzen«, wiederholte sie prüfend, als wäre es ein Wort in einer fremden Sprache, das sie noch nie zuvor gehört hatte.

Dann sah sie zu mir auf und nickte. »Vorher ziehe ich aber das hier noch aus.«

Sie öffnete die Knöpfe ihres Blazers – ein furchtbar biederes Kleidungsstück mit Lederflicken an den Ellenbogen und allem, was dazugehört. In dem Ding musste es ihr hier im vollgepackten Klub total heiß sein. Sie schlüpfte aus der Jacke und hielt sie LJ hin. Er nahm sie ihr ab und sie lächelte und bedankte sich. LJ legte sie neben sich auf einen Barhocker.

Nach einem raschen Blick über die Schulter begann sie, sich an den Knöpfen ihrer Bluse zu schaffen zu machen. Berk und LJ bekamen Stielaugen. Ich legte rasch die Hand auf ihre.

»Was machst du da?«

Sie starrte erst mich an und dann meine Hand. »Ich ziehe mein Oberteil aus«, erwiderte sie so ungerührt, als wäre es vollkommen selbstverständlich, dass jemand wie sie sich mitten in einer Bar entblätterte. Als sie sie komplett aufgeknöpft hatte, atmeten wir alle erleichtert auf, als wir feststellten, dass sie nicht den Verstand verloren hatte, sondern darunter noch eine weitere Kleidungsschicht trug. Wenn das so weiterging, würde unter ihrem Shirt wahrscheinlich gleich noch ein weiteres Tweet-Jackett zum Vorschein kommen.

»Gehen wir.« Befeuert von Courage in Flüssigform schnappte sie sich meine Hand und schleppte mich hinter sich her. Sie stellte sich auf die Zehenspitzen und versuchte, über die anderen Gäste hinwegzuspähen. Dabei erinnerte sie mich an ein neugieriges Erdmännchen. Sie hopste sogar ein paarmal auf und ab – und sah dabei total süß aus. Offenbar suchte sie nach dem perfekten Plätzchen für uns. Es war nicht viel Platz, doch schließlich fand sie trotzdem eine Stelle, mit der sie zufrieden war. Als ich mit ihr über die Tanzfläche lief, konnte ich sehen, dass mich viele der Anwesenden wiedererkannten. Eine ganze Menge Hände berührten mich am Rücken. *Ist das hier ein Klub oder eine Fleischbeschau? Wahrscheinlich ist es ein und dasselbe.*

Schließlich blieb sie stehen und erst jetzt fiel mir auf, was sie eigentlich anhatte. Unter den dicken Woll- und Tweedschichten trug sie ein weißes Unterhemd mit superdünnen Trägern an den Schultern. Es lag eng an ihrem Oberkörper an, was in mir nur den Wunsch verstärkte, genauer hinzusehen.

Sie reckte die Arme nach oben wie jedes ordentliche Partygirl, wiegte die Hüften und bewegte den Körper im Rhythmus der Musik. Ich hätte niemals geglaubt, dass jemand wie sie so gute Moves draufhaben könnte.

Mehr Menschen strömten auf die Tanzfläche und die Lücke, die um uns herum entstanden war, schloss sich wieder. Jemand stieß gegen meinen Rücken und ich hielt Seph fest, damit wir nicht beide hinfielen. Dabei glitten meine Finger ihre Taille entlang und als sie die Arme wieder in die Höhe riss, rutschten sie in die Lücke, die zwischen ihrem Top und ihrem Hosenbund entstand. Ihre Haut fühlte sich seidig weich an.

»Das ist ein toller Song.« Ihr Strahlen war ansteckend. Sie tanzte, als wäre sie schon oft in einem Klub gewesen.

»Du bist eine ziemlich gute Tänzerin.«

»Ich habe mir Videos angeschaut, damit ich mich, sollte ich jemals Gelegenheit zum Tanzen bekommen, nicht zum Narren mache.«

»Du lernst schnell.«

»Ja, außer, was das Schwimmen angeht.« Sie legte die Hände auf meine Brust. Ihre Zunge schnellte aus ihrem Mund hervor und sie leckte sich die Lippen. Die Lichter der Tanzfläche glitten über uns hinweg. Sie waren so stark, dass sie ihr Hemdchen durchdrangen und ich plötzlich einen hervorragenden Ausblick auf ihren zartrosafarbenen BH hatte. Ein aufreizender Anblick, bei dem man kaum wegsehen konnte – was höchstwahrscheinlich bedeutete, dass die anderen Jungs auf der Tanzfläche gerade ebenfalls alle Stielaugen machten. Ich reckte den Hals und ließ den Blick über die Tanzenden um uns herum schweifen.

»Bist du sicher, dass du nicht deinen Mantel überziehen willst? Ist dir nicht kalt?«

»Kalt? Hier drinnen ist es brütend heiß.« Sie hob die Arme und fuhr sich mit den Fingern durchs Haar. Der aufwendige Flechtzopf, der ihre Standardfrisur zu sein schien, löste sich mit jedem Beat der Musik mehr und mehr. Sie war nicht einfach nur schön – sie sah atemberaubend aus.

Schließlich war sie fertig und ihre offenen Haare fielen ihr geschmeidig über die Schultern. Sie waren viel länger, als ich erwartet hatte. Plötzlich stand Berk neben uns.

»Ich habe noch etwas zu trinken für dich.« Bevor ich ihn aufhalten konnte, reichte er Seph das Getränk. Sie schloss die Lippen um den dünnen, schwarzen Strohhalm und tanzte ein Stück von mir weg. Berk vertrat mir den Weg. »Lass ihr den Spaß.« Er stellte sich vor mich.

»Ja, lass mir doch den Spaß.« Sie hatte sich auf die Zehenspitzen gestellt und lugte über Berks Schulter hinweg.

»Ihr passiert schon nichts. Ich passe auf sie auf«, rief Berk.

»Genau das beunruhigt mich ja.« Ich gab ihr etwas Freiraum und ließ sie dorthin tanzen, wo die Musik sie hinzog. Dabei versuchte ich, nicht zu viel darüber nachzugrübeln, was sie wohl gerade tat, und darauf zu vertrauen, dass Berk nicht zulassen würde, dass ihr etwas geschah. Trotzdem reckte ich den Hals, um sie im Blick zu behalten. Viele drehten sich nach ihr um und beobachteten sie – wie hätte man sie auch übersehen können?

Die Musik wurde immer lauter und lauter, bis ich fast meine eigenen Gedanken nicht mehr hören konnte. Berk und Seph trieben durch die Menge auf mich zu und wir trafen uns in der Mitte der Tanzfläche. Sie wiegte den Kopf hin und her und ließ dabei ihre Haare fliegen.

Ihre Haut glänzte schweißnass und das Top klebte ihr am Körper, wodurch es mir noch schwerer fiel, sie nicht anzuglotzen.

»Komm, wir besorgen dir ein Wasser.« Ich legte den Arm um ihre Schultern und führte sie zurück zur Bar.

»Das ist super. Ich habe solchen Spaß.« Sie hopste förmlich auf und ab und war so glückselig, wie man es nur sein kann, wenn man sturzbetrunken ist. Ich bestellte ein Bier und zwei Flaschen Wasser und gab ihr eine davon. Sie schraubte sie auf und trank sie praktisch in einem Zug aus.

Das Wasser floss ihr in kleinen Rinnsalen aus den Mundwinkeln. Sie wischte es mit dem Handrücken weg.

»Wie betrunken bist du gerade?«, brüllte ich ihr ins Ohr.

»Ich bin überhaupt nicht betrunken«, schrie sie zurück.

Ich trat einen Schritt zurück und musterte sie. Gerötete Haut. Hängende Augenlider. Sie hatte Drink für Drink mit Berk mitgehalten, der sich inzwischen an die Bar verzogen und die Arme um zwei Mädels geschlungen hatte.

»Wenn du jetzt noch nichts spürst, trifft es dich später wie ein Vorschlaghammer.«

»Im Ernst, ich fühle mich gut, etwas beschwipst vielleicht – so sagt man das doch, oder? Aber ich bin nicht betrunken.« Sie stemmte stolz die Hände in die Hüften, als wäre sie eine Superheldin, weil sie den Alkohol noch nicht spürte.

Ich drehte sie um, strich mit den Händen über ihren Rücken und hob den Saum ihres Tops ein Stück hoch.

Sie machte sich los, wirbelte herum, starrte mich mit großen Augen an und fuhr mit den Händen über die Stelle, an der ich sie berührt hatte. »Was soll das?« Sie schlug meine Hände weg.

»Ich suche deine Schalttafel. Noch nie hat jemand Berk unter den Tisch getrunken, weshalb ich davon ausgehen muss, dass du nur ein besonders naturgetreuer Android sein kannst. Das würde so einiges erklären.« Ich legte nachdenklich Daumen und Zeigefinger ans Kinn und musterte sie von Kopf bis Fuß.

Sie streckte die Arme seitlich aus, wobei sie fast ein Mädchen umgehauen hätte, dass in High Heels an uns vorbeiwankte. »Sorry!«, kreischte sie und musste gleich darauf lachen. Nun berührte sie langsam mit einem Zeigefinger ihre Nasenspitze, dann mit dem anderen. Meine Mundwinkel hoben sich mit jeder ihrer Bewegungen mehr und mehr. Ich verschränkte die Arme und musste mir auf die Innenseite der Wange beißen, um nicht laut loszuprusten.

»Sag das Alphabet rückwärts auf.« Sie blickte zur Decke und biss sich auf die Lippe. »Siehst du?« Ich nahm mein Glas in die Hand.

»ZYXWVUTS…« Die anderen Gäste an der Bar drehten sich erstaunt nach ihr um, während sie die Buchstaben herunterrasselte. »Und A.«

Ich bedachte sie mit einem prüfenden Blick. »Na schön. Dann wird es dich eben morgen früh umhauen.« Ich trank einen Schluck von meinem Bier.

Sie schnappte sich die zweite Wasserflasche und drückte sie zusammen, sodass ein kleiner Schwall herausspritzte und mich traf. Obwohl draußen eisige Temperaturen herrschten, war das kalte Wasser in der Hitze des Klubs eine willkommene Abkühlung.

»Hey!« Ich riss ihr die Flasche aus der Hand und spritzte zurück. Allerdings tat ich das etwas kraftvoller als beabsichtigt und ihr Gesicht wurde klatschnass.

Sie keuchte und schützte sich mit dem Arm. Wasser tropfte von ihrer Haut.

Ich biss die Zähne zusammen und hielt den Atem an. *Verdammt.* Bestimmt würde ich jetzt gleich einen Arschtritt verpasst bekommen.

Sie ließ den Arm sinken und starrte mich mit offenem Mund an. »Du Blödmann!« Ihr schockierter Gesichtsausdruck verwandelte sich rasch in ein Lächeln und ich konnte aufhören, die Luft anzuhalten. Die meisten Mädchen wären ausgerastet, wenn sie Wasser ins Gesicht bekommen hätten, weil ihr Make-up oder die Frisur ruiniert waren, aber ihr war das egal. Sie wollte nur Rache. Wir rangen um die Flasche und jeder machte dabei den anderen noch ein bisschen nasser, bevor ich es schließlich zuließ, dass sie sie mir abnahm.

Sie hielt die Flasche bedrohlich in meine Richtung. »Dein Glück, dass ich durstig bin.« Sie schüttete sich das restliche Wasser in den Mund und besudelte sich dabei noch mehr.

Ohne nachzudenken streckte ich die Hand aus und wischte mit dem Daumen das Wasser weg, das ihr übers Kinn lief. Dabei streifte ich mit der Fingerspitze ihre Unterlippe. Mein Herz kollidierte mit meinem Brustkorb. Die Welt blieb stehen. Die Leute um uns herum schienen zu verschwinden. Nichts existierte mehr, außer meinem Daumen und ihren weichen, vollen Lippen. Ihre Zunge schnellte hervor und hätte um ein Haar meinen Daumen gestreift und, ich schwöre, mein bestes Stück begab sich sofort in Habachtstellung, als hätte ein Offizier einen Befehl gebrüllt. Ich wollte, dass sie ihre Lippen um meinen Daumen schloss. Ich wollte diese Lippen schmecken und noch viel mehr. Verlangen, wie ich es noch nie zuvor erlebt hatte, packte mich. Ich wollte sie schmecken, ganz und gar.

Sie sah mich an und neigte den Kopf, als grüble sie darüber nach, was um alles in der Welt mit mir los sein mochte. *Da bist du nicht die Einzige, Seph.*

»Wir brauchen mehr Schnaps.« LJ kam angetorkelt, stieß dabei gegen Seph und ich ließ die Hand sinken.

Sie nahm ihm lachend das Glas ab. Und ich steckte so dermaßen tief in Schwierigkeiten, dass es jegliche Skala sprengte.

13. KAPITEL

Seph

Ich reckte die Arme über den Kopf, gähnte und setzte mich im Bett auf. Meine Zunge fühlte sich zwar an wie ein schmutziger Spülschwamm, aber davon abgesehen hätte ich gedacht, dass es mir am Morgen nach einer Nacht im Klub schlechter gehen würde. Im Fernsehen liefen die Leute nach einer alkoholseligen Nacht immer herum wie lebende Tote, aber vielleicht war diese Darstellung ja auch übertrieben. Ich schwang die Beine seitlich aus dem Bett und trat gegen etwas Weiches – etwas Weiches, das knurrte.

Ich riss die Beine wieder hoch, zog die Knie an die Brust und spähte nach unten. Auf dem Boden zog sich das weiche Etwas gerade die Decke vom Gesicht. Reece ließ den Kopf zurück auf eines meiner Kissen sinken und zog die Decke noch etwas weiter herunter.

Ich biss mir auf die Lippe und schaute an mir herunter. Ich saß vollständig bekleidet im Bett. Warum trug ich noch immer die Kleider, in denen ich ausgegangen war? Ich ging niemals ins Bett, ohne einen Schlafanzug anzuziehen.

Er rollte sich herum und öffnete ein Auge. »Wie fühlst du dich?« Er legte die Hände hinter den Kopf. Dabei wurde offensichtlich, dass er sich oft im Fitnessstudio aufhielt, denn seine Armmuskeln wölbten sich und waren perfekt definiert. Ich fragte mich, wie es sich anfühlen mochte, wenn er diese Arme um mich schlang … *Hör auf, das endet nur wieder in einer Enttäuschung. Er ist ein Freund.*

»Morgen.« Ich schlug die Decke ganz beiseite und betrachtete mich. »Ich habe noch immer meine Kleider von gestern an.« Meine Bluse klaffte unten auf, weil ich Berkley um ein klubtaugliches Umstyling gebeten hatte, woraufhin er die vier unteren Knöpfe geöffnet und dann die losen Enden verknotet hatte. Mehr hatte er nicht ausrichten können. Mein Unterhemd war hochgerutscht und unter dem BH zusammengeknäult.

»Ich weiß. Deswegen bin ich ja hier.«

»Du bist hier, weil ich noch meine alten Kleider anhabe?«, fragte ich verwirrt.

»Nein, sondern weil die Tatsache, dass du dich nicht mehr umgezogen hast, bevor du eingeschlafen bist, mich befürchten ließ, dass du heute Morgen mit tierischen Schmerzen aufwachen würdest, und weil gestern, als ich dich hier abgeliefert habe, niemand zu Hause war. Ich wollte dich nicht mit deinem allerersten Kater alleinlassen.«

Ich konnte mich noch glasklar an die vergangene Nacht erinnern. Nachdem LJ und Berkley versucht hatten, mich dazu zu überreden, auf das Podest mit dem DJ-Pult zu steigen und dort zu tanzen, hatte Reece mich kurzerhand geschnappt und in ein Taxi gesetzt. Aber so etwas machte man doch, wenn man einen feuchtfröhlichen Abend verlebte, oder? Man tat peinliche Dinge, von denen einem die Freunde dann am nächsten Morgen erzählten.

»Warum wolltest du nicht, dass ich auf dem Podest tanze?« Ich stemmte die Hände in die Hüften.

Reece' Blick fiel auf meinen Bauch. Ich erschauerte ein wenig – nicht weil mein Bauch entblößt war und ich fror, sondern weil meine Haut kribbelte, als sein Blick über meinen Körper glitt. Ich wollte ihn packen, die Beine um seine Hüften schlingen, ihm die Boxershorts über den Hintern ziehen und ihn davon überzeugen, dass er für diese Aufgabe mehr als geeignet war. Vielleicht war ich *tatsächlich* betrunken. Alkohol brachte die Menschen dazu, ihre Hemmungen fallen zu lassen wie Unterhosen.

»Ich erinnere mich noch daran, dass ich nach Hause gekommen bin, und dann … nichts mehr.« Ich fuhr mir – na ja, ich versuchte, mir mit den Fingern durch die Haare zu fahren. Mein Flechtzopf hatte sich auf meinem Kopf in einen verhedderten Wirrwarr verwandelt.

»Auf der Fahrt im Taxi hierher hast du die ganze Zeit über normal geredet und dich verhalten wie immer. Du hast dir die Haare wieder geflochten und dabei unaufhörlich von deiner Hand-Augen-Kondition gequatscht. Ständig hast du mir versichert, dass du nicht betrunken seist und ich mir keine Sorgen machen solle. Aber ich dachte mir, dass ich dich trotzdem lieber wie ein Gentleman nach Hause eskortieren sollte. Insbesondere, da ich ja als dein Lotse fungiere.

Wir sind in den Fahrstuhl gestiegen. Du hast die Wohnungstür aufgeschlossen und hast mir versichert, dass ich jetzt problemlos gehen könnte … und dann hast dich direkt hinter der Tür auf dem Fußboden zusammengerollt. Du warst vollkommen weggetreten. Ich habe fast zehn Minuten lang versucht, dich wieder zu wecken, bevor ich es aufgegeben habe und dich hier reingebracht habe.« Er setzte sich auf, wobei meine weiße Häkeldecke langsam abwärtsglitt und seinen muskulösen Körper entblößte. »Es war nicht schwer zu erraten, welches Zimmer dir gehört. Und dann habe ich dich ins Bett gelegt.«

Meine Schuhe lagen achtlos weggeworfen neben der Tür. So etwas hätte ich niemals getan.

»Ich war anscheinend sehr müde.«

»Eher sehr betrunken.«

Ich rutschte zum Bettende und stellte die Füße auf den Boden. Als sie die kalten, harten Holzdielen berührten, erschauerte ich am ganzen Körper.

»Wie oft muss ich es noch sagen? Ich war nicht betrunken und jetzt geht es mir auch gut.« Ich ging kurz in mich und überprüfte meinen Allgemeinzustand. Abgesehen von einem etwas trockenen Mund ging in meinem Körper nichts vor, was sich ungewöhnlich angefühlt hätte.

Er beäugte mich misstrauisch, als wäre ich die größte Lügnerin, der er jemals begegnet war.

Als ich aufstand, wankte plötzlich das ganze Zimmer. Mein Magen hob sich und ich schloss rasch fest den Mund. Gleich darauf legte sich das Gefühl wieder und ich schluckte schwer. »Siehst du, es geht mir bestens.«

»Freut mich. Ich wollte nicht, dass du nach deiner ersten feuchtfröhlichen Nacht in deiner eingetrockneten Kotze aufwachst. Vertrau mir, ich habe das schon erlebt – und es ist kein Vergnügen.« Er erhob sich und ließ die Decke von sich heruntergleiten. Nun stand er nur mit Boxershorts bekleidet in meinem Zimmer.

Mir lief das Wasser im Mund zusammen, doch das lag nicht daran, dass Reece halb nackt vor mir stand und ich dieses V an seinem Unterbauch sehen konnte, von dem ich gedacht hatte, dass es nur auf Filmplakaten existiert, und das gefährlich verführerisch auf eine Körperstelle von ihm zulief, an die ich schon viel zu oft gedacht hatte. Ich schlug die Hand vor den Mund, rannte ins Bad und erbrach alles, was ich jemals gegessen hatte – oder je zu essen vorgehabt hatte. Mein Kopf und die Toilettenschüssel vereinten sich in einer Symphonie aus tiefer Reue und dem Wunsch zu sterben.

Schließlich sank ich neben der Toilette auf dem Boden zusammen und lehnte die Stirn an die Kante des Waschbeckens aus Porzellan. Ein Glas Wasser erschien urplötzlich vor meinem Gesicht, gehalten vom Boten meines Untergangs.

»Es klang so, als könntest du das hier gebrauchen, Fräulein Magen aus Stahl.«

Ich funkelte ihn böse an, nahm aber das Glas und trank vorsichtig, um den ekelhaften Geschmack in meinem Mund wegzuspülen. Reece reichte mir die Hand. Ich nahm sie und richtete mich auf.

»Musst du noch mal kotzen?«

Ich legte prüfend die Hand auf den Bauch. Die Wogen hatte sich geglättet. Nun herrschte dort Stille und eine merkwürdige Leere. »Es ist nichts mehr übrig.«

»Gut, dann können wir dir ja was zum Frühstück besorgen.«

Der Gedanke an Essen genügte schon. Prompt hing ich wieder über dem Klo.

Reece' Schatten fiel von der Tür aus auf mich, während ich zusammengekauert auf dem Boden hockte. Zum Glück hatte ich übers Wochenende hier sauber gemacht. Hätte ich den Kalten Krieg gegen Alexa noch länger durchgehalten, hätte ich mich inzwischen wahrscheinlich in den kilometerlangen Haarsträhnen verheddert, die sie immer beim Kämmen verlor und dann überall im Bad herumliegen ließ.

»Ich könnte jetzt sagen, dass ich dir gleich gesagt habe, dass es so enden würde.«

Ich hob die Hand hinter meinen Rücken und streckte einen Finger aus. »Tu es, und ich schwöre, ich nutze die Zeit, in der ich noch hier bin, um jedes einzelne Paar Schuhe, dass du besitzt, zu zerstören.«

»Das ist gemein. Wie kannst du bloß so etwas sagen?« Seine Stimme wurde eine Oktave höher, als hätte ich gedroht, einem Tier oder einem Kind etwas anzutun.

»Eine Frau muss tun, was eine Frau tun muss.« Ich stand auf und betrachtete mich im Spiegel. Tot. Ich sah aus wie die neue Freundin des Sensenmannes.

»Ich hole dir Kaffee.« Er verschwand aus der Tür und kehrte in die Küche zurück. Vor mir im Spiegel sah ich die Reflexion seiner definierten Muskeln. Er hatte die ganze Nacht auf meinem Fußboden geschlafen, weil er sicher sein wollte, dass es mir gut ging. Hätte er mein Angebot nicht schon abgelehnt, hätte ich glatt den Eindruck gewinnen können, dass er mich *mochte*. Aber das würde nur alles verkomplizieren. Er würde dorthin gehen, wo Football-Spieler eben hingingen, und ich würde nach Boston zurückkehren.

Die Tür, die meinem Zimmer gegenüberlag, öffnete sich und eine zerzauste Alexa erschien. Ich packte den Rand des Waschbeckens fester, während sie auf mich zutaumelte. Schnell beugte ich mich vor, wusch mir das Gesicht und griff nach meiner Mundspülung.

»Muss das so lange dauern?« Sie blieb im Türrahmen stehen und klopfte tatsächlich ungeduldig mit dem Fuß auf den Boden. Dazu hielt sie die Arme vor der Brust verschränkt und beäugte mich, als wäre ich die Putzfrau, die herumtrödelte.

»Ich bin gleich fertig.« Ich zog das Handtuch vom Halter und trocknete mir das Gesicht ab.

Sie schnaubte. »Warum kannst du das nicht machen, nachdem ich fertig bin?«

»Ich bin fast so weit.«

»Oh, Mann, was ich mir alles bieten lassen muss.«

»Ich wohne auch hier.«

Sie riss die Augen auf. »Was?«

»Sie sagte, dass sie auch hier wohnt.« Wie aus dem Nichts stand Reece hinter ihr. Alexa fuhr herum und stieß vor Überraschung einen erstickten Schrei aus. Ihr Blick fiel auf Reece' nackten Oberkörper und seine Boxershorts, dann auf mich, dann wieder auf ihn. Sie öffnete den Mund, schloss ihn wieder.

Er nickte mit dem Kinn in Richtung des Flurs und hielt mir eine dampfende Tasse entgegen. »Ich hab Kaffeesahne und Zucker reingetan. Mach dich fertig und dann führe ich dich zum Frühstück aus, als kleines Dankeschön für unsere tolle Nacht.« Sein Lächeln hätte selbst das Höschen einer Nonne zum Schmelzen gebracht.

Ich gab ein Geräusch von mir, das wie ein Kichern klang. Hatte ich jemals zuvor schon mal gekichert? Dann kapierte ich, was er gesagt hatte. Er riss die Augen auf, nickte in Alexas Richtung und wackelte dabei mit den Augenbrauen.

»Oh, ja, total – eine Nacht, die du nicht sobald vergessen wirst.« Ich erschauderte innerlich. Wie absolut unsexy das klang.

Er stieß ein scharfes Schnauben aus und gab mir den Kaffee.

Rasch schob ich mich an Alexa vorbei und ging hinter ihm durch den Flur. Ich konnte spüren, wie sie uns hinterherstarrte. Wieder öffnete sich die Tür zu ihrem Zimmer. Diesmal kam Dan heraus. »Hey, Seph.« Er ging an uns vorbei und schaute verblüfft noch einmal genauer hin. »Hey, Reece.«

»Hi.« Reece winkte ihm zu, zog mich zurück in mein Zimmer und schloss die Tür hinter uns.

»Kennst du Dan?«

»Nein.«

Reece war eben einfach jemand, den jeder kannte … »Hast du ihr Gesicht gesehen?«, flüsterte ich und legte die Finger um den heißen Becher. Ich sah bestimmt ebenso geschockt aus wie Dan gerade, als er uns verdattert nachgeschaut hatte, während Reece langsam die Tür zugezogen hatte. Ich stand noch immer da, starrte den Türknauf an und wünschte, ich könnte ihre Gesichter sehen, während sie versuchten dahinterzukommen, weshalb Reece hier war. Dass sich gestern Abend so viele Leute nach ihm umgedreht hatten, hatte nur bestätigt, was ich eigentlich schon wusste: Er war eine große Nummer auf dem Campus und hatte eigentlich keinen Grund, sich mit mir abzugeben.

»Warum hast du zugelassen, dass sie so mit dir redet?«

Ich drehte mich um. Reece stand viel dichter vor mir, als ich gedacht hatte, und ich stieß mit dem Becher gegen seine Brust. Zurückweichen ging nicht, dafür war kein Platz. Ich prallte mit dem Po gegen die Tür, sodass sie in den Angeln wackelte.

»Was meinst du?«

Er kam noch näher. Die Rückseite meiner Finger drückte gegen seine Brust. Ich konnte seinen Herzschlag spüren.

»Wie eine totale Zicke.« Er sah mir durchdringend in die Augen.

»Sie ist …« Ich zuckte mit den Schultern. »Alexa.«

»Sie ist ein Arsch und es gefällt mir nicht, dass sie so mit dir umspringt«, entgegnete er sichtlich aufgebracht und starrte über meine Schulter hinweg die Tür an, als könne er mit den Augen Laserstrahlen hindurchschießen.

Ich hob eine Hand und legte sie an seine Wange. »Ist schon okay.« Ich fuhr mit dem Daumen über seine Wange. »Sie ist eine Zicke, und, ja, ich sollte mich mehr gegen sie behaupten, aber manchmal ist es leichter, einfach nachzugeben.« Ich ließ die Schultern hängen und die Hand sinken.

Bevor ich sie komplett wegziehen konnte, legte er die Finger über meinen Handrücken und ließ nicht mehr los. »Du darfst dich nicht von anderen so fertigmachen lassen, Seph. Du glaubst vielleicht, dass es einfacher ist, aber das ist es nicht. Lass niemals zu, dass dich jemand schlechter behandelt als du es verdienst.« Er sah mir fest in die Augen, als wolle er, dass ich seine Worte nicht nur hörte, sondern auch begriff.

Ich nickte. Er kam noch näher, stieß gegen meine Hand. Der Kaffeebecher schwappte über. Reece stieß ein Zischen aus und trat zurück.

»Tut mir leid.« Ich wich rasch zur Seite aus und stellte den Becher auf die Kommode. Dann zog ich die obere Schublade auf, griff mir das Erstbeste, was ich in die Finger bekam, und trocknete damit seine Brust ab.

»Schon okay. Es war meine Schuld. Ich wusste ja schließlich, dass du einen Becher in der Hand hattest.« Wieder legte er die Hand auf meine, zog mir das Wäschestück zwischen den Fingern heraus und hielt es hoch. Ich wurde leichenblass.

Bitte nicht die Unterwäsche, die ich gerade erst gekauft habe. Bitte nicht der blaue Spitzenslip. Er war neben meiner Mütze ein weiterer Vorstoß in die Welt der knalligen Farben. Ich schnappte danach, doch er hielt ihn hoch über seinen Kopf.

»Gib ihn zurück.« Ich hüpfte auf Zehenspitzen, um ihn zu erreichen.

»Sieh an, sieh an, Persephone. Du bist mir aber eine Wilde.« Er blickte zu der Unterhose auf, die zwischen seinen Fingern baumelte.

Ich sprang so hoch, wie ich konnte, und erwischte einen Zipfel des Slips. Plötzlich legte sich Reece' Arm um meine Taille. Seine Hand rutschte unter mein Top und landete auf der nackten Haut an meinem Kreuz. Mein Bauch, der ebenfalls unbedeckt war, weil ich den Arm gehoben hatte, prallte gegen seinen. Unsere Rangelei fand ein abruptes Ende. Hatte sich die Akustik im Raum verändert oder war das mein Herz, das in meinen Ohren trommelte, als liefe eine Marschkapelle vorbei? Wir starrten einander in die Augen.

Eine unterschwellige Spannung pulsierte zwischen uns. Er ließ den anderen Arm sinken und die knallblaue Unterwäsche war vergessen. Mit einer Hand strich er über die nackte Haut in meinem Nacken. Meine Finger sanken in seine weiche Haut, pressten sich gegen seine feste, muskulöse Brust.

Ich ließ die Zunge hervorschnellen und leckte mir die Lippen. Wir hatten gerade viel zu viel Hautkontakt, um noch klar denken zu können, aber bei Weitem nicht genug, um das neue Verlangen, das in den letzten Wochen in mir erwacht war, zu befriedigen. Nur eines konnte es stillen – ausgerechnet das, was ich, wie Reece mir unmissverständlich klargemacht hatte, nicht haben konnte. *Er.*

14. KAPITEL

Reece

Normalerweise hätte ich einem Mädchen, das sich gerade die Seele aus dem Leib gekotzt hatte, nicht zu nahe kommen wollen – insbesondere nicht ihrem Mund. Aber Seph war für mich nie einfach nur irgendein Mädchen gewesen. Außerdem roch sie dank der Mundspülung inzwischen wieder minzfrisch. Meine gespreizte Hand lag auf ihrem Rücken und ihr Körper presste sich an mich.

Ich hoffte inständig, dass die Erektion, die sich gerade bei mir anbahnte, als Morgenlatte durchgehen und Seph nicht erschrecken würde. Verdammt noch mal, wenn man einem Mann ein knallblaues Spitzenhöschen in die Hand drückte, musste man eben mit solch einer Reaktion rechnen. Bei jeder anderen Frau hätte ich es für einen Verführungsversuch gehalten, aber was sie anging, hegte ich keinen Zweifel, dass ihr gar nicht bewusst gewesen war, was sie getan hatte – oder was sie grundsätzlich immer tat, wenn sie in meiner Nähe war: mich ganz unschuldig auf die schlimmste Art und Weise in Versuchung zu führen und mich auf abwegige Gedanken zu bringen. So was in der Art wie: *Scheiß drauf, ist mir egal, dass du dein erstes Mal mit jemandem erleben solltest, der es langsam und zärtlich angehen lässt und Rosenblütenblätter verstreut und was weiß ich noch alles.*

Jemand klopfte energisch an die Tür und riss sie direkt im

nächsten Augenblick auf, als wäre es vollkommen in Ordnung, derart ins Zimmer zu platzen. Seph sprang zurück und löste sich von mir.

»Hey, Reece.« Die Oberzicke von Mitbewohnerin stand auf der Schwelle. Sie schob den Arm am hölzernen Türrahmen hoch und lehnte sich lasziv dagegen, als wäre er eine Poledance-Stange. »Hey, Seph«, fügte sie beiläufig hinzu, wobei sie Seph kaum eines Blickes würdigte. »Dan und ich wollten frühstücken gehen und dachten, ihr beide möchtet euch vielleicht anschließen.« Sie stierte meinen Körper an, als wäre ich ein Steak und sie ein sabbernder Hund.

»Du lädst mich zum Frühstück ein?« Seph starrte Alexa so ungläubig an, als wäre sie gerade mit einem dieser überdimensionierten Schecks hereinspaziert und hätte ihr eröffnet, dass sie bei einem Preisausschreiben gewonnen hatte.

»Ich habe mir überlegt, dass es gut für uns wäre, wenn wir etwas mehr Zeit zusammen verbringen würden. Das tun wir sonst fast nie.« Ihre Worte troffen vor Unaufrichtigkeit.

Ich schnappte mir meine Jeans, die über Sephs Stuhl hing, und schlüpfte hinein. Nachdem ich sie zugeknöpft hatte, drehte ich mich wieder um. Doch an Alexas gierigen Blicken änderte sich nichts. Ich war schon öfter angeglotzt worden – oder sogar begrapscht –, aber in diesem Moment fühlte ich mich wirklich unwohl, insbesondere weil Seph direkt neben mir stand. Ich holte mir auch noch mein Shirt vom Schreibtisch und zog es über.

»Das muss sie leider auf ein andermal verschieben. Ich führe sie aus und will sie ganz für mich allein haben«, entgegnete ich, angelte mir Sephs Schuhe und warf sie ihr zu. Sie fing sie auf und schlüpfte hinein.

Auf dem Weg aus der Tür schob ich Alexa kurzerhand mit meinem Körper beiseite. Dann stieg ich in meine Sneakers und lief los, obwohl ich noch gar nicht richtig mit den Füßen drin war, sie hinten platt trat. Die offenen Schnürsenkel schleiften über den Boden. Aber das war mir egal. Ich musste Seph hier wegbringen. Ich nahm ihre Hand und ging mit ihr ins Wohnzimmer.

Ihre Mitbewohnerin versuchte weiter, uns auszufragen, wo wir hinwollten. Ich reichte Seph ihren Mantel, nahm meine Jacke und zog sie mit mir die Treppe hinunter und aus dem Gebäude.

»Ich habe immer noch die Sachen von gestern Abend an«, sagte sie im selben Augenblick, in dem wir in die kühle Novemberluft hinaustraten.

»Ich dachte mir, getragene Klamotten wären dir lieber als ein Frühstück mit ihr.« Ich deutete mit dem Daumen in Richtung der Wohnung.

»Da hast du allerdings recht.« Seph setzte sich die Mütze auf. Dadurch luden sich ihre Haare statisch auf und standen über den Schultern ein wenig ab.

Ich drehte sie lachend zu mir um. »Du siehst aus, als hättest du die Finger in die Steckdose gesteckt.« Ich strich mit den Händen über ihre Haare und ihren Hals und versuchte, die Strähnen zu glätten.

»Das kommt davon, wenn du mich in den Kleidern vom Vorabend nach draußen schleppst.« Sie bedachte mich mit einem bösen Blick, doch ihre Lippen sprachen eine andere Sprache. Dann hellte sich ihre Miene auf. »Moment mal, ich bin ganz früh am Morgen unterwegs und trage noch die Kleider von gestern Nacht – ist das etwa ein Walk of Shame? Erlebe ich gerade meinen ersten Walk of Shame?« Sie sah sich um, als erwarte sie, dass jemand ein Banner entrollen und ihr gratulieren würde.

»Das ist normalerweise nicht damit gemeint. Eigentlich bedeutet das, dass man alleine nach Hause läuft, und üblicherweise hat man auch nicht bis kurz vorher noch geschlafen«, erklärte ich und schob die Hände in die Taschen.

Sie tat es mir gleich. Dann presste sie die Lippen aufeinander und ich konnte sehen, dass in ihrem Kopf gerade die Olympischen Spiele im Nachdenken abliefen.

»Dann machen wir beide zusammen gerade einen doppelten Walk of Shame.« Sie hakte sich bei mir unter und zog mich spielerisch zu sich heran.

Wenn sie meinte – wie hätte ich ihr widersprechen können? »Klar, wenn man es so sieht. Dann ist jetzt also wieder etwas von deiner Liste abgehakt?«

Sie nickte. »Jeden Tag kommt was Neues dazu. Jedes Mal, wenn ich mich umsehe, entdecke ich etwas, das ich noch nicht kenne und das ich hinzufügen muss. In den nächsten sechs Monaten habe ich noch einiges zu tun.«

Ich hatte gedacht, es wären sieben Monate – nicht, dass es von Bedeutung gewesen wäre. Sie würde weggehen. Ich würde weggehen. *Häng bloß nicht zu sehr an ihr. Verstrick dich nicht zu tief.*

Wir kamen zwei Blocks weit, bevor jemand hinter uns meinen Namen rief. Als ich mich umdrehte, sah ich, dass ihre Mitbewohnerin mit ihrem Freund im Schlepptau auf uns zugerannt kam.

»Hast du immer diese Wirkung auf andere Menschen?« Seph hatte sich ebenfalls umgedreht.

»Bedauerlicherweise. Es gibt immer irgendjemanden, der keine Ruhe geben will. Aber ich weiß, wo wir hinkönnen.« Ich führte sie um den Block herum und bestellte währenddessen per Handy ein Taxi. Dann versteckten wir uns, bis es am Bordstein vorfuhr. Wir sprangen in den Wagen, als wären wir auf der Flucht, und ich sagte dem Fahrer, wo er hinfahren sollte.

Leichter Biergeruch, gemischt mit dem penetranten Duft von Putzmitteln, schlug mir entgegen, als ich die Tür öffnete. Trautes Heim. Wie eine Brieftaube, die in ihren Schlag zurückkam, kehrte ich heim in den Puff.

Gerade als ich die Tür schloss, kam Berk die Treppe heruntergetaumelt. Er schirmte die Augen mit der Hand gegen das Morgenlicht ab und fauchte mich an, als wäre er ein Vampir.

»Guten Morgen, Berkley«, begrüßte Seph ihn munter. Berk hielt sich den Kopf.

»Wie um alles in der Welt kannst du dich auf den Beinen halten?« Stöhnend machte er sich auf den Weg in die Küche. Dabei prallte er mit der Schulter gegen die Wand.

»Der gestrige Abend hat dir wohl ein bisschen zugesetzt.« Seph ging zu ihm, legte ihm einen Arm um die Taille, zog mit dem anderen seinen Arm über ihre Schulter und stützte ihn für den Rest des Weges. Er hob den Kopf und beäugte sie fassungslos, als wäre sie ein Alien, das gerade in unserem Wohnzimmer eine Bruchlandung hingelegt hatte.

Als sie ihn anfasste, loderte etwas in mir auf. Doch ich schüttelte den Kopf, verdrängte das Gefühl sofort wieder und schlüpfte aus dem Mantel. *Das ist doch nur Berk. Ja – mit Seph.*

Im ersten Stock krachte es. LJ landete auf dem oberen Treppenabsatz, als wäre er aus einer Kanone geschossen worden.

»Was zur Hölle?« Er setzte sich auf die obere Treppenstufe und rutschte auf seinem Hintern bis nach unten.

»Ich habe euch beiden doch gesagt, dass ihr es langsam angehen lassen sollt«, bemerkte ich.

Er neigte den Kopf und funkelte mich böse an. Dann rieb er sich mit den Händen übers Gesicht. »Risa wird mich umbringen.«

»Indem sie wieder etwas für dich bäckt?«, frotzelte ich und lehnte mich ans Treppengeländer.

»So schlecht macht sie das gar nicht.« Sein Magen gab ein Geräusch von sich, das wie eine Mischung aus blubbernder Schlammgrube und einem Werwolf, der sich gerade verwandelte, klang. Er sprang von der untersten Treppenstufe auf, rannte ins Bad und knallte die Tür hinter sich zu.

Seph hatte Berk inzwischen in die Küche verfrachtet, wo er sich auf die Arbeitsplatte stützte.

»Wenigstens bin ich nicht die Einzige, die sich übergeben musste.« Sephs fröhliche Stimme nötigte Berk ein Stöhnen ab und auch LJ konnte man durch die geschlossene Tür ächzen hören.

»Mach, dass es aufhört. Mach, dass sie aufhört.« Berk beugte sich vornüber, legte die Stirn auf die Arbeitsfläche und rollte den Kopf hin und her.

»Reg dich ab. Ich mache Frühstück. Das wird euch helfen, wieder auf die Beine zu kommen.« Ich stieß mich vom Geländer ab und durchquerte das Wohnzimmer.

Die Toilettenspülung rauschte und gleich darauf steckte LJ den Kopf aus dem Bad. »Hat hier jemand was von Frühstück gesagt?«

»Hast du nicht gerade noch gekotzt?«

»Ganz genau, weshalb mein Magen jetzt leer ist.« Er sah mich an und schüttelte ungläubig den Kopf, als wüsste jeder, was für einen Bärenhunger man bekommt, nachdem man sich geschlagene drei Minuten lang übergeben hat.

»Hilfst du mir?«, fragte ich an Seph gewandt.

Sie nickte lächelnd. »Kannst du mir noch einen Gefallen tun? So sehr ich unseren Walk of Shame auch genossen habe ...«

LJ, der hinter ihr stand, bekam Stielaugen wie eine Cartoonfigur.

»Hast du vielleicht etwas, das ich anziehen könnte?« Sie zupfte am Saum ihrer zerknitterten Bluse.

»Klar, ich kann was für dich raussuchen. Komm mit nach oben.« Ich ging mit ihr zur Treppe.

LJ starrte uns an und formte wortlos *Wie bitte?* mit den Lippen. Ich hob die Hand, damit er Ruhe gab, und drehte schnell den Kopf wieder zurück zu Seph, die sich gerade nach mir umsah.

Wir stiegen die Treppe hinauf. Die unebenen Stufen quietschten unter unseren Füßen. LJ glotzte uns so gebannt hinterher, dass er stolperte und fast auf der Nase landete. Das hatte er nun davon, dass er sich wie ein Vollidiot benahm.

»Hier entlang.« Ich öffnete die Tür zu meinem Zimmer und ließ sie eintreten. Wie immer türmte sich ein Berg Klamotten auf meinem Bett und auf meinem Schreibtisch lagen Bücher und Papiere herum. Angesichts der Tatsache, wie sehr es sich von ihrem makellos aufgeräumten Zimmer unterschied, musste ich das Gesicht verziehen. Als die Tür gegen die Wand prallte, landete auch noch mein Nerf-Pistolen-Arsenal klappernd auf dem Boden.

»Was ist das denn?«

»Nichts.« Rasch kickte ich sie unter einen Haufen schmutziger Klamotten. Auf der Couch in der Ecke lagen meine Football-Ausrüstung und noch mehr Kleider.

Wahrscheinlich bekam Seph gerade Angst, sich allein durch den Aufenthalt hier drinnen irgendwelche Bazillen einzufangen.

»Wow.« Sie drehte sich langsam im Kreis und ließ den Blick schweifen.

»Tut mir leid, ich hatte nicht mit Besuch gerechnet.« Hektisch schnappte ich mir einen Armvoll Schmutzwäsche, trat mit dem Fuß die Schranktür auf und lud alles auf meinen Sneakers ab.

»Räum nicht meinetwegen auf. Ich habe gerade überlegt,

dass es hier wie in einem richtigen Studentenzimmer aussieht. Du hast sogar einen Kalender mit nackten Mädchen.«

Ich hastete durchs Zimmer und schlug das Ding von der Wand. Es rutschte unter mein Bett. »Berk hat ihn mir besorgt, als Witz.«

»Das muss dir doch nicht peinlich sein. Sie sah hübsch aus.«

Mit dir kann sie nicht mithalten.

Seph setzte sich auf mein Bett, stützte die Arme hinter sich auf und hopste ein paarmal auf und ab. Die Alarmglocken in meinen Kopf gellten ohrenbetäubend. Ich hätte ihr Shorts und ein T-Shirt nach unten bringen und sie ins Bad schicken sollen. Sie hier in meinem Zimmer zu haben, auf meinem Bett – damit war ich zu weit gegangen. Das war eine viel zu große Versuchung, der ich wohl nicht lange widerstehen können würde.

»Ich suche dir was zum Anziehen«, sagte ich, wandte mich ab und zog die mittlere Schublade auf. »Ich habe wahrscheinlich nicht viel, was dir passt«, bemerkte ich, während ich einige verknäulte Kleidungsstücke beiseiteschob.

»Hast du eine Bürste?«

»Nein, aber einen Kamm. Er müsste irgendwo auf dem Bett liegen.« Sobald sie wieder weg war, würde ich hier aufräumen.

Unter dem Wirrwarr aus Sweatshirts, T-Shirts und Hosen fand ich ein gefaltetes Shirt. Es lag ganz unten, zusammen mit einer alten Jogginghose aus Highschool-Zeiten, die zu Beginn des neuen Semesters versehentlich zwischen meine Klamotten geraten war.

»Das hier ist zwar nicht besonders schick, ist aber alles, was ich habe.« Ich drehte mich um – und die Sachen rutschten mir aus den Händen. Zum Glück kam ich schnell genug wieder zu mir, um sie aufzufangen, bevor sie auf dem Boden landeten. Dann stand ich wie versteinert da.

Sephs offenes Haar ergoss sich in langen Wellen um ihr Gesicht. Genau wie gestern im Klub überraschte mich die Länge auch diesmal, aber jetzt konnte ich die dunkel- und hellbraunen Farbnuancen viel besser erkennen. Sie fuhr sich mit der Hand durch die Strähnen.

Ich hielt den Kleiderstapel ein Stück tiefer vor den Schritt meiner Jeans und hoffte, dass mein bestes Stück kein Loch hineinstanzen würde.

Als sie zu mir aufsah, ließ die Sonne, die durchs Fenster fiel, ihre Haare erstrahlen wie einen Heiligenschein. »Sie sind perfekt.« Sie streckte auffordernd die Arme nach den Kleidern aus und wackelte auffordernd mit den Fingern.

Ich stolperte ungeschickt auf sie zu, als wären meine Beine eingeschlafen, bis ich schließlich neben ihr stand.

»Was ist los? Entfaltet der Alkohol erst jetzt seine Wirkung bei dir?« Sie nahm den Kamm, der neben ihr lag, und fuhr damit durch ihre Haare, neigte den Kopf, um die kleinen Knötchen in den Spitzen zu bearbeiten.

Ich räusperte mich. »Nein, mir geht's gut.« Ich legte die Sachen neben ihr aufs Bett und beobachtete, wie sie mit den Fingern die letzten geflochtenen Strähnen löste. »Brauchst du Hilfe?«

Ihre Augen begannen zu glänzen und sie lächelte. »Klar. Ich weiß selbst nicht, warum ich das noch mache. Wahrscheinlich nur, um Zeit totzuschlagen.« Sie drehte sich mit dem Rücken zu mir und fing an, vorne ihre Haare auszukämmen.

Meine Finger zitterten. Ich öffnete und schloss die Hände mehrmals, während ich tief durchatmete. Dann machte ich mich ans Werk und löste den letzten geflochtenen Zopf an ihrem Hinterkopf. Ihr weiches, seidiges Haar strich über meine Hände. Ich fuhr mit den Fingerspitzen über ihre Kopfhaut.

Mit einem genüsslichen Seufzen legte sie den Kopf in den Nacken. »Oh, das fühlt sich gut an.« Das leise Stöhnen hatte die gleiche Wirkung auf mich, als hätte sie mich direkt mit der Hand am Schwanz gepackt.

Ich machte weiter, erkundete mit den Fingern ihr Haar, massierte ihre Kopfhaut. Die leisen, wohligen Laute, die sie ausstieß, ließen mir das Blut durch die Adern schießen.

»Reece, beeil dich! Mein Magen frisst sich gleich selbst auf«, brüllte Berk von unten.

Sie hob abrupt den Kopf und sah mich über die Schulter hinweg mit großen Augen an. Unser besonderer Augenblick war vorbei. In diesem Moment hätte ich mir am liebsten selbst in den Hintern getreten, weil ich abgelehnt hatte, ihr erstes Mal zu sein. Ich hatte es für die richtige, anständige Entscheidung gehalten – auch wenn es in meinem bisherigen Leben mit meinem Anstandsgefühl oft nicht weit her gewesen war. Aber, verdammt noch mal, eigentlich wollte ich doch derjenige sein, mit dem sie es erlebte.

»Dann fang doch selbst an, was zu essen zu machen«, brüllte ich zurück, erhob mich vom Bett und legte ihr die Kleider in den Schoß. »Ich sehe dich dann unten.« In der Tür blieb ich noch einmal stehen und blickte zu ihr zurück. Sie hatte wieder begonnen, ihre Haare auszukämmen. »Sind Speck und Eier für dich okay? Eventuell haben wir auch noch Bagels.«

»Was immer du machst, ist bestimmt perfekt.«

Ich nickte und schloss die Tür hinter mir. Draußen auf dem Flur blieb ich stehen und legte die Stirn ans Türblatt. Ich hätte nichts lieber getan, als wieder ins Zimmer zu stürmen, ihr die Kleider herunterzureißen und in ihr zu versinken, bis der einzige Name, an den sie sich noch erinnern konnte, meiner war. Und genau aus diesem Grund musste ich schleunigst nach unten gehen und aufhören, daran zu denken, dass Seph gleich nackt in meinem Zimmer stehen würde, und daran, wie weich sich ihre Haare in meinen Händen angefühlt hatten. Ich stellte mir vor, wie ich es um einen Finger wickelte, bevor ich über ihren entblößten Nacken strich, der noch immer verschwitzt war, nachdem ich ihr den explosivsten Orgasmus ihres Lebens beschert hatte.

Ich rannte die Stufen hinunter. *Hör auf, an so was zu denken.* Ich würde ihr die anderen ersten Male schenken, so viele, wie ich konnte – denn wenn ich ihr zu viel gab, dann würde ich es niemals schaffen, wieder aufzuhören.

15. KAPITEL

Seph

Reece' Zurückhaltung machte mich fertig. Wenn er sich noch mehr wie ein Gentleman benahm, würde ich mich einfach so lange splitternackt in sein Zimmer stellen, bis er irgendetwas unternahm. Ständig erzählte er mir, dass mein erstes Mal etwas Besonderes sein sollte. Ich hegte keinen Zweifel daran, dass er derjenige war, der es mehr als nur besonders machen würde – sogar perfekt.

Sein Zimmer war das reinste Männer-Klischee: Filmplakate, überall Klamottenhaufen und viel mehr Turnschuhe, als ich erwartet hätte, die in mehreren ordentlichen Reihen in seinem offenen Schrank standen.

Ich zog mich aus und erschauerte, als ich die kühle Luft auf der Haut spürte. Rasch griff ich nach den Kleidern, die er für mich zusammengesucht hatte. Es waren wahrscheinlich die Einzigen im ganzen Zimmer, die zusammengefaltet waren. Und, nein, ich hielt sie mir nicht an die Nase und schnupperte, als wäre ich eine Stalkerin – na gut, vielleicht tat ich es doch, aber nur ganz kurz. Sie dufteten nach frisch gemähtem Gras, nach jemandem, der die meiste Zeit draußen in der Natur verbrachte, schwitzte und etwas tat, das er liebte.

Meine getragenen Sachen faltete ich zusammen und legte sie auf dem Bett übereinander. Nachdem ich in das Shirt geschlüpft war, betrachtete ich mich im Spiegel auf seinem

Schreibtisch und stellte mir einige herrliche Sekunden lang vor, dass ich seine Freundin wäre, die gerade aus dem Bett gekrochen war und seine Klamotten angezogen hatte.

Bei der Jogginghose war es nicht so einfach, die Kordel an der Taille eng genug zuzuziehen, damit sie nicht mehr rutschte, und die Beine musste ich auch hochkrempeln, aber am Ende klappte es. Schließlich klemmte ich mir meine Kleider unter den Arm und sammelte meine Schuhe auf. Ich ließ sie von meinen Fingern baumeln und machte mich auf den Weg zur Treppe. Die Stimmen aus der Küche übertönten das Quietschen der Stufen.

»Auf dem Boden in ihrem Zimmer?« Berks Stimme ließ mich wie angewurzelt stehen bleiben.

»Warum ist das so schwer zu glauben?«

Ich lehnte mich ans Geländer und duckte mich, damit sie mich nicht sehen konnten.

»Hast du schon jemals platonisch bei einem Mädchen übernachtet?«

»Klar, schon oft.«

»Lass es mich anders formulieren: Hast du, seitdem du älter als zwölf bist, schon mal rein platonisch bei einem Mädchen übernachtet?«

Eine Gesprächspause entstand und man hörte Pfannen scheppern und den Wasserhahn in der Küche rauschen.

»Das dachte ich mir. Also, was ist los? Sie ist heiß, kann einen ordentlichen Stiefel vertragen – wie kommt es dann, dass du sie nicht schon x-mal gevögelt hast?«

Genau, Berk! Wenigstens war außer mir noch jemand dieser Meinung. *Moment mal, Berk findet mich heiß?*

»Darüber diskutiere ich nicht mit dir«, entgegnete Reece schroff. Töpfe und Pfannen stießen gegeneinander.

»Warum zum Teufel denn nicht? Ich erzähle dir doch auch

immer, wenn ich jemanden abgeschleppt habe.« Berk nuschelte ein wenig, als würde er etwas kauen, aber man hörte auch, dass er grinste.

Ich setzte mich auf die Stufe und spähte angestrengt zwischen den hölzernen Stangen des Treppengeländers hindurch.

»Selbst wenn wir dich inständig bitten, es nicht zu tun.« LJ stieß Berk mit der Schulter an.

»Ach komm, du willst das doch nur nicht hören, weil Marisa dich bei den Eiern hat.«

»Du würdest nicht mal kapieren, was es bedeutet, jemanden wertzuschätzen, wenn man dich mit der Nase draufstoßen würde.«

»Genau, LJ, das ist der Grund dafür, dass du dauernd um sie herumscharwenzelst und deine Karriere aufs Spiel setzt – *Wertschätzung*.«

»Muss es denn immer nur um Sex gehen? Sie ist meine Freundin und wir sind schon länger befreundet, als ich dich kenne.«

»Dann stört es dich ja nicht, wenn ich sie frage, ob sie mit mir ausgeht. Ihr Hintern ist überirdisch und ihr Vorbau ist sogar noch grandioser.«

LJ sprang so schnell von seinem Platz auf, dass meine Augen kaum hinterherkamen, und rammte Berk gegen den Kühlschrank. Das ganze Ding wankte und eine Packung Cornflakes, die obendrauf stand, kippte um und fiel Berk auf den Kopf. Berk hob kapitulierend die Hände.

»Halt dich von ihr fern.« LJ drückte seine Fäuste, die er noch immer in Berks Shirt krallte, gegen seine Brust.

»Aha, ihr seid also nur Freunde?« Berk biss in das Stück Brot, das er nach wie vor in der Hand hielt.

»Darf ich auch lauschen?«, flüsterte mir plötzlich jemand ins Ohr.

Ich zuckte zusammen und kreischte auf. Erschrocken schlug ich die Hand auf die Brust und fuhr herum. Nix saß neben mir auf der Treppenstufe, rieb sich die Augen und rollte mit einer Schulter. Meine Wangen fühlten sich so heiß an, als würden sie gleich Feuer fangen. *Erwischt*. Ich öffnete und schloss den Mund wie ein Fisch an Land. »Es war nicht meine Absicht zu lauschen. Ich wollte nur nicht stören.«

»Ist schon gut.« Er reckte gähnend die Arme über den Kopf.

Eine Sekunde später stand Reece mit einer Pfanne in der Hand neben der Treppe. »Helft ihr mit oder wollt ihr auch nur schmarotzen wie die da?« Er gestikulierte mit der Pfanne, in der Butter appetitlich brutzelte, in Richtung der anderen.

»Ich helfe dir.« Ich nutzte die Gelegenheit zur Flucht und sprang von der Treppenstufe auf. Alle Augen waren auf mich gerichtet. Hoffentlich verbrannten sie sich nicht an meinem Gesicht, das zweifellos lichterloh in Flammen stand. Nachdem ich meine Kleider auf der Couch abgelegt hatte, folgte ich ihm in die Küche.

»Willst du die Eier braten? Ich übernehme den Speck.«

»Eier – wird gemacht«, sagte ich salutierend und öffnete den Vierundzwanzigerpack.

Nix kam hinter mir her und schaltete die Kaffeemaschine ein. Er holte sich einen Becher aus dem Küchenschrank und stellte ihn unter den Auslauf.

»Wohin bist du eigentlich gestern Abend verschwunden?«, fragte ihn Berk und biss wieder in sein Brot.

»Ich habe mich mit einer Freundin getroffen.«

»Einer Freundin, die auf eine dringende Schwanzlieferung gewartet hat.«

Ich schaffte es nicht, mich zu beherrschen, und lachte prustend. Alle anderen erstarrten. Das Zischen des Specks in Reece' Pfanne war das einzige Geräusch in der Küche.

Ich zuckte mit den Schultern. »Was denn? Das war witzig.« Mit eingezogenem Kopf schlug ich ein Ei in eine Schüssel.

»Als ob ich noch einen Grund mehr bräuchte, dich zu mögen, Seph.« Berk lachte hinter mir. »Jetzt findet sie auch noch dreckige Witze gut. Eins musst du mir verraten, Seph: Wie kann es sein, dass dich bisher noch kein Glückspilz weggeschnappt hat?«

»Wahrscheinlich, weil die alle genau wissen, dass sie niemals mit ihrem unfassbar umfangreichen Wissen über sämtliche Eventualitäten und Bereiche des Lebens mithalten könnten, das sie sich angeeignet hat. Sie ist eine Enzyklopädie auf zwei Beinen.«

Hatte ich das tatsächlich getan? Hatte ich alle in die Flucht geschlagen? Hatte ich Reece vergrault, weil er befürchtete, meinen Erwartungen nicht gerecht zu werden?

Ich schlug alle Eier auf und verquirlte sie mit einer Gabel. Anschließend schaltete ich den Herd ein, gab mehr Butter in die Pfanne und wartete darauf, dass sie schmolz.

Die Jungs taumelten umher und werkelten verkatert in der Küche. Nachdem ich die Eier in die Pfanne gegeben hatte, reduzierte ich die Hitze, damit sie nicht zu stark brieten und anbrannten. Obwohl ich Schulter an Schulter mit Reece stand, hatte ich das Gefühl, meilenweit von ihm entfernt zu sein. Wieder einmal kam ich mir vor wie ein Beobachter aus dem Weltall, der versuchte dazuzugehören.

»Du bist so still. Was ist los?« Er senkte den Kopf und versuchte, mir in die Augen zu sehen.

»Meinem Magen geht es nicht so gut. Ich glaube, das mit dem Rührei war keine gute Idee.« Die Eimasse war inzwischen gestockt und schön locker geworden. Eigentlich war das auch nicht der Grund dafür, warum sich mir der Magen umdrehte. Aber diese Ausrede hörte sich immer noch besser an als die

Wahrheit: *Ich habe Angst, dass ich dich so sehr vergrault habe, dass du nie auch nur in Betracht ziehen wirst, was mit mir anzufangen.*

Er betrachtete erst mich und dann die Pfanne. »Lass mich hier weitermachen. Du kümmerst dich um den Speck. Das Salz wird dir guttun.«

Ich nickte und übernahm die Pfanne mit den brutzelnden Streifen. Ich stibitzte mir einen von dem mit Küchenpapier ausgelegten Teller. Als er meine Geschmacksknospen traf, schloss ich genüsslich die Augen.

»Unfair, Seph klaut Speck.« Berks Stuhl schabte über den Küchenboden.

»Wie alt bist du, fünf?« Nix stand mit seinem Kaffee in der Hand an die Küchentheke gelehnt und las eine zusammengefaltete Zeitung.

»Und wie alt bist du bitte schön? Fünfzig? Wer liest heutzutage noch Zeitung?«

Nix' Kopf schnellte hoch. »Hier stehen viele nützliche Informationen drin. Auch der Finanz- und der Sportteil sind sehr interessant. Außerdem ist das besser, als weggetreten vor irgendeinem Bildschirm zu sitzen.«

LJ, der gerade auf seinem Handy herumscrollte, hob den Kopf. »Jetzt fühle ich mich persönlich angegriffen.«

Berk und Reece lachten. Reece trat vom Herd zurück, streckte den Arm aus und griff um mich herum. Als er die Schranktür neben mir öffnete und einige Teller herausholte, drückte seine Brust gegen meinen Rücken. Mein Herz schlug schneller und ich hielt ganz still, damit ich ja nicht in Versuchung kam, mich an ihm zu reiben wie eine rollige Katze. Er roch verdammt gut. Selbst nach dem Abend im Klub und der Nacht auf meinem Fußboden duftete er nach der freien Natur und seinem ganz eigenen Aroma.

Zwei Wochen und einige erste Male später hatten wir den Punkt »Nachtisch zum Abendessen« mit Cupcakes aus der Bäckerei *Bread & Butter* abgehakt, die ganz in der Nähe des Campus lag. Ich wünschte, ich hätte sie schon viel früher entdeckt. Schokolade, Vanille, Red Velvet … Ich hatte sämtliche Geschmacksrichtungen ausprobiert. *So lecker.* »Frühstück zum Abendessen« hatten wir in Form von French Toast in einem Diner gegessen, das die ganze Nacht lang geöffnet hatte, und »Abendessen zum Frühstück« – mein Favorit – bestand aus kalter Salamipizza am Morgen. Wer hätte gedacht, dass das so gut schmecken würde?

Wir verbrachten jetzt immer regelmäßiger Zeit miteinander. Ich zögerte inzwischen nicht mehr, ihn anzurufen oder ihm eine Nachricht zu schicken.

Er war mein Freund, genau wie die anderen Jungs, und das machte mir Angst, denn all diese Gefühle, die ich für ihn hegte und die ich zu verdrängen versuchte, kamen immer wieder hoch. Was würde geschehen, wenn das alles zu Ende war? Dann würde ich nicht nur ihn verlieren, sondern auch noch die einzigen Freunde, die ich jemals gehabt hatte.

Gerade, als ich die Tür zur Bar aufdrückte, hielt Reece mich hinten am Mantel fest. Die flackernden Neonlichter an der Decke sahen aus wie im Film. Er zog mich zurück und ich verlor das Gleichgewicht und prallte gegen seine Brust.

»Was hast du vor?«

»Ich will reingehen.«

»Sieht das hier aus wie eine Bar, in der du dich aufhalten möchtest?«

Ich legte den Kopf in den Nacken und spähte zum Schild über dem Eingang hinauf. »Ja.«

Er schlug sich mit der Hand gegen die Stirn. »Du gehst da nicht rein. Warum kehren wir nicht zum *Vault* zurück?«

»Da waren wir doch schon. Wie viel von der Stadt hast du dir eigentlich schon angeschaut?«

Er presste missmutig die Lippen aufeinander, als ich ihm genau dieselbe Frage stellte, mit der er mich vor unserer katastrophalen Schwimmstunde konfrontiert hatte. Er seufzte so schwer, als wäre er tausend Jahre alt, und schüttelte den Kopf. »Na gut, aber sobald ich sage, dass wir gehen müssen, gehen wir auch.«

»Jawohl, Boss«, antwortete ich salutierend und öffnete die Tür. Der Geruch von Bier und Alkohol schlug uns entgegen. Ich trat ein. Es gab Sitznischen und frei stehende Tische und an der Wand hinter der Bar auf der rechten Seite waren unzählige Flaschen aufgereiht. Im Gegensatz zum *Vault* standen sie nicht auf von unten beleuchteten Glaseinlegeböden. Die Musik, die hier lief, war auch älter.

Reece behielt die Hand an meinem Ellenbogen wie ein Aufpasser vom Secret Service, als rechne er damit, mich jeden Augenblick wieder hier rausschaffen zu müssen.

Weiter hinten standen einige Billardtische, deren grüne Filzoberfläche von fahlen Deckenlampen beleuchtet wurde. Der Barkeeper hinter der Theke drehte sich zu uns um. Seine Hand steckte in einem hohen Glas, das er gerade abtrocknete.

Als ich mich umdrehte, um zu ihm zu gehen, packte mich Reece fester und bugsierte mich stattdessen auf die Sitznischen zu.

»Was hast du denn nun schon wieder vor?«, fragte er.

»Ich wollte mir eine Speisekarte holen.«

Seine Hand glitt meinen Rücken hinab zu meinem Kreuz, seine Finger waren nur noch Zentimeter von meinem Po entfernt. Noch nie hatte ich den dicken Wollstoff meines Mantels so verflucht wie in diesem Moment. »Warum bittest du ihn nicht gleich, uns rauszuschmeißen?«

»Ich habe es doch auch geschafft, in diesen anderen Klub hineinzukommen.«

»Dank meines Freundes, der dich so misstrauisch gemustert hat, als würde er eine Packung abgelaufenes Weißbrot inspizieren, und sie, obwohl eine Scheibe schon verdächtig aussieht, noch mal für gut befinden.«

Reece führte mich an den Billardtischen vorbei. Ich strich über den Filz. »Möchtest du spielen?« Ich ließ den Blick auf der Suche nach den Queues über die Wände schweifen.

»Vielleicht sollten wir uns einen anderen Ort suchen, wo du deine wilde Seite ausleben kannst, du Wildfang.« Sein Blick huschte durch den Raum.

Ich schnappte nach Luft. *Wildfang*. Tante Sophie hatte meine Mom früher immer als *die Wilde* bezeichnet. Wie passend.

»Hier ist es doch nett. Haben wir bisher irgendwelche Probleme gehabt?« Ich bückte mich, um unter dem Tisch nach den Queues zu suchen.

»Beschrei es nicht«, murmelte er leise.

»Wenn ihr den Tisch haben möchtet, könnt ihr gern mit uns darum spielen. Ich leihe euch sogar meinen Glücksqueue.« Ein Kerl mit einem Drachentattoo am Hals hielt uns einen Queue hin.

Reece schüttelte so vehement den Kopf, dass ich befürchtete, er könnte sich den Nacken zerren.

Meine Finger berührten schon fast den langen, hölzernen Stab, als er mich zurückzog.

»Was machst du da?«, zischte er mir ins Ohr.

»Ich spiele mit ihnen um den Tisch.« Das war genau wie im Film. Die beiden wollten uns bestimmt übers Ohr hauen. Aber wir spielten ja nicht um Geld. Was sollte also Schlimmes passieren?

Er runzelte die Stirn und lehnte sich dicht zu mir herunter. Warum musste er nur so toll riechen? Am liebsten hätte ich mich wie eine Katze an ihm gerieben und ihm seine Besorgnis um mein Wohlergehen mit einem Schnurren gedankt. Aber ich wollte ihn auch beeindrucken.

»Hast du schon mal Poolbillard gespielt?«

»Ich habe viel darüber gelesen. Es geht dabei vor allem um den richtigen Winkel und Massenträgheit. Ich kriege das hin.« *Wie kompliziert kann das schon sein?* Ich rieb mit der Kreide über die Spitze des Queues, während die beiden Männer die Kugeln zu einem Dreieck arrangierten.

Reece stand hinter mir, lehnte sich mit dem Hintern gegen einen Hocker und sah aus, als wäre er bereit, beim ersten Anzeichen von Schwierigkeiten durchzugreifen.

»Was würdest du dazu sagen, wenn wir die Sache etwas interessanter gestalten?« Der Kerl mit der schiefen Nase grinste seinem Freund zu, bevor er sich wieder zu mir umwandte.

Ich runzelte die Stirn und biss mir auf die Lippe. Als ich einen Blick über die Schulter warf, riss Reece die Augen auf und schüttelte kaum merklich den Kopf.

Ich drehte mich wieder zu den beiden Männern um. »Was habt ihr euch denn vorgestellt?«

16. KAPITEL

Reece

Ich stand nur noch mit Boots, Socken und Boxershorts bekleidet mitten in der Bar, hielt die Hände schützend vor mein bestes Stück und durchbohrte Sephs Hinterkopf mit Blicken.

Ihre gestreiften Kugeln hatten sich wie verirrte Kinder auf dem ganzen Billardtisch verteilt. Der Geräuschpegel in der Bar war inzwischen gestiegen, weil weitere Gäste gekommen waren, und unser Spiel erregte wahrscheinlich deutlich mehr Aufmerksamkeit als üblich, weil, na ja, neben dem Billardtisch ein halb nackter Mann – also ich – herumstand. Sephs Gegner versenkte die Kugel mit der acht in der Seitentasche.

Vorsichtig streifte ich die Schuhe ab, zog die Socken aus und legte sie auf den Barhocker, wo meine anderen Kleider bereits auf einem Haufen lagen. Was für ein Glück, dass ich noch ein T-Shirt unter mein Sweatshirt angezogen hatte. Andernfalls hätte ich jetzt vor der Entscheidung gestanden, entweder meine Schuhe oder meine Unterhose herzugeben.

Seph warf mir einen gequälten Blick zu.

Ich kniff die Lippen zusammen, während sie um den Tisch zu mir zurückschlich wie ein kleiner Hund mit eingekniffenem Schwanz.

Der Kerl, gegen den sie gespielt hatte, nahm meine Kleider an sich. »Danke dafür. Nettes Spiel. Das können wir gern jederzeit wiederholen.« Er und sein Freund lachten und verschwanden mit meinen Klamotten weiß Gott wohin. Wahrscheinlich würden sie im Müllcontainer hinter der Bar landen.

»Winkel und Massenträgheit?« Ich verschränkte die Arme vor der Brust. Meine Brustwarzen in einer Bar voller Menschen zur Schau zu stellen fand ich nicht gerade toll.

»Es war dann doch etwas schwieriger als gedacht.«

»Was du nicht sagst, Wildfang.«

»Wenigstens hast du noch deine Jacke.« Sie hielt sie mir mit einem bestechenden Lächeln hin.

Ich nahm sie ihr weg und schlang die Arme fest darum. »Toll, dann flattert jetzt also nur noch meine Boxershorts im Wind.«

»Sie sehen süß aus. Sind das Pikachus?«

»Das war die Einzige, die gewaschen war«, grummelte ich. Die vielen Leute in der Bar minderten den kalten Luftzug, der mir um die Beine strich, zumindest ein bisschen. Einige der Gäste hoben den Kopf und starrten meine gelb-blauen Boxershorts an. Ich hatte nicht übel Lust, den Billardtisch zu erklimmen, um den Anwesenden ein richtiges Spektakel zu bieten. Wenn ich damit in der Zeitung landete, würde die Medienspezialistin unseres Coachs bestimmt der Schlag treffen.

Ich sah nach rechts und schüttelte den Kopf über Sephs gequälte Miene. Fast tat sie mir ein wenig leid. Doch dann merkte ich, dass es in ihrem Gesicht zuckte und wie sehr sie mit sich kämpfte, um nicht loszulachen.

»Es tut mir leid, okay? Lass mich dir einen Drink ausgeben.« Sie hakte sich bei mir unter und zog mich zur Bar. Um uns den Weg zu bahnen, benutzte sie die Ellenbogen, als stünde sie mit mir auf dem Spielfeld. Die Leute drehten sich um, musterten erst sie und dann mich – in meiner ganzen, spärlich bekleideten Pracht – und machten uns Platz. Wollte man in einer überfüllten Bar ein gutes Plätzchen ergattern, musste man also einfach nur in Unterwäsche und Jacke dort auftauchen, und schon war die Sache geritzt. Aber vielleicht konnte man mir auch einfach nur ansehen, dass ich in meinem Zustand dringend einen Drink brauchte.

»Um das wiedergutzumachen, braucht es schon bedeutend mehr als nur ein Getränk. Das war meine Lieblingsjeans.« Ich deutete auf den Klamottenhaufen, den die beiden Männer, die uns beim Billard abgezockt hatten, zwischen sich auf ihren Tisch gelegt hatten.

»Oh, nein.« Sie bekam große Augen und wirkte auf einmal sehr betreten. »Soll ich versuchen, sie zurückzuholen?«

Sie drehte sich um und hielt suchend nach den Männern Ausschau. Rasch packte ich sie am Arm. »Du willst es auf doppelt oder nichts ankommen lassen? Nein, danke. Ich fände es schön, wenn zumindest einer von uns sich heute Abend noch einen Rest Würde bewahrt.«

»Die Leute schauen dich doch nicht mal an.«

»Ich habe dich gemeint. Die beiden haben dich nach Strich und Faden abgezockt.«

Sie beugte sich über die Bar und winkte mit den Fingern, um den Barkeeper auf sich aufmerksam zu machen. Ich legte rasch die Hand über ihre und drückte sie zurück auf den Tresen.

Sie sah mich ungehalten über die Schulter hinweg an. »Ich bestelle uns gerade etwas zu trinken.«

»Und was machst du, wenn er dich nach deinem Ausweis fragt?«, flüsterte ich ihr ins Ohr.

»Dann behaupte ich, dass ich ihn im Auto vergessen habe.« Sie biss sich auf die Unterlippe.

»Bei deinen schauspielerischen Fähigkeiten gibt es noch ordentlich Luft nach oben. Mach Platz und lass das einen Erwachsenen regeln.«

»Einen Erwachsenen in Pikachu-Unterhose«, murrte sie, trat aber trotzdem beiseite, damit ich uns Drinks ordern konnte.

Ich bestellte – für sie natürlich ein Getränk mit einer Kirsche darin. Nachdem das erledigt war, drehte ich mich um und lehnte mich mit dem Rücken an den Tresen.

»Wäre das ein Schachturnier gewesen, hätte ich sie fertiggemacht.« Wahrscheinlich war es für ihr Hirn unfassbar schwer zu verarbeiten, dass sie zur Abwechslung mal nicht gewonnen hatte. Hoffentlich explodierte es nicht.

»Warum wundert mich das nicht?«

Ein dumpfes *Klonk* hinter uns verriet mir, dass unsere Getränke fertig waren. Seph reichte mir einen Zwanziger, den ich auf die Bar legte. Der Barkeeper musterte sie misstrauisch, bevor er das Bier und den Tequila Sunrise – selbstverständlich mit extra Kirschen – in meine Richtung schob. Ich nahm beide Gläser in eine Hand, ergriff Seph mit der anderen am Ellenbogen und führte sie ein gutes Stück von der Bar weg. In diesem Moment brachen einige Gäste auf und wir rutschten rasch in die frei gewordene Sitznische.

»Normalerweise bin ich niemals in irgendetwas so beschissen.«

»Seph, was ist das denn für eine Ausdrucksweise? Aber du hast recht. Hätte ich nicht für jede Kugel, die danebenging, ein Kleidungsstück verloren, hätte ich es fast entzückend finden können, wie während des Spiels diese eine Ader bei dir immer wieder hervortrat.«

Ihre Hand schnellte an ihre Stirn. »Ich habe keine hervortretende Ader.«

Ich trank einen Schluck Bier. »Ich habe nie gesagt, dass sie sich an deiner Stirn befindet.«

Sie fixierte mich mit einem bösen Blick und nippte an ihrem Glas. Erst verzog sie das Gesicht, dann wurde ihre Miene nachdenklich. »Schmeckt nicht schlecht.«

»Das sah aber gerade anders aus.«

»Es ist ein neuer Geschmack. Ich war wahrscheinlich einfach nur überrascht.« Sie trank noch einen Schluck. Es schien, als würde sie die Aromen, die sich in dem kleinen Glas befanden, im Millisekundentakt kategorisieren.

»Es gibt noch viele neue Dinge zu entdecken.« *Mich zum Beispiel.*

Sie angelte die Kirsche aus dem Glas. Gebannt verfolgte ich jede ihrer Bewegungen. Sie merkte es gar nicht, steckte sich arglos die Kirsche in den Mund und begann, den Kiefer vor und zurück zu bewegen. Dabei schürzte sie die Lippen und nickte im Rhythmus der Musik.

Schließlich hielt sie den Stiel in der Hand, in dem jetzt ein Doppelknoten war. *Leck mich. Nein, so meinte ich das nicht. Also, na so was.*

Der Abend nahm seinen Lauf. Wir tranken noch etwas, saßen in der schummrigen Bar und lauschten der Musik, die im Hintergrund lief. Eigentlich war es eine Nacht, wie ich sie schon unzählige Male erlebt hatte, doch diesmal war etwas anders.

Plötzlich bekam Seph große Augen und ließ den kurzen, schwarzen Strohhalm einfach aus den Lippen gleiten. Sie glänzten im fahlen Licht. Ich wollte mit dem Daumen über ihre Unterlippe reiben, sie schmecken. Schnell schüttelte ich den Kopf, um den Gedanken wieder zu verdrängen.

»Ich liebe dieses Lied. Können wir tanzen?« Noch bevor sie ausgeredet hatte, sprang sie bereits von der Bank auf und zog mich mit sich.

Wir gingen auf die Tanzfläche. Sie bewegte sich, als könne sie von jeder einzelnen Note nicht genug bekommen, wie jemand, der eingesperrt gewesen war und erst kürzlich die ungezügelte Energie eines treibenden Beats und einer mitreißenden Melodie entdeckt hatte. Sie nahm meine Hände und hob sie in die Luft, während sie so unbefangen tanzte, als würde sie das jeden Tag machen. Dass sie mit einem Typen in Unterwäsche tanzte, interessierte sie nicht, und die verwunderten Blicke, die wir ernteten, schien sie ebenfalls nicht zu bemerken. Sie war voller Lebensfreude und glücklich. Ich wurde das Gefühl nicht los, dass ich gerade Teil von etwas Besonderem wurde, an der Seite von jemand sehr Besonderem.

Vielleicht war es der Alkohol, der ihr eine Entschuldigung dafür lieferte, etwas mutiger zu sein, oder vielleicht lag es auch daran, dass uns hier niemand kannte. Jedenfalls tanzte sie, als würde uns niemand zuschauen. Sofort meldete sich brennende Eifersucht und ich zog sie näher an mich heran.

Die Musik wechselte und der schnelle Song ging in ein etwas ruhigeres Stück über.

Sie legte die Hände in meinen Nacken. »Ich hatte heute Abend eine Menge Spaß.«

»Klar hattest du das. Ich stehe hier in Unterhose und Jacke vor dir, als wäre ich ein Mädchen, das ihren Freund überraschen möchte.«

Sie warf lachend den Kopf in den Nacken. Dabei zeigte sie noch mehr von ihrem langen, schlanken Hals und ihrer schimmernden, rosigen Haut. Als ich sie so in den Armen hielt, wurde mir die Abwesenheit meiner Hose plötzlich überdeutlich bewusst. Denn das bedeutete, dass es nichts mehr gab, was diesen gemeinen Steifen bändigen konnte, der sich gerade klammheimlich anbahnte. Sie wischte sich die Lachtränen aus den Augen und legte eine Hand wieder um meinen Hals.

»Das wirst du mir bis in alle Ewigkeit vorhalten, oder?«

Ich spannte alle Muskeln an, um zu verhindern, dass mein Schwanz diese Frage für mich beantwortete, indem er bei ihr anklopfte.

»Du bist so verkrampft.« Sie strich mir über den Nacken.

Das war nicht gerade hilfreich. Ganz im Gegenteil – sie hätte mich genauso gut in Brand stecken können.

»Tut mir leid, dass ich dich zum Bleiben überredet habe, nachdem du all deine Kleider verloren hast.« Sie spielte mit den Fingern an den Härchen in meinem Nacken.

Ich schloss die Arme fester um sie, malte mit den Daumen kleine Kreise auf ihren Rücken, auf dieselbe Haut, die ich an jenem Morgen in meinem Zimmer auch gespürt hatte.

»Nicht schlimm. Ist ja auch nicht anders, als Badehosen anzuhaben.«

»Danke, dass du mit mir ausgegangen bist.« Sie sah mir in die Augen, mit einem Gesichtsausdruck, als wäre ich der Größte für sie, nur weil ich mit ihr etwas Trinken gegangen war.

»Du musst mir nicht danken.« Ihre Lippen glänzten im Licht, das von hinten auf uns fiel. Noch mehr Leute strömten auf die Tanzfläche und ich nutzte es rasch als Vorwand, um sie noch fester zu halten.

»Selbst wenn ich deine Kleider verliere.«

»Insbesondere dann. Überleg doch mal, wie toll es sein wird, wenn ich die unglaubliche Geschichte darüber erzählen kann, wie Seph am Billardtisch abgezockt und ich um meine Klamotten gebracht wurde.« Ich lächelte und schluckte. Mein Adamsapfel hopste auf und ab. Noch nie zuvor hatte ich jemanden so sehr küssen wollen wie in diesem Moment, als ich nur in meiner Pikachu-Unterhose mitten auf der Tanzfläche stand und mit einer Frau tanzte, die ganz anders war als alle anderen, die ich jemals kennengelernt hatte. Sie war mir so voll und ganz ans Herz gewachsen, dass ich nicht wusste, wie ich jemals ohne sie hatte existieren können.

Ihre Lippen öffneten sich. Mein Herz hämmerte gegen meinen Brustkorb wie Fäuste gegen einen Sandsack und jeder Schlag brachte uns einander noch näher.

»Reece?«

»Ja.«

Ehe ich mich versah, drückte sie ihre Lippen auf meine. Ich umfasste ihre Taille fester, legte eine Hand auf ihren Rücken und zog sie dicht an mich. Sie schmeckte nach Tequila Sunrise und einer Süße, von der mir schwindelig wurde. Sie öffnete den Mund und es hätte mir nicht ähnlich gesehen, mir diese Chance entgehen zu lassen.

Jede Faser meines Körpers sehnte sich danach, sie zu umschlingen, diesen Kuss zu etwas Besonderem zu machen, sie so zu berühren, dass sie sich nach mehr verzehrte – weil ich nämlich langsam vollkommen süchtig wurde und damit nicht allein sein wollte. Einige Wochen zuvor wäre ich noch in der Lage gewesen, ihr zu widerstehen. Damals wäre es noch keine Herkulestat gewesen, sich zurückzuhalten. Aber nun konnte ich es nicht mehr. Diesmal nicht. So stark war ich nicht.

Sie schob die Hände in meine Haare, zog mich zu sich. Ich hob sie ein kleines Stück hoch, während sie meinen Mund mit ihrer Zunge erforschte.

Als die Musik erneut wechselte, drängten noch mehr Leute auf die kleine Tanzfläche.

Ich setzte sie ab und unser Kuss endete. Das Blut pochte mir in den Ohren. Atemlos keuchend sah ich ihr in die Augen. Sie erwiderte meinen Blick vollkommen schockiert, als hätte ich gerade mitten auf der Tanzfläche eine Bombe gezündet.

»Ich glaube, ich sollte gehen.«

»Normalerweise ist es am besten, wenn man ganz früh morgens herkommt. Aber dafür ist es momentan viel zu kalt.« Ich warf die Leine aus. Gleich darauf hörte man ein leises Platschen, als der Köder ins Wasser tauchte. Seit jener Nacht hatte ich an nichts anderes mehr denken können als an unseren Kuss. In der vergangenen Woche war Seph mir aus dem Weg gegangen – oder ich ihr? Nachdem ich mich inzwischen dran gewöhnt hatte, sie täglich zu sehen und mich mit ihr zu unterhalten, hatte es sich extrem merkwürdig angefühlt, so lange nicht mit ihr zu reden. Mir fehlten ihre schrägen Fragen, bei denen sich die Jungs oft vor Lachen bogen, und ihr Strahlen, wenn sie etwas Neues ausprobierte. Ich hatte es vermisst, mit ihr zusammen zu sein. Ich hatte sie vermisst. Irgendwann hatte ich sie angerufen, unter dem Vorwand eines weiteren ersten Mals, um die Lage zu sondieren und festzustellen, ob ich alles zwischen uns endgültig kaputtgemacht hatte oder ob sich noch etwas kitten lassen würde.

Sie saß auf der schmalen Brücke, die in der Nähe des Hauses meiner Eltern lag, ließ die Beine baumeln, hantierte kurz mit der Angelrolle herum und ließ sie anschließend locker, wie ich es ihr gezeigt hatte. Sie hatte jede meiner Bewegungen aufmerksam verfolgt und mich alles mindestens fünfzehnmal wiederholen lassen, damit sie es auch auf jeden Fall richtig machen würde.

Nachdem sie die Leine ausgeworfen hatte, rieb sie das Kinn an der Schulter. »Ich hätte nicht gedacht, dass du mich nach unserem Abenteuer im Billardsalon noch mal anrufen würdest.«

Der Kuss. Meinte sie den Kuss, der irgendwie jeden anderen Kuss, den ich jemals erlebt hatte, bedeutungslos erscheinen ließ und dafür sorgte, dass ich alle anderen Lippen außer ihren vergessen hatte? War das das Abenteuer, von dem sie sprach?

Kies knirschte, als ein Auto den Weg entlanggeholpert kam. Gerettet – zumindest dachte ich das. Als sich allerdings das Nummernschild des Wagens über die Kuppe des Hügels vor der Brücke schob, verpuffte meine Freude gleich wieder. Schnell spähte ich zum Bachufer drei Meter unter uns, dann zu meinem Auto, das ebenfalls etwa drei Meter entfernt stand. Wir konnten uns nirgendwo verstecken. Hektisch zog ich die Kapuze meines Pullovers über den Kopf und betete um ein Wunder, wie beispielsweise, dass der Fahrer von vorübergehender Blindheit geschlagen sein würde.

»Kommt jemand? Werden wir jetzt verhaftet?« Sephs Stimme klang so schrill, dass es mich nicht gewundert hätte, wenn in unserer Umgebung die Hunde angeschlagen hätten. Sie ließ die Angelrute fallen und stütze sich auf den Rand des Brückenvorsprungs.

»Schlimmer.«

Ich packte Sephs Hände. Sie hatte sie so fest ums Brückengeländer gekrallt, als wäre sie kurz davor, wie Dr. Kimble auf der Flucht von der Brücke zu springen und durchs Wasser davonzulaufen, als würde sie von Hunden gehetzt.

Der Truck hielt mitten auf der Brücke an. »Hast du wirklich gedacht, dass ich dich mit der Kapuze nicht erkennen würde?«, erklang eine vertraute Stimme aus dem geöffneten Seitenfenster.

»Zumindest hatte ich es gehofft.« Ich zog die Kapuze herunter und schwang mich übers Geländer. Das ungute Gefühl in meiner Magengrube wurde schlimmer. Ich steckte bis zum Hals in Schwierigkeiten. Rasch warf ich Seph einen Blick zu und deutete mit dem Kinn in Richtung des Trucks.

Sie sah mich so erschrocken an, als würde ich sie zum Schafott führen.

»Du hast Glück gehabt, dass nur ich vorbeigefahren bin, und

nicht dein Dad. Wie hast du es geschafft, die Angeln unbemerkt aus dem Schuppen zu holen?«

»Ich habe so meine Tricks.« Seph trat an den Wagen heran. Ich legte ihr ermutigend die Hand auf den Rücken.

Meine Mom schaltete den Wagen in Parkstellung, lehnte sich über den Beifahrersitz und streckte die Hand zum Fenster heraus. »Ich bin Mary, Reece' Mutter. Und du?«

»Seph.« Ihre Stimme klang wie eine Mischung aus Kieksen und erleichtertem Stoßseufzer.

»Reece hat dich den langen Weg bis hierher gebracht, nur um zu angeln?«

»Er i… Ich wollte schon immer mal angeln und er war so nett, mich mitzunehmen.«

»Du hasst Angeln«, sagte meine Mom amüsiert, während ich ein finsteres Gesicht machte. »Warte nur, bis dein Vater davon erfährt.«

»Ich war schon öfter angeln.«

Seph beäugte mich von der Seite. Vermutlich hatte sie mich durchschaut.

»Glaubt ja nicht, dass ihr euch einfach wieder davonstehlen könnt, ohne vorher mit uns zu Abend zu essen. Und du musst unbedingt die Angelhaken säubern, bevor dein Dad etwas merkt.«

Verdammt, dank Mom konnten wir uns jetzt nicht mehr vom Acker machen. *Das kann ja heiter werden.*

17. KAPITEL

Seph

Wir hielten vor dem Haus von Reece' Eltern. In der Einfahrt des zweistöckigen, roten Backsteingebäudes standen schon drei Autos. Die Fenster, die zur Straße hinausgingen, hatten blaue Holzfensterläden und die Haustür war leuchtend rot gestrichen. Der Anblick erinnerte mich ein wenig an eine kitschige Ansichtskarte.

Obwohl es selbst bis Thanksgiving noch eine Weile hin war, waren an den Dachrinnen und auf dem Dach bunte Weihnachtslichterketten angebracht und aufblasbare Cartoonfiguren mit Nikolausmützen auf dem Kopf wiegten sich in der sanften winterlichen Brise.

Reece schaltete den Motor ab und packte das Lenkrad fester. »Ich muss dich warnen: Meine Mutter wird dich mit Fragen bombardieren. Du musst sie nicht beantworten. Meine Schwester wird wahrscheinlich wollen, dass du ihr zeigst, wie sie ihre Haare so flechten kann wie du.«

»Und dein Dad?« Mein Magen verkrampfte sich. Wenn er meinem Vater auch nur ein bisschen glich, dann wäre es wahrscheinlich besser, wenn ich im Wagen wartete.

»Er wird dich mögen, weil du keine Ahnung von Football hast.«

Reece' Mutter trat aus der Haustür und winkte uns zu.

Er ließ das Lenkrad los und stieg aus. Während ich meine

Tasche aus dem Fußraum holte, joggte er ums Auto herum und öffnete mir die Tür. »Wenn sie dich fragen sollte, ob du meine feste Freundin bist, dann sag einfach …« Er warf einen Blick über die Schulter, bevor er sich wieder zu mir umdrehte und nervös die Lippen leckte. »Sag einfach, dass alles noch zu neu ist und wir uns noch nicht festlegen wollen.« Er blickte wieder zum Haus.

»Tut mir leid, dass ich dich überredet habe, mich hierherzubringen.«

»Ich hab dich eingeladen. Schon vergessen? Wir werden was essen, meine Schwester wird sich über mich lustig machen und Mom und Dad werden sich klammheimlich betatschen und versuchen, es vor uns anderen zu verbergen, dabei aber kläglich scheitern. So läuft es immer. Also, stell dich darauf ein.«

Ich nickte. Aus irgendeinem Grund fand ich dieses erste Mal beängstigender als alle anderen: mein erstes Familienessen. Ich war bei Kennenlernpartys der Mathematischen Fakultät gewesen und hatte sogar hin und wieder an Abendessen meiner Professoren im kleinen Kreis teilgenommen. Selbstverständlich hatte ich auch schon mit meinen eigenen Eltern gegessen, aber danach zu urteilen, wie wenig bei diesen Anlässen gesprochen wurde, hätte ich genauso gut mit Wildfremden am Tisch sitzen können. Normalerweise redete dabei höchstens mein Dad, um mich wissen zu lassen, was ich schon wieder falsch gemacht hatte.

Doch das hier war etwas ganz anderes.

»Gehen wir.« Reece streckte die Hand aus, in der er die Angelruten hielt, und ließ mich vorgehen. Die andere Hand legte er auf mein Kreuz. Wärme schoss durch meinen Körper direkt in meine Wangen. Unser Kuss auf der Tanzfläche war schöner gewesen, als ich es mir jemals hätte vorstellen können.

Es war nicht mein erster gewesen. Den ersten Kuss hatte ich tatsächlich schon abgehakt, weswegen ich diesen Punkt auch nicht auf meine Liste hatte setzen müssen. Es war passiert, als ich mit anderen Teenagern eine Nacht im Museum verbracht hatte. Ich hatte meine Mom angebettelt, mich hinzubringen, und sie hatte es schließlich geschafft, meinen Vater dazu zu bewegen, die Sache zu erlauben.

Ich hatte mich unter dem Vorwand, mir das Skelett eines Tyrannosaurus ansehen zu wollen, zusammen mit einem Jungen weggeschlichen, der mir jedes Mal, wenn ich zu ihm hingeschaut hatte, zugelächelt hatte. Hinterher hatte ich mir seine Spucke aus dem Gesicht gewischt und war zu meinem Schlafsack zurückgekehrt.

Vielleicht zählte dieser Kuss damals doch nicht.

»Seph, ich freue mich wirklich, dich kennenzulernen.« Reece' Mom schloss mich in die Arme, als wären wir alte Freunde, die sich nach langer Zeit wiedersahen. Sie wiegte mich hin und her, bevor sie wieder losließ und einen Schritt zurücktrat, damit wir hineinkommen konnten.

Die Wärme, die uns im Inneren des Hauses empfing, rührte nicht nur von der Heizung her. Die Wände voller Bilder. Für jedes Kind gab es eine Collage mit elf kleineren, ovalen Bildern, die um ein größeres Bild in der Mitte herum angeordnet waren. Die Fotos in den kleinen Ovalen zeigten sie in unterschiedlichen Altersstufen und das große Oval war ein Foto von ihrem jeweiligen Highschool-Abschluss. Auch der Rest der Wände war bis auf den letzten Zentimeter mit Fotos zugepflastert und das Haus war erfüllt von Lachen und Freude.

»Bring die Angeln in den Abstellraum«, sagte Reece' Mom, ohne ihn dabei anzuschauen. Sie hielt nach wie vor meine Hände fest. Ihre Finger waren warm und weich und erinnerten mich an meine Mom. Allerdings wirkten ihre Gesten nicht so steif und zurückhaltend.

»Du bist das erste Mädchen, das Reece je mit nach Hause gebracht hat.«

»Ich glaube, er ist nicht der Typ, der Mädchen seiner Mutter vorstellt.« Ich verzog das Gesicht. Seine Mutter stand direkt vor mir – was redete ich da bloß? »Ich meine …« Ich öffnete und schloss den Mund und suchte verzweifelt nach etwas, irgendetwas, das ich sagen könnte, um meine Worte von eben glattzubügeln.

»Oh ja, mein Sohn, der Schürzenjäger. So benehmen sich manche Männer eben, bis sie die Richtige finden.« Sie sah mich an, als wäre ich diese Richtige.

»Schatz, warum hantiert Reece in der Garage mit meinen Angeln herum?«

Als ich die tiefe Baritonstimme hinter mir hörte, richteten sich meine Nackenhärchen auf. Er würde bestimmt stinksauer werden. Ich wappnete mich innerlich.

Er ging um mich herum und legte Reece' Mom die Hand in den Nacken. Ich zog so sehr den Kopf ein, dass mein Hals wehtat. Doch anstatt sie fester zu packen, zog er sie sanft zu sich und drückte ihr einen Kuss auf die Schläfe.

»Du kennst doch Reece. Immer bringt er sich in Schwierigkeiten.« Sie lächelte ihn an, als wäre er ihr ein und alles.

»Und wer ist das?« Er sah mich an. Doch anstatt mich kritisch zu mustern, wirkte sein Blick offen und freundlich, genau wie Marys.

»Ich bin Persephone – Seph.« Ich streckte ihm die Hand hin.

Er nahm sie und legte seine zweite Hand darauf. »Freut mich, dich kennenzulernen, Seph. Ich bin John.« Seine Hände waren warm und rau. Ich spürte seine schwieligen Fingerspitzen und Handflächen auf meiner Haut. Er sah Reece sehr ähnlich, hatte die gleichen grünen Augen und ebenfalls dunkle Haare.

»Sie ist eine Freundin von Reece und er war mit ihr angeln.« Mary warf ihm einen vielsagenden Blick zu.

»Angeln? Soso.«

Sie nickte.

»Na, das muss schon was heißen.« Er sah erst sie und dann mich an. »Was weißt du über Football, Seph?«

Wieder zog ich den Kopf ein. »Nicht viel. Tut mir leid. Reece hat erwähnt, dass Sie gespielt haben, aber ehrlich gesagt verstehe ich von dem, was er über Football erzählt, kaum etwas.«

»Mach dir deswegen keine Gedanken. Als ich Mary kennengelernt habe, war das bei ihr genauso.« Er legte ihr den Arm um die Schulter und drückte sie an sich.

»Das lernst du alles noch, ob du nun willst oder nicht. Es ist quasi wie Osmose.« Sie lachte. »Jetzt solltest du aber mal in die Küche gehen. Der Kuchen bäckt sich schließlich nicht von alleine.« Sie gab John ganz ungeniert einen Klaps auf den Hintern und schob ihn in Richtung Küche. »Sein Schokokuchen ist der beste, den ich jemals gegessen habe«, erklärte sie mir und strahlte voller Stolz und Zuneigung.

Ich versuchte verzweifelt, die Gefühle, die mir in diesem Augenblick die Kehle zuschnürten, zu verdrängen. Sollten Familien eigentlich *so* sein? Irgendwie war es einfacher gewesen zu glauben, dass sie sich nur im Fernsehen oder in Filmen so verhielten.

»Ich bin mit den Angelruten fertig. Was habe ich verpasst?« Reece stand plötzlich hinter mir. Er betrachtete erst seine Eltern, dann mich und runzelte die Stirn. »Was ist los?« Er legte mir den Arm um die Schulter, wie sein Dad es eben bei seiner Mom getan hatte. Dabei strich er mit dem Daumen über meinen Arm. Doch diese beruhigende Geste machte alles nur noch schlimmer. Das mit uns würde höchstens noch sechs Monate dauern. Er würde Profispieler werden und hatte kein Interesse daran, eine feste Freundin zu haben.

»Nichts, es geht mir gut. Deine Mutter hat mir gerade vom Schokokuchen deines Vaters erzählt.« Es fühlte sich an, als müsste ich die Worte durch einen Strohhalm quetschen. Ich lächelte breiter und deutete in Richtung seiner Eltern.

»Ihr habt mir nicht gesagt, dass es Schokokuchen gibt.«

»Hätte ich geahnt, dass du dich dadurch nach Hause locken lässt, hätte ich deinen Vater jede Woche einen backen lassen.« Mary und John verschwanden in der Küche.

Reece wandte sich an mich. »Geht's dir wirklich gut?«

Ich winkte ab. In diesem Moment ging die Haustür auf und ein junger Mann, der ungefähr so groß wie Reece war, trat ein.

»Mom hat gesagt, ich soll meinen Hintern hierherbewegen. Ich dachte, der Grund wäre nur der Schokokuchen.« Er und Reece umarmten sich herzlich.

»Ich hätte ahnen müssen, dass sie dich auch herzitiert. Seph, das ist mein Bruder Ethan. Ethan, das ist Seph.« Er legte seinem Bruder den Arm um die Schultern und schüttelte ihn.

Ethan streckte mir die Hand entgegen und schaffte es nicht ganz, seine Verblüffung zu verbergen. Er spähte unter dem Rand seiner Mütze hervor, seine Augen huschten abwechselnd von mir zu Reece und wieder zurück. »Schön, dich kennenzulernen, Seph.«

Wir setzten uns ins Wohnzimmer. Von meinem Angebot, in der Küche zu helfen, wollten Reece' Eltern nichts wissen. Seine Schwester erkundigte sich tatsächlich nach meiner Flechtfrisur und ich versuchte, ihr so gut wie möglich zu zeigen, wie man sie machte. Jemand anderem die Haare zu flechten fühlte sich merkwürdig an, fast so, wie ich mir vorgestellt hatte, dass es bei einer kleinen Schwester sein würde.

Dann setzten wir uns alle gemeinsam an den Tisch. Das selbst gekochte Essen war das Beste, was ich seit langer Zeit gegessen hatte.

Als ich den Arm über den Tisch streckte, um seiner Schwester die Platte mit dem Kuchen zu reichen, stieß ich mit der Hand gegen ein Weinglas. Es kippte wie in Zeitlupe um – zumindest erschien es mir so. Die rote Flüssigkeit schwappte heraus und ergoss sich über die weiße Tischdecke.

Ich erschrak furchtbar und sprang so hektisch auf, dass mein Stuhl umkippte. Panisch griff ich nach meiner Serviette und begann, den Fleck damit abzutupfen. »Es tut mir so leid. Es tut mir so leid«, wiederholte ich wieder und wieder, während mich das kalte Grauen packte.

Als ich das letzte Mal bei meinen Eltern ein Weinglas umgeworfen hatte und es auf dem Boden zersplittert war, hatte mein Vater mich eine geschlagene Stunde lang beschimpft und war kurz davor gewesen, mein Gesicht in die Lache zu drücken wie bei einem unartigen Haustier. Er hatte mir das Gefühl gegeben, dass ich nichts richtig machen konnte.

Obwohl ich das Glas schnell wiederaufgerichtet hatte und eifrig an dem Fleck rieb, wurde er immer größer. Tränen brannten in meinen Augen. »Wenn Sie Natron dahaben, bekomme ich den Fleck damit weg. Ich schwöre, ich bekomme ihn wieder raus.«

Niemand hatte sich bewegt. Alle saßen reglos da und starrten mich an.

Als Reece plötzlich seine Hand auf meine legte, zuckte ich vor Schreck zusammen. Er ließ seine Finger meinen Arm hinaufgleiten und hielt mich fest, damit ich die panischen Reinigungsversuche einstellte. »Ist schon okay, Seph. Lass gut sein.«

Ich starrte ihn über meine Schulter hinweg an. Seine Miene war tief besorgt. Mein Blick wanderte über die anderen, die um den Tisch versammelt saßen.

»Alles in Ordnung, Schätzchen. Kein Grund zur Aufregung. Diese Tischdecke wurde schon unzählige Male gebleicht – es wundert mich, dass sie sich nicht längst aufgelöst hat. Ganz ehrlich, mach dir deswegen keine Gedanken.« Marys freundliches Lächeln ließ mich fast die Fassung verlieren.

Ich versuchte, das Gefühl der Demütigung herunterzuschlucken, doch ich hatte einen Kloß im Hals. Reece stellte meinen Stuhl wieder hin.

»Wenn ihr mich entschuldigen würdet, ich muss kurz ins Bad.« Ich flüchtete vom Tisch ins Badezimmer im Erdgeschoss, obwohl ich eigentlich lieber direkt zur Tür hinausgerannt wäre.

Drinnen starrte ich mich im Spiegel an. Dann ließ ich den Kopf hängen und stützte mich seitlich neben dem Waschbecken ab. In diesem Moment klopfte es leise an der Tür.

»Seph, ich bin's.« Reece' Stimme drang dumpf durch das Holz.

Ich öffnete die Tür ein Stück weit. »Es tut mir so leid. Sag deinen Eltern, dass ich die Tischdecke reinigen lasse oder sie ersetzen werde und dass es mir schrecklich leidtut, dass ich das Abendessen ruiniert habe.« Die sich ankündigende Hysterie, die ich eben noch erfolgreich bekämpft hatte, in dem ich mir kaltes Wasser über die Handgelenke hatte laufen lassen, kehrte nun mit aller Kraft zurück und hatte womöglich noch ein paar Freunde im Schlepptau. »Sind sie denn sehr böse?«

Er zog die Tür ganz auf, kam herein und schloss sie wieder hinter sich. Dann ergriff er meine Arme und zog mich an sich. »Ich habe dir doch schon gesagt, dass es keinen Grund gibt, so auszurasten. Keiner der anderen regt sich deswegen auf.«

Ich legte den Kopf an seine Brust. Er duftete nach Muskat und Schokolade, wie das Weihnachten, das ich immer gehofft hatte, einmal zu erleben. Durch die Tür hörte man Gelächter. Ich verkrampfte mich. Um ein Haar wäre ich am Tisch durchgedreht – oh Mann, eigentlich war ich voll und ganz durchgedreht. Seine Familie musste mich für verrückt halten.

»Sie lachen nicht über dich. Wahrscheinlich lachen sie über Ethans neue Frisur. Er hatte diese Mütze nicht ohne Grund auf.«

Ich ließ ihn los und kaute auf meiner Unterlippe.

»Bleib ruhig so lange hier drinnen wie nötig und komm raus, wenn du bereit bist. Aber du solltest wissen, dass sie, während du hier drinnen bist, über dich reden und sich fragen werden, unter welchen Verdauungsproblemen du wohl leidest, weil du so lange brauchst.« Er grinste mich an, bevor er zur Tür hinaushuschte.

Ich sah erneut in den Spiegel, fixierte mich selbst mit festem Blick und versuchte, mich ein wenig aufzubauen – zumindest, soweit es unter den gegebenen Umständen möglich war. »Vielleicht wirst du ja auf dem Weg zurück von einem verirrten Meteor erschlagen oder so was.« Ich atmete tief durch und öffnete die Tür. Auf dem Weg zurück zur Küche ging ich extra langsam, um die Chancen zu erhöhen, doch noch durch eine unerwartete astronomische Katastrophe von meinem Leid erlöst zu werden. Leider schaffte ich es vollkommen unbeschadet zurück ins Esszimmer.

Als ich eintrat, waren die anderen gerade mit dem Kuchen fertig. Reece half seinem Bruder, die Teller einzusammeln, und brachte sie anschließend in die Küche. Ich blieb in der Tür stehen.

»Seph, wir haben dir ein Stück Kuchen aufgehoben.« Mary winkte mich heran und klopfte auf den Platz neben sich.

»Das war doch nicht nötig.« Ich umrundete den Tisch.

»Doch, natürlich. Johns Schokokuchen sollte sich niemand entgehen lassen.« Sie beugte sich dicht zu mir herüber, als wolle sie mir ein Geheimnis verraten, ein Geheimnis zwischen Freunden. »Wie, glaubst du, hat er mich wohl dazu gebracht, mit ihm auszugehen?«

Ich setzte mich neben sie und nahm den ersten Bissen von meinem Kuchen. Er schmeckte so intensiv nach Schokolade, dass ich das Gefühl hatte, in einem riesigen Becher Kakao zu schwimmen.

»Verstehst du jetzt, weshalb ich ihn geheiratet habe?«

»Ja, wer würde schon einen solchen Kuchen verschmähen?«

Reece kam mit einem Glas Milch zurück. »Damit schmeckt er sogar noch besser.« Als er mir das Glas reichte, berührten sich unsere Finger – und diesmal zog er sie nicht weg. Weder riss er die Hand zurück noch ging er auf Distanz. All die Blicke und Berührungen, bei denen ich stets versucht hatte, nicht zu viel hineinzuinterpretieren, stürmten schlagartig auf mich ein.

Ich war in etwas hineingeraten, das ich nicht beschreiben konnte. Diese Sache, von der ich gedacht hatte, dass sie sich rein durch Wissenschaft und Biochemie wegerklären ließ, hatte mich eiskalt erwischt. Es war eine chemische Reaktion. Mein Körper nahm all diese neuen Erfahrungen und verknüpfte sie mit einem Übermaß an Hormonen. Deswegen fühlte ich mich so. Doch chemische Reaktionen hin oder her – ich bekam Reece Michaels nicht mehr aus dem Kopf.

18. KAPITEL

Reece

Als ich durch den Kabinentunnel zur knallvollen Umkleide lief, war das Grölen der Zuschauer für mich schon wieder zu einer undeutlichen Erinnerung verblasst. Meine Hände schmerzten noch vom letzten Ball, den ich gefangen hatte. Nix hatte wirklich einen verdammt starken Wurfarm. Er hatte den Ball aus sechzig Yard Entfernung mit solcher Wucht in meine Richtung gepfeffert, dass meine Hände beim Fangen gekribbelt hatten.

Die anderen lachten und jubelten, weil wir einen weiteren grandiosen Sieg für uns verbuchen konnten. Ihre Stimmen hallten von den Betonwänden des Tunnels wider. Einige Fans, die es geschafft hatten, sich hierherzustehlen, hielten die Jungs auf, um mit ihnen Fotos zu schießen, und schon gingen die Blitzlichter von zwanzig Handys los. Ich hielt mich aus dem Trubel raus. Überall strahlende Gesichter und Euphorie. Normalerweise war ich bei so was immer mittendrin. Aber heute blieb ich im Hintergrund.

Wir waren so dicht am nationalen Meisterschaftstitel dran, wie es in den vergangenen zehn Saisons kein Team geschafft hatte. Doch diese Statistik war es nicht gewesen, die mir in den letzten Tagen den Schlaf geraubt hatte.

Seph war vermutlich inzwischen wieder zurück in ihrer Wohnung, nachdem sie heute einige Kurse gehabt hatte. Zwar hatte sie versprochen, dass sie sich das Spiel ansehen würde, aber es hätte auch durchaus sein können, dass sie das nur behauptet hatte, um mir eine Freude zu machen. In dieser Saison waren nur noch ein paar Spiele übrig. Ich wollte, dass sie sich nicht nur die Übertragung ansah, sondern oben auf der Tribüne saß und mich auf dem Feld sah.

Ich wollte, dass sie mich an der 50-Yards-Linie stehen sah und erlebte, wie ich unter den Blicken tausender Fans ein hammermäßiges Spiel ablieferte und durch die Verteidiger pflügte, als wären sie nichts weiter als Pappfiguren. Tief im Inneren wünschte ich mir, dass sie stolz auf mich war. Jeder, der sich mit ihr unterhielt, merkte binnen weniger als einer Minute, dass sie anders war als alle anderen. Sie mochte eine miese Billardspielerin sein, aber ihr Verstand war brillant. Ich wollte nicht, dass sie mich nur für eine hirnlose Sportskanone hielt.

Wie dämlich, sich über so etwas Gedanken zu machen. Wenn wir uns trafen, war der Grund dafür stets ihre Liste. Dinge, die für mich selbstverständlich waren, versetzten sie in Erstaunen und Verzückung. Zu erleben, wie sie ihre Ängste bezwang und allen Mut zusammenkratzte, bevor sie sich in ein Erlebnis stürzte, ließ auch mich einiges aus einer ganz neuen Perspektive betrachten.

Wahrscheinlich freute ich mich jetzt schon so sehr auf einige ihrer ersten Male, weil ich es kaum erwarten konnte, ihre Reaktionen zu erleben. Bei ihr hieß es nicht ständig *Das kenne ich schon, hab ich schon tausendmal gemacht*, weil sie eben vieles noch nicht kannte. All diese Erlebnisse waren mehr als nur Punkte auf einer Liste, die sie abarbeitete.

Sie würde immer einen besonderen Platz in meinem Herzen einnehmen – oder besser gesagt in meinen *Erinnerungen*. Der Countdown, der im Hintergrund für uns ablief, machte jedes erste Mal noch bedeutsamer. Er trieb mich an, jedes dieser Erlebnisse zu etwas Besonderem zu machen, damit sie mich nicht vergaß.

Heute Abend wollten wir wieder einen Punkt auf ihrer Liste abhaken. Ich war mir allerdings nicht ganz sicher, ob ich wirklich bereit dafür war. Unruhig federte ich auf den Fußballen auf und ab und schüttelte die Hände aus, um meine Nervosität loszuwerden.

»Wo willst du denn hin?«, brüllte der Coach plötzlich hinter mir.

»Mich umziehen?« Ich schloss die Hand um den Türgriff.

»Wir müssen zur Pressekonferenz.«

Alles, was ich geplant hatte, war nun endlich bereit. Mein Magen zog sich vor Aufregung zusammen und am liebsten hätte ich die Stunde zwischen jetzt und dem Augenblick, in dem ich an ihre Tür klopfen würde, im Schnelldurchlauf hinter mich gebracht. Der heutige Abend würde alles verändern. Aber ich musste es tun. Ich hatte so lange gegen das, was zwischen uns entstanden war, angekämpft, doch das war jetzt vorbei.

Ich konnte das für sie tun – vor allem, weil ich allein bei dem Gedanken, dass sie ihr erstes Mal mit einem anderen erleben könnte, am liebsten etwas kurz und klein geschlagen hätte. Aber wie würde es danach weitergehen? Ich schüttelte den Kopf. Darüber würde ich mir später Gedanken machen.

»Könnt ihr diesmal nicht auf mich verzichten?« Sehnsüchtig spähte ich zur Kabinentür, die sich langsam schloss.

Der Coach starrte mich an, als hätte ich ihn darum gebeten, mir mit der Faust in den Schritt zu boxen.

»Nachdem du diesen Ball gefangen hast? Du hast wohl den Verstand verloren. Jede Gelegenheit, vor die Presse zu treten, erhöht deine Chancen beim Draft und steigert den guten Ruf der Fulton. Also beweg gefälligst deinen Hintern da rein.« Er drückte die Hand in mein Kreuz und versetzte mir einen Stoß.

Alter, penetranter Bastard. Obwohl er recht hatte. Wenn ich vor die Kameras trat und bewies, dass ich nicht der Vollidiot war, als den mich alle in der vergangenen Saison hingestellt hatten, und dass ich Teamgeist besaß, würde das meine Aussichten beim Draft deutlich verbessern.

Während ich vor den Reportern saß, wippte ich unter dem Tisch ungeduldig mit dem Bein auf und ab. Inzwischen gab es bei den Pressekonferenzen nur noch Stehplätze. So war das eben, wenn man ganz kurz vor dem nationalen Meistertitel stand. An der hinteren Wand waren Kameras aufgereiht. Reporter mit Presseausweisen um den Hals hielten Notizblöcke und Tablets in den Händen. Wir saßen vor ihnen an dem mit Mikrofonen ausgestatteten Tisch. Alle Augen waren auf uns gerichtet.

Nix betrachtete mich stirnrunzelnd von der Seite, senkte dann den Blick auf meine Hände, die auf meinen Oberschenkeln lagen. Er drückte mir kurz aufmunternd den Arm, als wolle er mir eine Ladung Geduld und Ruhe einflößen, um diese Sache hier irgendwie durchzustehen. Nix hatte den Ball geworfen. Ich hatte ihn gefangen. Ende der Geschichte.

Sobald wir die letzte Frage beantwortet hatten, sprang ich so hastig auf, dass ich fast meinen Stuhl umwarf. Rasch schob ich ihn zurück unter den Tisch und eilte zur Umkleide. Schon auf dem Weg dorthin zog ich mir das Trikot über den Kopf. Dort angekommen schnappte ich mir ein Handtuch und blieb erst wieder stehen, als mich der warme Wasserstrahl der Dusche traf. Es war bestimmt die schnellste Dusche der Menschheitsgeschichte.

Im Anschluss ging ich zu meinem Spind, schlüpfte in meine Klamotten, band meine Sneakers zu und setzte mich auf die Bank, um auf Nix zu warten. Unterdessen packte ich rasch den Rest meiner Sachen zusammen und schaute dabei immer wieder auf die Uhr. Einige Minuten später kam Nix endlich aus der Dusche geschlendert.

»Warum siehst du so zufrieden aus?«, fragte Berk und musterte Nix misstrauisch.

Ein Handtuch zischte an meinem Gesicht vorbei.

»Wir haben gerade ein Spiel gewonnen – ist das nicht Grund genug?«

»Du siehst sonst immer gleich aus, ob wir nun gewinnen oder verlieren. Als würdest du dort draußen auf dem Feld nur eine Schuld abarbeiten oder so. Aber neuerdings strahlst du ständig wie ein Honigkuchenpferd.«

Für so was hatte ich gerade nun wirklich keine Zeit. Ich würde später rausfinden, was zum Teufel mit Nix los war.

»Warum hast du es denn so eilig?«, fragte Berk spöttisch.

Ich ignorierte ihn und wandte mich an Nix. »Ist alles bereit?«

»Alles bereit. Du musst dir um nichts Gedanken machen. Und falls es Probleme geben sollte, melde dich bei mir.«

»Was ist bereit?« Berks Augen huschten neugierig zwischen mir und Nix hin und her.

»Nichts, was dich etwas angehen würde.« Ich nahm meine Tasche.

»Seit wann haben wir Geheimnisse voreinander?«

»Genau, Reece. Wir haben die Pressekonferenz miterlebt – sah schwer danach aus, als ob ein gewisser Jemand heute so schnell wie möglich die Kurve kratzen will. Ich frage mich weshalb.« LJ tippte sich nachdenklich mit dem Finger gegen das Kinn.

»Halt die Klappe.«

Als ich endlich ihr Haus erreicht hatte, stieg ich in den langsamsten Fahrstuhl aller Zeiten. Ich hoffte inständig, dass ich in ihrem Stockwerk ankommen würde, bevor ich in

Rente ging. Während der Fahrt schob ich die Hände in die Taschen und wippte ungeduldig auf den Fersen vor und zurück. Schließlich gingen die Türen auf und ich eilte in den Flur.

Nachdem ich mir die schweißnassen Hände sorgfältig an der Jeans abgewischt und tief durchgeatmet hatte, hob ich den Arm, um anzuklopfen. Doch bevor ich die Tür auch nur berührt hatte, wurde sie bereits aufgerissen.

Alexa kam mir mit angesäuerter Miene entgegen und hätte mich beinahe über den Haufen gerannt. »Sie spielt schon seit einer halben Stunde. Ich werde noch wahnsinnig.«

Sie spielte? War Seph etwa insgeheim eine Gamerin? Ich konnte sie mir lebhaft vorstellen, wie sie mit dem Controller in der Hand dasaß und verbissen versuchte, jede Runde so perfekt wie möglich abzuschließen.

Alexa schnaubte genervt und war offenbar auf Mitleid oder Aufmerksamkeit aus. Als würde ich mich darum scheren, dass sie angefressen war. Bevor ich etwas sagen konnte, drehte sie sich so schwungvoll um, dass mir ihre Haare ins Gesicht flogen, und stürmte Richtung Aufzug davon.

Ich starrte ihr nach. Wie um alles in der Welt hatte Seph es schon so lange mit ihr als Mitbewohnerin ausgehalten? Ich betrat die Wohnung und schloss die Tür hinter mir. Die klassische Musik, die ich schon draußen auf dem Korridor gehört hatte, kam nicht, wie ich vermutet hatte, aus einem Lautsprecher, sondern aus Sephs Zimmer.

Jedes Mal, wenn ich glaubte, sie zu kennen, legte sie noch eins drauf. Offenbar war sie auch noch Musikerin. Sie hatte bestimmt mehr Talent in ihrem kleinen Finger als die meisten Menschen in ihrem ganzen Körper. Wie konnte es sein, dass ich das nicht über sie gewusst hatte? Warum hatte sie noch nie etwas davon erwähnt?

Die klassische Melodie klang gleichzeitig vertraut und brandneu. Die wundervollen Töne schwollen zu einem Crescendo an, das mir eine Gänsehaut verursachte. Nachdem ich eine Weile zugehört hatte, kam ich schließlich darauf, welchen Song sie spielte, und der Text geisterte mir durch den Kopf. Doch sie hatte aus diesem Stück etwas völlig Neues gemacht.

Ich drückte die angelehnte Tür ihres Zimmers auf und trat ein. Sie stand zum Fenster gewandt und hielt die Augen geschlossen. Ihre Finger flogen über die Saiten. Die Art, wie sie den Körper im Rhythmus der Musik wiegte, war geradezu hypnotisch.

Sie so zu erleben trug noch mehr zu meiner Überzeugung bei, dass sie anders war als alle Menschen, denen ich jemals begegnet war. Die Flechtfrisur, die sie heute trug, war mir neu: Sie thronte wie eine Krone auf ihrem Kopf – als hätte sich ein Mitglied irgendeiner Königsfamilie mitten in die Normalität des College-Lebens verirrt.

Als die Melodie erneut in ein Crescendo überging, huschten ihre Finger noch schneller über die Saiten und meine Nackenhärchen stellten sich auf. *Ich könnte die nächsten fünfzig Jahre mit dieser Frau verbringen und würde trotzdem ständig neue Seiten an ihr entdecken.* Der Gedanke erschreckte mich. Während sich das Stück langsam dem Ende neigte, schlich ich mich zum Bett, nahm Platz und starrte sie wie gebannt an. Mir war klar, dass ich genau so etwas nicht denken sollte. Gern hätte ich behauptet, dass mich diese Erkenntnis dazu animierte, meine Pläne für den Abend noch einmal zu überdenken, doch ich saß einfach nur da und schaffte es nicht, den Blick von ihr zu lösen. Ich hätte ihr bis in alle Ewigkeit zusehen können, mir von ihr zeigen lassen können, wer sie wirklich war, und mich durch die Schutzwälle arbeiten können, die sie wie einen Schildwall um sich herum errichtet hatte.

Sie zog den Bogen noch einmal über die Saiten und wippte leicht mit den Fingern, um beim letzten Ton ein Vibrato zu erzeugen.

»Das war unglaublich.« Ich beklatschte das gelungene Privatkonzert.

Sie zuckte zusammen und fuhr herum. Erschrocken schlug sie die Hand vor die Brust. Doch dann entspannte sie sich wieder und lächelte. Genau dieses Lächelns wegen hatten in meinem Kopf nur noch Gedanken an sie Platz.

»Wie bist du hier reingekommen?« Sie legte die Geige neben mir aufs Bett und klappte den Instrumentenkoffer auf.

»Deine Mitbewohnerin kam gerade aus der Wohnung und hat mich reingelassen.«

»Sie ist wohl eher aus der Wohnung geflüchtet.«

»Kann schon sein.«

»Sie wollte, dass ich aufhöre, und ich habe ihr gesagt, dass ich in einer halben Stunde fertig bin.« Sie lächelte schelmisch. Mir schwoll die Brust vor Stolz. »Aber es tut mir leid, dass ich ihr das zugemutet habe.«

»Die schönste Musik, die ich jemals gehört habe?« Ich hätte ihr jeden Tag und rund um die Uhr lauschen können.

Sie zog den Kopf ein und legte den Bogen in den Koffer. »Du musst das nicht sagen, um mir zu schmeicheln.«

»Das mache ich doch gar nicht. Das war fantastisch. Und ich mag eigentlich gar keine klassische Musik.«

»Für das ungeschulte Ohr mag es so klingen, aber meine Griffe waren schludrig.«

Dazu sagte ich nichts. »Du hast niemandem irgendetwas zugemutet. Eigentlich sollten die Leute dafür bezahlen, dir zuhören zu dürfen.«

Sie musterte mich mit dem gleichen herablassenden Lächeln, mit dem man auch ein kleines Kind bedenkt, bevor man ihm den Kopf tätschelt und es wieder zum Spielen schickt.

Während sie den Geigenkasten schloss, legte ich meine Hand auf ihre. »Ernsthaft, das war keine Schmeichelei.« Ich strich mit dem Daumen über ihren Handrücken. Unter meiner schwieligen Haut fühlte sich ihre so weich an. Ein Kribbeln breitete sich auf meiner Haut aus, wie ich es nur dann verspürte, wenn ich in ihrer Nähe war, und das mir nachts den Schlaf raubte, weil ich immer wieder an unseren Kuss in der Bar denken musste und daran, wie sich unsere Körper auf der Tanzfläche berührt hatten.

Sie öffnete leicht die Lippen und sah mir in die Augen. Ihre Pupillen weiteten sich und sie stand ganz still. Doch dann räusperte sie sich und zog die Hand weg. »Du hast toll gespielt.« Sie setzte sich aufs Bett, mit dem Geigenkasten zwischen uns.

»Du hast dir das Spiel angesehen?« Ich spähte zu ihr hinüber.

»Die Live-Übertragung, ja. Ich hab doch gesagt, dass ich das tun würde. Ich breche nie ein Versprechen.« Sie sah mich an, als hätte meine Frage sie verletzt. »Ich habe mich bemüht, mir so viel wie möglich über die Regeln und so weiter anzulesen, aber ich fürchte, du wirst mir noch einiges erklären müssen.«

»Das kann ich auf jeden Fall, aber nicht jetzt. Ich habe eine Überraschung für dich.«

In ihren Augen blitzte es. »Was für eine Überraschung?« Es fehlte nur noch, dass sie sich die Hände rieb. Kurz fragte ich mich, ob sie mich vielleicht nur als vorübergehenden Zeitvertreib betrachtete. Sie spielte Geige. Sie machte mit neunzehn ihren Abschluss. Sie war ein Mathegenie und würde bald ihren Doktor machen. Ich dagegen rannte übers Spielfeld und fing einen Ball – zugegebenermaßen etwas schneller als die meisten anderen, aber mir musste nur ein einziger Fehler unterlaufen und meine Karriere war vorbei.

Ob sie wohl noch Interesse an mir haben würde, wenn diese Liste mit ersten Malen irgendwann den Reiz für sie verlor? Ich steckte bis über beide Ohren in dieser Sache drin, so tief, dass es mich vollkommen verwirrte, dass ich nachts keinen Schlaf fand und mich kaum noch auf etwas anderes konzentrieren konnte, als auf den Gedanken, wann ich Seph endlich wiedersehen würde.

»Eine Listen-Überraschung.«

Sie schnappte sich ihren Mantel. Ich hielt ihn für sie hoch, damit sie den Arm hineinstecken konnte. Dabei lächelte sie mich über die Schulter hinweg an. Ihre Lippen kamen meinen so nah. Die Erinnerung daran, wie sie geschmeckt und sich angefühlt hatten, hatte sich in meine Seele eingebrannt.

Ich schob die Hand in ihre und führte sie aus der Wohnung. Wir verließen das Haus und traten ins Freie. Nachdem ich die Beifahrertür für sie geöffnet hatte, joggte ich rasch ums Auto herum auf die Fahrerseite. Der Motor schnurrte los, ich fädelte mich in den Verkehr ein und steuerte unser Ziel an.

»Was ist mit dir? Ihr habt das Spiel doch gewonnen, richtig? Ich kenne mich zwar nicht gut mit Football aus, aber Endergebnisse kann ich schon deuten.«

Ich umklammerte das Steuer fester. »Du hast recht. Wir haben gewonnen.«

»Warum bist du dann so still?« Sie spähte zu mir herüber und versuchte, mir in die Augen zu sehen.

Weil ich dich noch einmal küssen möchte. Ich will sogar mehr, als dich noch einmal zu küssen, und ich möchte, dass die heutige Nacht etwas Besonderes wird. Ich will es nicht vermasseln und ich will nicht, dass du es hinterher bereust. »Ach, es ist nichts Besonderes.«

Sie legte mir die Hand auf den Arm und begann, meine Haut mit den Fingern zu massieren. »Du musst mich nicht immer mit Dingen von der Liste verhätscheln. Wir können stattdessen auch einfach nur einen Film ansehen oder was essen gehen.«

»Es wird dir gefallen. Außerdem, woher willst du wissen, dass ich das nicht zu meinem eigenen Vergnügen mache?« Ich lächelte ihr verkrampft zu und schaute dann schnell wieder auf die Straße. Ich musste aufpassen, dass ich mich nicht ablenken ließ, und am Ende das Auto zu Schrott fuhr. Ich konnte es kaum noch erwarten, unser Ziel zu erreichen, und war von der gleichen kribbeligen Spannung erfüllt wie sonst immer vor einem Spiel.

Sie legte die Hand zurück in den Schoß.

»Wir sind gleich da. Hättest du Lust, das mit dem Schwimmen noch mal auszuprobieren?«

Sie verzog verwirrt das Gesicht. »Ich habe meinen Badeanzug nicht dabei.«

Diesmal war mein Lächeln ungekünstelt, und selbst wenn ich gewollt hätte, hätte ich es nicht zurückhalten können. »Ich weiß.«

19. KAPITEL

Seph

Wir bogen um eine Kurve und hielten bei einem Haus an. Reece schaltete die Scheinwerfer aus. Auf meinen fragenden Blick hin lächelte er mir nur unbekümmert zu und stieg aus.

Hand in Hand liefen wir den Bürgersteig entlang auf ein dreistöckiges, weißes Haus im Kolonialstil zu. Doch statt die Haustür anzusteuern, ging er über die Auffahrt zur Seitenpforte. Als er über den Zaun sprang, blieb mir fast das Herz stehen.

»Komm rüber.« Er reckte mir die Arme entgegen, um mir zu helfen.

»Was, wenn wir erwischt werden?« Ich warf einen Blick über die Schulter.

»Geht es denn nicht gerade darum?«

Ich schluckte und es fühlte sich an, als würde mir ein Felsbrocken in der Kehle stecken. Noch einmal atmete ich tief durch und ergriff die Kante des Zauns. Zuerst rutschten meine Füße auf dem Holz ab, doch schließlich fand ich eine Vertiefung, in der ich mich mit der Fußspitze abstützen konnte, und so schaffte ich es mit seiner Unterstützung tatsächlich über den Zaun. Allerdings gerieten wir dabei aus dem Gleichgewicht. Ich klammerte mich an seine Jacke und prallte mit der Wange gegen seine Schulter. Als ich zu ihm aufsah, war sein Mund nur Zentimeter von meinem entfernt.

Ich leckte mir über die Lippen. Er richtete sich wieder auf und zog mich mit sich.

»Gehen wir.« An der Hand führte er mich ums Haus herum. Sehnsüchtig warf ich einen Blick zurück zum Auto. Wie viele Jahre Gefängnis standen wohl auf Einbruch?

Hinter dem Haus erwartete uns ein wunderschöner, glitzernder Pool. Von der Wasseroberfläche stieg Dampf auf – anscheinend war er beheizt. Die blauen Lampen, die rund um den Rand des Pools und in seinen Boden eingelassen waren, verliehen ihm mitten im Winter die Atmosphäre einer sommerlichen Oase.

»Was wollen wir hier?«

»Nacktbaden steht auch auf deiner Liste. Weißt du das nicht mehr?« Er setzte sich auf eine Liege und zog die Stiefel aus.

»Das kann doch nicht dein Ernst sein«, flüsterte ich verblüfft.

»Mein voller Ernst«, entgegnete er, öffnete den Reißverschluss der Jacke und zog sich das Shirt über den Kopf. Seine Bauchmuskeln spannten sich, als die eiskalte Winterluft auf seine Haut traf. Als er mir seinen breiten Rücken zuwandte, hätte ich am liebsten sofort mit den Händen darübergestrichen.

Als Nächstes war die Jeans zusammen mit seinen Boxershorts an der Reihe. Ich wandte mich rasch ab und versuchte, nicht an seinen knackigen Po zu denken. Aber, o Mann, war das vielleicht ein toller Po. Ein warmer Wassertropfen spritzte mir ins Gesicht, der in der kalten Luft schnell abkühlte. Das laute Klatschen, als er ins Wasser sprang, war das Einzige, was ich neben meinem hämmernden Herzschlag noch hören konnte.

»Ausziehen, Wildfang. Ich drehe mich auch um. Wo ich stehe, ist das Wasser nur knapp einen Meter vierzig tief. Wenn du an diesem Ende des Pools bleibst, ist alles gut.«

Jäh holte mich die Erinnerung an unser Erlebnis im Schwimmbecken wieder ein. Doch diesmal war es anders. Er war anders und ich zweifelte keine Sekunde daran, dass mir diesmal nichts passieren würde.

Noch einmal sah ich ihn an und holte zitternd Luft. Dann ließ ich den Blick über den hohen, weißen Zaun schweifen, der den Pool umgab. Jenseits des Zauns, der das Grundstück umgab, erhoben sich hohe Bäume, so weit das Auge reichte. Außerdem war auf der Fahrt hierher in vielen Häusern kein Licht zu sehen gewesen und außer unseren Stimmen hatte ich auch schon geraume Zeit keine anderen Geräusche mehr gehört.

»Ich drehe mich um und halte mir die Augen zu«, versprach er, vollführte eine halbe Drehung im Wasser und legte sich mit dramatischer Geste die Hände vor die Augen.

Meine zitternden Finger rutschten dreimal von den Mantelknöpfen ab, bevor ich es endlich schaffte, den ersten zu öffnen. Von da an ging es schneller. Ich legte den Mantel ab. Knöpfte mein Hemd auf. Zog den Reißverschluss meiner Hose auf und beschloss nach kurzem Zögern, die Unterwäsche anzubehalten. Zuletzt kickte ich die Schuhe von den Füßen, hopste über den eiskalten Betonboden zum Pool und ließ mich hineingleiten. Der eisige Wind trieb mich trotz meiner Nervosität schnell ins Wasser. Als das warme Nass gegen meine Brust schwappte, ging ein Prickeln durch meinen ganzen Körper.

Reece drehte sich wieder zu mir um. In seinen Wimpern hingen kleine Wassertropfen.

Er schwamm zu mir herüber. Als ich ihn anmutig durchs Wasser gleiten sah, kribbelte es in meiner Magengrube. Sein Blick fiel auf meinen lilafarbenen BH. »Eigentlich ist das gemogelt, aber ich lasse es dir durchgehen.« Er strich mit dem Finger mein Schlüsselbein entlang, schob ihn unter einen BH-

Träger. »Du weißt schon, dass du den nachher, wenn du dich wieder anziehst, nicht mehr tragen kannst.«

Ich machte ein langes Gesicht. »Mist.«

»Ich kann nicht behaupten, dass mich das stört.« Er stieß sich vom Rand ab und schwamm zur Mitte des Pools. Ich streckte die Hand nach ihm aus. Er sollte zu mir zurückkommen und wieder so dicht vor mir stehen wie eben, als ich trotz des Chlors seinen Duft in der Nase gehabt hatte. Er roch wie frisch geduscht.

Nach zwanzig Minuten im Wasser hatte sich mein Puls wieder weitestgehend normalisiert. Ich wusste jetzt, dass da im tiefen Wasser nichts auf mich lauerte, was nach mir schnappen würde. Wir spielten eine Runde Marco Polo im Flüsterton und danach machten wir im flachen Teil des Pools ein Wettrennen von einer Seite zur anderen. Unser Gelächter hallte von den Wänden wider und meine Angst zu ertrinken war spurlos verschwunden. Das mulmige Gefühl, nackt im Pool fremder Leute zu schwimmen, hielt sich dagegen hartnäckig.

»Sollten wir nicht langsam gehen? Was, wenn die Hausbesitzer zurückkommen?« Beklommen blickte ich zu den dunklen Fenstern des dreistöckigen Gebäudes empor, das nur wenige Schritte entfernt lag. Dort, wo wir uns ausgezogen hatten, stand außerdem noch ein einstöckiges Poolhaus, das allerdings auch größer war als so manches Wohnhaus.

»Und was wäre, wenn sie kämen?«, fragte er und schwamm näher heran. Das Wasser schwappte über seinen Rücken und seine Schultern. Dann stützte er die Arme seitlich neben mir ab, sodass ich zwischen ihm und der Treppe festsaß. Meine Kniekehlen prallten gegen eine Kante und ich stolperte und landete mit dem Po auf einer Stufe. »Dann würdest du ihnen erklären müssen, weshalb du hier nackt herumschwimmst.«

Er schob sich näher an mich heran, bis seine Hüfte meine Beine berührte. Ich entspannte mich und ließ zu, dass der Druck des sanft schwappenden Wassers meine Schenkel öffnete – oder vielleicht tat ich es auch selbst. Bisher hatte ich es zwar ziemlich erfolgreich vermieden, ins Wasser auf Reece' bestes Stück zu starren, aber das bedeutete nicht, dass ich nicht doch ein- oder zweimal einen Blick erhascht hatte.

Ich lehnte mich zurück und stützte mich mit den Ellenbogen auf der nächsten Stufe ab. Mit einem breiten Grinsen auf den Lippen kam er noch näher. Seine Hände waren so dicht bei meinen Schultern, dass sie meine Haut berührten. Und seine Hände waren nicht das Einzige, was ich spürte.

Am nassen Stoff meiner Unterwäsche machte sich gerade ein ganz anderes Körperteil bemerkbar. Ich konnte mich nicht zurückhalten und riskierte einen raschen Blick. Seine muskulösen Oberschenkel rieben gegen die empfindliche Haut zwischen meinen Schenkeln. Ich biss mir auf die Lippe, um nicht der Versuchung nachzugeben, die Beine um ihn zu schlingen und ihn kurzerhand an mich heranzuziehen.

Das, was ich mir von Anfang an gewünscht hatte, schien plötzlich so nah. Er schmiegte sich an mich. Als ich spürte, wie die Härte seines Glieds gegen meinen Schoß drückte, hätte ich beinahe laut aufgestöhnt. Warum quälte er mich so? Ich konnte fühlen, wie sehr er das hier wollte. Merkte er es nicht auch? Jedes Mal, wenn ich seine Erektion spürte, pochte es zwischen meinen Schenkeln sehnsüchtig. Wieder verkniff ich mir ein Stöhnen, das aus meiner Kehle zu dringen drohte.

»Es gibt da etwas, das ich dir sagen muss.« Die sanften Bewegungen des Wassers, die unsere Körper wiegten, waren eine süße Qual.

»Was denn?«

Seine vollen, weichen Lippen waren nur wenige Zentimeter

von meinem Mund entfernt. Er wirkte so wild und männlich und gleichzeitig so fürsorglich, dass es mich ganz verrückt machte. Mein Körper brannte für ihn und ich wollte nichts sehnlicher, als dass er mich mit Haut und Haaren verschlang. Ich wusste, dass er mein erstes Mal zu etwas Unvergesslichem machen würde.

»Ich glaube, ich habe gehört, wie ein Auto in die Auffahrt gefahren ist.«

Ich riss so abrupt den Kopf hoch und schnellte nach vorn, dass ich ihm beinahe eine Kopfnuss verpasst hätte. »O mein Gott!« Sofort schlug ich die Hände vor den Mund. *Was, wenn sie mich gehört hatten?*

Hektisch kletterte ich aus dem Pool und hetzte zu meinen Kleidern. Er hatte recht gehabt – wie um alles in der Welt sollte ich mich anziehen, wenn meine Unterwäsche klatschnass war? Mein Atem kondensierte in der kalten Luft zu kleinen Wölkchen.

Reece folgte mir und sammelte rasch alles ein. Das Wasser, das auf den Boden tropfte, gefror sofort, und wir schlitterten am Rand des Pools entlang. Anstatt zurück zur Einfahrt zu flüchten, schwenkte er nach rechts und rannte direkt auf die Tür des Poolhauses zu.

Ich packte sein Handgelenk und versuchte, ihn aufzuhalten. »Wir können doch nicht da reingehen.«

»Wo sollen wir denn sonst hin?« Er zog mich mit sich zur Tür, legte die Hand auf den Türknauf und drehte ihn. Als ich das Schloss klickend aufspringen hörte, schlug mein Herz schneller. Doch es ertönte kein Alarm. Keine Sirenen. Ich huschte als Erste hinein und Reece schloss rasch die Tür hinter uns.

»Ich kann nicht fassen, dass wir das getan haben.« Ich drückte mich an seine Schulter, während er zur Tür hinausspähte.

Er wirbelte zu mir herum. Außer unserem Atmen hörte man nur das Wasser, das von seinem Körper tropfte.

»Bestimmt werden wir verhaftet.« Mein Vater würde die Kaution für mich zahlen – und mich schneller, als ich gucken konnte, in ein Flugzeug zurück nach Boston setzen.

»Wir werden nicht verhaftet.« Er lud unsere Kleider auf dem Stuhl neben der Tür ab. »Uns passiert nichts. Bis jetzt ist im Haus noch nicht mal das Licht angegangen.«

Er ging an mir vorbei ins Poolhaus hinein. Ich schaute mich um. Am Ende des Flurs entdeckte ich eine kleine Tür. Hoffentlich war es ein Wäscheschrank mit Handtüchern. Dann könnte ich mich abtrocknen und von hier verschwinden. Ich öffnete die Tür und atmete erleichtert auf, als tatsächlich ein Stapel hellblauer Handtücher vor mir lag. Ich nahm mir eines. Wenn ich trocken war, würde ich es wieder ordentlich zusammenfalten und zurücklegen, damit niemand etwas merkte.

Plötzlich hörte ich einen Korken knallen und zuckte erschrocken zusammen. »Du trinkst ihren Wein?« Mir stand der Mund offen.

Reece legte den Korkenzieher auf dem Küchentresen ab, hinter dem er stand.

»Wenn er schon mal da ist«, entgegnete er schulterzuckend und goss zwei Gläser ein.

Anscheinend hatte er komplett den Verstand verloren. Ich hatte schon gehört, dass manche Menschen sich unter starkem Stress merkwürdig verhielten, aber das hier war wirklich vollkommen verrückt. Da ich nicht alles noch mehr volltropfen wollte und außerdem panische Angst hatte, wegen Hausfriedensbruchs, Einbruchs und Diebstahls verhaftet zu werden, eilte ich zurück zu meinen Kleidern.

»Ich kann nicht fassen, was du da tust. Deinetwegen wird man uns noch erwischen. Was, wenn etwas passiert und du verhaftet wirst? Was ist dann mit der laufenden Saison? Du könntest aus dem Team geworfen werden.«

Um nicht noch mehr Wasserpfützen zu hinterlassen, wandte ich Reece rasch den Rücken zu und griff nach hinten, um meinen BH zu öffnen. Normalerweise hätte ich mich nicht vor ihm ausziehen können, ohne eine Panikattacke zu bekommen, aber dank dieser ganzen Sache mit dem Einbruch war ich sowieso schon ziemlich panisch. Ich schüttelte das Handtuch auf und trocknete mich ab. »Das ist so was von unverantwortlich und verrückt«, grummelte ich in mich hinein.

Plötzlich spürte ich seine Lippen auf meiner Schulter. Ich bekam am ganzen Körper eine Gänsehaut, die jedoch nicht von der Kälte herrührte. Trotz der kühlen Luft im Poolhaus breitete sich sofort Hitze auf meiner Haut aus. Seine nackte Brust presste sich gegen meinen Rücken, sodass ich seine definierten Muskeln spüren konnte. Davon, wie sein Glied immer wieder über meinen Po strich, wurde mir ganz schwindelig.

»Man wird uns nicht erwischen, weil wir Gäste sind.«

Ich starrte ihn über die Schulter hinweg an. »Gäste?«

Wieder drückte er einen Kuss auf meine nackte Haut, überschritt die Grenze, die er selbst ursprünglich zwischen uns gezogen hatte und die ich nach unserem Kuss wieder zementiert hatte – und die inzwischen so porös geworden war, dass sie sich fast in Wohlgefallen aufgelöst hatte. »Das ist Nix' Haus. Er hat mir die Schlüssel gegeben, weil sein Vater nicht da ist.«

Fassungslos fuhr ich herum. Dass ich quasi nackt war, hatte ich vollkommen vergessen. »Willst du mich auf den Arm nehmen? Deinetwegen hatte ich fast einen Herzinfarkt.« Ich versuchte, ihn mit beiden Händen wegzuschubsen, doch er bewegte sich keinen Zentimeter, sondern blieb reglos stehen wie eine solide Mauer aus herrlichen Muskeln.

Sein Blick glitt über meinen Oberkörper, landete auf meinen Brüsten und ich kam schlagartig wieder zu Verstand. Hektisch hob ich die Arme, um mich zu bedecken, doch er hielt mich zurück. »Tu das nicht, Wildfang.«

Ich verspürte ein Kribbeln, wie immer, wenn er mich so nannte. Anfangs war es nur ein Scherz gewesen, doch je öfter er meinen Spitznamen aussprach, desto stärker bekam ich das Gefühl, dass alles möglich war, dass ich tatsächlich ab und zu ein bisschen wild und verrückt sein konnte. Er streichelte mit den Fingern die Innenseite meines Handgelenks. Mein Blut rauschte wie wild durch meine Adern.

»Versteck dich nicht vor mir.«

»Tue ich nicht.«

Als würden meine Augen von einem Magneten angezogen, senkte ich den Blick nach unten auf die Stelle seines Körpers, die ich bisher nur durchs Wasser gesehen und an mir gespürt hatte. Ich war nicht die Einzige hier, die so gut wie nackt war. Nun konnte ich sein Glied aus nächster Nähe bestaunen. Mein Puls raste unter seiner Hand, die noch immer sanft mein Handgelenk hielt.

Alle Luft wich aus meinen Lungen und ich starrte ihn mit offenem Mund an, als stünde ich einem neuen, modernen Weltwunder gegenüber. Da kannte ich nun so viele hochgestochene Wörter, doch in diesem Moment fiel mir nur ein einziges ein: »Wow.«

»Verdammt, du weißt wirklich, wie man einem Mann schmeichelt.« Grinsend ließ er die andere Hand über meinen Arm wandern und ich spürte mit jeder Zelle meines Körpers, was geschah – genau das, wonach ich mich gesehnt hatte, seitdem er mir zum ersten Mal am Tisch im Café gegenübergesessen hatte.

Obwohl meine Wangen ganz heiß wurden, versuchte ich nicht länger, meine Brust zu bedecken. Er bückte sich und nahm etwas von einem Beistelltisch.

Das Glas mit Weißwein in seiner Hand blitzte kurz im fahlen Licht auf, das durch die dünnen Vorhänge an den Fenstern des Poolhauses drang. »Nix hat mir einige Flaschen aus dem Weinkeller seines Vaters empfohlen. Möchtest du auch was?« Er hielt ihn mir entgegen. Durch die Bewegung wirbelte die klare Flüssigkeit im Glas herum.

Ich nickte. Selbst wenn ich es geschafft hätte, ein Wort herauszubringen, wäre meine Stimme sicherlich nur ein armseliges Quäken gewesen. Mir ein bisschen Mut anzutrinken konnte jetzt nicht schaden. Eigentlich hätte ich dafür den Bestand eines ganzen Weinguts gebrauchen können, aber ein Glas war zumindest besser als nichts.

»Gut«, sagte er lächelnd und trat näher. Er tauchte zwei Finger ins Glas. Als er sie wieder herauszog, tropfte Wein von ihnen herab. Dann strich er mit ihnen über meinen Oberkörper, ließ sie durch die Kuhle zwischen meinen Brüsten gleiten und hinterließ dabei eine Spur aus Wein, die er gleich darauf mit der Zunge wieder aufleckte.

Meine Schultern bebten und ich erschauerte, als ich spürte, wie der Wein in kleinen Tropfen über meine Haut rann.

»Solchen Wein habe ich noch nie probiert, aber ich will noch viel mehr davon. Willst du auch mehr?« Seine Stimme klang tiefer und er musste sich merklich beherrschen. Meine Brustwarzen wurden so hart, dass es beinahe schmerzte. Ich musste seinen Mund auf meiner Haut spüren.

Ich biss mir auf die Lippe und nickte. Dabei fielen einige nasse Strähnen meines Haars nach vorne und kaltes Wasser lief über meine Haut.

Wieder tauchte er die Finger ins Glas. Diesmal folgte er dem oberen Rand meines BHs, der nicht ganz D-Körbchengröße hatte. Sofort stürzte er sich mit den Lippen auf diese Stelle, ließ dann die Zunge über meine Haut gleiten. Seine

Geduld wurde allein durch seine geschickten Verführungskünste übertroffen.

Erst als das Glas schon halb leer zu sein schien, fanden seine Lippen endlich meine steifen Brustwarzen. Es fühlte sich an, als würden sämtliche Nerven meines Körpers nur auf diese harten Knospen zulaufen, und die Art, wie seine Zunge und seine Zähne mich im Einklang verwöhnten, beschwor in mir Empfindungen herauf, wie ich sie noch nie zuvor erlebt hatte.

»Verzeihst du mir?«

Ich blinzelte verdattert, denn meine Wut hatte sich längst in Luft aufgelöst, so wie der Wein, der von meiner Haut verdunstete.

»Was soll ich dir verzeihen?« Meine Stimme klang schwach und zittrig. Er stellte das Glas beiseite und begann, meine Brustwarzen zu streicheln, sie zwischen seinen Fingern zu rollen. Ein Prickeln schoss durch meinen ganzen Körper bis in meinen Schoss. Ich presste die Oberschenkel aneinander, um das Druckgefühl, das sich immer stärker zwischen ihnen aufbaute, etwas zu lindern.

»Dass ich dich belogen habe.« Seine Worte klangen gepresst, als fordere unser erotisches Spiel bei ihm ebenso wie bei mir seinen Tribut.

»Unter einer Bedingung.« Meine Stimme war nur noch ein Hauch.

»Was immer du willst.« Seine Lippen waren ganz dicht bei meinem Mund. Obwohl wir schon so weit gegangen waren, hatten wir uns noch nicht einmal anständig geküsst.

»Bring mich ins Bett.« Ich schlang die Arme um seinen Hals und zog ihn an mich. Mein Körper stand ganz kurz davor, Feuer zu fangen, und er hielt das Feuerzeug in der Hand. Halb machte ich mich darauf gefasst, dass er einen Rückzieher machen oder es sich anders überlegen würde, dass er mir erklären würde, dass das alles ein Fehler gewesen wäre und ich etwas Besseres verdient hätte.

Doch stattdessen schmiegte er sich sofort an mich und ich stürzte mich gierig auf seine Lippen wie ein Verdurstender in der Wüste auf eine sprudelnde Quelle. Er schmeckte nach Wein und Chlor.

Schließlich ließ er von meinem Mund ab, ging in die Knie und hob mich auf seine Arme. »Ich dachte schon, du würdest nie fragen.«

20. KAPITEL

Reece

Sie war das Schönste, was ich jemals gesehen hatte. Schöner als alle Siege auf dem Spielfeld und sämtliche limitierten Adidas-Turnschuhe. Sie war so vieles und ich konnte kaum glauben, dass sie hier bei mir war. *Bring mich ins Bett* waren die herrlichsten Worte, die jemals ausgesprochen worden waren. Die Emotionen, die damit einhergingen, waren so stark, dass sie mich beinahe überwältigten. Also konzentrierte ich mich zunächst auf die praktischen Aspekte, hob sie hoch und küsste sie, während sie sich in meinen Armen wand und die Schenkel aneinanderpresste.

Da Nix mir unbegrenzten Zugang zum Poolhaus gewährt hatte, hatte ich bereits im Vorfeld Vorbereitungen getroffen und dafür gesorgt, dass alles da war, was wir brauchten. Ich stieß die Schlafzimmertür auf und trat mit Seph in den Armen ein. Sie überschüttete meinen Hals und meine Schulter mit kleinen Küssen, die so süß waren wie die einer Göttin.

Vor dem Bett blieb ich stehen und stellte sie auf die Beine. Als sie zu mir aufsah, konnte ich trotz des schummrigen Lichts im Zimmer die Verwirrung in ihren Augen erkennen.

»Du solltest dich nicht mit diesem klatschnassen Ding ins Bett legen.« Ich trat einen Schritt zurück und senkte den Blick auf das lilafarbene Dreieck aus Stoff, das ihren Schritt bedeckte. Sie sah so heiß aus, dass ich schon vorhin im Pool kaum in der Lage gewesen war, klar zu denken –, und es mich einige Mühe gekostet hatte, sie nicht direkt im klaren, blauen Wasser auszuziehen und zu nehmen.

Ihr Kehlkopf hopste auf und ab, als sie so schwer schluckte, dass ich fast erwartete, ein lautes Schluckgeräusch wie bei einer Cartoonfigur zu hören. Ich ging in die Knie und fuhr mit den Händen über die weichen Rundungen ihrer Hüften, bevor ich die Finger unter das Bündchen schob und sacht ihren Po drückte.

Sie richtete sich auf Zehenspitzen auf und ich blickte durch das Tal zwischen ihren Brüsten zu ihr auf. In ihren Augen lag ein Ausdruck tiefen Vertrauens, der mich in die Knie gezwungen hätte, wenn ich nicht sowieso schon hier unten gewesen wäre.

Ich bewegte die Hände abwärts, rollte das Bündchen ihrer Unterwäsche vorsichtig nach unten. Dann begann ich, es langsam, Zentimeter für Zentimeter, herunterzuziehen, als wäre ich mein eigener Folterknecht. Dabei sog ich den Anblick ihres Körpers und ihren Duft in mich auf. Schließlich rutschte das Höschen von ihrem runden Po, glitt ihre Beine herab und blieb zu ihren Füßen liegen.

Sie fuhr mit den Fingern durch meine Haare. Ihre Fingernägel schabten über meine Kopfhaut. Die pulsierende Lust, die ihre Berührungen durch meinen Körper schickten, ließ mich aufstöhnen. Ich spürte das verlangende Pochen meines Schwanzes. Ich legte die Hände an ihre Schenkel und schob sie vorsichtig rückwärts, bis sie mit den Knien gegen die Bettkante stieß.

Sie landete mit dem Po auf der Matratze und streckte sofort die Hand nach mir aus. Ich folgte ihr wie eine Motte dem Licht, getrieben von brennendem Verlangen. »Wir können es langsam angehen lassen«, sagte ich und versuchte, mir meine

Anspannung nicht anmerken zu lassen. Der Wunsch, nichts zu übereilen und dieses Erlebnis zu etwas Besonderem zu machen, lieferte sich einen Kampf mit meinem überbordenden Begehren danach, in ihr zu sein.

»Ich gehe es schon mein ganzes Leben langsam an. Zurückhaltend, wohlkalkuliert und methodisch. Ich will dich spüren, und das hier fühlt sich einfach richtig an, mehr als alles andere in meinem bisherigen Leben.« Sie lehnte sich zurück, ohne die Arme von meinem Nacken zu lösen, und zog mich mit sich.

Wir lagen Haut an Haut auf dem kühlen Bettlaken. Mir lief das Wasser im Munde zusammen, so sehr verlangte es mich danach, sie zu schmecken. Nur nach einer Sache sehnte ich mich noch mehr, doch ich würde mich noch ein wenig in Geduld üben.

Ich neigte die Hüften und rutschte auf dem Bett etwas tiefer. Zuerst drückte ich ihr einen Kuss auf den Bauch, verteilte dann weitere um ihren Bauchnabel herum. Sie erschauderte unter mir.

»Nimm dir die Kissen und leg sie dir unter den Kopf«, sagte ich, während ich mich weiter auf die Stelle ihres Körpers zubewegte, der ich mich erst einmal anständig vorstellen musste.

Sie sah mich fragend an, zog aber trotzdem zwei der Kissen zu sich heran und schob sie unter ihren Kopf, damit ich sie sehen konnte und sie mich.

Sachte drückte ich einen Kuss auf die zarten Härchen direkt über ihrer empfindsamsten Stelle und hörte sie nach Luft schnappen.

»Das stand zwar nicht auf deiner Liste, aber ich dachte, ich improvisiere ein wenig.« Ich stützte mich mit der Brust auf dem Bett ab und öffnete ihre Schenkel. Rosig und feucht glänzend lag sie vor mir, bereit für meinen Mund. »Bereit?«

Sie holte zitternd Luft und nickte.

Plötzlich wurde ich unsicher. *War ich zu schnell?* »Möchtest du, dass ich aufhöre?«

Hätte sie den Kopf noch vehementer geschüttelt, hätte sie sich wahrscheinlich ein Schleudertrauma zugezogen. Ich konnte mir das Grinsen nicht verkneifen. Ich öffnete ihre Schenkel noch ein wenig weiter und fuhr mit der Zunge vorsichtig an ihr entlang.

Sofort schnellten ihre Hände vor und sie krallte die Finger in meine Haare. Ich sah zu ihr auf. Ihr Blick war fest auf mich geheftet, als wolle sie keine Sekunde verpassen. Da waren wir schon zwei.

Ich labte mich an ihrer herrlichen Süße, getrieben vom Wunsch, ihr so viele Schreie und Seufzer wie nur möglich zu entlocken. Ich beobachtete sie dabei, wie sie mich beobachtete. Sie brauchte mir nicht zu sagen, dass dies hier ein erstes Mal für sie war. Das spürte ich auch so, erkannte es in ihren Augen. Ihr abwesender, verträumter Blick war umwerfender als alles, was ich jemals gesehen hatte. Mein Schwanz drückte erwartungsvoll gegen die Steppdecke. Jede Bewegung war eine Qual, weil ich nicht da war, wo ich sein wollte, wo ich sein musste. Als ich begann, an ihr zu saugen, spürte ich, wie ihre Schenkel erzitterten. Wenn sie weiter so an meinen Haaren zerrte, würde ich bald eine Glatze haben.

Ihr Rücken löste sich vom Bett, bildete eine elegante Brücke, während sie die Augen schloss und den Kopf in den Nacken legte. Ihr Griff wurde noch unerbittlicher.

Zärtlich küsste ich die Innenseite ihrer Schenkel und legte die Hand um ihr Handgelenk. »Du reißt mir noch die Haare aus.«

»Komm her«, keuchte sie atemlos. Ihre Brust hob und senkte sich und sie ließ meine Haare nicht los.

Ich folgte ihrem Wunsch und kroch zu ihr aufs Bett. Sie schlang die Arme um meinen Hals, legte die Hände auf meine Schultern.

»Wie wäre es mit einer kleinen Zugabe?«, fragte ich und legte die Stirn an ihre.

»Später vielleicht«, entgegnete sie mit einem verschmitzten Lächeln.

Schon hob sie die Beine und umfing damit meine Hüften. Sie strich mit den Fingern über meinen Rücken und als meine Erektion ihre heiße Mitte berührte, stöhnte sie auf.

Ein plötzlicher Augenblick der Klarheit brachte mich dazu, rasch mein Gewicht zu verlagern und nach dem Päckchen mit Kondomen zu greifen, das ich auf dem Nachttisch bereitgelegt hatte. Ich riss es in Rekordzeit auf, neigte ein wenig die Hüfte und rollte das Kondom über.

Dann legte ich die Stirn wieder an ihre und blickte ihr in die Augen. »Bist du dir sicher?«

Sie legte die Hände an meine Wangen. Ihre Wärme durchströmte meine Haut. Das helle Braun ihrer Augen erinnerte mich an geschmolzenes Karamell. Sie strich mit dem Daumen über meine Unterlippe, schloss die Augen und öffnete leicht die Lippen.

Sofort schloss ich die hauchdünne Lücke zwischen unseren Mündern. Unsere Zungen bewegten sich im Rhythmus unserer Hüften. Ihre Fersen bohrten sich tiefer in meinen Po. Dieser Kuss war ganz anders als der im Pool, war nicht verspielt oder neckisch. Er war wild und sinnlich, befeuert von einer zügellosen Lust, die sie zu verschlingen drohte, und ich war der Einzige, der sie erlösen konnte.

21. KAPITEL

Seph

Mein Körper stand in Flammen. Ich konnte seine harte Erektion spüren und meine Beine, die ich um seinen Körper geschlungen hatte, begannen zu zittern.

Ich wollte ihn ganz und gar.

Ich brauchte ihn ganz und gar.

All die Recherchen und Berichte übers erste Mal waren plötzlich bedeutungslos. Das hier würde anders sein, weil wir es zusammen erlebten. Ich schob die Hand zwischen uns und umfasste ihn. Seine Größe würde sicher eine Herausforderung werden, aber ich war dazu bereit. Er erschauerte am ganzen Körper. Ich grinste an seinen Lippen.

Ich war hier nicht die Einzige, die zu allem bereit war. Ich legte mich zurecht, hob das Becken und schlang gleichzeitig die Schenkel fest um ihn. Meine Attacke kam für ihn so unerwartet, dass er abrupt vorschnellte.

Er drang tief in mich ein, so schnell, dass sich mein Rücken von der Matratze hob. Ein Schraubstock schien meinen Brustkorb einzuklemmen, meine Lungen zusammenzupressen und ein stechendes Brennen nahm mir den Atem. Mein Arm lag noch immer auf seinem Rücken, während der andere zwischen uns eingeklemmt war.

Er erstarrte und versuchte, sich zurückzuziehen. »Seph, was tust du da?« Er stemmte sich auf der Matratze hoch, doch ich hielt mich an ihm fest, bewegte mich mit ihm. Schließlich schaffte ich es, meinen Arm zu befreien, und schlang ihn ebenfalls um ihn.

Ich sog die Lippen zwischen die Zähne. Der metallische Geschmack von Blut breitete sich in meinem Mund aus. Anscheinend hatte ich mir auf die Lippe gebissen, als ich den Aufschrei unterdrückt hatte, der sich meiner Kehle entringen wollte, doch ich wusste, dass er andernfalls sofort alles abgebrochen hätte. Ich lockerte den Mund und atmete gegen den ziehenden Schmerz in meinem Unterleib an.

»Schon okay.« Ich schmiegte den Kopf an seine Schulter.

»Nichts ist okay – ich habe dir wehgetan«, entgegnete er anklagend, doch der Vorwurf war nicht gegen mich, sondern gegen sich selbst gerichtet.

Ich legte die Hände in seinen Nacken, strich durch seine Haare, damit er den Mund hielt. »Gib mir einen Moment. Ist gleich wieder gut.« Ich atmete durch den Mund und das Brennen ließ nach. Als ich mich vorsichtig bewegte, flackerte ein Fünkchen der Lust von vorher wieder auf, wurde mit jeder Bewegung stärker und überdeckte den Schmerz. Ich bewegte mich noch einmal und die Flammen schlugen höher.

»Wir sollten es doch eigentlich langsam angehen«, sagte er und streichelte zärtlich und beruhigend meinen Rücken mit seinen rauen Fingern. Diese Geste trieb mir die Tränen in die Augen. Warum hatte in den ganzen Abhandlungen, die ich gelesen hatte, kein Wort von alldem gestanden? Wie war es möglich, dass man sich so sehr danach sehnen konnte, etwas gemeinsam mit einem anderen Menschen zu erleben? Wie konnte es sein, dass man dadurch, dass dieser Mensch einen festhielt, eine ganz neue Seite von sich selbst entdeckte?

»Du kennst mich doch, ich stürze mich immer Hals über Kopf ins Abenteuer, ohne groß darüber nachzudenken.« Ich zog die Beine an seinen Hüften höher, wodurch er noch tiefer sank. Wieder stöhnte ich an seiner Schulter und meine Zähne schabten über seine Haut.

»Ja, das klingt genau nach dir.« Seine Worte klangen gepresst und abgehackt. Ich spürte, wie sich seine Muskeln anspannten.

Ich hob den Po ein Stück an und wiegte die Hüften. Sein Glied glitt noch tiefer. Diesmal erfüllte mich augenblicklich eine Woge aus Lust, vom Scheitel bis zu den Zehenspitzen. »Du darfst dich jetzt bewegen.« Ich rieb die Hüften weiter an ihm und meine Lust wuchs von Sekunde zu Sekunde.

Er riss den Kopf hoch und sah mir in die Augen, als wolle er sich versichern, ob ich ihn zu täuschen versuchte. »Bist du sicher?«

Ich stemmte mich hoch und stieß ihm so kraftvoll meine Hüften entgegen, dass ich das Gefühl hatte, in Flammen aufzugehen. Wir stöhnten beide auf und er schloss so fest die Arme um mich, dass ich kaum noch Luft bekam. Ich lehnte mich nach hinten und zog ihn mit mir, bis ich wieder auf der Matratze lag und er auf mir.

»Ich bin mir sicher.« Meine Worte waren kaum mehr als ein ersticktes Flüstern.

Er stützte die Arme seitlich neben meinem Kopf auf und sah mir fragend in die Augen.

Dass ich ihm erneut die Hüften entgegenreckte, schien ihm als Antwort zu genügen. Er strich mir die Haare aus dem Gesicht, bewegte sich nach vorn und drang erneut tief in mich ein. Ich bäumte mich unter ihm auf und keuchte seinen Namen. Das war anscheinend das Zauberwort.

Seine anfangs langsamen, wohl bemessenen Bewegungen verwandelten sich mit jedem meiner stoßartigen Atemzüge, mit jedem Stöhnen, dass mir entfuhr. Ich folgte seinem Rhythmus und spürte, wie der Höhepunkt immer näher und näher kam. Noch einmal drang er ein und neigte dabei die Hüfte. Mein Körper kapitulierte. Was mich da packte, war nicht einfach nur ein schöner Orgasmus. Er fühlte sich an, als würde ich im freien Fall in einen Abgrund stürzen.

Ich grub die Fingernägel in seinen Rücken und schrie lauter, als ich es jemals für möglich gehalten hätte. Seine Stöße wurden wild und unstet, während er noch mehr in mir anschwoll, bis er mein Innerstes dehnte. Jäh schlug er die Hände neben mir auf die Matratze, stützte sich auf die Unterarme hoch und drang noch ein letztes Mal in mich ein. Seine Härte pulsierte in mir und löste sofort den nächsten Orgasmus aus. Diesmal glich er jedoch einer Welle, die sich in Zeitlupe brach und meinen ganzen Körper mit Hitze überspülte. Vollkommen erschöpft fiel ich auf die Matratze zurück.

Er legte seine Stirn an meine und sah mich an. Dabei keuchte er ebenso wie ich. Ich musste so sehr grinsen, dass meine Wangen schmerzten – neben gewissen anderen Körperstellen.

»So hatte ich das nicht erwartet.«

Sofort mischte sich Verunsicherung in seinen Blick, was ihn nur noch sexyer machte. Er sorgte sich um mich. »War es okay?« Vorsichtig hob er die Hüften und löste sich von mir. Dort, wo eben noch sein warmer Körper gewesen war, strich nun kühle Luft über meine Haut.

»Das ist doch eigentlich mein Text.« Ich strich ihm die Haare hinter die Ohren und streichelte seine Wange. »Es war mehr, als ich mir jemals erhofft hätte.«

Seine tiefe Erleichterung war ihm deutlich anzumerken. Er rollte sich vom Bett, beseitigte das Kondom und huschte ins Badezimmer. Gleich darauf kam er mit einem Handtuch und einem Waschlappen zurück.

Ich stützte mich auf die Ellenbogen hoch und er kniete sich auf einem Knie vor mir auf die Matratze und fuhr mit dem warmen Stoff über meine Haut. Seine Berührungen waren so zärtlich, dass ich Herzklopfen bekam.

Nachdem er die Spuren meines ersten Mals von meiner Haut gewaschen hatte, trocknete er mich vorsichtig ab. Dabei ging er so behutsam vor, dass mir beinahe die Tränen kamen. Schnell blinzelte ich sie weg. *Wenn er mich jetzt weinen sieht, wird er sich bestimmt total aufregen.* Nachdem er alles zurück ins Bad gebracht hatte, kehrte er zu mir ins Bett zurück und schlug auf einer Seite die Bettdecke zurück.

Wir schlüpften darunter und er schloss mich in seine Arme. »Bist du wirklich okay?«

Ich strich mit den Fingern über seine muskulöse Brust. »Ich bin mehr als okay, Reece. Bist du sicher, dass es für Nix in Ordnung ist, dass wir uns hier aufhalten?«

»Als ich nach einem passenden Ort für eine nächtliche Schwimmrunde unter den Sternen gesucht habe, hat er selbst vorgeschlagen, dass wir herkommen sollen. Er hat absolut nichts dagegen.«

Ich schlug die Hände vors Gesicht und bekam wieder rote Wangen, diesmal jedoch nicht durch die Hitze des Orgasmus. »Das bedeutet ja, dass er Bescheid weiß.« Wie sollte ich ihm jemals wieder unter die Augen treten? *Hey, Nix, das Bett in eurem Gästehaus ist perfekt zum Vögeln.*

Reece zog mir die Hände vom Gesicht. Meine Ohrenspitzen glühten so sehr, als stünden sie lichterloh in Flammen.

»Das mit dem Nacktbaden habe ich nicht erwähnt. Keine Sorge.« Sein Adamsapfel hüpfte auf und ab. »Du würdest es mir doch sagen, wenn etwas nicht in Ordnung wäre?«

»Hör auf, dir Gedanken zu machen. Es geht mir gut – besser als gut. Etwas wund« – er verkrampfte sich sofort – »aber das war zu erwarten. Es musste ein erstes Mal geben und ich bin froh, dass ich es mit dir erlebt habe.«

Seine Miene verfinsterte sich ein wenig und er zog mich dichter an sich, umarmte mich fester, klammerte sich geradezu an mich, als wäre ich eine Boje inmitten eines Orkans.

»Was ist los?«, fragte ich behutsam.

Seine Lippen kitzelten mich an der Schulter. »Nichts. Lass uns ein bisschen schlafen.« Er zog die Decke höher.

Ich sah zu ihm auf und musste schlucken. Ich setzte die tapferste Miene auf, die ich hinbekam, griff zwischen uns und legte die Hand um sein halb erigiertes Glied. »Muss das unbedingt sein?«

Er sog scharf Luft durch die Zähne ein. »Du bist wund.«

»Schon, aber das ändert nichts daran, dass ich dich will. Ich glaube, ich weiß ganz genau, was mir helfen würde, mich besser zu fühlen.« Ich umfasste ihn fester und ließ die Hand auf und ab gleiten.

Er zog mich an sich und küsste mich voller Verlangen. Dann legte er seine Hand auf meine und verstärkte meinen Griff noch.

»Du spielst mit dem Feuer, Wildfang.«

Ich leckte mir die Lippen. »Ich spiele mit dir.«

»Ich stehe dir zur Verfügung. Nur zu, spiel nach Herzenslust.« Er ließ meine Hand los und rollte sich zur Seite, um die Nachttischschublade aufzuziehen. Im fahlen Licht, das von draußen hereindrang, sah ich kurz das silbrige Päckchen aufblitzen. Als er es gleich darauf mit den Zähnen aufriss, pochte es zwischen meinen Schenkeln bereits sehnsüchtig.

»Bist du bereit?«, fragte ich, zog die Decke beiseite und zeigte mich ihm von Kopf bis Fuß.

Er streifte das Kondom über. »Ich dachte, das wäre mein Text.« Grinsend ließ er sich auf mich fallen und rollte uns herum, bis ich rittlings auf ihm saß, legte die Hände um meinen Po und zog mich ein Stück vorwärts. Sein Schwanz ragte zwischen meinen Schenkeln kerzengerade in die Höhe.

Ich drückte mich aus der Hocke ein Stück hoch, hielt mich an ihm fest und senkte mich langsam wieder auf ihn herab. Gebannt starrte ich auf die Stelle, an der wir uns vereinten, verfolgte, wie er immer weiter in mir versank, und genoss das himmlische Gefühl, wie er in mir anschwoll und jeden einzelnen Lustpunkt in meinem Inneren traf.

Schließlich landete ich mit dem Po auf seinen Oberschenkeln und begann, mich langsam vor und zurück zu bewegen.

»Ich schwöre es, du bringst mich noch um«, murmelte er.

»Schön zu wissen, dass ich offenbar schnell dazulerne.«

»Noch ein bisschen schneller und du würdest als tödliche Waffe durchgehen.«

»Aber was für ein schöner Tod das wäre.« Ich nutzte das Wissen aus meinen Recherchen und ließ meine Hüften kreisend eine Acht beschreiben. Augenblicklich ließ er meinen Po los, krallte die Hände in die Laken und kniff die Augen zu. Seine Hüften schnellten plötzlich so kraftvoll nach oben, dass ich um ein Haar vom Bett gefallen wäre. Ich hielt mich an seiner Brust fest und der Orgasmus raste durch mich hindurch wie ein Güterzug. Meine Schenkel bebten und mein Innerstes spannte sich um ihn, bis sein pulsierender Orgasmus auch meinen noch mal verstärkte.

Ich kippte nach vorn auf seine Brust und mein Herz trommelte so wild, dass er es eigentlich ebenfalls hätte hören müssen.

»Na, was habe ich gerade gesagt? Du bist eine gefährliche Frau.«

22. KAPITEL

Seph

Die schmale Holztreppe war voll mit Leuten. Berk und LJ standen in Schneestiefeln, Jacken und kurzen Hosen im verschneiten Garten neben dem rauchenden Grill.

Ich verschränkte die Arme vor der Brust. Mit den Jungs hier zu sein war ich gewohnt, aber mit all den Leuten, die ich nicht kannte, kam mir das Haus plötzlich ganz anders vor. Das waren keine Wildfremden in irgendeinem Klub oder einer Bar. Das waren Gäste in Reece' Haus, seine anderen Freunde. Ihre Meinung war ihm doch bestimmt wichtig, oder? Was, wenn sie etwas an mir auszusetzen hätten?

Immer mehr Gäste strömten herein und der Geräuschpegel stieg rasch an. Ich war umzingelt. Halb rechnete ich damit, dass mich jemand auffordern würde, mich schleunigst aus dem Staub zu machen.

Reece kam mit einem Bierfass aus der Küche und wir wichen gegen das Treppengeländer zurück, um ihn und Nix vorbeizulassen. Als er mich sah, grinste er. »Wag es ja nicht zu kneifen, Wildfang.«

»Wie bist du denn hier hineingeraten?« Das Mädchen, das neben mir stand, hatte sich zu mir herübergebeugt und beim Reden nur einen Mundwinkel bewegt. Sie nickte mit dem Kinn in Richtung Garten, wo gegrillt und im Schnee herumgetobt wurde. Sie hatte strahlend blaue Augen und schwarze

Locken. »Erpresst Reece dich mit unanständigen Fotos?« Ihre Augen glitzerten schelmisch.

»Nein, ich glaube, wir sind irgendwie zusammen.« Es war das erste Mal, dass ich es laut aussprach. War es so? War er mein Freund? »Hat LJ dich so dazu gebracht herzukommen? Erpressung mit sexy Fotos?«

Sie lachte prustend in ihr Bier, sodass Schaum über den Rand des Bechers spritzte. »Nur wenn die Fotos, auf denen wir mit fünf Jahren zusammen in der Badewanne sitzen, auch zählen. Und wie schön für Reece. LJ meinte, das vergangene Jahr wäre hart für ihn gewesen. Du wirkst auf mich, als wärst du genau der Mensch, mit dem er zusammen sein sollte.«

»Wir kennen uns doch erst seit ungefähr zwei Minuten. Woher willst du das so genau wissen?«

»Ich weiß es eben. Ich bin Marisa, LJs beste Freundin – ob ihm das nun passt oder nicht.«

»Ich bin Seph, Reece' … Freundin?« Meine Stimme ging am Satzende nach oben, als wäre dies als Frage gemeint.

Ich hob den Kopf und beobachtete, wie Reece gemeinsam mit LJ eine Wand aus Schnee um das Fass herum aufschüttete. Seit jener Nacht im Poolhaus hatten wir alle Nächte miteinander verbracht. In der Regel gingen wir zu ihm. Das gab mir Gelegenheit, aus meiner Wohnung herauszukommen, und außerdem lag sein Wohnhaus sowieso näher am Campus. Wir hatten uns mit den Jungs Filme angesehen, zusammen Abendessen gemacht und waren Arm in Arm eingeschlafen. Das klang doch, als wäre ich seine Freundin, oder? Aber vielleicht war ich auch zu vorschnell. Ich knabberte an meiner Unterlippe und wünschte, ich hätte es nicht gesagt, ohne vorher mit ihm darüber gesprochen zu haben.

»Fährst du über Thanksgiving nach Hause?« Sie strich sich die Haare aus dem Gesicht, schob die Hände in die Hosentaschen und sah mich an, während sie auf meine Antwort wartete.

Die meisten freuten sich auf die Ferien. Ich nicht. Wenn ich nur daran dachte, nach Boston zurückzukehren, packte mich das kalte Grauen.

»Ja, ich fahre morgen.«

Marisa legte die Hände trichterförmig um den Mund. »L!« Sie deutete auf ihren Kopf und fasste sich mit der Hand in die Haare. Ihre glänzenden Locken ringelten sich wild um ihr Gesicht.

LJ riss den Kopf hoch und verdrehte die Augen, bevor er etwas vom Handgelenk zog, es um zwei Finger legte und wie eine Steinschleuder zu ihr schoss. Sie ließ die Hand hochschnellen und fing den hellblauen Ring aus der Luft.

»Danke«, brüllte sie ihm über die Geräuschkulisse aus Gesprächen und Musik hinweg zu, bevor sie die Haare auf dem Kopf zu einem Knoten band. »Es wird langsam heiß hier, findest du nicht auch? Oder mischt er mir etwa schon wieder extra viel Alkohol in meine Getränke?«

»Nein, es ist wirklich warm.« Ich zupfte an meinem Shirt. Obwohl die Luft draußen eiskalt war, rann mir der Schweiß den Rücken herab. Die Körperwärme der unzähligen Gäste, die aus dem Haus in den Garten strömten, sorgte dafür, dass die winterlichen Temperaturen erträglich waren.

Mein Handy vibrierte in meiner Tasche. Ich zog es heraus, warf kurz einen Blick aufs Display und steckte es sofort wieder weg. Konnte er neuerdings auch noch meine Gedanken lesen?

»Wo ist der Whirlpool? Kaum zu glauben, dass sie eines der Wahrzeichen des Puffs abgeschafft haben.« Hinter uns kam eine junge Frau die Treppe herunter. Ihre nasale Stimme erinnerte mich an Alexa. Die beiden könnten bestimmt beste Zickenfreundinnen werden. Sie und eine andere Frau in einem knallpinkfarbenen Pullover lachten, während sie sich einen Weg durch die Feiernden bahnten.

»Puff?«, formte ich mit den Lippen und warf Marisa einen fragenden Blick zu.

»LJ hat erzählt, dass hier früher eine Studentenverbindung gehaust hat. Damals bekam das Haus den Spitznamen ›Puff‹ verpasst.« Sie verdrehte die Augen. »Bedauerlicherweise hat sich diese Bezeichnung gehalten, selbst nachdem die Verbindung wegen fragwürdiger Einführungsrituale vom Campus geflogen war und die Trojans das Haus übernommen hatten. Du würdest nicht glauben, wie viel sie hier beim Einzug desinfizieren mussten.« Sie deutete zuerst auf das Haus und dann auf die vielen Gäste, die sich überall tummelten. Der knallpinke Pullover und ihre Freundin steuerten derweil direkt auf Reece und LJ zu.

»Findest du es als seine Freundin manchmal merkwürdig, wenn er so viel … Aufmerksamkeit bekommt?« Bestimmt gab es noch ein besseres Wort dafür, aber ich war mir nicht sicher welches.

Sie kniff die Lippen zusammen. Dann trank sie ihren Becher aus. »Er ist ein großer Junge. Er kann tun und lassen, was er will.« Ihre Stimme hatte einen seltsamen Unterton, eine Mischung aus Gleichgültigkeit, Zorn und Traurigkeit. »Komm, wir holen uns noch was zu trinken. Ich weiß, wo LJ das gute Zeug aufbewahrt.« Sie nahm mich an der Hand und schleppte mich mit sich durch die stetig wachsende Party. Die Leute strömten in Scharen zu den Türen herein, wie Ameisen, die sich auf einen Lutscher stürzen.

Sie holte den Schlüssel zu LJs Zimmer aus der Tasche und zog mich hinein. Sein Zimmer war ordentlicher als das von Reece – na ja, ordentlicher, als es bei Reece früher gewesen war. Inzwischen war der Berg frischer Klamotten, der vorher andauernd durch sein Zimmer gewandert war, ordentlich gefaltet in seine Kommode verbannt worden. Auf LJs Schreibtisch standen mehrere gerahmte Fotos. Auf einem hatte er den Arm um Marisa gelegt, auf einem anderen schienen die beiden im Grundschulalter zu sein.

Ich nahm es in die Hand. »Seid ihr das?«

Ich hörte Flaschen gegeneinanderklirren, während sie seinen geheimen Alkoholvorrat im Schrank durchforstete.

»Das sind wir. Kaum zu glauben, dass wir uns schon von klein auf kennen.« Sie betrachtete nachdenklich das Bild. »Er ist mein ältester Freund.« Sie sagte es mehr zu sich selbst als zu mir. Draußen auf dem Gang hörte man einen dumpfen Schlag. »Wie auch immer, gib mir deinen Becher.«

Nachdem wir uns die Becher bis zum Rand mit ›dem guten Zeug‹, wie sie es nannte, gefüllt hatten, gingen wir wieder nach unten. Inzwischen war die Zahl der Partygäste noch stärker gestiegen und die Lautstärke und die Hitze hatten ebenfalls exponentiell zugenommen.

Das Display ihres Handys beleuchtete ihr Gesicht, während wir uns durchs Gewirr kämpften. »LJ schreibt, dass er uns ein paar Burger aufgehoben hat, er die räuberischen Horden aber nicht mehr lange abwehren kann.«

Wir drängten uns durch das Meer aus Menschen. Plötzlich legten sich von hinten zwei Arme um mich. Ich zuckte erschrocken zusammen und riss den Kopf herum.

Reece lächelte mich an. Mein Herz schlug noch schneller. Ich hielt mich an seinen Armen fest. Die Leute um uns herum machten ihm Platz und wir bahnten uns weiter unseren Weg hinters Haus. »Fast hättest du das Essen verpasst. Ich dachte, du wärst gegangen.« Er umarmte mich fester.

»Marisa ist mit mir nach oben gegangen, um uns etwas ›von dem guten Zeug‹ zu besorgen.« Ich deutete mit den Fingern

Anführungszeichen in der Luft an. Die winterliche Kälte, die uns durch die offene Küchentür entgegenschlug, war nach dem vollgestopften Haus eine willkommene Abwechslung.

»Wenn du weiterhin bei Partys seinen Schnaps klaust, schickt er dir irgendwann mal eine Rechnung dafür«, rief Reece Marisa zu.

»Er wird ihn überhaupt nicht vermissen. Er ist viel zu sehr damit beschäftigt, seine Gäste zu unterhalten.« Sie stand am unteren Treppenabsatz und hob den Becher in seine Richtung. Der pinkfarbene Pullover und ihre Freundin machten sich gerade an ihn ran, während er dabei war, den Grill dichtzumachen.

»Na endlich! Die anderen haben schon versucht, diese Prachtstücke zu klauen«, verkündete Berk und umrundete den Grill. LJ riss den Kopf hoch, entdeckte Marisa und wich sofort vor den beiden Frauen zurück, als wären sie plötzlich radioaktiv.

»Bitte sehr, Mylady. Euer Burger erwartet Euch schon.« Berk überreichte uns Teller mit dick mit Käse belegten Burgern.

Mein Magen ließ sofort ein lautstarkes Knurren ertönen. Trotz des unmenschlichen Lärms um uns herum rissen die anderen fassungslos die Augen auf über die Geräusche des Ungetüms, das anscheinend gerade in meinem Bauch erwacht war. Reece ließ mich los und ich biss in den Burger – saftig und köstlich, genau wie ein Burger sein sollte. Ich verspeiste ihn in Rekordzeit. Berk hatte keine Chance gegen mich. Als ich mir schließlich den letzten Rest Ketchup vom Daumen leckte, pfefferte er seinen eigenen Burger genervt zurück auf den Teller.

»Du weißt wirklich, wie man einem Mann einen Minderwertigkeitskomplex einjagt.« Er nahm den saftigen Hackfleisch-Patty, der zwischen zwei Kartoffelbrötchenhälften steckte, und betrachtete ihn enttäuscht, als hätte er ihn verraten.

»Nächstes Mal lasse ich dich gewinnen.«

»Das ist nicht dasselbe.«

Er schmollte wie ein Kind, dass nur Kleider unter dem Weihnachtsbaum gefunden hatte. Dann aß er seufzend weiter.

»Nur noch eine Handvoll Spiele in dieser Saison – bist du bereit, Alter?« LJ drückte Reece' Schulter.

Ich merkte, wie er sich neben mir versteifte. »Ich bin bereit, aber meine Eltern sind sauer, weil ich an Thanksgiving nicht da sein werde. Wenigstens gibt's im Hotel in der Regel genug Essen für eine hungrige Meute von Football-Spielern.«

»Thanksgiving in Boston«, grummelte Berk.

»Das Spiel findet in Boston statt?« Ich hob abrupt den Kopf und wischte mir den Mund mit einer Serviette ab.

Reece zerknautschte den Rand seines Papptellers mit den Fingern und wechselte einen Blick mit Berk.

»Warum hast du mir nichts davon gesagt, dass das Spiel in Boston stattfindet?« Ich drehte mich zu ihm um. Berk machte sich hastig aus dem Staub. Reece schickte ihm einen bitterbösen Blick hinterher.

»Ist doch keine große Sache«, meinte er schulterzuckend.

»Wenn es für dich wirklich keine große Sache wäre, dann hättest du es mir gegenüber doch erwähnt.«

»Ich dachte, dass du es sowieso auf dem Spielplan siehst. Es ist ja nicht gerade ein Staatsgeheimnis.« Wieder hob er die Schultern. Ich spürte einen leichten Stich. »Wir sind nur für ein einziges Spiel dort und am nächsten Tag geht es schon wieder zurück. Wir haben also nicht wirklich Zeit, uns mit jemandem zu treffen.« Er trank einen großen Schluck aus seinem Becher, als hätte er seit Jahren nichts mehr zu trinken bekommen. Sein Adamsapfel hopste auf und ab.

»Hast du es mir verschwiegen, weil du nicht wolltest, dass ich dich zu mir nach Hause einlade, damit du meine Familie kennenlernst?«

»Nein.« Es war das am wenigsten überzeugende Nein in der gesamten Geschichte dieses Wortes. Bei seinen anderen Spielen hatte er mich immer gefragt, ob ich sie mir anschauen wollte, doch von diesem hatte er nie etwas erwähnt. Ich hatte angenommen, er hätte es getan, weil er wusste, dass es über Thanksgiving stattfand, und er mich nicht noch zusätzlich damit belasten wollte. Doch nun hatte es ganz den Anschein, dass er schlicht nicht gewollt hatte, dass ich erfuhr, dass er sich in Boston aufhielt.

»Ich habe deine Familie schon kennengelernt.« Vielleicht hatte ich mich geirrt. Wir waren gar nicht zusammen. Wir schliefen miteinander, vertrieben uns gemeinsam die Zeit, bis wir beide von hier fortgehen würden. Ich hatte gewusst, dass es so war, hatte aber geglaubt, dass sich im Lauf der letzten Woche etwas verändert hatte. Der stechende Schmerz breitete sich aus, bohrte sich tiefer in mein Herz hinein.

»Das hatte ich nicht geplant.«

»Wenn deine Mom uns also nicht auf der Brücke entdeckt hätte, dann hättest du mich ihr auch nicht vorgestellt?« Die ungezwungene Offenheit, mit der Mary und John und der Rest der Familie mich aufgenommen hatten, fühlte sich plötzlich hohl an. Wahrscheinlich würde ich sie nie wiedersehen.

»Hattest du denn geplant, meine Eltern kennenzulernen? Du wolltest doch eigentlich nur Sex mit mir haben, diesen Punkt auf deiner Liste abhaken und dann weiterziehen.« Er stampfte mit dem Fuß auf.

»Die Dinge haben sich verändert.«

»Ja, haben sie.« Er fuhr sich mit den Händen durchs Haar.

»Du bist ein Genie, Seph«, sagte er, ließ die Schultern hängen und bedachte mich mit einem betretenen Blick.

»Was hat das denn jetzt damit zu tun?«

»Deine Eltern sind ebenfalls irre klug.«

»Warum sollte das dagegensprechen, dass du sie kennenlernst?«

»Weil sie mich nur einmal ansehen müssen, um sofort zu wissen, dass ich nichts weiter als eine dämliche Sportskanone bin, die dir niemals das Wasser reichen können wird.«

Ich war so unendlich erleichtert, dass ich grinsen musste. »Du bist nervös?« Seine unübersehbare Niedergeschlagenheit dämpfte meine Erleichterung gleich wieder.

»Natürlich – wer wäre das nicht?« Er blickte angestrengt zu Boden.

Ich schlang die Arme um ihn und drückte ihn fest an mich. Verflixt, er verstand es wirklich, sich ständig noch liebenswerter zu machen. »Deswegen musst du dir keine Sorgen machen. Sie werden dich lieben.« *Zumindest Mom.* Ich schluckte und spürte einen Kloß in der Kehle.

Er wich ein wenig zurück, sah mir in die Augen und strich mit den Fingerknöcheln über mein Kinn. »Wirklich?«

Ich holte tief Luft und atmete gegen das ungute Gefühl in meinem Bauch an. »Wirklich.«

Ich war mit dem Ticket, das mein Vater mir gekauft hatte, nach Boston geflogen. Natürlich hatte er den frühesten Flug gebucht, den es gab. In meinem Elternhaus herrschte sterile Stille. Es fühlte sich nicht mehr an wie das Zuhause, in dem ich einst gelebt hatte. Selbst nachdem ich nun schon zwei Tage hier war, fühlte ich mich noch immer wie ein Gast. Ich checkte den aktuellen Spielstand auf dem Handy. Das letzte Viertel hatte gerade begonnen. Aufgrund des Wetters hatte das Spiel später angefangen. Zwar hatte der Schnee inzwischen eine Pause eingelegt, aber Reece würde trotzdem über eine Stunde zu spät kommen.

»Persephone.«

Ich schob die Hand unter den Tisch und schaltete das Display aus, damit das Leuchten mich nicht verriet.

»Ja, Dad.«

Er thronte in meiner Zimmertür wie der Bote aller schlechten Erinnerungen. »In zwanzig Minuten ist das Essen fertig. Du solltest dich fertig machen.« Er musterte mich von oben bis unten und ich musste mich zusammenreißen, um nicht das Gesicht zu verziehen. Ich reckte das Kinn. Offenbar waren meine cremefarbene Strumpfhose, der marineblaue Rock und der cremefarbene Pullover kein ausreichend eindeutiger Hinweis darauf, dass ich bereits die letzte Stunde damit zugebracht hatte, mich fertig zu machen. Ich hatte mir die Haare eng am Kopf geflochten, wie ich es schon eine Weile nicht mehr getan hatte. Es gab kein Haar, das nicht an seinem Platz war, keine einzige Fluse auf meiner Kleidung. Aber ganz egal, was ich tat, er fand immer einen Grund, um auf mir herumzuhacken und mich kleinzumachen.

»Danke fürs Bescheid geben.«

»Wann wird dein Freund hier eintreffen? Wir warten mit dem Essen nicht auf Gäste, die zu spät kommen.«

Warum hatte ich unbedingt gewollt, dass Reece herkam und sich der vernichtenden Beurteilung meines Vaters aussetzte, obwohl ich wusste, dass er sich sowieso schon unsicher fühlte? *Weil uns nicht mehr viel Zeit bleibt.* Jede gemeinsame Minute, die uns noch blieb, war eine Minute, die ich mit beiden Händen festhalten wollte. Doch wenn das Spiel zu Ende war, folgte auch noch die Pressekonferenz. Es würde wahrscheinlich noch mindestens eine Stunde dauern, bis er hier eintraf.

Er war wegen des Treffens mit meinen Eltern ohnehin schon nervös. Wie würde er sich erst fühlen, wenn er hier ankam und wir gerade mit dem Thanksgiving-Essen fertig waren, obwohl wir ihn eingeladen hatten? Wie ein unerwünschter Eindringling. Nachdem mich seine Familie so freundlich aufgenommen hatte, obwohl wir uns vorher gar nicht angemeldet hatten, konnte ich ihm das nicht antun.

Ich fühlte mich nicht wohl dabei, die Einladung in letzter Minute abzusagen, aber es war immer noch besser, wenn er das Thanksgiving-Essen im Hotel mit dem Rest des Teams genoss, als wenn er hierherkam – obwohl die Vorfreude auf seinen Besuch das Einzige gewesen war, was mich, seitdem ich ins Flugzeug gestiegen war, aufrechterhalten hatte.

»Er wird es nicht schaffen. Seine Veranstaltung dauert länger und er möchte uns nicht stören.« Bei uns wäre das Ganze bestimmt vollkommen anders, als er sich eine Familienfeier zu Thanksgiving vorstellte. Wahrscheinlich saß seine Familie gerade in der Küche zusammen, lachte und machte Witze. Ich dagegen konnte mich glücklich schätzen, wenn ich es schaffte, das Essen ohne Frostbeulen zu überstehen. Was hatte ich mir nur dabei gedacht? War ich so egoistisch, dass ich ihn wegen meines Wunschs, ihn wiederzusehen, dem hier aussetzen wollte? Ich hatte mich so sehr daran gewöhnt, dass ich ganz vergessen hatte, wie es wirklich war, wieder zu Hause zu sein.

Dad kniff die Lippen zusammen und seine Mundwinkel gingen nach unten.

»Ich kann Mom helfen.« Ich klappte mein Buch zu und legte es neben mir auf den Schreibtisch.

»Sie kommt allein zurecht. Wir haben beim Essen einiges zu besprechen.« Als er die Tür hinter sich schloss, kam es mir so vor, als würde er eine Gefängniszelle zusperren.

Hatten die wenigen Monate, die ich fort gewesen war, mich vergessen lassen, dass meine Familie ganz anders war als die von Reece? Dass meine nicht die Sitcom-Version einer Familie war, sondern nur die kalte Hülle, die ein Außerirdischer vielleicht für eine Familie halten würde?

Ich nahm das Handy und schickte Reece eine Nachricht. Dann ging ich nach unten. Die hölzernen Treppenstufen knarrten unter meinen Füßen. Die Tür zum Büro meines Vaters war geschlossen. Auf Zehenspitzen schlich ich weiter in die Küche. Mom stand vor dem Herd und stampfte gerade in einem Topf Kartoffeln.

»Mom.« Ich berührte sie am Arm.

Sie zuckte zusammen und drehte sich um. Ihr Lächeln für mich war immer echt, immer da, und manchmal war es das Einzige, was mir überhaupt Wärme schenkte.

»Möchtest du mir helfen?« Sie stieß mich spielerisch mit der Hüfte an.

»Wenn du Hilfe gebrauchen kannst.«

»Ich finde bestimmt etwas für dich zu tun. Um wie viel Uhr kommt dein Freund?« Sie hob den Topf vom Herd und füllte den Kartoffelbrei vorsichtig in eine Servierschüssel.

Ich räusperte mich. »Er kann nicht kommen.«

Enttäuschung zeichnete sich auf ihrer Miene ab. »Oh, das ist schade.«

»Vielleicht ist es so am besten. Tante Sophie hat etwas davon erwähnt, dass sie an Weihnachten vorbeikommen möchte. Hat sie schon mit dir darüber gesprochen?«

Sie erstarrte mitten in der Bewegung, mit der Kelle in der Hand, an deren Spitze ein Klumpen Kartoffelbrei hing. »Nein, ich habe nichts von ihr gehört.«

»Es ist auch nicht so einfach, am Torwächter vorbeizukommen.« Ich warf einen Blick über die Schulter.

Sie tat es mir gleich, bevor sie sich wieder den Kartoffeln widmete. »Du weißt doch, wie dein Vater ist, wenn er sich erst einmal etwas in den Kopf gesetzt hat.«

»Wie habt ihr beide euch eigentlich kennengelernt? Tante Sophie meinte, dass du in deiner Jugend genauso ein Freigeist gewesen wärst wie sie.«

Ihre Wangen röteten sich und sie stellte den Topf ab. Seufzend bedeckte sie die Schüssel Kartoffelbrei mit Alufolie und öffnete den Ofen. »Das war ich auch. Dein Vater war auf dem College mein Tutor. Meine Eltern haben immer versucht, mich dazu zu bewegen, ein ruhiges, geordnetes Leben zu führen. Sie wollten, dass ich mein Studium ernst nehme und mir einen netten, verantwortungsbewussten Jungen vom College suche, den ich heiraten kann.«

»Und dieser Junge war Dad?«

»Anfangs nicht. Kannst du die hier für den Salat schneiden?« Sie legte ein Schneidebrett und eine Auswahl an Gemüse vor mir auf die Anrichte. »Meine Noten waren zu einem gewissen Zeitpunkt so schlecht, dass ich Gefahr lief, vom College zu fliegen. Dein Vater ist mir damals wie gesagt als Tutor zugeteilt worden. Zu dieser Zeit zog ich noch fast jede Nacht um die Häuser und schleppte deine Tante mit.« Ihr verklärter Blick passte nicht zu ihrem emotionslosen Ton. Ihre Augen funkelten, während sie die Geschichte eines Mädchens erzählte, das alles falsch machte, was man nur falsch machen konnte.

»Und wie seid ihr beide dann zusammengekommen?« Die Paprikaschoten knirschten unter meinem Messer, als ich sie klein schnitt.

»Mein Vater starb an einem Herzinfarkt. Ich zog daraus den Schluss, dass das Leben kurz ist. Ich gab nur noch Vollgas, kam kaum zur Ruhe. Das konnte ich auch nicht, weil ich mich sonst mit dem, was passiert war, hätte auseinandersetzen müssen. Mom hing mir ständig damit in den Ohren, dass es ein Zeichen gewesen wäre und dass ich endlich damit anfangen müsste, das Leben ernster zu nehmen.« Sie wischte sich die Hände an der Schürze ab. »Sogar Tante Sophie hat versucht, mich zur Raison zu bringen, aber ich wollte nicht auf sie hören.

Und dann starb drei Monate später meine Mom. Da begriff ich plötzlich, dass diese Ereignisse *tatsächlich* Zeichen gewesen waren. Ich war nun die Einzige, auf die deine Tante Sophie zählen konnte. Ich war die große Schwester. Mir blieb keine andere Wahl. Dein Vater stieß in der Bibliothek auf mich, als ich weinend versuchte, die Versicherungsunterlagen durchzusehen und andere Dinge, um die ich mich kümmern musste, zu verstehen. Er setzte sich mit mir hin und regelte alles. Er war so selbstsicher, ein ausgeglichener Typ, der meinen Eltern gefallen hätte. Also sagte ich Ja, als er mich bat, mit ihm auszugehen. Und den Rest kennst du ja.«

»Davon hast du mir noch nie erzählt.«

»Es gibt auch nicht viel zu erzählen. Wir haben uns auf dem College kennengelernt, haben geheiratet und dann kamst du.« Sie kniff mir sanft in die Wange.

»Hast du dich schon mal gefragt, wie dein Leben verlaufen wäre, wenn deine Eltern nicht gestorben wären?«

Sie war gerade dabei, ein Blech mit Brötchen aus dem Ofen zu ziehen, und verharrte nun mitten in der Bewegung. »Das versuche ich zu vermeiden.« Sie schüttelte den Kopf, schloss behutsam die Ofentür und schenkte mir ein kleines Lächeln, das ihre Augen jedoch nicht erreichte.

Ich schloss die Finger fester um den Messergriff. »Meinst du, ich sollte nach Harvard gehen?«, fragte ich rasch, ohne dabei Luft zu holen, und senkte die Stimme.

Der Löffel, mit dem sie die Soße rührte, stieß scheppernd gegen den Rand der Schüssel. »Überlegst du, in Philadelphia zu bleiben?« Sie warf einen Blick über die Schulter.

»Ich habe versucht, eine Entscheidung zu treffen.«

»Weiß dein Vater davon?«

Ich schnaubte und spähte zu ihr hinüber.

»Natürlich nicht.« Sie wischte sich die Hände an der Schürze ab. »Nun ja, das weißt du wahrscheinlich selbst am besten.« Sie nahm mich in die Arme und drückte mich so fest, als wäre dies die letzte Gelegenheit dazu. Ich umarmte sie ebenfalls und schmiegte den Kopf an ihre Schulter.

Mom goss Wein in die Gläser vor ihr auf dem Tisch.

In diesem Augenblick klingelte es an die Tür. Mom und ich hoben den Kopf. Mein Handy steckte noch in meiner Tasche und hatte sich, seitdem ich nach unten gekommen war, nicht bemerkbar gemacht. Ich schickte ein Stoßgebet zum Himmel. *Bitte, lass Reece meine Nachricht bekommen haben.* Vielleicht stand jemand vor der Tür, der auf dem Weg zu einem fröhlichen Familien-Thanksgiving eine Autopanne gehabt hatte. *Bitte, lass es nicht Reece sein.*

23. KAPITEL

Reece

Ich stand vor ihrer Tür und klingelte. Als ich den Jungs erzählt hatte, wo ich hinwollte, hatten sie mich für verrückt erklärt – Reece Michaels zieht ein *Kennenlernen mit den Eltern* durch, ohne mit vorgehaltener Waffe dazu gezwungen zu werden? –, aber sie hatten Seph auch nicht in dem Moment in die Augen sehen müssen, als sie erfahren hatte, dass uns am heutigen Tag nur wenige Meilen voneinander trennen würden. Es war offensichtlich gewesen, dass die Nachricht sie mitten ins Herz getroffen hatte. Ich musste meine Angst davor, ihren Erwartungen nicht gerecht zu werden, zurückstellen und die Sache für sie durchstehen.

Während der Busfahrt in die Stadt hatte ich die ganze Zeit das Gefühl gehabt, als stünde mir eine wichtige Prüfung bevor, für die ich hätte büffeln sollen. Was sollte ich nur zu den Eltern eines Genies wie Seph sagen? Wie viele Sekunden würde es wohl dauern, bis sie merkten, dass ich ihr nicht das Wasser reichen konnte?

Meine Konzentration während des Spiels war entsprechend mies gewesen. Ich hatte den Coach übers ganze Feld hinweg knurren hören. Er hatte mit den Händen an den Hüften am Spielfeldrand gestanden und sein Gesicht war dermaßen rot angelaufen, dass man meinen konnte, er würde jeden Augenblick einen Herzinfarkt bekommen.

Schließlich war ich mit eingezogenem Kopf vom Feld getrabt.

Er war daraufhin direkt zu mir herübermarschiert, hatte das weiße Gesichtsgitter meines Helms gepackt, meinen Kopf hin und her geschüttelt und mir zu guter Letzt einen Schlag auf den Helm verpasst. Die Vibration war in meinen ganzen Schädel zu spüren gewesen.

»Was zum Teufel treibst du da draußen?«, hatte er leise und beherrscht gefragt.

»Tut mir leid, Coach.« Ich hatte den Ball fallen gelassen – wieder mal. Ich hatte den Kinnriemen meines Helms aufschnappen lassen und mir das klobige Ding vom Kopf gezogen. Sofort hatten sich der warme Schweiß und die kalte Winterluft einen erbitterten Kampf geliefert, den sie auf meinen Ohrenspitzen ausfochten.

»Weißt du eigentlich, wie viele Talent-Scouts heute Abend hier sind und dir zuschauen? Und du leistest dir so etwas.« Er hatte anklagend mit dem Finger aufs Spielfeld gezeigt, wo meine Leistungsfähigkeit derzeit gegen null ging.

»Viele.«

»Verdammt richtig, viele. Bist du krank oder was?« Er hatte tatsächlich ein wenig besorgt geklungen.

Mitten auf dem Feld zu stehen und zu wissen, dass die unzähligen Augen unserer johlenden Fans und die der Fans der Gegenseite auf mich gerichtet waren, oder dass im Publikum Scouts saßen, die Notizen über jede meiner Bewegungen machten – dass alles hatte mich nicht wirklich beunruhigt. Doch der Gedanke daran, dass ich schon in wenigen Stunden bei Seph zu Hause sitzen würde, hatte meine Nervosität immer wieder hochgepeitscht.

Ich hatte am Halsausschnitt meines Trikots gezupft, den Schulterpanzer zurechtgeschoben. Dabei hatte ich ein Stück

Haut entblößt, dass sich in der eisigen Luft sofort zusammenzog. Ich konnte es kaum erwarten, endlich bei den Profis zu spielen, wo an den Seitenlinien Industrieheizlüfter liefen, damit sich die Spieler im Winter nicht den Hintern abfroren.

Zwei Tage waren vergangen, seitdem ich Seph zum letzten Mal gesehen hatte. Wie war es nur so schnell dazu gekommen, dass ich mich inzwischen freute, sie fast jeden Tag zu sehen? Wir hatten es uns, ohne es selbst richtig zu bemerken, zur Gewohnheit gemacht, uns praktisch täglich zu treffen. Ich wischte mir die Hände an der Jeans ab und federte in der kalten Bostoner Luft auf meinen Zehen auf und ab. Winzige Schneeflöckchen fielen vom Himmel.

Bei ihr zu Hause musste ich mich von meiner besten Seite zeigen. Aber immerhin würde ich sie sehen, und das würde mir helfen, die übrige Zeit bis Sonntag durchzustehen, wenn ihr Flieger landete.

In der Sekunde, als die Pressekonferenz nach dem Spiel geendet hatte, hatte ich die Beine in die Hand genommen und mich in Hemd, Pullover, gebügelter Hose und geputzten Schuhen zu ihr auf den Weg gemacht. Nun stand ich hier, schob die Hände in die Hosentaschen, und wartete darauf, dass mir die Tür geöffnet wurde.

All die anderen Haustüren in der Straße waren rot, blau oder sogar gelb gehalten und mit Kränzen aus Herbstblättern oder anderweitig jahreszeitlich passend dekoriert. Die Klappläden an den Fenstern waren in denselben Farben gestrichen oder manchmal sogar mit Mustern verziert. Sephs Haus dagegen hatte schwarze Fensterläden; hier gab es weder einen Kranz noch Blumentöpfe.

Ich schloss in der Tasche die Hand um das Geschenk, das ich ihr mitgebracht hatte. Es war zwar noch nicht Weihnachten, aber man konnte ja auch ohne speziellen Anlass jemandem etwas Besonderes schenken. Sie hatte es verdient und sie konnte ein nettes Geschenk sicher gut gebrauchen. Es gab eben nur eine begrenzte Anzahl von Möglichkeiten, wie ich ihr zeigen konnte, dass sie anders war als alle anderen, denen ich jemals begegnet war. Sie musste mir das unbedingt glauben.

Der Türknauf drehte sich und Sephs Kopf erschien im Türspalt. Sie bekam große Augen und warf rasch einen Blick über die Schulter.

Ich hatte erwartet, dass sie mich freudig empfangen würde, doch dieser Gesichtsausdruck, mit dem sie mich jetzt ansah, hatte mit Freude rein gar nichts zu tun. Stattdessen wirkte sie schon beinahe ängstlich. Sie schlüpfte zu mir nach draußen und zog die Tür so weit hinter sich zu, dass nur noch ein schmaler Spalt blieb.

»Was machst du hier? Hast du meine Nachricht nicht bekommen?«

»Doch, ich hab sie gesehen. Hast du vielleicht gedacht, ich würde kneifen?« Ich suchte in ihrem Gesicht nach Hinweisen darauf, was sich zwischen gestern und heute verändert hatte. »Ich wollte Thanksgiving mit dir verbringen.«

Ihre Anspannung ließ ein klein wenig nach und ihre Lippen öffneten sich.

»Persephone, wer ist denn da?« Hinter ihr war eine laute Stimme zu hören, bevor die Tür ganz geöffnet wurde.

Sie richtete sich kerzengerade auf und schnappte nach Luft. Dann blickte sie mit zusammengebissenen Zähnen über die Schulter.

»Dad, das ist Reece.« Ihre Stimme klang angespannt und spröde. »Der Freund, den ich zum Essen eingeladen habe.«

»Du hattest doch gesagt, dass er es nicht rechtzeitig schafft.«

»Seine Pläne haben sich geändert.« Ich konnte hören, dass sie jedes ihrer Worte mit größtem Bedacht wählte. Sie trat zurück ins Haus und auch ihr Vater wich zur Seite, um mir Platz zu machen.

Ich ging durch die dunkelbraune Tür ins Haus. Ein Teil des Essens stand schon auf dem Tisch. Ich warf Seph einen Blick zu.

Sie senkte den Kopf. »Tut mir leid. Weil das Spiel in die Verlängerung ging, wusste ich, dass du zu spät kommen würdest. Ich wollte nicht, dass du dich abhetzen musst, um herzukommen.« Sie hielt die Hände fest ineinander verschränkt.

»In dieser Familie ist uns Pünktlichkeit sehr wichtig.« Sephs Vater hatte sich hinter ihr aufgebaut wie ein hundertachtzig Kilo schwerer Linebacker, der auf Blut aus war.

»Bitte entschuldigen Sie meine Verspätung.« Ich trat einen Schritt nach vorne und streckte die Hand aus. »Ich bin Reece Michaels. Ich hatte heute ein Spiel, das länger dauerte als geplant.«

Er starrte meine Hand an, als hätte ich ihm einen alten Schuh angeboten, bevor er sie schließlich widerwillig schüttelte. »Dr. Alexander. Sie sind also Athlet?«

»Ich bin Football-Spieler.«

Ich hätte nicht gedacht, dass seine Miene noch finsterer werden könnte, aber genau in diesem Moment wurde ich eines Besseren belehrt. Er sah aus wie einer der schlecht gelaunten Muppets vom Balkon.

»Verstehe.«

Eine Tür schwang auf und eine Frau kam durch den Türdurchgang zwischen Wohnzimmer und Esszimmer. Sie sah aus wie die ältere Version von Seph.

»Du musst Reece sein. Freut mich sehr, dich kennenzulernen.« Sie nahm meine Hand und schüttelte sie. »Ich bin Helen.«

»Schön, Sie kennenzulernen, Helen.«

»Darf ich dir den Mantel abnehmen?«

Ich knöpfte ihn auf und reichte ihn ihr. Sie verstaute ihn im Schrank neben der Haustür. Seph stand die ganze Zeit über reglos mit vor dem Körper verschränkten Händen da, als wäre sie Kadettin auf einer Benimmschule.

Ihr Vater drehte sich auf dem Absatz um und verließ den Raum.

Gleich darauf kam wieder Leben in Seph. Sie hob den Kopf und sah mich an.

»Der nächste Gang ist gleich fertig. Wenn du möchtest, kann ich dir einen Teller richten.« Ihre Mutter wischte sich die Hände an der blütenreinen Schürze ab, die sie sich umgebunden hatte.

»Es gibt bestimmt mehr als genug zu essen. Es duftet jedenfalls wunderbar.«

Helens Wangen röteten sich ein wenig. Sie nickte und kehrte in die Küche zurück.

Ich nahm Sephs Hand und schob die Finger zwischen ihre. Die Wärme ihrer weichen Hand ließ die winterliche Kälte dahinschmelzen, die mich in den vergangenen Tagen, in denen wir getrennt gewesen waren, geplagt hatte. »Was ist los mit dir? Alles in Ordnung?« Ich wollte so viel von ihrer Nähe auskosten, wie ich nur konnte. Aber sie war so unruhig.

Ihr Blick zuckte zur offen stehenden Esszimmertür. »Ich möchte mich schon im Voraus für alles entschuldigen.« Sie kaute auf ihrer Unterlippe.

»Lass das lieber, sonst knabberst du sie noch ganz ab.« Ich strich mit dem Daumen über ihre Lippe. »Ich stehe das schon durch. Wie schlimm kann es denn werden?«

»Persephone«, rief ihr Vater aus dem Nebenzimmer. Sofort verkrampfte sie sich und krallte die Finger um meine Hand, bevor sie sich wieder entspannte.

»Du hast recht. Gehen wir rein.«

Als wir schließlich gemeinsam am Tisch saßen, war außer dem Klirren des Bestecks auf den Tellern nur das Ticken der Uhr zu hören. Dadurch, dass niemand ein Wort sagte, wirkten sämtliche Geräusche viel lauter. Jedes Mal, wenn ich mir mit der Stoffserviette, die auf meinem Schoß lag, den Mund wischte, hörte es sich für mich an, als würde ich ein Glas an der Wand zerschmettern.

Als urplötzlich ein Handy schrill pingte, zuckte selbst ich vor Schreck zusammen. Alle erstarrten.

Ihr Vater nahm sein Telefon zur Hand und schob seinen Stuhl zurück. »Das muss ich beantworten.«

»Arthur …«, sagte ihre Mom mit einem Seitenblick auf mich. Doch ihr Dad bedachte seine Frau lediglich mit einem schweigenden Blick und sie hielt sofort den Mund. *Was um alles in der Welt ist hier los*? Er verließ den Raum. Als er draußen war, hatte ich das Gefühl, als würde die Luft zurück in den Raum strömen.

Auch Seph und ihre Mutter achteten nun nicht mehr ganz so verkrampft darauf, was sie taten oder sagten. Langsam begriff ich, was hier vorging. Ein ungutes Gefühl machte sich in meiner Magengrube breit. *Hoffentlich irre ich mich, denn wenn ich wirklich recht haben sollte, dann wird mich nichts davon abhalten, Dr. Alexander gehörig in den Hintern zu treten.*

»Reece, erzähl mir doch ein wenig mehr über dich«, bat ihre Mom und beugte sich vor.

»Ich bin im letzten Jahr am College und spiele Football.«

»Er ist beim Draft dabei. Er wird Profispieler und hat entscheidend dazu beigetragen, dass unser Team um die Meisterschaft spielen kann.« Sephs Stolz ließ mein Herz höher schlagen. Ich war ihr nicht peinlich. Sie war stolz auf mich. Das bedeutete mir eine Menge.

»Zum Team gehören aber auch noch andere Spieler. Alle haben sehr hart daran gearbeitet, um es so weit zu schaffen.«

In meiner Tasche begann mein Handy zu vibrieren. Ich holte es hervor, um es abzuschalten.

»Wer ist dran?« Seph beugte sich zu mir herüber.

»Mein Dad.« Ich schickte mich an, den Anruf wegzudrücken.

»Bitte, geh ruhig ran. Das ist dein Vater und es ist Thanksgiving. Bestimmt möchte er wissen, ob es dir gut geht«, sagte Helen und scheuchte mich vom Tisch weg.

Ich lächelte ihr zu, stand auf und ging ins Wohnzimmer.

»Hey, Dad. Was gibt's?«

»Wie geht's dir?« Diese Frage stellte er mir nach jedem Spiel. Wenn er sich mal eines ansehen würde, wüsste er es.

»Gut.«

»Keine harten Treffer kassiert?«

»Nein, keinen Einzigen. Allerdings habe ich einen Pass fallen gelassen.«

»Warum? Was war los? Hast du Probleme mit den Händen?« Es klang besorgt und beinahe ein wenig hoffnungsvoll.

»Mir ist viel durch den Kopf gegangen und ich war während des Spiels mit den Gedanken woanders. Keine große Sache.«

»Für ein Thanksgiving-Essen mit dem Team ist es bei dir ziemlich still.«

»Ich bin nicht beim Team. Ich bin bei Seph zu Hause.« Ich blickte zum Fenster hinaus. Der starke Schneefall, der das Spiel verzögert hatte, hatte inzwischen nachgelassen, aber nach wie vor segelten kleine Flöckchen vom Himmel und landeten auf der pudrigen Schneedecke, die alles überzog.

Er gab ein wissendes, zufriedenes Brummen von sich. »Ist wohl ziemlich ernst mit ihr.«

»Sie hat mich eingeladen und da ich ohnehin in der Stadt war, wäre es unhöflich gewesen, das Ganze abzulehnen.« Draußen gingen ein paar Leute die Straße entlang und klopften am Haus gegenüber an die Tür. Jemand riss sie auf und zog den ersten Besucher sofort in seine Arme. Man konnte das Lachen bis hierher hören. Am liebsten hätte ich die Hände gehoben und mich an der Herzlichkeit ihrer Umarmung gewärmt. Im Haus der Alexanders war mir eine etwas andere Begrüßung zuteilgeworden.

Mein Dad schwieg. Im Hintergrund hörte ich den Fernseher und Mom und Ethan, die darüber diskutierten, welchen Film sie sich als Nächstes anschauen sollten. »Ich bin froh, dass es dir gut geht. Du wirst uns heute fehlen.«

»Ihr mir auch.«

Er räusperte sich. »Deine Mom möchte noch mit dir sprechen.«

»Hebt mir ein Stück vom Schokokuchen auf«, rief ich ins Telefon, in der Hoffnung, dass er es noch mitbekam, bevor er das Telefon an Mom weitergab. Mom, Ethan oder Becca brauchte ich gar nicht darum zu bitten, denn sie würden mir garantiert nichts aufheben.

Ich hörte gedämpfte Stimmen und raschelnde Geräusche, als würde er sich das Telefon gegen die Brust drücken.

»Du bist zu Hause bei Seph und ihren Eltern!«, kreischte Mom plötzlich so schrill ins Telefon, dass mir fast das Trommelfell platzte.

»Meine Güte, Mom, geht es noch etwas lauter? Bestimmt haben dich noch nicht alle in der Tri-State-Region gehört.«

»Und ich habe mir Sorgen gemacht, dass du uns an Thanksgiving vermissen würdest. Aber du bist bei Seph. Da sind wir bestimmt das Letzte, woran du denkst.«

»Doch, natürlich vermisse ich euch.«

»Ach, Schätzchen. Wir vermissen dich auch – aber ich lasse mich trotzdem nicht dazu breitschlagen, dir ein Stück vom

Kuchen aufzuheben. Für Seph stelle ich allerdings eins beiseite.«

»Das ist gemein«, sagte ich lachend, drehte mich um und erstarrte. Jemand stand in der Tür.

»Jetzt hast du einen Ansporn, sie noch mal mitzubringen. Vielleicht teilt sie ja ihr Stück mit dir.«

Sephs Vater musterte mich missbilligend. Ich hätte schwören können, dass das der einzige Gesichtsausdruck war, den er beherrschte. »Der nächste Gang ist gleich bereit.«

»Ich komme sofort. Ich wünsche nur noch meiner Familie ein schönes Thanksgiving.«

Er nickte schroff und verschwand wieder. Was für eine Frohnatur. Es grenzte an ein Wunder, dass Seph überhaupt in der Lage war, sich mit anderen Leuten zu unterhalten. Wäre ihre Mom nicht da gewesen, wäre sie bestimmt wie eines dieser Laboräffchen geworden, die ohne menschliche Zuwendung und Geborgenheit aufwuchsen.

»Wir essen gleich, Mom. Ich muss Schluss machen.«

»Hab dich lieb, Schatz. Tolles Spiel.« Keiner meiner Eltern sah sich meine Spiele an, aber wenigstens hatte Mom den Spielstand nachgeschaut. »Wir sehen uns bald.« Ihre Stimme ging am Satzende ein ganzes Stück nach oben.

»Ja, ich komme demnächst vorbei. Hab dich lieb.«

Ich legte auf und kehrte ins Esszimmer zurück. Seph saß kerzengerade auf ihrem Stuhl und presste den Rücken fest an die Lehne. Sie wirkte fast genauso wie damals, als ich sie zum ersten Mal gesehen hatte. Nicht ein einziges Haar, das nicht an seinem Platz war.

Ich legte ihr die Hand auf die Schulter. Sie zuckte zusammen und riss den Kopf hoch, doch als sie mich sah, entspannte sie sich wieder. Ich strich mit dem Daumen über ihren Wollpullover.

»Ist alles in Ordnung?«, erkundigte sie sich.

»Na klar. Mein Dad wollte nur wissen, was ich so treibe – wie immer. Und sie wollten mich damit ärgern, dass sie den ganzen Schokokuchen alleine aufessen.«

»Der war so lecker.« Sie bekam einen verträumten Blick, wie jeder, der an diesen herrlichen Geschmack dachte.

»Mom meinte, dass sie dir ein Stück aufheben wird, fürs nächste Mal, wenn du vorbeikommst.«

»Ich soll noch mal zu euch kommen?«, fragte sie erstaunt.

»Wir lassen unseren Anspruch auf ein Stück Kuchen doch nicht einfach verfallen. Klar gehen wir wieder hin.« Ich stieß mit meiner Schulter gegen ihre und sie schenkte mir ein Lächeln. Als ich ihre Hand hochhob und meine Finger mit ihren verschränkte, konnte ich spüren, wie ihr Puls sich durch meine Berührungen beschleunigte.

Die Küchentür wurde aufgestoßen und ihre Mutter trat ein. Ihre Hände steckten in Ofenhandschuhen und sie hatte zwei vorgewärmte Servierteller mitgebracht.

Seph ließ meine Hand los und schob ihren Stuhl zurück. »Mom, du solltest dir doch von mir helfen lassen.« Sie sprang auf, schob ihre Hand in einen der Ofenhandschuhe und nahm ihrer Mutter die Platte ab.

Ich stand auf und schob die Weingläser beiseite, damit sie genug Platz hatten, um die heißen Platten abzustellen.

»Es gibt noch genug, was wir rüberbringen müssen.«

»Wie kann ich helfen?«

Ihre Mutter lächelte mir zu, wobei sich in ihren Augenwinkeln kleine Fältchen bildeten. In diesem Moment sah sie Seph ähnlicher denn je. Wären die vereinzelten grauen Strähnen in ihren Haaren nicht gewesen, hätte man sie glatt für ihre ältere Schwester halten können.

»Könntest du die Weinflaschen öffnen, die auf dem Tisch

stehen? Auf dem Barwagen drüben in der Ecke liegt ein Korkenzieher.«

»Wird gemacht.«

Die beiden verschwanden in der Küche und ich holte mir den Korkenzieher. Ich drehte ihn in den ersten Korken hinein und öffnete eine Flasche Weißwein. Den gleichen hatte ich auch im Weinkeller von Nix' Eltern gesehen, was bedeutete, dass er bestimmt nicht billig gewesen war. Ich öffnete auch noch die zweite Flasche und stellte beide auf den Tisch.

»Persephone ist ein Ausnahmetalent.«

Ich zuckte zusammen und jeder Muskel in meinem Körper schien sich zu verkrampfen. War der Mann ein Vampir oder was? Warum musste er sich so an einen heranschleichen?

»Das ist sie. Ich habe noch nie jemanden wie sie getroffen.«

»Und das werden Sie auch in Zukunft nicht. Sie verfügt über großes Potenzial und kann noch weitaus mehr leisten, als sie bisher erreicht hat.« Er nahm eine der Flaschen, goss ein wenig Rotwein in ein Glas und schwenkte es.

»Ich würde sagen, dass sie schon eine ganze Menge erreicht hat.«

Er musterte mich über den Rand des Glases hinweg. »Sie kann noch mehr ausrichten. Noch besser sein.«

Ich biss die Zähne fest zusammen und umklammerte die Lehne des Stuhls, der vor mir stand. »Sie gibt immer ihr Bestes. Ich kenne niemanden, der härter arbeitet.«

Er gab einen kehligen Laut von sich.

In diesem Moment schwang die Küchentür wieder auf und Seph und ihre Mom kamen herein, blieben jedoch stehen, als sie merkten, dass Sephs Vater und ich uns gerade ein kleines Duell lieferten.

Ich setzte rasch ein Lächeln auf. »Lasst mich helfen.«

Ihr Vater machte keine Anstalten, ihnen ebenfalls zur Hand zu gehen, sondern saß nur auf seinem Platz am Kopf der Tafel und verfolgte mit kritischer Miene jede unserer Bewegungen. Nachdem das Essen aufgetragen war, setzte sich Seph neben mich. Ich ergriff unter dem Tisch ihre Hand und streichelte mit den Fingern ihre Fingerknöchel.

»Ich bin froh, dass du gekommen bist.« Sie legte die Hand auf meine.

»Ich bin froh, dass du mich eingeladen hast.« Auch wenn ich nicht viel mehr tun konnte, als ihr einfach nur zur Seite zu stehen. Jetzt konnte ich nachvollziehen, weshalb es ihr widerstrebt hatte, über Thanksgiving nach Hause zu fahren, und warum sie ungern dauerhaft zurück nach Boston ziehen wollte. Sie war gar nicht der Meinung, dass ich nicht gut genug war – sondern hatte Angst vor ihrem Arschloch-Vater. Es fiel mir von Minute zu Minute schwerer, meine Zunge im Zaum zu halten. Aber er war trotz allem ihr Vater und ihn an Thanksgiving k.o. zu schlagen würde ihr wahrscheinlich nicht weiterhelfen – auch wenn es mich in den Fingern juckte, genau das zu tun.

Ich würde alles tun, was nötig war, um Seph verständlich zu machen, dass sie sich niemandem beweisen musste – vor allem nicht diesem aufgeblasenen Arsch am Kopf der Tafel. *Tu es für Seph. Sieh einfach zu, dass du den Abend irgendwie durchstehst.*

24. KAPITEL

Seph

Ich legte lachend die Hand auf Reece' Arm. Meine Mom hantierte umständlich mit der übergroßen Platte, auf der das aufgeschnittene Fleisch lag. Er und ich erhoben uns gleichzeitig von unseren Stühlen, um ihr zu helfen. Dabei stieß ich mit der Hand gegen einen Gegenstand vor mir auf dem Tisch. Das Weißweinglas geriet ins Wanken, kippte und landete klirrend auf der Tischplatte.

Der Wein spritzte in alle Richtungen. Reece lachte. »Der Wildfang hat wieder zugeschlagen.«

Ich lachte mit ihm – Weingläser und ich kamen irgendwie nicht gut miteinander aus. Dann bemerkte ich plötzlich, dass wir die Einzigen waren, die lachten. Ich befand mich nicht im Haus seiner Eltern oder im Puff. Ich war zu Hause. Mein gesamter Körper verkrampfte sich. Ich verzog das Gesicht und griff hektisch nach einer Serviette.

»Persephone Elizabeth Alexander, anscheinend bist du während deiner Abwesenheit nachlässig geworden. Siehst du nicht, was du da angerichtet hast? Erst lädst du diesen *Freund* hier ein« – er sprach das Wort voller Hohn und Verachtung aus – »und dann hast du offensichtlich auch noch vergessen, wie man sich anständig benimmt.«

Er deutete auf die Alkoholpfütze, die sich auf der dunklen Holztischplatte ausgebreitet hatte, als hätte ich eine Spraydose gezückt und den Tisch mit Graffiti beschmiert. Die unbeschwerte Atmosphäre, die sich in unser Haus gestohlen hatte, zerstob augenblicklich. Ich hatte vergessen, wo ich mich befand.

»Hol ein Handtuch.« Er knallte so heftig die Hand auf den Tisch, dass die Gläser klirrten.

»Arthur, es ist …« Mom legte ihm die Hand auf die Schulter, doch er schüttelte sie ab.

Reece ballte auf dem Schoß die Fäuste.

Ich streichelte seine Hand. »Ist schon gut. Ich bin gleich wieder da.« Schnell sprang ich vom Stuhl auf, eilte in die Küche, holte ein Handtuch aus dem Schrank unter der Spüle und dazu noch das Desinfektionsspray. Aus dem Nachbarzimmer konnte ich erhobene Stimmen hören. Ich war kaum zwei Schritte weit gekommen, als es plötzlich so laut knallte, dass die Teller im Geschirrschrank klapperten. Schnell lief ich zurück ins Esszimmer. Reece' Platz war leer.

»Wo ist Reece?« Ich schaute mich hektisch um.

Meine Mom öffnete den Mund. Ihr Blick zuckte zur Haustür.

Mein Vater stand am Kopfende des Tischs und hatte die Hände auf die Tischplatte gestemmt. »Dein Freund brauchte frische Luft.« Wieder sprach er *Freund* aus, als wäre es ein Schimpfwort. Dann ließ er sich so abrupt auf seinen Stuhl fallen, dass er ein Stück nach hinten rutschte.

Ich stellte die Flasche und das Handtuch ab und lief ihm nach.

»Persephone, komm sofort wieder her.« Die Stimme meines Vaters folgte mir, als ich aus dem Haus rannte und nicht mal die Haustür hinter mir schloss. Schnee knirschte unter meinen Schuhen und die eiskalte Luft drang sofort durch meinen Pullover. Ich schlang die Arme um den Oberkörper und blickte die Straße hinab. Panik stieg in mir auf, die selbst dann nicht abebbte, als ich ihn ein Stück entfernt entdeckte.

Ich rief seinen Namen.

Er blieb abrupt stehen. Ich sah, dass er die Hände tief in die Hosentaschen geschoben hatte – seinen Mantel hatte er offenbar vergessen. Als er sich schließlich umdrehte, konnte ich selbst auf die Entfernung erkennen, wie todunglücklich er aussah. Ich kannte dieses Gefühl – ich hatte es in meiner Zeit zu Hause oft genug selbst empfunden.

»Was ist passiert? Warum bist du gegangen?« Eigentlich wusste ich es. Eigentlich wäre ich am liebsten mit ihm über die eiskalte, stille Straße davongelaufen.

Er blickte zu unserem Haus zurück. »Ich habe dort drinnen nicht mehr atmen können. Ich musste Luft schnappen.« Er mahlte heftig mit dem Kiefer.

»Mein Dad kann manchmal ein Kontrollfreak sein.«

»Er ist mehr als nur ein Kontrollfreak, Seph.« Er deutete auf die Haustür.

»So ist er nun mal. So war er schon immer.« Ich zitterte. Kleine Schneeflocken schwebten um uns herum. Es war, als stünden wir in einer Schneekugel, nur dass die Flocken still in der Luft hingen.

»Das macht es nicht besser. Er sollte nicht so mit dir reden. Niemand sollte das.«

»Ich bin es gewohnt«, sagte ich schulterzuckend und rieb mir die Arme. »Lass uns wieder reingehen. Du hast deinen Mantel vergessen.«

Seine Schuhsohlen knirschten auf den vereisten Pfützen, die sich auf dem Gehweg gebildet hatten. »Es ist aber nicht richtig, dass du so ein Verhalten gewohnt bist. Das ist nicht die Art, wie jemand, der dich gern hat, mit dir reden sollte. Ich hole jetzt unsere Mäntel und dann können wir gehen.« Er nahm meine Hand, massierte beruhigend die Rückseite meiner Finger.

»Ich kann nicht gehen. Mom ist hier. Seitdem ich von Zuhause weggegangen bin, hatte ich kaum Gelegenheit, sie zu sehen oder mit ihr zu sprechen.« Dad hatte ständig dazwischengefunkt, wahrscheinlich weil er ganz genau gewusst hatte, dass er mich so leichter dazu bewegen konnte, herzukommen, um sie zu sehen. Sein Plan hatte funktioniert. Sang- und klanglos zu verschwinden und sie allein mit meinem Vater zurückzulassen – nein, das konnte ich Mom nicht antun. »Das ist meine Familie.«

»Persephone.« Der drohende Tonfall meines Vaters ließ einen eiskalten Schauer über meinen Rücken laufen. Ich richtete mich kerzengerade auf und meine Hand rutschte aus Reece' Griff.

Reece starrte über meine Schulter hinweg. Er ballte die Fäuste. »Lass uns gehen. Wir können uns irgendwo was zu essen holen. Du kannst mit mir im Teambus zurückfahren. Und falls der Coach das nicht erlauben sollte, nehmen wir eben den Zug oder ich miete uns ein Auto. Ganz egal.«

Er griff nach meiner Hand, doch ich zog sie weg. »Ich kann nicht gehen.« Mom während der Vorlesungszeit nicht sehen zu können war schon schlimm genug gewesen. Sie jetzt zurückzulassen, damit sie allein mit ihm Thanksgiving zubringen musste, kam nicht infrage.

»Das kannst du sehr wohl.« Er berührte meinen Handrücken. Ich wich einen winzigen Schritt zurück. Plötzlich wirkte er verletzt. »Ich bin abgehauen, weil ich ganz kurz davor war, über den Tisch zu springen und deinem Dad eine zu verpassen. Er ist ein Arschloch.«

»Persephone.« Ich spähte über meine Schulter. Mein Vater stand mit verschränkten Armen auf der Treppe vor unserem

Haus. Er starrte uns durchdringend mit erbostem Gesichtsausdruck an.

»Er will nur mein Bestes«, sagte ich entschuldigend, wie ich es mir schon unzählige Male selbst eingeredet hatte, wenn ich mich seinetwegen in den Schlaf geweint hatte.

»Er ist der Grund dafür, dass du deine Liste gemacht hast. Der Grund, weshalb du pausenlos das Gefühl hast, nicht gut genug zu sein«, entgegnete Reece und deutete aufgebracht über meine Schulter hinweg auf ihn.

»Das verstehst du nicht, Reece.« Ganz und gar nicht. Wie sollte er auch? Schließlich hatte er eine perfekte Familie. »Wir haben nicht alle eine Familie wie aus einer Disney-Sitcom.«

»Meine Familie hat auch ihre Probleme, aber trotzdem kann ich mich darauf verlassen, dass sie immer für mich da ist.«

»Es hat nicht jeder witzige, herzliche Angehörige, die einen lieben, ganz egal, was auch passiert. Manchmal ist das eben an gewisse Bedingungen geknüpft.« Er konnte sich so unglaublich glücklich schätzen – und er wusste es nicht mal. Seine Familie war wirklich ein Hauptgewinn. Ja, meine Familie war anders. Aber jede Familie war anders. Am liebsten wäre ich mit ihm gegangen, hätte auf alles gepfiffen und wäre auch ohne meinen Mantel fortgelaufen, wollte einfach mit ihm in ein Taxi steigen und hinfahren, wo immer er mit mir hinwollte – aber ich konnte es nicht.

Er schüttelte den Kopf und sah so traurig aus, dass mir die Tränen kamen. »So sollte es nicht sein.«

»Aber so ist es eben manchmal. Ja, auf die Fulton zu gehen war mein kleiner Akt der Auflehnung. Genau wie meine Liste. Aber ich habe niemals ernsthaft erwartet, dieser Art von Leben für immer entfliehen zu können. Ich will diesem Leben auch gar nicht entfliehen. Du hast deine großartige Zukunft vor dir und wirst nach den Sternen greifen und … na ja, das hier ist eben mein Leben.« Ich spürte, wie Wut in mir hochkochte. Er konnte tun und lassen, was immer er verdammt noch mal wollte, und musste sich vor niemandem dafür rechtfertigen. Aber nicht jeder konnte so ein Leben führen. Andere hatten eben Menschen, die es zu beschützen galt, und gewisse Erwartungen, denen man gerecht werden musste.

Er blickte zum Himmel auf. Eine Schneeflocke landete auf seiner Wange, saugte seine Wärme auf und verschmolz mit seiner Haut. Am liebsten hätte ich es ihr gleichgetan. Ich sehnte mich danach, mich in die Sicherheit seiner Arme zu flüchten und nie mehr zurückzublicken. Noch mehr Schneeflocken landeten auf seinem Gesicht, blieben in seinen Wimpern hängen. Er senkte den Kopf und sah mir in die Augen.

Als ich seinem Blick begegnete, schnürte sich mir die Kehle zu. War das Resignation? Enttäuschung? Schmerz? Vielleicht von allem etwas.

»Bitte, Reece, komm wieder mit rein. Alles wird gut.« Uns blieb nicht mehr viel Zeit. Und ich wollte diese Zeit mit ihm verbringen, selbst wenn ich es im Schatten meines Vaters tun musste. Wir konnten den Abend noch retten. Dad würde schon bald, nachdem das Essen beendet war, in seinem Büro verschwinden und dann konnten wir alle etwas entspannen. Ich hatte Reece schon zwei Tage lang nicht mehr gesehen, und das waren zwei zu viel gewesen. Wie wäre es erst, wenn ich ihn überhaupt nicht mehr wiedersehen würde? Meine Brust verkrampfte sich und es war schwer, mit Reece vor mir und dem bohrenden Blick meines Vaters im Rücken noch Luft zu bekommen. »Bitte.«

»Ich würde es gern tun, aber ich weiß genau, was passieren würde, wenn ich wieder dort hineingehe.« Er biss die Zähne aufeinander. »Ich kann nicht, Seph.«

Ich nickte und blinzelte die Tränen fort. »Ich verstehe.«

»Das glaube ich nicht.« Er schob die Hand in die Tasche. »Das ist für dich. Eigentlich wollte ich es bis Weihnachten aufheben, aber jetzt möchte ich, dass du es sofort bekommst.« Er hielt die Faust fest geschlossen und legte mir, was immer es auch war, in die Hand, vertrieb mit der Wärme seiner Berührung ein wenig die eisige Kälte. Dann zog er mich an sich, als stünden wir auf einem Bahnsteig und würden uns zum letzten Mal verabschieden.

Er gab mir einen Kuss auf den Scheitel, legte kurz seine Wange auf meinen Kopf, bevor er mich losließ. Ich sah ihm nach, während er davonging. Allein mein Name, der hinter mir immer wieder gerufen wurde, durchbrach die trostlose Stille. Doch ich blieb stehen und starrte die Straße hinab, bis Reece aus meinem Blickfeld verschwunden war.

»Persephone.« Ich erschrak, als Mom mir plötzlich die Hand auf die Schulter legte. »Lass uns hineingehen.« Sie hängte mir meinen Mantel über die Schultern und drehte mich zum Haus um. Reece war fort. Genau das hatte ich doch gewollt, oder? Im Grunde hatte ich ja nicht mal gewollt, dass er herkommt. Warum war ich dann zur Tür hinausgestürmt und ihm hinterhergerannt?

Drinnen im Haus streifte ich den Mantel ab und hängte ihn in den Schrank, direkt neben Reece'. Meine Nasenflügel blähten sich, als ich langsam und tief durchatmete. *Reiß dich zusammen. Beruhige dich. Alles wird gut. Ja, er ist gegangen – und das ist in Ordnung. Er wollte sowieso weggehen. Es ist jetzt eben nur etwas früher passiert als erwartet.*

»Ich mache dir einen Tee, damit du dich aufwärmen kannst.« Und dann war meine Mom verschwunden, wie ein Geist in ihrem eigenen Haus. An den Wänden hingen exakt ausgerichtete Bilderrahmen und all unsere Familienporträts sahen aus, als entstammten sie dem viktorianischen Zeitalter. Weiße Wände, beigefarbener Teppich, beigefarbene Möbel. Mit jeder Sekunde schienen die Wände näherzukommen. *Ich kann in diesem beigefarbenen Gefängnis trotzdem noch sehr gut atmen. Diese ganzen Ablenkungen kann ich ohnehin nicht gebrauchen. Alles wird gut.*

»Solche Freunde lachst du dir also dort an dieser Uni an? Und da wunderst du dich noch, dass wir dich wieder zu Hause haben wollen? Du bist eben nicht in der Lage, wichtige Entscheidungen alleine zu treffen.« Er redete anscheinend weiter, denn ich nahm seine eintönige Stimme und die verbalen Spitzen, die er in meine Richtung abfeuerte, immer noch mit halbem Ohr wahr, doch richtig verstehen konnte ich ihn nicht mehr. Ich hörte nur noch das dumpfe Pochen meines Herzens in meinen Ohren und meine mühsamen, flachen Atemzüge.

Plötzlich rutschte aus der Hand, mit der ich Reece' Geschenk nach wie vor fest umklammert hielt, ein dünnes Kettchen heraus. Ich öffnete die Hand und betrachtete das silberne Schmuckstück. Auf meiner Handfläche lag inmitten der verknäulten Kette ein runder Anhänger. Ich drehte ihn um und schnappte nach Luft, als ich die Worte las, die darauf eingraviert waren: *Du bist genug.*

Sie trafen mich mit voller Wucht, so heftig, dass es an ein Wunder grenzte, dass ich mich weiter auf den Beinen halten konnte. Da tat ich etwas, was ich noch nie zuvor gewagt hatte. Obwohl mein Vater noch mitten in seiner Tirade war, ging ich einfach. Ich holte Reece' Mantel aus dem Schrank und lief nach oben, wobei ich immer zwei Stufen auf einmal nahm. Dann schloss ich die Tür meines Zimmers und setzte mich auf die Bettkante.

Ich zog die Knie bis an die Brust hoch und blickte zum Fenster hinaus. Es schneite inzwischen wieder stärker. War ihm kalt? Hatte er ein Taxi genommen? Die waren an Thanksgiving nur schwer zu bekommen. Wie lange dauerte es noch, bis er die Stadt verließ? Warum war ich nicht mit ihm gegangen?

Ein leises Klopfen an der Tür riss mich aus meinen Gedanken. Mom steckte den Kopf ins Zimmer, bevor sie mit einem Tablett hereinkam, auf dem eine kleine Teekanne, Milch und Zucker standen.

»Tut mir leid, dass ich nicht schon früher hochgekommen bin. Dein Vater brauchte zuerst noch etwas beruhigenden Zuspruch.« Sie lächelte zurückhaltend, doch ihre Augen lächelten nicht mit – wie meistens, wenn es um meinen Vater ging.

»War es schon immer so wie jetzt, Mom?«

Sie stellte das Tablett auf dem Schreibtisch ab und machte sich daran, eine Tasse Tee zuzubereiten. »Dein Vater war nie ein warmherziger Mann, aber so ist das bei den meisten brillanten Menschen.«

»War er auch schon so, als ihr euch kennengelernt habt?«

Sie drehte sich zu mir um. Zwar erreichte ihr Lächeln diesmal auch ihre Augen, doch trotzdem lag ein Anflug von Traurigkeit darin. »Auf der Universität war er ein Ass. In den Blazern, die er immer trug, sah er so schick aus und die Mädchen waren ganz verrückt nach ihm.« Der Löffel klirrte sanft gegen den Rand der Tasse. »Ich war manchmal schon ein bisschen wild, so wie deine Tante Sophie. Alle Mädchen buhlten um seine Aufmerksamkeit, aber aus irgendeinem Grund fiel seine Wahl auf mich. Es ist nur natürlich, dass man sich für jemanden, den man gern hat, in gewissem Maß verändert.« Sie hielt mir die Teetasse mitsamt Untertasse hin.

»Aber würde derjenige, wenn er dich wirklich gern hat, nicht wollen, dass du so bleibst, wie du bist?«

Sie strich sich eine Haarsträhne hinters Ohr – ein deutlicher Beleg für ihre strapazierten Nerven. Ein Haar, das nicht da war, wo es hingehörte, stellte einen massiven Bruch mit den Erwartungen dar, die die Familie Alexander stellte. »Manchmal steckt dahinter der Wunsch, einen besser zu machen.« Ihre Mundwinkel hoben sich, aber ein Lächeln konnte man diesen Gesichtsausdruck wirklich nicht nennen. »Ich muss jetzt wieder nach unten und aufräumen.«

»Ich komme mit und helfe dir.«

»Nein, trink in Ruhe deinen Tee. Sag mir Bescheid, wenn du fertig bis, dann komme ich das Tablett abholen.«

Ich nippte an dem kochend heißen Tee. »Ich bringe es runter.«

»Nein, tu das nicht. Ich hole es. Dein Vater ist noch immer unten.«

Sie ordnete die Gegenstände auf dem Tablett.

»Verstehe.« Das war also ihre Art, mir mitzuteilen, dass ich quasi verbannt worden war und in meinem Zimmer zu bleiben hatte. Es war wieder wie früher, als sie mich ohne jede Beschäftigungsmöglichkeit auf mein Zimmer geschickt hatten. Sie hatten mir meine Bücher und das Papier weggenommen und meine Geige weggesperrt. Das war das Schlimmste, was man einem Kind mit einem überaktiven Geist antun konnte – es in einem Raum einzusperren, ohne Möglichkeit, seine überschüssige Energie abzubauen, seinen Geist zu fordern oder sich in seine Fantasie zu flüchten. Aus diesem Grund hatte ich damals angefangen, meine Haare zu flechten.

Sie zog die Tür hinter sich zu, flüsterleise, so wie sie auch alles andere tat, vollkommen lautlos und ohne jemanden zu stören.

Obwohl die Heizung aufgedreht war, kam mir mein Zimmer so kalt vor wie nie zuvor. Fast rechnete ich damit, meinen Atem in Wölkchen vor meinem Gesicht aufsteigen zu sehen. Ich stellte den Tee weg und zog Reece' Mantel von der Bettkante zu mir. Ich hätte vorhin gehen sollen. Warum war ich geblieben? Weil ich meine Mom nicht hatte alleinlassen wollen, ja, aber vor allem, weil es mir über die Jahre, in denen ich immer bemüht gewesen war, genau das zu tun, was von mir erwartet wurde, quasi ins Gehirn eingebrannt worden war, dass ich zu gehorchen hatte. Etwas hinter dem Rücken meiner Eltern – meines Vaters – zu tun, irgendetwas, das ihrer Vision dessen, was aus mir werden sollte, widersprach, war vollkommen ausgeschlossen.

Ich schlüpfte in Reece' Mantel und legte mich aufs Bett. Die gequiltete Überdecke fühlte sich kühl an meiner Wange an. Ich schob die Ärmel ein Stück hoch, um die Hände frei zu haben, und holte sein Geschenk aus der Manteltasche.

Ich betrachtete den Anhänger, der auf meiner Handfläche lag. Das kühle Metall erwärmte sich an meiner Haut. Ich schloss die Faust darum und drückte sie an meinen Mund. Meine Schultern bebten. Diesmal versuchte ich gar nicht erst, die Tränen zurückzuhalten. Wozu auch, wenn ich mir doch selbst das Herz gebrochen hatte? Diesen Worten, die auf der kleinen, kreisrunden Silberscheibe standen, hatte ich niemals Glauben schenken können und ich wusste nicht, ob sich daran nun etwas geändert hatte. *Du bist genug.* So einfach, nur drei kleine Wörter.

Dachte er so über mich? Ich hatte immer geglaubt, so viele Makel zu besitzen, in so vielerlei Hinsicht den an mich gestellten Erwartungen nicht gerecht zu werden. Was, wenn er sich irrte? Was, wenn ich doch nicht gut genug war und es auch niemals sein würde? Diese Angst war tief in mir verwurzelt und stark. Aber es hatte sich auch noch ein anderer, leiser Gedanke in meinen Hinterkopf geschlichen: Was, wenn er recht hatte?

25. KAPITEL

Reece

Ich rammte die Faust in den Sandsack im Fitnessraum. Die Gerüche von Icy-Hot-Creme, Schweiß und Desinfektionsmittel bildeten eine Mischung, die nur dort herrschte, wo jeden Tag Gewichte gestemmt wurden. Doch momentan war das Studio menschenleer. Die Heizung lief zwar, aber sie schaffte es trotzdem nicht, den großen, leeren Raum aufzuheizen.

Jeder Treffer, den ich landete, hallte von den Stahlsparren unter der Decke wider, von denen die weiße Farbe abblätterte. Ich war ganz kurz davor gewesen, ihrem Vater eine zu verpassen. Noch nie zuvor hatte ich einen so starken Drang verspürt, jemandem mit der Faust ins Gesicht zu schlagen. Wie er mit ihr geredet hatte – wie konnte ein Vater so mit seinem Kind sprechen? Meine Eltern und ich hatten uns auch schon mal gestritten, doch bei Sephs Vater war jedes Wort, das er an sie richtete, eine Spitze gegen sie, ein weiterer Hinweis darauf, was sie in seinen Augen alles falsch machte.

Wie hatte sie es nur geschafft, so was wie einen Glauben daran zu entwickeln, dass sie überhaupt *irgendetwas* richtig machen konnte, wenn er sie andauernd derart beschimpfte und schlechtredete? Seph war zehnmal stärker als sämtliche Jungs im Football-Team. Klar, auch wir waren schon von unseren Trainern angemotzt und angebrüllt oder gedrillt worden, bis wir uns übergeben hatten, aber sie hatten das niemals getan, weil sie geglaubt hatten, dass wir es nicht schaffen könnten. Es geschah immer mit dem Hintergedanken, uns zu motivieren. Nachdem ich einige Stunden mit ihrem Dad verbracht hatte, konnte ich sie nur dafür bewundern, dass sie es überhaupt gewagt hatte wegzugehen.

Meine Finger schmerzten und pochten. Ich stellte mir vor, dass das Gesicht ihres Vaters mitten auf dem Sandsack prangte. Als ich gestern einen Verteidiger angegriffen hatte, hatte der Schiedsrichter viel zu schnell seine Flagge geworfen, bevor ich auch nur zehn Prozent der Wut, die immer noch in mir kochte, an dem anderen Spieler hatte auslassen können.

Seph hatte einfach dagestanden und zugelassen, dass er so mit ihr redete. Selbst ihre Mutter hatte offensichtlich Angst gehabt, etwas Falsches zu sagen oder zu tun. Die peinlich-übertriebene Art, wie meine Eltern miteinander umgingen, erschien mir auf einmal gar nicht mehr so peinlich. Auch dass Seph damals, als sie bei meinen Eltern ein Glas umgeworfen hatte, so heftig reagiert hatte, mich so verängstigt angesehen hatte, als würde die Welt gleich explodieren, ergab plötzlich viel mehr Sinn. Am liebsten hätte ich sie in den Arm genommen und ihr versichert, dass alles gut werden würde.

Wie war es wohl gewesen, bei ihren Eltern aufzuwachsen? Kein Wunder, dass sie so zurückhaltend war und nicht wusste, wie man mit anderen Menschen interagierte. Wie sollte man denn dazu in der Lage sein, wenn man sich jede Sekunde davor fürchtete, einen Fehler zu machen?

Mir selbst war es im Grunde egal, dass er ihr Vater war, aber ich wusste, dass ich mir bei Seph keine Pluspunkte damit verdienen konnte, ihn k.o. zu schlagen. Mein Vater und ich waren auch nicht immer einer Meinung, aber trotzdem hatte ich noch nie auch nur eine Sekunde daran gezweifelt, dass er wollte, dass ich glücklich war. Deswegen hatte er mir, nachdem er sich jahrelang geweigert hatte, am Ende doch noch erlaubt, Football zu spielen.

Eine der Doppeltüren zum Fitnessraum schwang quietschend auf, als hätte sie noch nie ein Ölkännchen gesehen, und schlug wieder zu. Ich fing erneut an, auf den Sack einzudreschen – nicht unbedingt klug, wenn man bedachte, dass meine Zukunft davon abhing, dass meine Hände unbeschadet blieben.

»Willst du darüber reden?« Nix hielt den Sack fest, während ich fünf weitere Schläge platzierte.

»Eigentlich nicht.« Mir lief der Schweiß übers Gesicht.

»Aber wenn du so weitermachst, versaust du dir deine Hände für das Spiel am kommenden Wochenende.«

Ich holte erneut aus, doch er zog den Sack weg, sodass ich danebenschlug und vorwärtstaumelte. »Mann, was soll das?«

»Seit Thanksgiving bist du ungewöhnlich schweigsam. Erst erzählst du uns, dass du das Team versetzt und stattdessen zu Seph zum Essen gehst, und dann sitzt du am nächsten Morgen im Bus und siehst aus, als wolltest du jemandem den Kopf abreißen. Lief das Treffen mit den Eltern nicht gut?«

»Nein.« Ich zerrte mit den Zähnen am Klettverschluss meines Boxhandschuhs. Das reißende Geräusch war ungemein befriedigend. Ich klemmte den Handschuh zwischen den Knien fest und zog auch noch den anderen aus.

»Du wirst mir schon ein bisschen mehr erzählen müssen.«

»Warum?«, blaffte ich, fuhr herum und schmiss die Handschuhe auf den Boden. »Warum muss ich dir überhaupt irgendetwas erzählen? Du bist doch kaum da. Ständig verschwindest du. Ich bin hier nicht der Einzige, der Geheimnisse hat.« Ich schnappte mein Handtuch und grub die Finger hinein.

»Meine Geheimnisse haben aber keinen Einfluss darauf, wie ich spiele.«

Ich trocknete mir das Gesicht mit dem Handtuch ab. »Immer der perfekte Spieler.« Ich pfefferte es auf die Bank und marschierte an ihm vorbei. Dabei rempelte ich ihn mit der Schulter an. Er lebte ein Leben, von dem die meisten nur träumen konnten. Für ihn war es eine Leichtigkeit, in der Erstrunde des Drafts ausgewählt zu werden, und sein Vater war eine Legende, die drei Meisterschaftsringe und noch mehr Rekorde sein Eigen nennen durfte.

Nix packte mich am Arm und riss mich zurück. »Leck mich. Ich bin hier, um dir zu helfen, damit du abseits des Spielfelds bei jemandem etwas Dampf ablassen kannst und dir nicht die Zukunft versaust, für die du dir seit wie vielen Jahren noch mal den Hintern aufreißt? Aber wenn du dich lieber wie ein Arschloch aufführen willst, dann nur zu.«

Er drehte sich auf dem Absatz um und stapfte davon.

»Warte«, rief ich ihm nach und ließ mich mit hängendem Kopf auf die Trainingsbank sinken. »Warte doch mal.«

Er blieb stehen, drehte sich um und kam zu mir zurück. Dann zog er sich auch eine Bank heran und setzte sich mir gegenüber.

»Es tut mir leid, okay? Ich war an Thanksgiving bei Seph und ihren Eltern zu Hause.«

»Ich gehe davon aus, dass es nicht gut lief.«

»Wenn du mit ›nicht gut‹ meinst, dass ich ihrem Vater beinahe die Visage poliert hätte und dann aus dem Haus gestürmt bin, dann hast du vollkommen recht. Es war ein Fiasko.«

»Was ist passiert?«

»Er hat sich wie ein Arsch aufgeführt, sie andauernd kritisiert. Alles, was sie getan hat, war falsch. Jede Bewegung, die sie gemacht hat, hätte schneller oder langsamer sein müssen. Ich hab dir doch erzählt, was damals passiert ist, als sie bei meinen Eltern zu Hause das Glas mit Wein umgestoßen hat.«

Er nickte.

»Mann, als sie beim Essen ein bisschen Weißwein auf dem Tisch verschüttet hat, hat ihr Vater sie so dermaßen zusammengestaucht, dass es mich wundert, dass sie nicht sofort aus dem Haus gerannt ist.«

»So schlimm also?«

Ich schlug die Faust in meine offene Hand. »Schlimmer. Es war furchtbar und ich wusste, dass ich so schnell wie möglich von dort wegmusste, weil die Situation sonst eskaliert wäre. Also bin ich einfach gegangen. Bin aus dem Haus gestürmt und habe sie dort zurückgelassen.«

»Was hättest du sonst tun sollen?«

»Sie ist mir nachgelaufen und hat mich verständnislos angesehen, als wäre es eben einfach so, wie es ist. Ich habe sie gebeten, mit mir zu kommen.«

»Aber das hat sie anscheinend nicht gewollt.«

Ich schüttelte den Kopf. »Nein. Und ich bin gegangen.«

»Wenn es um die Familie geht, wird es schnell kompliziert. Das weißt du selbst am besten. Wir haben alle unsere familiären Probleme, manche schlimmer als andere. Vor einigen können wir davonlaufen, vor anderen nicht.« Er presste grimmig die Lippen aufeinander.

»Ich bin mir ziemlich sicher, dass sie mich dafür hasst, dass ich sie einfach im Stich gelassen habe.« Stöhnend rieb ich mir mit den Händen übers Gesicht. Ich hätte sie mir kurzerhand über die Schulter werfen und von dort wegbringen sollen. Wir hätten in mein Hotelzimmer gehen und eine Dusche nehmen können, überteuerte Getränke aus der Minibar trinken und einen Film anschauen können. »Wahrscheinlich hat sie das Gefühl, dass ich sie einfach ihrem grausigen Schicksal überlassen habe.«

»Hat sie nicht.« Er legte mir die Hand auf die Schulter.

Ich sah ihn stirnrunzelnd an. »Woher willst du das wissen?«

»Weil sie in ungefähr zwei Minuten hier eintreffen wird«, antwortete er grinsend. Er hatte also schon die ganze Zeit über etwas im Schilde geführt.

Ich sprang von der Bank auf. »Was?«

»Sie hat mir eine Nachricht geschickt und ich hab ihr versprochen, ihr bei der Suche nach dir zu helfen. Als ich dich dann hier gesehen habe, habe ich ihr Bescheid gegeben.« Er klopfte mir auf die Schulter. »Du kannst mir später dafür danken.«

»Was hättest du denn gemacht, wenn ich dich vorhin tatsächlich hätte gehen lassen?«

Er zuckte nur mit den Schultern. »Dann hättest du dich eben noch etwas länger in deinem Elend suhlen müssen.«

Ich haute ihm mein verschwitztes Handtuch um den Kopf. »Blödmann.«

Die Tür des Studios schwang wieder auf. Seph trat ein. Sie trug einen wadenlangen Mantel. Die Hände hielt sie vorm Körper verschränkt, spielte mit ihren Daumen und kaute auf ihren Lippen herum, die ich schon seit Tagen nicht mehr hatte küssen dürfen.

»Ich lasse euch beide dann mal allein.«

»Danke«, sagte ich abwesend, denn meine Aufmerksamkeit galt einzig und allein Seph.

Bevor Nix zur Tür hinausging, blieb er noch einmal kurz bei ihr stehen. »Ich hab dir doch gesagt, dass ich ihn für dich finde«, sagte er und warf einen Blick über die Schulter.

»Das weiß ich echt zu schätzen.«

Er verließ das Sportstudio und sie sah mich endlich an. Dabei kaute sie noch immer auf ihrer Unterlippe. Als sie sie schließlich zwischen ihren Zähnen herausgleiten ließ, sah sie ganz voll und glänzend aus. Am liebsten hätte ich sofort mit dem Finger darübergestrichen.

Sie machte einige Schritte nach vorn, blieb jedoch auf halbem Weg durch den Raum wieder stehen, als wolle sie sicherstellen, dass sie notfalls rasch die Flucht ergreifen konnte. »Ich bin hier, um mich zu entschuldigen.«

Ich wischte mir mit dem Handtuch den Schweiß aus dem Gesicht. »Weswegen willst du dich denn entschuldigen, Seph?« Mir kam es so vor, als hätte sie ihr ganzes bisheriges Leben damit zugebracht, dass ihr irgendetwas leidtat und sie sich andauernd wegen irgendwelcher Nichtigkeiten entschuldigte, die nicht mal ihre Schuld waren.

»Thanksgiving. Ich hätte dich gar nicht erst einladen sollen. Es war ein Fehler.«

Das tat weh. Ihre Worte trafen mich so schmerzhaft in die Brust wie ein aus drei Metern Entfernung geworfener Neunzig-Yard-Pass. »Du wolltest mich nicht dort haben?« Wieso klang ich wie ein weinerliches Kind, das von einer Party ausgeladen worden war?

»Nein.« Ihre Stimme hallte von den Sparren an der Decke des Studios wider. Sie schüttelte den Kopf und kam näher. »Ich wollte dich sehen. Ich wollte den Feiertag mit dir verbringen. Ich wollte, dass alles so fröhlich und herzlich wird wie damals, als ich deine Familie kennenlernte, aber …« Sie senkte den Kopf. »Mein Dad macht einem das nicht gerade leicht.«

Unwillkürlich ballte ich die Fäuste.

Im Licht der Deckenlampen blitzte plötzlich das zarte silberne Kettchen auf, das um ihren Hals hing und vorne im Ausschnitt ihres Oberteils verschwand. Mit einem Schritt war ich bei ihr, streckte die Hand aus und schob sie unter die Kette. Dabei berührte ich mit der Rückseite meiner Finger ihre Brust. Sie wich nicht vor mir zurück.

Ich fuhr mit der Hand unter dem Metall entlang und zog den Anhänger, den ich ihr gegeben hatte, unter dem Shirt hervor. Er fühlte sich warm in meiner Hand an, aufgeheizt von ihrer Haut. »Du trägst die Kette.« Ich betrachtete die Inschrift auf dem Anhänger. Ich hatte ihn gesehen und sofort gekauft, ohne auch nur eine Sekunde lang nachdenken zu müssen. Nach dem Essen mit ihren Eltern war mir dann erst so richtig klar geworden, wie dringend sie genau diese Worte hören musste.

»Seitdem du sie mir geschenkt hast, habe ich sie nicht mehr abgelegt«, sagte sie und ihre Stimme war kaum lauter als ein Flüstern.

Meine Kehle schnürte sich zu. Ich fuhr mit dem Daumen über die Gravur. Meine Fingerknöchel strichen über die Haut an ihrem Halsansatz.

Sie schluckte angestrengt. »Das ist das schönste Geschenk, das ich jemals bekommen habe. Vielen Dank.« Sie legte die Hand auf meine. Sie fühlte sich so weich und zart an, war so schlank und anmutig wie Seph selbst. Was für ein Kontrast zu meinen schwieligen, übergroßen Footballer-Händen. Wir waren in so vielerlei Hinsicht vollkommen gegensätzlich und passten dennoch zusammen.

»Was da draufsteht, ist wahr, hundertprozentig und immer.«

Sie senkte wieder den Kopf. Meine Lippen berührten leicht ihre Stirn, während sie sprach. »Es fällt schwer, das zu glauben, wenn man niemals das Gefühl hat, gut genug zu sein. Wenn man immer vermittelt bekommt, dass es nicht ausreicht, ganz egal wie sehr man sich anstrengt.« Ihre geflüsterten Worte ließen die Wut erneut in meinem Adern aufwallen, doch das musste warten. Zuerst musste ich dafür sorgen, dass sie die Wahrheit erkannte.

Ich legte die Hand an ihr Kinn, sodass sie den Kopf hob, und blickte ihr geradewegs in die Augen. »Du bist der wundervollste Mensch, der mir jemals begegnet ist.«

Sie legte die Hände auf meine Brust. Ihre Daumen malten

kleine Kreise auf mein verschwitztes Shirt, das mir am Körper klebte.

»Das sagst du doch nur, weil du außer mir noch nie jemanden getroffen hast, der eine Sex-Anzeige aufgegeben hat.« Sie legte den Kopf auf die Seite und einer ihrer Mundwinkel zuckte nach oben.

»Das stimmt allerdings. Ich kann mir nicht vorstellen, dass ich im Leben noch mal so jemandem begegnen werde.« Ich strich ihr eine Haarsträhne hinters Ohr und legte die Hand an ihre Wange.

Wie wäre wohl alles gekommen, wenn ich fünf Minuten zu spät dran gewesen wäre? Wenn der Coach ein anderes Café für das Treffen ausgesucht hätte oder die PR-Dame fünf Minuten zu früh gekommen wäre? Ich versuchte, den riesengroßen Kloß, der mir im Hals steckte, herunterzuschlucken. Sie war das Erste, woran ich morgens nach dem Aufwachen dachte, und wenn ich abends die Augen schloss, galt mein letzter Gedanke ihr, in der Hoffnung, dass meine Träume von ihren süchtig machenden Küssen und zärtlichen Berührungen erfüllt sein würden.

Uns stand eine harte Landung bevor, so hart, dass ich hinterher wahrscheinlich monatelang blaue Flecken an den Knien haben würde. Sie würde die Uni am Ende des Schuljahres verlassen. Die Zeit, die uns noch blieb, verstrich von Sekunde zu Sekunde. Ich drückte die Lippen auf ihren Mund, bevor mir die Worte herausrutschen konnten, die mir auf der Zunge lagen: *Ich bin in dich verliebt.*

Sie packte mein Shirt mit beiden Händen und zog mich an sich. Als wir schließlich wieder voneinander abließen, schnappten wir beide japsend nach Luft.

»Ich bin ganz ekelhaft verschwitzt. Gib mir drei Minuten. Ich dusche schnell und dann können wir zu mir gehen.«

Sie schmunzelte. »Ich warte auf dich.«

26. KAPITEL

Seph

Wir stürmten durch die Tür von Reece' Haus. Berk sah uns fragend an, doch Reece zog mich kurzerhand hinter sich her die Treppe hinauf. Dabei nahm er immer zwei Stufen auf einmal.

»Hi, Berk! Tschüss, Berk!«, bekam ich gerade noch heraus, bevor wir die Stufen im Eilschritt erklommen hatten und er aus meinem Blickfeld verschwand.

»Viel Spaß, ihr Verrückten«, brüllte er uns von unten hinterher.

Reece riss seine Zimmertür auf und zog mich hinein. Das Schloss hatte kaum geklickt, da gruben sich seine Hände bereits in mein Haar. Meine sorgfältig geflochtenen Zöpfe begannen, sich zu lösen, als er mit den Fingerspitzen über meine Kopfhaut strich. Seine heißen Lippen schienen meine Haut zu brandmarken und mein ganzer Körper bebte vor Verlangen.

»Ich habe dich vermisst.« Seine Finger spielten mit dem Ende eines Zopfs. Dann machte er sich gemächlich daran, ihn zu lösen, so als hätte er alle Zeit der Welt und als stünde mein Körper nicht kurz davor, unter seinen Berührungen in Flammen aufzugehen. Die Haarsträhnen fielen mir ins Gesicht und über die Augen wie ein Vorhang. Diese sanften Berührungen, seine rauen Fingerspitzen, die sacht über meine Haut wanderten, fühlten sich herrlich an.

Er legte mir eine Hand in den Nacken und sah mir tief in die Augen. Meine Haare waren nun komplett aus den geflochtenen Zöpfen befreit und fielen mir offen ums Gesicht. »Ich liebe es, dich so zu sehen.« Er legte mir die Hand unters Kinn und küsste mich, bis meine Lippen pochten und ganz geschwollen waren. Im Untergeschoss wurde der Fernseher so laut aufgedreht, dass der Boden unter unseren Füßen vibrierte.

»Ich glaube, Berk ist ein bisschen eingeschnappt«, sagte er lachend an meinen Lippen und zog mich von der Tür weg zum Bett.

Ich sank auf die Knie und knöpfte ihm die Jeans auf. Dabei ließ er mich keine Sekunde aus den Augen, als wäre ich ein Dieb, der ihn gebeten hatte, seine Brieftasche halten zu dürfen. Er hob die Hüften an, damit ich ihm die Hose über die Beine nach unten ziehen konnte. Sofort viel mein Blick auf seine Erektion, die sich gegen seinen Bauch presste.

Ich hatte sie noch nie aus so unmittelbarer Nähe gesehen. Von draußen fiel Licht durch die Lamellen der Jalousie. Ich strich mit der Hand darüber, auf und ab. Er grub die Finger tief in die Bettdecke und schnappte nach Luft.

Ich beugte mich weiter über ihn, genoss es, seine seidig weiche Haut zu spüren und zu sehen, wie er auf jede meiner Bewegungen reagierte.

»Seph.« Mein Name war nur ein heiseres Flüstern, das verriet, wie sehr er sich zügeln musste, wie kurz er davorstand, die Beherrschung zu verlieren. Zwischen uns pulsierte so viel Energie, so viel Lust, dass mir ganz schwindelig wurde.

»Keine Sorge, ich habe mich gründlich in dieses Thema eingelesen.«

Er lachte bellend. »Na, hoffentlich endet das nicht wieder wie unser Abenteuer im Schwimmbecken.« Ich schnitt ihm das letzte Wort ab, indem ich die Lippen um die Spitze seines

Glieds schloss und genüsslich die Zunge um den Rand kreisen ließ.

Keuchend warf er den Kopf in den Nacken. »Verdammt, du hättest mich wenigstens vorwarnen können.« Er erschauderte am ganzen Leib.

Ich atmete durch die Nase und nahm noch mehr von ihm in den Mund. Meine Lippen spannten sich, um ihn komplett aufnehmen zu können. Schließlich berührte meine Wange seine duftende, frisch geduschte Haut. Er schoss mit dem Oberkörper nach vorne, krümmte sich über mich. Seine Brust drückte gegen meinen Scheitel und er grub die Hände in meine Haare, zerrte jedes Mal daran, wenn ich meine Zunge über sein Glied gleiten ließ. Hart und heiß pulsierte er unter meiner Berührung.

Sein heiseres Stöhnen jagte mir einen Schauer über den Rücken. »Hör auf, Seph.«

Aber ich wollte nicht aufhören. Die seidig zarte Haut, gepaart mit seinen Händen, die sich fordernd in meine Haare krallten, gaben mir das Gefühl zu fliegen. Jedes Mal, wenn er an meinem Haar zerrte, zog sich auch mein Schoß lustvoll zusammen.

»Ich komme gleich«, flüsterte er barsch. In meiner Magengrube kribbelte es aufgeregt.

Noch einmal spannte ich die Lippen an, ließ die Wangen locker und sank so tief, wie ich konnte, auf ihn. Er schrie auf und gleich darauf ergoss er sich in meinem Mund.

Gemächlich schluckte ich, hob den Kopf und gab ihn wieder frei. Er erzitterte und sein atemloses Keuchen mischte sich mit meinen tiefen Atemzügen.

»War das tatsächlich das erste Mal für dich?«, fragte er ungläubig, während sein Brustkorb sich angestrengt hob und senkte. Er legte die Hände an meine Wangen und hielt meinen Kopf fest.

Sofort spürte ich Unsicherheit in mir aufkeimen. »Ich habe dir doch gesagt, dass ich mich eingelesen habe. Es war okay, oder?«

Er legte die Finger an mein Kinn und zog mich zu sich. »Wenn das nur okay war, dann wird mir beim nächsten Mal wahrscheinlich der Kopf explodieren.« Er küsste mich sanft, fast andächtig.

Ich strich mit den Händen seine Beine entlang. Seine Muskeln spannten sich unter meinen Berührungen. Er schlang die Arme um mich und zog mich vom Boden hoch neben sich aufs Bett, ohne unseren Kuss auch nur eine Sekunde lang zu unterbrechen. Seine Zunge tauchte tief zwischen meine geöffneten Lippen ein, raubte mir den Atem.

Fieberhaft machte er sich mit seinen Händen ans Werk, zog mir das Shirt über den Kopf und zerrte mir so eilig die Hose von den Beinen, als stünde sie in Flammen.

»Ich habe jede Nacht von dir geträumt, und wenn ich jetzt auch noch träumen sollte, dann will ich auf keinen Fall aufwachen. Ich brauche dich.« Das war die einzige Vorwarnung. Er kniete sich aufs Bett. Seine Erektion ragte vor ihm auf. Nach dem zu urteilen, was ich gelesen hatte, war er geradezu spektakulär schnell wieder einsatzbereit. Mit gierigen Blicken betrachtete er meinen Körper.

»Ich brauche dich auch. Mehr als meinen nächsten Atemzug. Ich muss dich spüren.«

Ich lag vor ihm, entblößt und offen für ihn. Noch nie zuvor hatte ich mich so lebendig gefühlt. Er drückte meine Beine auseinander, bis meine Knie zur Seite fielen. Und presste einen Kuss auf meine empfindsamste Stelle, bevor er sie in den Mund saugte. Pulsierende, prickelnde Lust schoss durch meinen ganzen Körper. Ich bäumte mich auf und stieß einen Schrei aus. Seine Zunge strich auf und ab, wieder und wieder.

Dann ließ er sie plötzlich in mich hineingleiten. Ich schlug mit den Händen auf die Matratze neben mir und schon rollten die Wellen eines Orgasmus mit voller Wucht über mich hinweg.

»Es ist wirklich ungerecht, dass du so gut schmeckst, Wildfang. Dass ich mich entscheiden muss, ob ich dich nun die ganze Nacht lang lecken oder dir lieber dabei zusehen will, wie du mich reitest, ist schon fast zu grausam.« Er fischte ein Kondompäckchen aus der Jeanstasche und riss es mit den Zähnen auf. Nachdem er es übergestreift hatte, nahm er meine Knie und legte sie sich auf die Schultern. »Aber ich muss dich jetzt haben.«

Ich grub die Hände tief ins Laken. Auf Knien schob er sich näher an mich heran und drang in einer einzigen, langsamen, geschmeidigen Bewegung in mich ein, dehnte mich mit jedem Millimeter, den er vorstieß.

Mit meinen Beinen auf seinen Schultern drang er tiefer und tiefer vor, scheinbar endlos, bis seine Oberschenkel schließlich gegen meine stießen. Ich wand mich unter seiner Berührung, schnappte nach Luft und ergab mich seiner lustvollen Invasion.

Er senkte den Kopf, bis er fast über meinem Gesicht schwebte. Nie im Leben hätte ich gedacht, dass es so erregend sein könnte, wie eine Brezel ineinander verschlungen zu sein.

»Bist du okay?« Er schluckte und sah mir in die Augen. Ich fühlte mich zu ihm hingezogen, als hätte sich ein Lasso um mein Herz gelegt.

Ich nickte schweigend, denn mir war klar, dass ich in diesem Augenblick kein verständliches Wort herausbringen konnte.

»Gut, denn ich will, dass du kommst, während ich in dir bin, damit ich dir auch noch einmal einen Höhepunkt bescheren kann.« Er beugte sich etwas vor und drang noch ein wenig tiefer, bevor er begann, sich wieder zurückzuziehen. Mein Inneres zog sich um ihn zusammen, nicht willens, ihn gehen zu lassen.

Langsam und gleichmäßig bewegte er sich in mir, während wir beide wie gebannt auf die Stelle zwischen meinen Schenkeln blickten, wo sich unsere Körper vereinten.

»Mehr, Reece. Gib mir mehr.«

Er blickte zu mir auf, runzelte tief konzentriert die Stirn. Dann hielt er sich an meinen Knien fest und stieß vor, sodass seine Hüften gegen meine prallten.

Ich schrie – zumindest bin ich mir recht sicher, dass ich das tat. Er tat es noch einmal und dann wieder und wieder. Jedes Mal prallten unsere Hüften gegeneinander und jeder seiner Stöße trieb mich gnadenlos dem nahenden Orgasmus entgegen. Meine Zehen rollten sich ein. Ich stemmte die Fersen in seinen Rücken. Plötzlich war es so weit. Der Orgasmus traf mich wie ein wilder Bulle. Hätte ich nicht schon auf dem Rücken gelegen, hätte es mich spätestens jetzt umgehauen. Ich schlug die Hände auf die Matratze und versuchte, mich festzuhalten, während Reece mich immer wilder und wilder nahm. Meine Finger schlossen sich um das Laken und ich zog es mit mir, während wir zusammen immer weiter nach oben rutschten, bis mein Kopf gegen das Kopfende des Bettes stieß.

Mein Becken schnellte hoch und der zweite, brutale Höhepunkt packte mich. Meine Muskeln verkrampften sich, als hätte ich eine Hochspannungsleitung berührt. Mein Inneres umklammerte ihn geradezu. Er schrie auf. Seine Finger bohrten sich in meine Schenkel. Dann wurde sein Glied in mir noch größer und verstärkte die Empfindungen meines Orgasmus so sehr, dass ich mit den Händen gegen das Bettgestell schlug. Ich schloss genüsslich die Augen und versuchte, mich an meinen Namen zu erinnern. Wie in einen warmen Kokon eingehüllt schwebte ich auf den Wogen des Höhepunkts und meine Haut schien zu vibrieren.

Reece fiel nach vorne und blieb schwitzend und halb weggetreten auf mir liegen. Er überschüttete mein Gesicht mit kleinen Küssen. »Habe ich dir schon gesagt, dass ich dich vermisst habe?«

»Mindestens einmal.« Ich streichelte seinen Nacken. Seine Haare waren schweißnass. »Jetzt habe ich dich schon wieder ins Schwitzen gebracht, obwohl du eben erst geduscht hast.«

»Jederzeit, Wildfang. Wann immer du willst«, sagte er grinsend.

Ich zog ihn an mich und küsste ihn. Obwohl ich keinen Tropfen Alkohol getrunken hatte, fühlte ich mich wie betrunken, und das lag einzig und allein an ihm. Ich würde mich liebend gern immer wieder an ihm berauschen, so lange wie ich nur konnte, für immer. Mein Herz setzte einen Schlag aus. Was, wenn es kein für immer für uns gab? Er hatte unmissverständlich klargemacht, was das zwischen uns war und was nicht. Er würde am Ende des Jahres in die Profiliga gehen – und was dann? Auch wenn ich hierblieb, bedeutete das noch lange nicht, dass er auch bleiben konnte.

Er sprang vom Bett und entledigte sich rasch des Kondoms, bevor er sich wieder zurück zu mir auf die Matratze fallen ließ.

Das laute Dröhnen des Fernsehers verwandelte sich in dumpfe stampfende Bässe, die das Zimmer vibrieren ließen. Auf dem Flur waren Stimmen zu hören.

»Hattet ihr vor, heute eine Party zu feiern?« Ich stützte den Kopf in die Hand.

Er legte den Arm vors Gesicht. »Nein, aber das bedeutet noch lange nicht, dass unten nicht trotzdem gefeiert wird. Wir müssen nicht mitmachen. Wenn ich die Tür abschließe, lassen uns die anderen in Ruhe.«

»Möchtest du nicht dabei sein?« Ich wollte nicht, dass ihm meinetwegen eine Party entging. Ich wäre gern nach unten gegangen, aber ich spürte, wie die altbekannten Unsicherheiten sich wieder bemerkbar machten – die, die sich immer heranstahlen, wenn wir andere Bekannte von ihm trafen. Würden sie uns zusammen sehen und denken: *Wie um alles in der Welt ist das denn passiert?* Würde es verstohlene Blicke und heimliches Gekicher geben? Sollte ich mich vielleicht zusammenreißen und trotz allem mitmachen? Ich erwog, den Punkt meiner Liste hinzuzufügen. Dann hätte ich wenigstens das Gefühl, etwas erreicht zu haben, und außerdem noch einen guten Vorwand, um einfach loszumarschieren, ohne mich darum zu scheren, was andere über mich dachten. »Wenn du möchtest, können wir runtergehen. Ich war außer bei der Party, die ihr kürzlich hier veranstaltet habt, noch nicht bei vielen Partys – nein, das stimmt so nicht, ich war noch bei *keiner* Party außer dieser.«

Er setzte sich im Bett auf und glotzte mich verdutzt an. »Noch nie? Als wir im Garten gegrillt haben, war das deine erste Party überhaupt?« Er hob die Augenbrauen.

Ich nickte. »Akademische Kennenlernabende, bei denen die meisten Gäste vierzig Jahre älter sind als ich, zähle ich nicht als Partys.«

»Was ist mit deinen Geburtstagspartys?«

»Ich hab nie welche gefeiert. Ich hatte ja auch keine Freunde, die ich hätte einladen können. Meine Mom hat mir immer mein Lieblingsessen gekocht und manchmal gab es dazu noch einen Cupcake, aber das war es schon.« Ich zog mir die Decke über die Brust und fühlte mich plötzlich nicht nur körperlich nackt. Wenn die anderen Kinder in der Straße eine Party gefeiert hatten, hatten sie immer Luftballons an den Briefkasten gebunden oder an die Haustür geklebt. Ich hatte derweil auf dem Lehnsessel im Wohnzimmer gesessen, mit den Knien in den harten Polstern, und zugesehen, wie sie in den Häusern ein und aus gingen, lachten, spielten und einander nachjagten.

Reece stürzte sich auf mich und nagelte mich unter sich fest. »Du hattest noch nie eine Geburtstagsparty?« Er klang so ungläubig, als hätte ich behauptet, noch nie Luft geatmet zu haben.

Ich zuckte nur mit den Schultern. »Im Haus der Alexanders hatten sie nicht unbedingt Priorität«, plapperte ich die Worte meines Vaters nach.

Er zog mir die Decke weg. »Dann lass uns loslegen und feiern, so viel wir können. Los, Wildfang, zieh dich an.« Er sammelte unsere Kleider vom Boden auf und warf sie aufs Bett. Ich lehnte mich auf der Matratze zurück und sah ihm dabei zu. Sein gebräunter, muskulöser Po verschwand unter dem dunkelblauen Jeansstoff. *Verdammt schade.*

Er warf mir mit offenem Hosenstall über die Schulter hinweg einen irritierten Blick zu. »Hab ich was an meiner Jeans?« Er drehte sich beim Versuch, seinen eigenen Hintern sehen zu können, im Kreis.

Ich verkniff es mir, laut loszulachen, sondern lächelte nur. Dann krabbelte ich übers Bett und zog ihn an den Gürtelschlaufen zu mir heran. »Nein, ich habe nur die Aussicht genossen. Allerdings ist sie noch toller, wenn du die Hose ausziehst.«

Er kam grinsend ans Bett und ließ mich gewähren. Ich richtete mich auf den Knien auf und ließ die Finger über seine Bauchmuskeln abwärtswandern. Doch er fing meine Hand ab, hob sie an den Mund und drückte einen Kuss auf die Handfläche.

»Zieh dich an. Ich will mit dir angeben.« Er drückte mir mein Shirt und die Hose vor die Brust.

»Ich glaube, das sind nicht gerade die geeigneten Sachen zum Angeben.« Ich hielt sie hoch.

»Das ist nur deine Meinung«, entgegnete er grinsend und zog das T-Shirt über den Kopf.

Ich schüttelte meine Kleidung aus und versuchte, das eine Teil zu finden, das fehlte. »Wo ist meine Unterwäsche?«

»Das würdest du wohl gern wissen.« Er zwinkerte mir zu und tippte auf sein bloßes Handgelenk. »Los, los.«

27. KAPITEL

Reece

Ich spurtete so schnell ich konnte von der Line of Scrimmage weg. Es waren nur noch wenige Sekunden Spielzeit übrig. Nix drehte hektisch den Kopf hin und her, auf der Suche nach einer Möglichkeit, die Sache zu Ende zu bringen. Wir lagen drei Punkte im Rückstand. Ich flitzte übers Spielfeld, sprang dabei auf und ab und wedelte mit den Armen.

Keyton lief ein Stück vor mir auf der anderen Seite des Feldes und hatte nur halb so viele Verteidiger an den Hacken wie ich. Nix nahm Blickkontakt zu mir auf. Mehrere Linemen stürmten auf mich zu. Ich hob die Arme und gestikulierte nach links. *Spiel zu Keyton! Er ist frei!* Doch Nix schüttelte den Kopf und schleuderte den Ball in meine Richtung.

Er flog durch die Luft. Im Stadion wurde es mucksmäuschenstill. Tausende von Zuschauern hatten sich von ihren Sitzen erhoben und doch hörte man keinen Laut. Die Stille musste geradezu unheimlich sein, doch das konnte ich nicht wirklich beurteilen, weil mir mein Puls zu laut in den Ohren donnerte. Der Ball zischte einem Defender durch die Finger, der mich beinahe umrannte. Doch ich fing mich rasch wieder, wirbelte herum, wich einem weiteren Defender aus. Der Ball prallte mit einem befriedigenden Klatschen gegen meine Brust.

Ich stieß mich vom feuchten Gras ab und sprintete los. Meine Muskeln arbeiteten auf Hochtouren. Ein Gegner versuchte, mich zu blockieren, aber ich wich ihm aus. Auch um einen zweiten Gegenspieler rannte ich herum, änderte im Lauf immer wieder die Richtung, bis ich schließlich die Endzone erreicht hatte. Die Stille im Stadion verwandelte sich in ohrenbetäubenden Jubel, der den Boden unter meinen Füßen erbeben ließ.

Das komplette Team kam zu mir, umringte mich. Alle drängten sich gegeneinander und übereinander. Auch Keyton gesellte sich dazu. Obwohl er noch den Helm aufhatte, konnte ich sehen, dass er über beide Ohren grinste.

»Ich wollte eigentlich, dass du den Pass bekommst.« Ich schlug ihm auf den Schulterpanzer.

Er zuckte nur mit den Schultern und grinste sogar noch breiter. »Ist doch egal. Ein Sieg ist ein Sieg.«

Als wir schließlich vom Feld liefen, hörte ich die Sprechchöre der Fans, die meinen Namen sangen. Genau das hatte ich mir immer gewünscht – und trotzdem hatte ich das Gefühl, dass am heutigen Abend etwas fehlte.

»Noch zwei Spiele!« Stimmen und Jubelrufe hallten von den engen Wänden des Kabinentunnels wider, als ich den Jungs zur Umkleide folgte, doch ich achtete kaum darauf, war mit den Gedanken längst woanders. Ich überlegte, ob alles für Sephs Überraschung bereit war. Heute hatte sie Nachhilfe geben müssen, aber sie hatte versprochen, noch zu einem letzten Spiel zu kommen, bevor die Saison endete. Ich hatte bereits ein Ticket auf ihren Namen reservieren lassen.

»Michaels, wo willst du denn hin?« Der Coach starrte mich an, als wäre mir ein zweiter Kopf gewachsen.

Ich sah ihn verdattert an.

»Pressekonferenz.«

Ich schüttelte den Kopf. »Ach ja, tut mir leid, Coach.« Ich trabte hinter ihm her. Nix stand schon an der Tür des kleinen

Konferenzraums. Während die Reporter ihre Fragen stellten, wippte ich unter dem Tisch ungeduldig mit dem Bein.

»Das war ein gutes Spiel, eine tolle Teamleistung. Keyton hätte den Touchdown genauso gut hinbekommen wie ich.«

Alle, die links und rechts neben mir am Tisch saßen, drehten abrupt den Kopf in meine Richtung und schauten mich verblüfft an. Hätte man im Raum eine Stecknadel fallen lassen, hätte es sich angehört, als wäre eine Bombe explodiert. Ich zog den Kopf ein und wartete auf die nächste Frage.

»Werden Sie am Scout-Training im Vorfeld der Meisterschaft teilnehmen?«

»Er wird dabei sein«, antwortete der Coach und beugte sich über sein Mikrofon. Dabei gab es eine Rückkopplung und ein durchdringendes Pfeifen erscholl in dem kleinen Raum.

Die Pressekonferenz ging weiter, doch ich hörte nur mit halbem Ohr zu. Die Reporter mussten jede Frage zweimal stellen. Ich war zu sehr damit beschäftigt, im Kopf meine Checkliste durchzugehen. Ich wollte, dass der heutige Abend perfekt für sie wurde. Noch besser als die Nacht im Poolhaus. Ich wollte ihr zeigen, dass ich nicht der Einzige war, dem sie etwas bedeutete. Diese Gewissheit würde sie brauchen, wenn ich weg war, wenn sie zurück nach Boston ging. Es blieben weniger als sechs Monate, bis das Schuljahr endete – bis wir uns voneinander verabschieden mussten.

Bei dem Gedanken blieb ich so abrupt mitten in der Kabine stehen, dass Keyton mich um ein Haar über den Haufen gerannt hätte.

Er hielt mich an der Schulter fest, damit ich nicht hinfiel. »Hey, Mann, alles okay?«

Ich nickte und schüttelte die Lähmung ab, die mich vorübergehend befallen hatte. Die Atmosphäre in der Kabine war energiegeladen, wie immer nach einem Spiel, und insbesondere nach einem Sieg. Was würde sie wohl in Boston tun? Sich ein anderes Supergenie suchen, mit dem sie zusammen sein konnte? Bestimmt würden sie über Gleichungen und Lehrsätze sprechen und gemeinsam über schräge Mathe-Insiderwitze lachen.

Oder vielleicht würde sie auch jemanden kennenlernen, der in einem Orchester spielte, und sie würden zusammen Musik machen. Je mehr Zeit ich mit ihr verbrachte, desto lauter hörte ich die Uhr ticken, und ich wusste nicht, was ich dagegen tun sollte. Manchmal wachte ich nachts auf, strich ihr durch die Haare und betrachtete sie im Schlaf, bis ich fast keine Luft mehr bekam. Dann musste ich fest die Augen schließen und warten, bis mich ihre gleichmäßigen Atemzüge wieder beruhigten.

»Warum bist du so schweigsam? So schlimm war die Pressekonferenz doch gar nicht.« Nix setzte sich neben mich und rubbelte sich die Haare mit einem Handtuch trocken. »Bist du nervös wegen heute Abend?«, fragte er und zog sich das Shirt über den Kopf.

Ich nickte. Das war besser, als ihn mit den tausend Dingen vollzulabern, die mir gerade wirklich durch den Kopf gingen. »Ich glaube, es wird ihr gefallen.«

»Natürlich wird es das. Sie steht total auf dich – falls du das noch nicht bemerkt haben solltest. Selbst wenn du ihr Kaspertheater mit Sockenpuppen vorspielen würdest, wäre sie vollkommen begeistert.« Er sammelte lachend seine Sachen ein.

Nachdem ich mir so viele Gedanken darüber gemacht hatte, dass sie mit der Zeit womöglich zu sehr an mir hängen könnte, musste ich feststellen, dass stattdessen ich derjenige war, der kaum noch Luft bekam, bei dem Gedanken, sie niemals wiederzusehen. Ich verließ die Kabine und schrieb den Jungs eine Nachricht, um mich zu versichern, dass alles bereit war.

Bei ihr angekommen lief ich die Stufen zu ihrer Wohnung hoch und versuchte, nicht auf das nervöse Ziehen in meinem Magen zu achten. Ich klopfte an die Tür und trat unruhig von einem Bein aufs andere, während ich wartete.

Dan öffnete die Tür und ließ mich rein. Er schien ein ganz netter Kerl zu sein, doch nach Sephs knappen Erwiderungen zu urteilen hatte sich das Verhältnis zwischen ihr und ihrer Mitbewohnerin nicht verbessert.

28. KAPITEL

Seph

Reece hielt vor seinem Haus an. Auf der Straße war es still. Die anstehenden Abschlussprüfungen und das dazugehörige Lernpensum sowie das Wetter hatten die meisten inzwischen nach drinnen in den Winterschlaf getrieben.

»Hoffentlich hast du noch Platz für den Nachtisch gelassen.«

Er nahm meine Hand, die auf der Mittelkonsole lag, schob die Finger zwischen meine und küsste ihre Rückseite. Seine Lippen tanzten über meine Haut und jagten mir einen Schauer über den Rücken. Als er mich ansah, konnte ich im Licht der Laternen die grünen und braunen Farbsprengsel in seinen Augen erkennen. Ich ließ die Arme hängen und kniff mich heimlich selbst ins Bein.

Er strich mit der Hand meinen Arm entlang, umfasste mein Handgelenk und hob eine Hand wieder an seinen Mund. Als ich seine Lippen auf der dünnen Haut an meinem Handrücken spürte, ging mein Puls durch die Decke. Auch mein Handteller wurde mit einem Kuss bedacht. Ich legte die Hand auf seine. Wenn das hier ein Traum war, dann wollte ich nicht aufwachen.

Er war so verschmitzt und süß wie ein Muffin, der als Überraschung einen Kern aus flüssiger Schokolade hatte.

»Was führst du denn heute Abend im Schilde?«

»Nichts.« Sein Grinsen wurde noch breiter und ich hegte nun keinen Zweifel mehr daran, dass er irgendetwas vorhatte. »Lass mich dir die Tür aufmachen.« Ich blieb in der Stille des Wagens sitzen und fragte mich, wie es nur zu alldem gekommen war. Er lief derweil um das Auto herum. Sein Hemd saß so perfekt, als wäre es maßgeschneidert. Die Ärmel waren bis zu den Ellenbogen hochgekrempelt und seine enge Jeans betonte seine schlanke Taille und seine kräftigen Oberschenkel.

Die Dezemberluft war klar und eiskalt. Jedes Mal, wenn man nach draußen ging, fühlte es sich an, als würde man in einen zugefrorenen See springen.

Als er die Autotür zuschlug, hatte sich erneut ein breites Grinsen auf sein Gesicht gestohlen. »Was ist denn?«

Wir stiegen die Treppe zur Haustür hinauf. Drinnen war es stockdunkel. »Sind wir allein? Ist niemand zu Hause?« Mein Magen zog sich freudig zusammen. Da er mit drei anderen Jungs zusammenwohnte, kam es nur selten vor, dass wir das Haus ganz für uns hatten. Doch bei mir in der Wohnung war es auch nicht unbedingt gemütlich.

Er warf einen Blick über die Schulter. »Ich liebe die Richtung, in die deine Gedanken gehen.«

Als ich das L-Wort hörte, begann mein Herz augenblicklich wild zu pochen. Natürlich hatte er es nicht so gemeint, aber ich konnte mir zumindest vorstellen, dass es so wäre.

Er schob den Schlüssel ins Schloss, drückte die Tür auf und ließ mich zuerst hineingehen.

Auf der anderen Seite des Wohnzimmers bewegten sich undeutliche Schatten und Silhouetten. Ich wich zurück, weil ich befürchtete, dass gerade eingebrochen wurde. Mein Puls raste.

»Überraschung!«, brüllten gefühlte hundert Stimmen im Chor. Das Licht ging an und meine Augen mussten sich erst an die plötzliche Helligkeit gewöhnen. Mindestens fünfzig

Leute hatten im Haus auf uns gewartet. Von der Decke hingen knallbunte Luftschlangen. Ballons klebten an den Wänden und lagen auf dem Boden verstreut. Alle trugen kleine Partyhütchen.

LJ und Berk standen in der Küchentür und hielten gemeinsam einen riesigen Kuchen. Er war geformt wie ein weißes Einhorn mit einer Mähne in allen Farben des Regenbogens. In seinem Horn steckten Wunderkerzen, die knisternd herunterbrannten. Ich wollte mich zu Reece umdrehen, doch er schlang von hinten die Arme um mich und schob mich vorwärts, ohne mich loszulassen. Neben den Jungs stand Marisa mit einer Partytröte, deren Papierrüssel sich aus- und wieder einrollte, wenn sie hineinpustete.

»Alles Gute zum Geburtstag, Wildfang.«

Hätte mein Herz ihm nicht sowieso schon gehört, hätte ich es ihm spätestens in diesem Moment mit einer Schleife dekoriert auf einem regenbogenfarbigen Teller überreicht. »Aber ich habe doch gar nicht Geburtstag«, flüsterte ich ihm über die Schulter hinweg zu.

»Egal. Du verdienst eine Party.« Er knabberte an meinem Ohrläppchen, bevor er den Kopf in meine Halsbeuge schmiegte und die Nase an meiner Haut rieb. Ich musste lachen und neigte den Kopf, damit er mich nicht mehr kitzeln konnte.

»Los, blas die Kerzen aus, Seph. Dieses Ding ist schwerer, als es aussieht.« Jemand kam mit einem Feuerzeug, entzündete weitere Wunderkerzen und steckte die Geburtstagskerzen vorne auf dem Kuchen an. Fast alle Lichter im Zimmer waren inzwischen wieder ausgeschaltet worden. Alle begannen, einen Countdown herunterzuzählen, und dann sangen sie »Happy Birthday«. Das Lied klang schief und alle sangen durcheinander, trotzdem hatte ich noch nie etwas Schöneres gehört. Wie sollte ich das alles am Ende des Semesters zurücklassen? Meine ersten, richtigen Freunde, die mir zum ersten Mal das Gefühl gaben, wirklich irgendwo dazuzugehören.

Ich blinzelte die Tränen aus meinen Augen, atmete durch und musste gleichzeitig lachen, weil Berk am Ende jeder Liedzeile ein *Cha-cha-cha* hinzufügte. Der Raum war in Kerzenlicht getaucht. Ich ließ das Ganze auf mich wirken. Alle waren meinetwegen gekommen – nun ja, wahrscheinlich nicht nur meinetwegen. Wenn Reece zu einer Party einlud, gab es bestimmt mehr als genug Leute, die bereit waren, direkt vorbeizukommen, egal um was es ging. Aber trotzdem: Er hatte das alles für mich organisiert.

Ich strich mir eine lose Haarsträhne hinters Ohr, beugte mich ein wenig vor und schloss die Augen. Mir fiel nichts ein, was ich mir hätte wünschen können, weil mein Wunsch schon in Erfüllung gegangen war. Ich blies die Kerzen aus und alle klatschten jubelnd Beifall.

Die Jungs stellten den Kuchen auf dem Tisch ab und gaben mir ein Messer, damit ich ihn anschneiden konnte. Doch die Fondantschicht zu durchtrennen war schwerer als gedacht. Reece legte die Hand auf meine und half mir, das erste Stück abzuschneiden. Ich spürte seinen Körper in meinem Rücken und sah mich verstohlen um, weil ich halb damit rechnete, dass jemand fragen würde: *Warum um alles in der Welt seid ausgerechnet ihr beiden zusammen*? Ich hob das Kuchenstück heraus. Der Kuchen bestand aus mehreren Schichten: Puffreis mit Marshmallow-Creme, Schokosauce und Schoko- sowie regenbogenfarbigem Kuchen.

»Wow, da seid ihr aber aufs Ganze gegangen.« Ich schnappte mir eine Gabel und probierte. Die Schokolade schmeckte so aromatisch und intensiv, dass ich ein Glas Milch zum Nachspülen brauchte.

»Nix hat das Ding bei *Bread & Butter* besorgt, der Bäckerei, wo ich auch unsere Cupcakes gekauft hatte.«

»Wo ist Nix?«, fragte ich und reckte suchend den Hals.

Reece zuckte mit den Schultern.

Wie aufs Stichwort öffnete sich die Haustür, ein Schwall kalter Luft strömte ins Haus und brachte den Gesuchten gleich mit. Nix schloss die Tür hinter sich und schaltete das leuchtende Display seines Handys aus, bevor er sich aus seinem Mantel schälte und sich zu den anderen Partygästen gesellte.

»Vielen Dank für den Kuchen, Nix.« Ich zog ihn an mich und drückte ihn.

»War gar kein Problem. Ich habe ihn zu super Konditionen bekommen, weil der Assistent meines Vaters oft für wohltätige oder geschäftliche Veranstaltungen dort bestellt.«

Etwas Metallisches fiel klirrend zu Boden. Ich drehte mich um. Berk stand mit offenem Mund ein Stück von uns entfernt. Der Teller fiel ihm beinahe aus der Hand und seine Gabel war bereits auf dem Boden gelandet. »Er bekommt eine Umarmung und ich nicht? Ich glaube, jetzt bin ich beleidigt.« Er drehte den Kopf weg, drückte das Kinn mit einem melodramatischen Seufzen auf die Schulter und biss sich auf einen Fingerknöchel. Die Partyhüte mit Regenbogen- und Einhornaufdruck, die die anderen Partygäste inzwischen abgelegt hatten, waren alle bei Berk gelandet und bildeten nun einen stacheligen, bunten Kranz um sein Gesicht.

»Du solltest ihn lieber drücken, bevor er noch einen ausgewachsenen Baby-Trotzanfall bekommt.«

»Tut mir leid, Berk. Kannst du mir jemals verzeihen?«, fragte ich und öffnete die Arme. Er stellte den Teller weg und rannte in Zeitlupe auf mich zu, bevor er mich hochhob und herumwirbelte.

»Herzlichen Glückwunsch, Seph. Hat dir das Einhorn gefallen?« Er setzte mich wieder ab. »Das war meine Idee.« Das wunderte mich kein bisschen.

»Das ist der tollste Geburtstagskuchen, den ich jemals bekommen hab.«

»Und das sagst du nicht nur, weil es bisher der Einzige ist?« Reece befreite mich aus Berks Umarmung und legte meine Hand auf seine Brust.

»Nein, nicht nur weil es bisher der Einzige ist. Jeder andere Kuchen, den ich noch bekommen werde, wird sich mit diesem hier messen müssen. Danke. Ich kann euch gar nicht sagen, wie viel mir das bedeutet.« Meine Kehle schnürte sich zu und ich presste die Lippen fest aufeinander. Bisher war es mir verwehrt gewesen, Menschen wie sie in meinem Leben zu haben, aber nun, da ich wusste, wie es war, Freunde zu haben, gab es kein Zurück mehr.

»Schluss mit den Gefühlsduseleien. Lasst uns Eselsschwanz spielen. Wer danebentrifft, muss zur Strafe einen Schnaps trinken.« LJ legte die Hände trichterförmig an den Mund und verkündete dem Rest der Partygäste lautstark die Spielregeln.

»Ich musste schon wieder der rosa Landplage von nebenan einen Dämpfer verpassen«, grummelte Nix und massierte sich die Schulter.

»Du hast sie mit deinen Eiern mitten ins Gesicht getroffen«, bemerkte Reece gleichmütig.

Ich riss verblüfft den Kopf hoch.

Nix kniff unwirsch die Lippen aufeinander und wandte sich zu mir um. »Ei – Singular. Also, in diesem Fall ist damit ein Football gemeint. Nicht, dass du jetzt auf die Idee kommst, ich hätte nur ein Ei in der Hose oder so.« Seine Wangen wurden so rot, als hätte er den Tag am Strand verbracht und die Sonnencreme vergessen.

»Die Sache ist zu Anfang meines Junior-Jahres passiert. Ich habe mich eine Million Mal dafür entschuldigt.«

»Vielleicht möchte sie, dass du es noch mal machst«, meinte Reece schmunzelnd und nahm mich fester in den Arm.

Nix zog das Handy aus der Tasche und schlenderte davon.

Ich legte die Hände auf Reece' Arm und schmiegte den Kopf an seine Schulter. »Dann hast du also doch was im Schilde geführt«, sagte ich grinsend und zog seinen Kopf zu mir heran, um ihm einen Kuss zu geben.

Er strich über meinen Nacken. »Ich habe eben auch meine Geheimnisse.«

»Genug geknutscht, ihr zwei. Ihr seid zuerst dran.« Berk winkte uns zu sich.

Die Musik wurde laut aufgedreht und die Gäste machten sich über die Pizzen in der Küche her. Eine Geburtstagsparty mit Pizza, Kinderspielen, einem köstlichen Kuchen und dem Mann, der mir das Herz gestohlen hatte – das war der beste Abend aller Zeiten.

Berk warf eine Gabel nach Nix. Er sah vom Handy auf. »Mann, leg das Telefon weg. Du klebst schon an dem Ding, seit du reingekommen bist. Noch nicht mal Kuchen hast du gegessen.«

Ich schnitt für Nix ein Stück vom Kuchen ab. Der stierte weiter unablässig aufs Handy, als befürchte er, dass sich das Ding jeden Moment in Luft auflösen könnte. Ich ging zu ihm hinüber und stellte mich vor ihn.

Nun hob er doch den Kopf und ich setzte mich neben ihn und reichte ihm den Teller und eine Gabel.

Wortlos nahm er mir den Teller aus der Hand und schaufelte sich ein großes Stück Kuchen in den Mund, ohne dabei das Display des Handys aus den Augen zu lassen.

»Ist alles in Ordnung?«

Er riss den Kopf hoch und starrte mich an. »Alles gut. Ich warte nur darauf, dass mir jemand antwortet, und will die Nachricht auf keinen Fall verpassen.«

»Geht es um jemanden, mit dem du dich triffst?«, fragte ich, neigte den Kopf und betrachtete seine Hand.

Er hatte die Finger oberhalb des Knies in den Oberschenkel gekrallt und wippte unablässig mit dem Bein, sodass das Handy hin und her schaukelte.

»Nein, aber ich bin auch nicht ihr Typ.«

»Hat sie einen Puls?«

Er lachte auf und sah mich an. Etwas von seiner Anspannung fiel von ihm ab.

Nix war extrem attraktiv, das Klischee des sexy College-Typen, wie man es aus Filmen kannte. Jeder der anderen Jungs, Reece eingeschlossen, hatte etwas, aber Nix lieferte wirklich das Gesamtpaket. Und trotzdem meinte ich, auch bei ihm Anzeichen für den inneren Druck zu erkennen, unter dem jemand steht, der meint, in puncto Aussehen immer gewissen Erwartungen gerecht werden zu müssen. Versonnen strich ich über meinen Fischgrätzopf, der auf meiner Schulter lag.

»Soweit ich weiß, hat sie tatsächlich einen Puls.« Er steckte das Handy in die Tasche. »Und sie kann mich auf den Tod nicht ausstehen.«

»Beweg dich hier rüber, wir spielen Bierpong – LJ und ich gegen dich und Berk«, rief Reece und signalisierte ihm, in das zur Wettkampfarena umfunktionierte Esszimmer zu kommen.

Nix stieß sich von der Couch ab und gesellte sich zu ihnen. »Du weißt doch, dass er absichtlich verliert, damit er mehr trinken kann.«

»Ich spiele eben besser, wenn ich besoffen bin«, verkündete Berk und leerte seinen Becher in einem Zug.

»Zum Glück sind sie so heiß und liebenswert. Ansonsten könnte man sie glatt für unausstehliche Nervensägen halten.« Marisa lehnte sich neben der Couch an die Wand und schwenkte das Eis in ihrem Becher.

»Du findest LJ heiß?« Ich versuchte nicht mal, mir das Grinsen zu verkneifen.

Sie riss die Augen auf und beeilte sich zu sagen: »Was? N… nein, ihn doch nicht. Ich meinte die anderen Jungs.« Sie hob den Becher und stürzte den Inhalt hinunter.

Die Gäste, die sich das Spiel ansahen, johlten und das befriedigende, dumpfe Ploppen des Balls, der seitlich einen Becher traf, war bis ins Wohnzimmer zu hören.

»Damit will ich sagen, dass ich ihn schon seit der ersten Klasse kenne. Damals hat er versucht, mir meine Schere vom Tisch zu klauen, und ich habe ihm deswegen damit einen Stich verpasst, um ihm eine Lektion zu erteilen. Die Narbe hat er heute noch. Seitdem sind wir beste Freunde.« Sie zuckte mit den Schultern.

»Und du bist ihm hierher gefolgt.«

»Was? Nein, ich bin nur aus gewissen finanziellen Gründen hier. Möchtest du noch was trinken? Ich hole uns Nachschub.« Ohne meine Antwort abzuwarten, pflückte sie mir den Becher aus der Hand und verschwand in der Küche.

Viele der Partygäste beglückwünschten mich zum Geburtstag. Fast hatte ich ein schlechtes Gewissen, weil Reece sie angeflunkert hatte. Doch andererseits hörte man überall Gelächter und Musik und es wurde ausgelassen getanzt. Die Leute hatten sichtlich Spaß und wahrscheinlich war ihnen jeder Anlass recht, um eine Party zu feiern.

Marisa kehrte aus der Küche zurück. Sie war schwer beladen mit zwei Bechern und zwei Tellern, auf denen sich noch mehr Kuchen türmte. Ich hatte zwar jetzt schon das Gefühl, jeden

Augenblick platzen zu müssen, trotzdem würde ich ihr Angebot nicht ausschlagen.

»Seph, du musst unbedingt mal zu mir kommen. Dann kannst du meine Mitbewohnerin Liv kennenlernen. Sie ist super. Und vielleicht kann ich dir mal was kochen.«

»NEIN!«, brüllten die Jungs im Esszimmer wie aus einem Mund. Marisa erschrak so sehr, dass sie um ein Haar die Getränke und den Kuchen fallen gelassen hätte. Die Jungs kamen zur Tür geeilt, schüttelten energisch den Kopf und fuhren sich mit dem Finger über die Kehle.

Marisa drehte sich zu ihnen um. Sofort schauten sie alle unschuldig zur Decke und begannen, vor sich hin zu pfeifen, bevor sie sich verdrückten und eilig wieder ihrem Spiel widmeten. Sie setzte sich neben mich und gab mir meinen Becher und einen Teller. Reece fing meinen Blick auf und formte tonlos mit den Lippen: *Tu's nicht.*

Ich lachte in meinen Becher hinein, trank einen Schluck und verzog sofort das Gesicht. Wodka mit einem Spritzer Cranberrysaft.

»Wie ist dein Drink? Ich hoffe, er ist stark genug.«

»Alles bestens«, antwortete ich halb keuchend, halb hustend. Reece war derweil dran mit Werfen. Er sah zu mir herüber und zwinkerte mir zu. Mein Magen zog sich zusammen. Noch fünf Monate, bis er von hier wegging oder ich von hier wegging oder vielleicht sogar wir beide. Wie sollte ich bloß weitermachen, wenn ich doch wusste, dass es da draußen in der Welt einen Mann gab, der meine Seele brennen ließ und den ich einfach hatte gehen lassen? Wie sollte mein gebrochenes Herz je wieder heilen, wenn er mich verließ?

29. KAPITEL

Reece

Der Schnee fiel herab, bedeckte die Straßen und verwandelte die schmuddelige Stadt in eine lebendige Weihnachtskarte. Jetzt, da die meisten Kurse und Prüfungen beendet waren, war auf dem Campus Ruhe eingekehrt. Die Shuttlebusse zum Flughafen waren nonstop im Einsatz gewesen, während sich das Uni-Gelände, die Schlafsäle und die Wohnungen immer weiter geleert hatten.

»Hat jemand noch Socken? Ich hab hier noch mindestens acht Stück in unterschiedlichen Größen und Farben, aber zu keiner ein Gegenstück.« Berk lehnte sich aus seiner Tür und hielt sich dabei am Türpfosten fest.

Ich zog die Sockenschublade auf und holte grinsend eine Handvoll ordentlich zusammengerollter Sockenpaare heraus. Beim großen Senior-Year-Sockenkampf hatten wir vier Jungs, Marisa, ihre Mitbewohnerin Liv und Seph zwei Teams gebildet und uns eine Schlacht geliefert, bei der es einige Verluste zu beklagen gegeben hatte – neben zerbrechlichem Hausrat hatte es auch LJs Schienbein erwischt. Er hatte es sich mächtig angeschlagen, als Marisa ihn auf der Treppe zu Fall gebracht und ihn anschließend auch noch mit einer Socke genau am Auge getroffen hatte. Unsere armen Nerf-Pistolen waren nicht zum Einsatz gekommen, weil wir einfach nicht genug für alle hatten. Also war bald eine Einkaufstour fällig. Ich lief an unserem Munitionsvorrat vorbei, der in einem Wäschekorb im Flur lag.

»Tja, Pech gehabt.« Ich schob mich um eine Ecke und landete direkt neben Berk.

»Hier.« Ich warf ihm drei Paare zu, woraufhin er wieder durch die offene Tür in sein Zimmer verschwand. »Bewacht eure Artillerie nächstes Mal besser.«

»Nicht jeder hat einen Taktikexperten auf seiner Seite«, grummelte Berk in sich hinein – eine Anspielung auf Seph und ihr enormes Geschichtswissen.

Ich sah die frisch gewaschenen Kleider in meinen Schubladen durch und holte alles heraus, was ich für die nächsten Tage brauchen würde. Auch wenn ich es nach wie vor lästig fand, für Auswärtsspiele zu packen, musste ich zugeben, dass Sephs Wäschefaltmethode, gegen die ich mich anfangs noch heftig gewehrt hatte, mir tatsächlich half, alles besser in Ordnung zu halten. Sie hatte mir sogar einen Wäschekorb gekauft, damit ich auf dem Weg zur Waschmaschine nicht immer eine Spur aus Schmutzwäsche hinterließ.

Das Lernen fiel mir in ihrer Gesellschaft ebenfalls leichter. Mein Pensum zu schaffen war so viel erfüllender, wenn sie mir zur Belohnung die Arme um den Hals schlang. Ich hatte die Abschlussprüfungen, die über uns hereingebrochen waren, weitgehend unbeschadet überstanden, auch wenn sich eigentlich sowieso niemand um meine Noten scherte, solange ich nur alle nötigen Voraussetzungen erfüllte, um weiterhin spielen zu können. Im Vorfeld des Saisonendes behielt uns der Coach inzwischen praktisch rund um die Uhr im Auge. Er drillte uns, zeigte uns ständig Aufzeichnungen von bestimmten Spielzügen und sah zu, dass wir uns keinen Ärger mehr einhandelten. Ins nächste Semester würden wir entweder als Meister starten – oder als das Team, das versagt hatte.

Nun stand die Busfahrt zu unserem letzten Spiel vor der Meisterschaft an. Die Jungs würden mir fehlen. Es würde noch andere Teams geben, aber keines, das so war wie dieses. Noch zwei Spiele, um meine Zukunft zu zementieren. Eigentlich konnte ich es nicht ausstehen, im Bus zu schlafen, aber ich würde jede Möglichkeit nutzen, um nicht zu viel über das anstehende Spiel nachzudenken. Grübeleien führten zu Fehlern und Fehler kosteten einen den Sieg bei den Endspielen.

Gerade stopfte ich meinen Kopfhörer in die Reisetasche, als eine Benachrichtigung auf meinem Handy aufploppte. Ich warf mich aufs Bett, schnappte es mir und entsperrte das Display – nur um zu erfahren, dass es in der Mall gerade Sneakers zum Sonderpreis gab. Ich wechselte zu den Textnachrichten. Meine letzte Nachricht, die ich vor einigen Stunden an Seph geschickt hatte, wurde noch immer als ungelesen angezeigt.

Ich: Ich wünschte, die Saison wäre schon vorbei. Du wirst mir fehlen.

Nachdem der Coach beschlossen hatte, dass er in der Woche vor dem Spiel über unser komplettes Leben bestimmen würde, hatten Seph und ich uns kaum gesehen. Auch nach diesem Sieg würde er uns weiterhin hart rannehmen. Den Gedanken, dass wir womöglich verlieren könnten, durfte ich mir gar nicht erst gestatten. Noch zwei Wochen, dann würde dieser unglaubliche Druck endlich vorbei sein. Noch zwei Wochen, um die Weichen dafür zu stellen, dass ich in der ersten Draft-Runde verpflichtet wurde.

»Wir müssen in zwanzig Minuten im Bus sitzen oder der Coach zieht uns das Fell über die Ohren«, brüllte LJ durch den Flur.

»Oder vielleicht tut er das auch nur bei dir«, rief Nix zurück. Berk raste die Treppe hinunter wie ein kleines Kind, das mit einem Zwanziger, den er seinem Dad aus der Geldbörse gemopst hat, dem Eismann hinterherjagt. Die Haustür wurde aufgerissen und knallte gegen die Wand. Ein Schwall kalte Winterluft fuhr herein und über die Treppe hinauf bis in den ersten Stock. Ich hätte schwören können, dass ich Schneeflocken durch die Luft wirbeln sah.

»Mach verdammt noch mal die Tür zu, du Vollidiot. Warte, bis wir alle unten sind«, schrie Nix ihm hinterher.

»Okay, sehr witzig. Wer hat das geschrieben?«, rief Berk vom unteren Treppenabsatz nach oben. »Das ist jetzt schon der zweite, den ich bekommen habe.«

Ich steckte den Kopf aus der Zimmertür. »Wer hat was geschrieben? Wovon hast du schon zwei?«

Berk kam die Treppe hoch. Er hielt ein zusammengefaltetes Blatt lilafarbenes Papier und einen grünen Briefumschlag in der Hand. Sein Blick war so fest auf das Papier geheftet, dass er über die oberste Stufe stolperte und fast auf die Nase fiel. Zum Glück schaffte ich es, ihn am Arm festzuhalten.

»Wärst du so freundlich, dir vor dem Spiel morgen nicht das Gesicht zu lädieren? Was ist das?«

Er starrte das Blatt Papier in seinen Händen so durchdringend an, als könne er Laserstrahlen aus den Augen schießen und ein Loch hineinbrennen.

»Was ist das und warum denkst du, wir hätten es geschrieben?« Ich zupfte an einer Ecke des bunten Papiers.

Er zog es weg. Seine Wangen waren gerötet, und das kam nicht von den zehn Sekunden, die er gerade draußen in der Kälte verbracht hatte. Jetzt wollte ich wirklich unbedingt wissen, was Berk erröten ließ.

»Es … es ist ein Liebesbrief«, sagte er so irritiert, als wäre das ein Fremdwort, dessen Aussprache er erst einmal lernen musste. »Wer will mich da auf den Arm nehmen?«

»Wenn das ein Liebesbrief ist, dann will dich wahrscheinlich eher jemand *in* den Arm nehmen.«

»Ein Liebesbrief?« Nix kam mit der Reisetasche über der Schulter aus seinem Zimmer. »Zeig mal.« Er riss Berk das Papier aus der Hand.

Als Nix las, was auf dem Zettel stand, bekam er große Augen und lief rot an. Berk schnappte nach dem Papier, doch Nix hielt ihn mit ausgestrecktem Arm auf Abstand.

»Was steht da?« Ich schob mich zwischen die beiden und versuchte, über den Rand des Papiers auf den Text zu spähen.

»Mann, wenn du das als Liebesbrief bezeichnest, dann tun mir deine Enkel jetzt schon leid, wenn sie irgendwann mal auf dem Speicher in einer alten Hutschachtel deine alten ›Liebesbriefe‹ finden.« Nix hielt mir den Brief hin. Berk schnappte wieder nach dem Blatt.

Ganz oben stand sein Name. Darunter zogen sich die Worte in geschwungener, femininer Handschrift schnurgerade übers Papier, obwohl es keine Linien hatte, und beschrieben ausführlich, was die Urheberin dieses Briefes gern mit Berk anstellen würde.

Du würdest zwischen meine Schenkel sinken, deinen Schwanz kraftvoll in mich schieben und ich wäre so feucht für dich. Meine Schreie würden das Geräusch unserer zusammenprallenden Körper übertönen. Genau wie dein Stöhnen, wenn du heftiger kommen würdest, als du es jemals für möglich gehalten hättest.

Mit erhobenen Brauen und offenem Mund starrte ich auf den Zettel. Der Rest des Briefs enthielt sogar noch detailliertere Beschreibungen. Mein Nacken wurde schlagartig heiß. Nix blockte derweil Berk ab, der immer noch am oberen Treppenabsatz stand, und ließ ihn nicht vorbei.

LJ kam aus seinem Zimmer. »Seid ihr fertig? Ich hab keine

Lust, dass der Coach mir die Hölle heißmacht, weil ich zu spät komme.« Ich hielt ihm den Brief hin.

Er stellte die Tasche ab, nahm mir mit misstrauischer Miene den Zettel aus der Hand, strich ihn glatt und begann zu lesen. Ungefähr nach der Hälfte sog er scharf die Luft ein und verschluckte sich prompt an seiner eigenen Spucke.

»Wie zum Teufel kommst du auf die Idee, dass einer von uns das geschrieben haben könnte?« LJ wedelte mit dem Brief vor Berks Nase herum. Der durchbrach Nix' Blockade, riss LJ das Papier aus der Hand und steckte es zurück in den Umschlag.

»Ich war einfach nur überrumpelt. Mehr nicht. Also, das hat wirklich keiner von euch geschrieben? Und ihr habt auch niemanden angeheuert, um so was zu schreiben?« Er bedachte jeden von uns mit einem durchdringenden Blick, als wolle er testen, ob wir einknicken und ein Geständnis ablegen würden.

»Manche dieser Sachen, die da stehen, will ich mir im Zusammenhang mit dir nicht mal vorstellen und erst recht nicht aufschreiben. Aber wir wohnen eben im Puff. Wir wissen doch, dass manche Leute die abwegigsten Vorstellungen davon haben, was hier vor sich geht.«

»Du hast recht. Wahrscheinlich stammt der Brief von irgendeiner Verrückten, die versuchen wird, mich bei unserer nächsten Party zu bespringen.« Dennoch warf Berk den Brief nicht weg, sondern schob ihn in seine Gesäßtasche, bevor er die Treppe hinuntertrabte.

Ich klopfte mit dem Handy seitlich gegen mein Bein. Hinter mir schnarchte jemand lautstark. Mit dem Problem sollte er vielleicht mal zum Arzt gehen. Es klang, als würde ein Nebelhorn tröten. Im Bus roch es nach der vertrauten Mischung aus dem Mief unserer Sportausrüstungen, aufgewärmten Fertiggerichten aus dem Supermarkt und Limonade. Die meisten Jungs hatten Kopfhörer auf den Ohren, spielten mit ihren Handys oder versuchten zu schlafen. Wir hatten ein weiteres Spiel gewonnen, waren der Meisterschaft noch einen Schritt näher gekommen. Nun blieb nur noch ein Spiel – das große Finale, der Kampf um den Meistertitel –, doch das alles trat für mich in den Hintergrund.

Ich blickte durch den Gang zur Frontscheibe hinaus. Wir hatten die Abfahrt des Highways erreicht und würden bald am Campus eintreffen. Seph hatte auf keine meiner Nachrichten geantwortet. Ich wippte mit dem Bein auf und ab. Sonst stellte sie sich nie einfach taub, sondern antwortete direkt, nachdem meine Nachrichten als gelesen markiert worden waren. Doch seit ich am Donnerstagnachmittag weggefahren war, war keine meiner Mitteilungen gelesen worden.

Zwei quälende Tage lang hatte ich darüber nachgegrübelt, warum sie sich nicht meldete. Ihre Mitbewohnerin konnte ich ja wohl kaum anrufen und nachfragen, was los war. Hatte ich es mit der Geburtstagsparty übertrieben? War sie sauer, weil ich so oft herumreisen musste? Zum Ende der Saison wurde es mit den vielen Trainingseinheiten, den Auswärtsfahrten und den Spielen immer etwas stressiger. Aber ich würde es wiedergutmachen.

Fast war ich versucht, Marisa anzurufen und sie zu bitten, nach Seph zu sehen, aber das kam mir etwas zu stalkermäßig vor. Und ihre Mitbewohnerin würde sie ja bestimmt nicht einfach sterbend auf dem Boden liegen lassen … *oder doch*?

»Matthews, vergiss nicht, dass die Scouts morgen zum Training kommen.« Der Coach beugte sich über die Sitze vor mir und stützte sich an den Lehnen ab.

Ich merkte, wie LJ sich neben mir verkrampfte und sein Handy fester packte. Das Display beleuchtete sein Gesicht.

Der Blick des Coachs fiel auf ihn und das Handy. Tiefe Falten erschienen auf seiner Stirn. »LJ.« Der Coach sprach seinen Namen aus, als würde er über ein gegnerisches Team reden. »Sie sind um zehn Uhr da. Sieh zu, dass du nicht zu spät kommst.« Er zupfte kurz an seiner Hutkrempe. Dann kehrte er zu seinem Sitz zurück.

»Glaubt ihr, dass auch nur die geringste Möglichkeit besteht, dass er nächstes Jahr vom Bus überfahren wird? Denn wenn nicht, dann kann ich es vergessen, von den Scouts entdeckt zu werden. Ich sitze inzwischen öfter auf der Ersatzbank als hier in diesem Bus.«

»Hast du schon mit Marisa darüber gesprochen, dass er die Probleme, die sie und der Coach miteinander haben, an dir auslässt?«

Es stierte mich an, als hätte ich den Verstand verloren. »Sie hat auch so schon genug am Hals. Was soll ich denn bitte schön zu ihr sagen? *Ja, Risa, ich weiß, dass er dich und deine Mom verlassen hat, als du noch klein warst, aber könntest du dich bitte trotzdem netterweise mit ihm vertragen, damit meine Karriere keinen Schaden nimmt?*«

»Klingt vernünftig.«

Er musterte mich derart entgeistert, als hätte ich ihm geraten, sich selbst anzuzünden und brennend übers Spielfeld zu rennen, um die Aufmerksamkeit der Scouts zu erregen.

»Du weißt nicht, was sie durchmacht.«

»Weiß sie denn, was du durchmachst?«, entgegnete ich und hob das Kinn in Richtung des Coachs, der sich einige Sitzreihen weiter vorne mit einem anderen Spieler unterhielt. »Du hast noch ein Jahr. Jetzt heißt es alles oder nichts. Wenn du nicht auf dem Feld bist und die Scouts dich nicht sehen, bist du geliefert. Es sei denn, du möchtest überhaupt kein Profi werden.«

»Klar will ich das, aber Marisa ist meine beste Freundin.«

»Und würde eine beste Freundin nicht dein Bestes wollen?«

Er lehnte sich in seinem Sitz zurück und starrte wieder auf sein Handy. Dann setzte er ohne ein weiteres Wort den Kopfhörer auf und schaute zum Fenster hinaus.

Genau das passierte, wenn man andere Menschen wichtiger nahm als seine eigene Karriere. Vor solchen schwierigen Entscheidungen hatte ich mich immer zu drücken versucht – bis ich Seph begegnet war. Ich fuhr mir mit den Fingern durch die Haare. Mit ihr hatte ich nicht gerechnet. *Warum hat sie nicht geantwortet? Ist ihr etwas zugestoßen?* So lange hatte noch nie Funkstille zwischen uns geherrscht.

Noch zehn Minuten bis zum Campus. Ich würde gar nicht erst zu uns nach Hause gehen. Ich würde direkt ins Auto steigen und zu ihr fahren. Was, wenn sie mich gebraucht hatte, und ich nicht für sie da gewesen war? Verdammt, um mich war es schon längst geschehen und ich hatte es nicht mal gemerkt. Ich liebte sie, und das jagte mir eine solche Heidenangst ein, wie ich es niemals für möglich gehalten hatte.

30. KAPITEL

Seph

»Wir wissen, dass Sie hingehen können, wo immer Sie möchten, aber Sie sollten wissen, dass das Angebot für das Promotionsprogramm nach wie vor steht. Wir betreiben hier interessante Studien und finden, Sie wären eine hervorragende Ergänzung für unser Team.«

In dem holzgetäfelten Büro im Gebäude der Mathematischen Fakultät fühlte ich mich, im Gegensatz zu einigen Räumlichkeiten in Boston, nicht so, als befände ich mich in einer Gruft. Ich meinte, den geschichtsträchtigen Geist jener zu spüren, die diesen Raum vor mir betreten hatten, ebenso wie das verheißungsvolle Kribbeln der Zukunft und dessen, was ich erreichen konnte. Vielleicht empfand ich auch so, weil ich hier einige hundert Meilen weit weg von den Erwartungen und strengen Anforderungen war, die in Boston auf mir lasteten.

»Das ist wirklich nett, dass Sie das sagen. Ich werde bis zum Beginn des neuen Semesters eine Entscheidung treffen. Oder wäre das zu spät?«

Wenn ich über die Weihnachtsfeiertage nach Hause fuhr, würde ich meinem Dad unmissverständlich klarmachen, dass er sich nach meinen Wünschen zu richten hatte, wenn er wollte, dass ich nach Boston zurückkam. Andernfalls würde ich in Philadelphia bleiben.

Reece war unterwegs zu einem weiteren Spiel. Es war das letzte vor der Meisterschaft. Ich fand es blöd, dass er weg war, aber zumindest konnte ich den Spielverlauf online verfolgen.

Als ich um die Ecke bog, prallte ich mit jemandem zusammen. *Erde an Seph – aufpassen!* Wir landeten beide auf dem Boden. Ich hob den Kopf und verzog das Gesicht. Es war Graham.

Er rappelte sich auf und hielt mir seine Hand hin.

Ich zögerte.

»Keine Sorge, ich beiße nicht. Du bist nicht das erste Mädchen, dass mir einen Korb gegeben hat, und bestimmt auch nicht das letzte.«

Meine Miene wurde noch gequälter. »Es tut mir leid, dass ich nicht auf deine Nachrichten geantwortet habe.« Himmel, ich war so ein Arsch.

»Du warst … beschäftigt.« Es klang freundlich und überhaupt nicht vorwurfsvoll, wie ich es eigentlich befürchtet hatte.

Ich nickte, verschränkte die Arme vor der Brust, überlegte es mir wieder anders und stemmte sie in die Hüften. Schließlich ließ ich sie einfach hängen. Wozu sind Hände eigentlich gut und warum weiß man in peinlichen Situationen nie, wohin mit ihnen?

»Ich kann nicht behaupten, dass es mich überrascht. Er schleppt dich bestimmt nicht durch Museen, während du dich zu Tode langweilst.«

Mir stand der Mund offen. Schnell klappte ich ihn wieder zu. »Ich habe mich nicht gelangweilt.«

»Du bist praktisch geschlafwandelt.« Einer seiner Mundwinkel hob sich. »Ich muss jetzt weiter zum Unterricht. Aber es freut mich, dass du offenbar gefunden hast, wonach du gesucht hast. Du scheinst glücklich zu sein.«

Ein albernes Grinsen machte sich unwillkürlich auf meinem Gesicht breit. »Das bin ich auch.«

Im Vorbeigehen drückte er noch einmal meine Schulter. Da spürte ich, wie sich eine Anspannung in mir löste, die ich bis dato gar nicht bemerkt hatte. Ich war also doch kein Arschloch – na ja, größtenteils zumindest.

Es juckte mich in den Fingern, noch einmal nachzusehen, wie das Spiel stand. Ich hatte das Handy tief in meiner Tasche vergraben, damit ich nicht in Versuchung kam, ranzugehen, falls mein Vater anrief. Zuerst musste ich mir darüber klar werden, wie ich ihm und Mom die ganze Sache beibringen wollte. Auch wenn meine Mutter sich schon darauf freute, dass ich wieder nach Hause kam, konnte ich nicht mehr mit ihm unter einem Dach leben. Niemand sollte das müssen.

Sie ließ zu, dass er sämtliche Entscheidungen traf, komplett über ihr Leben bestimmte, obwohl sie dabei nicht glücklich war. Wie auch? Fast kam es mir so vor, als fasse sie das Zusammenleben mit ihm als eine Art schicksalhafter Strafe auf. So konnte man doch nicht leben.

Schnee knirschte unter meinen Stiefeln, als ich mich auf den Weg zurück zur Wohnung machte. Wie lange würde ich wohl alleine durchhalten? Ich hatte mich bisher kaum auf eigene Faust durchgeschlagen und als ich es versucht hatte, waren solche Dinge wie meine Sex-Anzeige dabei herausgekommen. Ich hatte Reece mit der Aufgabe betraut, mir dabei zu helfen, durchs normale College-Leben zu navigieren, doch mein einziger Lotse würde bald nicht mehr da sein.

Ich stampfte mit den Stiefeln auf, damit der verkrustete Schnee abfiel, bevor ich die Wohnungstür öffnete.

Alexa kreischte auf, zog sich hastig das Shirt über die entblößten Brüste und fiel dabei von der Couch.

Ich blieb verdattert stehen. Der Mann, der eilig den Stall seiner Jeans zuzog, als wäre ich ein erboster Vater, der seine Tochter im Wohnzimmer beim Vögeln erwischt hatte, war nicht Dan.

»Du könntest anklopfen«, fauchte sie.

»Ist das hier nicht auch meine Wohnung? Ich bin mir ziemlich sicher, dass ich die Hälfte der Miete zahle.« *Und wenn du schon deinen Freund betrügst, dann solltest du wenigstens etwas diskreter sein.* Ich schüttelte den Kopf, holte mir eine Schachtel mit chinesischem Essen aus dem Kühlschrank und trottete in mein Zimmer. Nachdem ich mir eine Gabel voll in den Mund gestopft hatte, zog ich meinen Pyjama an. Es war schon eine Weile her, dass ich in meinem eigenen Bett geschlafen hatte. Inzwischen übernachtete ich standardmäßig im Puff – ein Satz, von dem ich nie gedacht hätte, dass ich ihn einmal formulieren würde. Aber dort fühlte ich mich nun mal mehr zu Hause, als ich es hier jemals getan hatte. Ich sah mich um, betrachtete die kahlen Wände und das Zimmer, das sich so steril anfühlte.

Was Reece wohl gerade trieb? Wahrscheinlich genoss er, wie seine begeisterten Fans seinen Namen riefen. Ich plumpste aufs Bett. Mir war ein wenig flau im Magen. Er liebte es, im Mittelpunkt des Interesses zu stehen, blühte dabei richtig auf. Selbst wenn ich gewollt hätte, dass das zwischen uns auch nach dem Ende des Schuljahres weiterbestand und vielleicht mehr wurde – wie sollte ich da mithalten?

Ich krümmte mich und hielt mir den Bauch. Mein Magen krampfte sich zusammen und wollte einfach nicht damit aufhören. Das Einzige, was in diesem Augenblick schlimmer gewesen wäre, als zu sterben, wäre weiterzuleben. Anscheinend war das Essen vom Chinesen doch schon älter gewesen, als ich gedacht hatte. Ich lag im Bett, umklammerte meinen Bauch und betete, dass es schnell vorbei sein würde – entweder die Übelkeit oder mein Leben. Wieder zog sich mein Magen schmerzhaft zusammen. Am liebsten hätte ich zum Himmel geschrien: *Es ist nichts mehr da, was noch rauskommen könnte,* aber das ging nicht, weil ich mit dem Kopf zu tief im Mülleimer steckte.

»Alles in Ordnung bei dir?« Dan öffnete meine Zimmertür.

»Ihr geht's gut. Lass uns gehen. Ihr Gekotze geht mir auf die Nerven.«

Die gute Alexa, fürsorglich und mütterlich wie immer. Noch nie im Leben wollte ich so gern jemanden ankotzen wie sie und ich hätte es auch getan, wenn ich nicht zu schlapp gewesen wäre, um mich zu ihr zu schleppen.

»Sie sieht nicht gut aus.« Als ich seinen besorgten Tonfall hörte, ging es mir gleich noch schlechter. Wie war ein netter Mensch wie er bloß an sie geraten? Doch meine Grübeleien darüber, wieso manche Leute Beziehungen mit widerwärtigen Menschen eingingen, wurden von einem neuen Kotzanfall unterbrochen. Ich steckte den Kopf zurück in den Mülleimer. In diesem Moment befürchtete ich wirklich ernsthaft, den Tag nicht zu überleben.

Blindlings tastete ich auf meinem Nachttisch herum, bis ich die Flasche fand, und spritzte mir ein wenig Wasser in den Mund. In diesem Moment schlug die Haustür zu. Ich ließ den Kopf hängen und schmiegte die Wange an die kühle Bettdecke.

»Übergibst du dich eigentlich immer nur dann, wenn ich in deiner Wohnung bin?«

Ich erschrak so sehr, dass ich halb aus dem Bett fiel. Reece eilte zu mir und half mir zurück aufs Bett.

Ich stöhnte. »Warum bist du hier?«, fragte ich, schubste ihn weg und rollte über die Matratze.

»Wir sind gerade mit dem Teambus wieder auf dem Campus angekommen. Ich war beunruhigt, weil du nicht ans Telefon gegangen bist.« Die Matratze neigte sich ein wenig. Dann legte er die Hand auf meine Stirn. »Du glühst ja.« Wieder bewegte sich die Matratze. Seine Schritte entfernten sich. Gleich darauf hörte ich Wasser rauschen.

Dann kam er zurück und legte mir einen kühlen Waschlappen auf die Stirn.

»Wie lange geht das schon so?« Er fuhr mit einem zweiten Waschlappen über meinen Hals und meine Schultern.

»Ungefähr einen Tag. Ich weiß es nicht genau, es ist alles irgendwie so verschwommen.« Ich schloss die Augen, rollte mich auf die Seite und kuschelte mich an ihn. Er strich mir mit der Hand durch die Haare und begann dann behutsam, die Überreste meiner Flechtfrisur mit den Fingern zu lösen.

»Warum hast du mir nicht Bescheid gesagt?«

»Während du Meilen weit weg warst? Du hättest doch sowieso nichts tun können.« Ich öffnete vorsichtig ein Auge und lächelte, so gut ich konnte, doch es wurde eher eine gequälte Grimasse daraus.

Er blickte auf mich herab, strich mir das verschwitzte Haar aus dem Gesicht, während er gleichzeitig mit dem kühlen Waschlappen über meine Haut rieb. »Keine Sorge, Wildfang.« Er küsste mich auf die Stirn. »Schlaf jetzt. Ich bin da.«

Der Schmerz in meinem Magen ließ ein wenig nach und gleich darauf fielen mir die Augen zu. Reece war hier und alles würde gut werden.

Langsam schlug ich die Augen auf. Meine Muskeln schmerzten, als wäre ich die ganze Nacht lang gejoggt. Ich hob die Bettdecke an und blickte an mir herunter. Mein schweißgetränkter Pyjama war verschwunden und durch einen neuen, sauberen ersetzt worden. Reece bewegte sich neben mir, schloss die Arme fester um mich. Dann rieb er sich mit der Hand die Nase und drehte den Kopf auf dem Kissen. Er war noch da. Ich setzte mich auf und machte mich auf Schwindel und stechende Magenschmerzen gefasst. Doch beides blieb aus.

Auf dem Nachttisch stand eine leere Schüssel, aus der ein Löffel ragte. Ich erinnerte mich wieder bruchstückhaft daran, wie Reece mich mit Hühnernudelsuppe gefüttert und mir heißen Tee eingeflößt hatte. Irgendwann hatte ich zu ihm gesagt, er könne gehen, doch er hatte nur entgegnet: »Ich bleibe so lange, bis es dir wieder besser geht. Finde dich damit ab.« Und damit war die Diskussion beendet gewesen. Ich schlug die Hände vors Gesicht. Ich hatte mich wirklich unglaublich oft übergeben.

Als ich einen Blick über die Schulter warf, spürte ich ein Kribbeln in meinem Magen, doch diesmal rührte es nicht von der unbarmherzigen Lebensmittelvergiftung her. Reece' Kieferpartie war mit Stoppeln überzogen und ich konnte kaum dem Drang widerstehen, ihm durch die zerzausten Haare zu streichen. Bestimmt war er total fertig, nachdem er sich so lange um mich gekümmert hatte ... Wie spät war es wohl geworden?

Irgendwo surrte ein Handy. Ich sah mich suchend im Zimmer um. Wo mein Handy war, wusste ich nicht. Das Telefon, das wie ein Leuchtfeuer im Dunkeln erstrahlte, gehörte Reece. Bevor ich erkennen konnte, wer anrief, erlosch das Display jedoch wieder. Unschlüssig knabberte ich an meiner Lippe. Sollte ich ihn aufwecken und ihm Bescheid sagen oder ihn lieber schlafen lassen?

Schließlich entdeckte ich mein eigenes Telefon. Ich rutschte über die Matratze und angelte es von der Bettkante. Es steckte am Ladegerät und war vollständig aufgeladen. Ich stellte fest, dass sich diese fiese Seuche schon vor fast achtundvierzig Stunden zum ersten Mal bei mir bemerkbar gemacht hatte.

Ich hatte mehrere unbeantwortete Anrufe und Nachrichten von meinem Dad, meiner Mom und Tante Sophie, sowie eine

Mitteilung von Marisa, in der sie mich dazu einlud, mit ihr und ihrer Mitbewohnerin tanzen zu gehen. Ich antwortete Mom, Tante Sophie und Marisa.

Es war meine allererste Einladung zu einem Mädelsabend.

Ich: Ich bin wieder von den Toten auferstanden und komme gern mit.

Marisa: Spitze!

Ich schickte eine Nachricht an meine Tante und Mom. Dads Frage beantwortete ich zuletzt. Je länger ich die Zeit zwischen unseren knappen Unterhaltungen ausdehnen konnte, desto besser. Reece' Telefon vibrierte schon wieder.

Plötzlich legten sich von hinten zwei starke Arme um mich und er schmiegte den Kopf an meine Schulter. »Du bist ja wach.«

Ich lehnte mich an ihn, genoss seine Wärme. »Wie geht es dir?«

»Ich bin erleichtert. Du hast mir einen Riesenschrecken eingejagt.« Er drehte mich in seinen Armen um und sah mir forschend ins Gesicht, während er mir mit den Fingern die Haare aus der Stirn strich.

»Tut mir leid.«

»Wenn du dich heute Morgen nicht besser gefühlt hättest, hätte ich dich ins Krankenhaus gebracht. Geht es dir auch wirklich gut?«

»Besser als gut. Es kommt mir vor, als hätte ich einen Monat geschlafen. Mir tut zwar noch alles weh, aber davon abgesehen ist wieder alles ganz normal.«

Reece' Telefon glitt vibrierend über meinen Nachttisch.

»Das ist schon der dritte Anruf, seitdem ich aufgewacht bin. Du solltest vielleicht rangehen.«

Mit einem Stöhnen ließ er mich los und lehnte sich nach hinten, um sich sein Handy zu angeln. Er entsperrte es und wischte mit dem Finger übers Display. Plötzlich riss er die Augen auf und sprang vom Bett. »Scheiße. Was zum Teufel ist nur los mit mir?« Er griff nach seiner Jeans, die zusammengefaltet auf der Kommode lag, und schlüpfte hektisch hinein. »Tut mir leid, Seph. Ich hab völlig vergessen, dass heute Morgen das Scout-Training stattfindet.«

Ich erschrak. »Wann fängt es an?« Ich sah auf die Uhr. Es war neun Uhr siebenundvierzig.

»Um zehn.« Er stieg eilig in seine Turnschuhe.

»Tut m…« Er starrte mich mit zusammengekniffenen Augen an und die Entschuldigung blieb mir im Halse stecken.

»Sag es nicht.« Er legte mir die Hand in den Nacken und hielt mich fest. »Du hast mich gebraucht. Das war alles, was zählte. Aber jetzt muss ich los.« Er presste die Lippen auf meinen Mund, gierig und zärtlich zugleich. Ich schnappte nach Luft und mir wurde ganz schwindelig. »Ich komme wieder, sobald ich fertig bin. Ich l…« Seine Augen weiteten sich und er verstummte abrupt. »Ich bin froh, dass es dir wieder besser geht.«

»Wie wäre es, wenn wir uns im Puff treffen? Nachdem ich schon seit Tagen hier festsitze, kann ich einen Tapetenwechsel gut gebrauchen.«

»Okay, schreib mir, wenn du da bist.« Er öffnete die Zimmertür. »Der Schlüssel ist in der Lampe neben der Haustür versteckt.« Er musterte mich einen Augenblick lang. Dann kam er zu mir zurück und gab mir einen Kuss auf die Stirn, bevor er endgültig zur Tür hinauseilte, so hektisch, als würde er es, wenn er nur noch einen Moment länger zögerte, nicht mehr übers Herz bringen zu gehen.

Ich streckte meine schmerzenden Muskeln und ging hinaus auf den Flur. Die Tür von Alexas Zimmer öffnete sich. »Oh, du lebst. Ich musste vorübergehend bei Dan bleiben, weil mir von deinem Gekotze beinahe selbst schlecht geworden wäre.«

»Entschuldige die Unannehmlichkeiten«, grummelte ich leise und ging in Richtung Badezimmer. Sie folgte mir und meckerte dabei unablässig weiter.

Im Bad angekommen drehte ich mich um und schlug der fassungslosen Alexa lächelnd die Tür vor der Nase zu. Adrenalin rauschte durch meine Adern. Verdammt, das fühlte sich toll an. Ich sprang unter die Dusche und lehnte den Kopf gegen die kühlen Fliesen. Ich hätte nicht gedacht, dass Reece der Typ Mann war, der einem Mädchen beim Kotzen die Haare festhielt, aber offenbar hatte ich ihn von Anfang an unterschätzt. Er war so viel mehr, als die meisten Leute dachten. Er war ein Beschützer, ein loyaler Freund und er akzeptierte mich mit all meinen Fehlern, inklusive der Fähigkeit, ihn und mich in Schwierigkeiten zu bringen. Er verstand meinen Körper und weckte ein Feuer in mir, von dem ich nie etwas geahnt hatte. War es da verwunderlich, dass ich mich hoffnungslos in ihn verliebt hatte?

31. KAPITEL

Reece

Ihre Beine hopsten auf der Matratze auf und ab und sie wackelte genüsslich mit den Zehen, während sie die letzten Reste Schokoladeneiscreme vom Boden der Schüssel kratzte.

Ich hielt sie fest, hob ihr das Shirt hoch, drückte die Lippen auf ihren Bauch und pustete auf ihre Haut, wobei ich ein unanständiges Geräusch erzeugte. Entrüstet kreischte sie auf und schubste mich weg. Dabei tropfte mir ein wenig Eiscreme auf die Schulter.

»Lass das, du bekleckerst alles«, ermahnte ich sie, spannte die Finger an und ließ sie über ihren Bauch gleiten.

Sofort zuckte sie zusammen und versuchte, meine Hände wegzuschieben. »Wenn du so weitermachst, muss ich gleich pinkeln – hör auf, mich zu kitzeln!«

Ich pustete trotzdem wieder auf ihren Bauch, um neue Pupslaute zu erzeugen, und sie lachte keuchend auf. Ihre Augen glänzten und in ihrem Blick lag eine Liebe, wie ich sie noch nie zuvor erlebt hatte. Die Art von Liebe, vor der ich, wenn sie sich bisher auch nur angedeutet hatte, immer sofort Reißaus genommen hatte. Doch bei ihr war das anders. Da wollte ich alles und sogar noch viel mehr – und das jagte mir furchtbare Angst ein.

Ich legte das Kinn auf ihren Bauch und sah zu ihr auf. Sie hielt die Schüssel mit geschmolzener Eiscreme in der Hand.

Auch ihre Finger waren klebrig und auf ihrem Shirt waren überall Schokoladenflecken.

»Wahrscheinlich wäre es am besten, wenn du das hier ganz schnell ausziehst, bevor die Flecken nicht mehr rausgehen«, schlug ich vor und schob ihr Shirt weiter nach oben, entblößte noch mehr von ihrer Haut.

»War das etwa von Anfang an dein Plan? Mich schon wieder um meine Kleider zu erleichtern?« Sie stellte die Schüssel auf den Nachttisch, steckte einen Finger in den Mund und leckte die Eiscreme ab.

Ich hob den Kopf und nickte. Warum lügen? »Wenn ich könnte, würde ich dafür sorgen, dass du für alle Zeiten nichts mehr anhast.«

»Wenn du mich weiterhin so mästest, ist es sowieso nur noch eine Frage der Zeit, bis mir all meine Sachen nicht mehr passen und die Leute zu fragen anfangen, wann das Baby kommt«, sagte sie lachend und rollte sich herum.

Es fühlte sich an, als hätte ich einen Eimer Eiswasser über den Kopf bekommen. Mein Mund wurde staubtrocken und mein Herz versuchte, sich mit Brachialgewalt aus meinem Brustkorb zu befreien. Erinnerungen an das Ende des vergangenen Jahres blitzten in schneller Folge vor meinem inneren Auge auf – die Anschuldigungen, die herablassenden Blicke von allen Seiten, als hätten die Leute nur darauf gewartet, dass ich Mist baue, und das unvermeidliche Getuschel, das selbst, nachdem ich rehabilitiert gewesen war, nicht aufgehört hatte.

Und nachdem die Vorwürfe gegen mich entkräftet worden waren, hatte sich niemand entschuldigt, obwohl sich herausgestellt hatte, dass Celeste nur auf Geld aus gewesen war. So etwas konnte ich nicht noch einmal durchstehen. Meine Hände fühlten sich plötzlich taub an und es fiel mir schwer, mich zu konzentrieren. Das Licht im Raum schien fahler zu werden und zu flackern, während mir das Blut in den Kopf schoss.

»Was ist?«

Ich sprang auf. Dabei stieß ich mit dem Rücken gegen die Jalousie, die wackelte und unangenehm schrill klapperte. Alles um mich herum erschien mir plötzlich viel zu laut. Ich fühlte mich wieder wie damals, als ich zum ersten Mal mit diesen schlimmen Vorwürfen konfrontiert worden war, mir irgendwelche Leute Mikrofone ins Gesicht gehalten und mich befragt hatten, was ich denn zu unternehmen gedächte und ob ich beabsichtigen würde, mich meiner Verantwortung zu stellen.

»Das war nur ein Witz.« Sie sah mich erschrocken an, setzte sich auf und wischte sich die Hände rasch an der Pyjamahose ab. »Meine Klamotten werden mir bestimmt noch passen. Ich hab genug Sachen wie diese Hose – da ist noch Platz.« Lächelnd zupfte sie am Taillenbund ihrer Schlafanzughose.

»Ich muss gehen.« Schnell stieg ich in meine Jeans und bemühte mich, sie dabei nicht anzusehen. Ich konnte nicht bleiben. Alles, woran ich denken konnte, war Celeste. Ich musste hier raus. *Wo zum Teufel sind meine Schuhe?* Ich drehte mich im Kreis und suchte mit den Augen den Boden ab. Alles um mich herum schien zu verschwimmen.

»Wohin? Wir wollten uns doch einen Film anschauen.«

»Ich muss los. Ich hab vergessen, dass ich noch was zu erledigen hab.« Etwas Rotes fiel mir ins Auge. Ich ging in die Hocke und angelte meine Sneakers unter ihrem Bett heraus. Meine Finger waren so taub, dass ich es erst beim zweiten Versuch schaffte, sie hervorzuziehen.

»Ich kann mitkommen, wenn du möchtest«, bot sie an und schwang die Beine aus dem Bett.

»Nein.« Es klang viel zu energisch.

Sie zuckte zusammen und erstarrte mitten in der Bewegung. Ich hatte ihr doch keine Angst machen wollen.

Kopfschüttelnd lehnte ich mich auf die Kante ihres Schreibtischs und schob die Füße in meine Schuhe.

»Reece, sag mir, was los ist.« Ihre Hand legte sich auf meinen Arm, doch ich senkte die Schulter, sodass sie wieder herabglitt, und schnappte mir mein T-Shirt vom Schreibtischstuhl. Das Atmen fiel mir immer schwerer.

Wir hatten zwar immer verhütet, doch was, wenn Seph trotzdem schwanger wurde? Was dann? Ich lief nicht davon, weil ich mich davor fürchtete – sondern weil mir die Vorstellung *keine* Angst machte. Ich war zweiundzwanzig und noch viel zu jung für Kinder. Der Draft würde mich von ihr und unserem Kind trennen. Grimmig presste ich die Lippen aufeinander.

Hör auf, von deinen hypothetischen Kindern zu schwafeln.

Hör auf, darüber nachzugrübeln, wie schlimm es wäre, von ihr und den Kindern getrennt zu sein, wenn du zu Auswärtsspielen reisen musst.

Hör auf, zu denken, dass das hier mehr ist, als ihr beide von vornherein vereinbart habt. Mein Dad war nicht das Gelbe vom Ei und ihr Dad war noch viel übler – woher sollte ich bitte schön wissen, wie man ein guter Vater war? Erneut überrollte mich eine Welle von Panik. Im Zimmer schien es schon wieder dunkler zu werden und ich bekam kaum noch Luft. Bei der Sache mit Celeste hatte ich genau gewusst, dass das alles Schwachsinn war, doch jetzt, mit Seph, war es etwas anderes. Was, wenn sie schwanger wurde? Meine Beine gaben fast unter mir nach. Wir hatten beide keine Ahnung vom Elternsein. Dank ihres durchgeknallten Vaters hatte Seph panische Angst davor, Fehler zu machen, und mein Dad gab mir das Gefühl, unsichtbar zu sein. Ich musste hier raus.

»Das wird mir alles zu viel. Wir hatten uns am Anfang auf gewisse Grundregeln geeinigt. Du gehst am Ende des Semesters hier weg. Ich nehme am Draft teil.« Mein Herz hämmerte und das Blut rauschte durch meine Adern. Es fiel mir schwer, einen klaren Gedanken zu fassen. Ich knöpfte die Hose zu und nahm meinen Mantel, der an der Tür hing. »Jetzt ist nicht der richtige Zeitpunkt, um mich von irgendetwas ablenken zu lassen.«

Ein Keuchen drang durch ihre halb geöffneten Lippen und sie zuckte zurück, als hätte ich sie geschlagen. »Heißt ... heißt das, du machst mit mir Schluss?« Ihre Stimme überschlug sich.

»Ich glaube nur, dass wir beide uns viel zu sehr haben vereinnahmen lassen – von deiner Liste und davon, Spaß miteinander zu haben – und deswegen nicht mehr klar und rational denken.«

»Jetzt klingst du wie ich.« Sie lachte auf, doch es klang freudlos und konnte auch nicht über die Anspannung in ihrer Stimme hinwegtäuschen.

»Für mich steht jetzt das Meisterschaftsspiel an und anschließend der Draft. Davon träume ich schon mein ganzes Leben lang – in ein Profiteam aufgenommen zu werden, eine Meisterschaft zu gewinnen –, aber wenn ich mich jetzt ablenken lasse, vermassle ich es am Ende. Ich werde nicht zulassen, dass irgendetwas meinen Plänen im Weg steht.«

»Ich eingeschlossen.« Sie stand mitten im Zimmer und hatte die Arme um den Oberkörper geschlungen.

Als ich den Schmerz in ihren Augen sah, hätte ich am liebsten alles, was ich gesagt hatte, auf der Stelle zurückgenommen. Eine Stimme in meinem Kopf schrie mich an, ich solle sie in den Arm nehmen und mich entschuldigen – dieselbe Stimme, die mir zuflüsterte, dass das alles ein Fehler war und ich mich idiotisch verhielt. Was zählte wirklich? Der Jubel im Stadion, die Fans, der Draft. Mein Vater hatte sich ausbremsen lassen. Doch ich würde keine Entscheidung treffen, die ich anschließend ein Leben lang bereute. Das konnte ich mir selbst nicht antun und ihr genauso wenig. Das hier war nur zu unserem Besten. Es war genau das, was wir eigentlich von Anfang an vereinbart hatten.

Sie presste die Lippen so fest aufeinander, dass sämtliche Farbe aus ihnen wich und sie nur noch eine schmale, weiße Linie bildeten. Diese rosigen, weichen Lippen, über die ich so oft mit dem Daumen gestrichen hatte, dieselben, auf die ich mich gierig gestürzt hatte, als wären sie das Letzte, was ich auf Erden noch schmecken könnte.

Sie blinzelte und starrte mich an, als sähe sie mich plötzlich mit anderen Augen.

Ich ballte die Hände zu Fäusten, um der Versuchung zu widerstehen, sie nach ihr auszustrecken.

»Selbstverständlich.« Sie schüttelte brüsk den Kopf, als wolle sie damit all die albernen Gedanken an sie und mich abschütteln. Sie griff sich in den Nacken und nestelte an dem silbernen Kettchen, das über ihr Schlüsselbein verlief, über die Stelle, wo ich sie erst vor wenigen Minuten noch geküsst hatte. »Dann solltest du das hier zurücknehmen.«

»Nein, Seph. Das hab ich dir geschenkt.« Ich trat auf sie zu und griff nach ihrer Hand.

Doch sie wich zurück und entzog sich mir. Ich schluckte schwer. Sie öffnete den Verschluss der Kette und ließ sie mitsamt dem Anhänger in ihre Hand fallen.

»Behalte sie«, bat ich sie leise.

Sie blickte mir in die Augen. Tränen glitzerten wie Regentropfen in ihren Wimpern. »Wieso sollte ich sie behalten, wenn es nicht wahr ist?«, sagte sie mit brechender Stimme.

»Natürlich ist es wahr.« *Verdammt.* Hier ging es nicht um sie. Ich wollte doch nur verhindern, dass ich in zehn Jahren neben ihr aufwachte und sie verabscheute, weil ich meine Träume aufgegeben hatte, um mit ihr zusammen zu sein. Ob Dad manchmal so empfand? Anscheinend nicht, aber wieso? Wie konnte man nicht bereuen, etwas aufgegeben zu haben, wofür man sein ganzes Leben gearbeitet hatte, nur um mit jemandem zusammen zu sein?

Ihre Nasenflügel blähten sich, als sie mir das warme Metall in die Hand drückte. »Du kannst jetzt gehen.« Die Muskeln in ihrer Kehle arbeiteten, als würde sie angestrengt versuchen, nicht zu schreien.

Alles, was zwischen uns war – egal was ich darüber gedacht oder mir einzureden versucht hatte –, zerstob urplötzlich. »Seph …« Ich streckte die Hand nach ihr aus. Sie rauschte an mir vorbei zur Tür und riss sie auf.

»Bitte, geh.« Ihre Stimme bebte. Ich schloss die Augen und ließ den Kopf hängen.

Dann trat ich zu ihr und blieb vor ihr stehen. »Ich wollte nicht, dass es so kommt.«

»Und ich war eigentlich nur auf der Suche nach jemandem, der mich zum ersten Mal vögelt. Schon vergessen?« Sie drückte gegen die Tür. Sie prallte gegen meine Schulter, doch sie lehnte sich weiter dagegen, bis ich schließlich draußen im Flur war. Dann fiel die Tür ins Schloss.

Ihre Mitbewohnerin stand in der Küche und rührte in ihrer Tasse. Der Löffel stieß klirrend gegen den Rand im Rhythmus der verstreichenden Sekunden, während sie mich selbstgefällig anschaute. Ich spürte, wie sich das Gewicht dessen, was ich gerade getan hatte, auf meine Schultern senkte. Der Verlust traf mich härter als jeder Drill, wog schwerer als jedes Tackle, jedes verlorene Spiel.

Ich fluchte leise. Genau aus diesem Grund hatte ich das alles beenden müssen, durfte mich nicht länger ablenken lassen. Ich schlug noch einmal mit der Faust gegen ihre Zimmertür, bevor ich aus der Wohnung stürmte. Ich würde Profi werden. Sie würde nach Harvard gehen. So einfach war das. Wer wusste schon, wo ich am Ende landen würde. Der Draft könnte mich durchaus nach Seattle oder Miami führen.

Zurück im Auto umklammerte ich das Lenkrad, spürte das kalte Metall an meiner Haut. Ich musste mich auf das Wesentliche konzentrieren, nämlich darauf, gut bezahlt zu werden und das Leben zu leben, dass mein Vater hätte leben sollen. Aber warum fühlte ich mich dann so durcheinander? Warum hatte ich das Gefühl, im freien Fall in einen Abgrund zu stürzen, aus dem ich mich nie wieder würde befreien können? Ich ließ den Kopf aufs Lenkrad sinken und versuchte, mich wieder daran zu erinnern, wie man atmete, wie es war, ein Leben ohne Seph zu leben.

32. KAPITEL

Reece

Ich holte mir einen Stuhl aus einer Ecke der Garage und starrte zur offenen Tür hinaus auf den Schnee, der langsam zu Boden fiel. Noch zwei Tage bis zum Spiel um die Meisterschaft. Zwei Tage bis zu dem Augenblick, von dem ich immer geglaubt hatte, er wäre der wichtigste meines ganzen Lebens. Doch bis jetzt hatte ich keinen einzigen der Agenten, die mich zu kontaktieren versucht hatten, zurückgerufen. Neun Tage waren vergangen, seitdem ich zum letzten Mal mit Seph gesprochen hatte.

Ich hatte es geschafft, der gefängnisartigen Dauerüberwachung des Coachs, unter der das ganze Team aktuell stand, zu entkommen, und war zu meinen Eltern gefahren.

Als meine Mutter in der Einfahrt hielt und mich entdeckte, wurde ihre Miene sofort sorgenvoll.

»Ist alles in Ordnung? Geht es allen gut?« Sie sprang aus dem Auto, kniete sich neben mich und legte die Hand an meine Wange.

Ich presste die Lippen aufeinander.

»Was ist nur los mit dir?«

»Nichts.«

»Erzähl mir nicht, dass nichts ist. Du schleichst schon seit gestern hier herum und machst ein Gesicht, als hätte jemand den Hund überfahren, obwohl wir überhaupt keinen Hund haben.«

»Komm, ich helfe dir mit den Einkäufen.« Ich lud mir die Arme mit Tüten voll und trug sie in die Küche. Mom und Dad flüsterten derweil miteinander im Wohnzimmer, bevor Mom ihm die Hand auf den Arm legte und nach oben verschwand.

»Reece, kann ich kurz mit dir reden?«

Nachdem ich alle Tüten auf der Arbeitsplatte abgestellt hatte, ging ich ins Wohnzimmer und setzte mich aufs Sofa. Dad rieb sich den Arm und nahm im Sessel mir gegenüber Platz. »Deine Mom meinte, du wärst draußen in der Garage gewesen und hättest ins Leere gestarrt. Ist alles okay?« Einer seiner Mundwinkel hob sich. »Geht es um Football?«

»Nein, aber es war mir schon klar, dass es dir am liebsten wäre, wenn es damit Probleme gäbe. Du fändest es doch toll, wenn ich es versauen würde, oder?«, fauchte ich aufgebracht und sprang von meinem Platz auf. »Du kannst es nicht ertragen, dass ich Profi werde. Aber ich werde es schaffen und in der Liga bleiben, solange ich kann, und dass mir dabei jemand im Weg steht – mich davon ablenkt, der beste Wide Receiver von allen zu werden –, werde ich auf keinen Fall zulassen.«

»So denkst du also? Dass ich will, dass du es vermasselst?«

»Welchen Grund könnte es sonst dafür geben, dass du zu keinem einzigen meiner Spiele kommst? Im Grunde wolltest du doch nie, dass ich spiele. Hätte ich deine Unterschrift auf der Einwilligungserklärung damals nicht gefälscht, hättest du mir nie gestattet zu spielen, oder?«

»Nein, auf keinen Fall«, erwiderte er streng und sein Blick wurde hart.

Ich hob aufgebracht die Hände. »Siehst du? Du hast hingeschmissen, weil du es nicht auf die Reihe bekommen hast. Nur weil du Mom vermisst hast, hast du all den Ruhm aufgegeben. Und wofür? Um als Bürohengst in Großvaters Firma zu schuften? Das mache ich nicht. Ich werde keine Entscheidung treffen, die ich mein Leben lang bereuen werde, und die es meinen Kindern unmöglich macht, das Leben zu leben, dass sie eigentlich verdient hätten.«

Er ließ den Kopf hängen, fuhr sich mit der Hand über den Nacken. Dabei blitzte sein Ehering im Licht der Lampe auf. »Das denkst du also?«

»Ich weiß, dass es so ist.«

Er hob schwerfällig den Kopf, als hinge ihm ein Fünfzig-Kilo-Gewicht um den Hals. Dann erhob er sich und kam auf mich zu, bis er direkt vor mir stand.

»Ich habe nicht deiner Mutter wegen aufgehört zu spielen.« Dad legte mir die Hand auf die Schulter. »Nicht nur ihretwegen. Ich wollte dich niemals davon abhalten, deinen Traum zu leben, aber ich wollte verhindern, dass du die gleichen Fehler machst wie ich.«

»Mach dir deswegen keine Gedanken. Ich habe schon dafür gesorgt, dass mir das nicht passiert.« Schlagartig sah ich wieder Sephs trauriges Gesicht vor mir, als sie mir die Kette zurückgegeben hatte, die ich ihr geschenkt hatte.

»Also, nach deiner sauertöpfischen Miene zu urteilen, und danach, dass du schon die ganze Zeit Trübsal bläst, ist dir deswegen womöglich das Beste, was dir jemals in deinem Leben passiert ist, durch die Lappen gegangen«, sagte er und bedachte mich mit einem dieser nervigen, weisen, väterlichen Blicke.

Wut flammte in mir auf. »Als ob du dir nicht wünschen würdest, du hättest nicht so früh aufgehört und stattdessen doch noch eine weitere Saison gespielt.«

»Ich hätte keinen weiteren Treffer mehr ausgehalten, Reece.« Es klang verbissen.

»Niemand kassiert gern Treffer.«

»Es ging nicht nur darum, dass es mir nicht gefiel, von den Verteidigern gestoppt zu werden. Vielleicht war ich einfach nicht so schnell wie du. Jedenfalls hat es mich oft erwischt, und zwar verdammt hart – hinterherkam ich nicht mehr richtig auf die Beine. In der letzten Saison, in der ich gespielt habe, hatte ich insgesamt drei Gehirnerschütterungen, und bei der dritten musste ich erfahren, wie hoch der Preis war, den ich für diesen Sport zahlen musste.«

»Aber es geht dir doch gut.« So war es doch, oder? Er war schon immer fit wie ein Turnschuh gewesen, joggte fast jeden Morgen, bevor er ins Büro fuhr, fünf Meilen.

»Grundsätzlich geht es mir gut, aber ...« Er schüttelte den Kopf und drückte die Faust an den Mund.

Mein Nacken kribbelte unheilvoll.

»Ich war nicht schnell genug und ich war auch nicht klug genug, rechtzeitig aufzuhören.«

»Dad, jetzt machst du mir Angst.« Ich sah ihm forschend ins Gesicht.

»Um ein Haar hätte ich euch alle verloren. In meiner letzten Saison passierte es immer wieder, dass ich mich an gewisse Zeitabschnitte nicht mehr erinnern konnte. Die Ärzte meinten, das Problem wäre nur vorübergehend, und dass sich alles von selbst wieder einrenken würde. Und das wäre vielleicht auch gewesen, wenn ich am Ende nicht diesen einen Treffer abbekommen hätte.«

Als er mich anschaute, hatte er Tränen in den Augen. Er drückte meine Schulter.

»Ich habe deine ersten drei Jahre verloren. Von dem Moment an, als deine Mutter mir verkündet hat, dass sie schwanger ist« – er schnippte mit dem Finger – »war alles weg. Ich konnte mich nicht mehr daran erinnern, wie ich das Ohr an ihren Bauch gelegt habe, so wie ich das auch bei Ethan getan habe, oder daran, wie ich im Kreißsaal ihre Hand gehalten habe ... An das erste Mal, als ich dich im Arm halten durfte … Wie du dich an deinem ersten Geburtstag mit dem Gesicht voran in den zuckerfreien Kuchen gestürzt hast, den deine Mutter für dich gebacken hatte.«

Eine Träne rann über seine Wange.

»All deine ersten Male waren wie weggewischt. Die Coaches wollten, dass ich weitermache. Die Ärzte waren bereit, mir ihr Okay zum Weiterspielen zu geben, aber ich konnte das Risiko nicht eingehen. Das auch nur in Betracht zu ziehen hat mich mit Scham erfüllt, denn ich hab mich gefragt, was ich womöglich sonst noch vergessen würde. Ich wollte nicht noch mehr Erinnerungen an dich oder an Mom oder Ethan verlieren. Darum habe ich aufgehört. Ich bin aus dem Büro des Coachs marschiert und gegangen. Ich habe nie zurückgeblickt und habe diese Entscheidung kein einziges Mal bereut.

Als du dann selbst spielen wolltest, war das schwer für mich. Ich wusste, dass aus dir ein Star werden würde. Keine Sekunde habe ich daran gezweifelt. Schon in der Highschool hast du das Spiel und den Jubel der Fans geliebt. Aber ich war mir nicht sicher, ob du, wenn du einmal vor einer ähnlichen Entscheidung stehen würdest wie ich, am Ende womöglich einen Weg wählen würdest, den du anschließend für den Rest deines Lebens bereuen würdest. Manchmal sind Erinnerungen alles, was wir haben, und kein Geld der Welt kann sie wiederbringen.«

Mein Dad begegnete meinem Blick mit tränennassem Gesicht. Seine Hand schloss sich fester um meine Schulter. Seine Nasenflügel bebten. So viele Dinge, die ich während meiner Kindheit und Jugend von meinem Dad zu hören bekommen hatte, ergaben plötzlich Sinn.

»Die Fotoalben?« Ich blickte ihm in die tränenfeuchten Augen. Seit ich mich erinnern konnte, hatte er die Alben mit meinen Kinderfotos nie angerührt. Ethans und Rebeccas nahm er hin und wieder zur Hand, um sie durchzublättern, aber meine verstaubten im Bücherregal.

Er fuhr zurück. »Das ist dir aufgefallen?«

Das Gewicht, das auf meiner Brust zu lasten schien, wurde noch schwerer.

»Anfangs habe ich sie mir einige Male angesehen, doch da war nichts, keine Spur von Erinnerung. Die Schuldgefühle wurden irgendwann zu stark. Immer wenn ich mir die Fotos angeschaut habe, wurde ich daran erinnert, welchen Handel ich eingegangen war. Ich hatte mich aus Dummheit um die gemeinsame Zeit mit dir gebracht. Ethans und Rebeccas Fotos habe ich mir ab und zu als eine Art Selbsttest angesehen, um mich zu versichern, dass sich mein Zustand nicht verschlechterte. Doch was dich anging, habe ich entschieden, neue Erinnerungen zu erschaffen, die ich für immer bewahren würde.«

»Du hast mir das Gefühl gegeben, dass du nicht an mich glaubst.« Ich wich zurück und schüttelte seine Hand ab. »Jahrelang habe ich mir nichts sehnlicher gewünscht, als dass du mich spielen siehst, aber du hast dich immer geweigert.« Die überwältigenden Wogen aus Traurigkeit glätteten sich ein wenig und durch die finsteren Wolken in meinem Kopf stahl sich ein dünner Sonnenstrahl.

»Ich konnte bei deinen Spielen nicht zusehen, nicht mal dir zuliebe. Ich liebe dich – und die Vorstellung, dass du eines Tages das Gleiche durchmachen müsstest, was ich durchgemacht habe, weil ich es nicht verhindern konnte … Ich habe versucht, dir das zu ersparen.«

»Indem du mir verschwiegen hast, was passiert ist? Indem du mich belogen hast? Du hättest es mir erzählen können.« Tränen brannten in meinen Augen. Die ganze Zeit über hatte ich gedacht, er würde nicht an mich glauben oder wäre eifersüchtig auf meine Fähigkeiten. »Ich wollte nur, dass du da bist und mich unterstützt, dass du mein Dad bist.«

Er trat auf mich zu und schlang die Arme um mich, hielt mich fest. Ich schmiegte den Kopf an seine Schulter, überwältigt von meinen Gefühlen.

»Ich weiß, mein Sohn. Es tut mir leid. Ich hab Mist gebaut. Aber ich war immer stolz auf dich.« Seine Worte trafen mich bis ins Mark. »Ich war noch nie so stolz auf jemanden wie auf dich und es tut mir leid, dass ich dir das nicht gezeigt habe. Ich werde mich bessern, versprochen.« Er drückte mich noch fester und klopfte mir auf den Rücken.

Ich ließ ihn los und holte bebend Luft. Mein Kopf pochte und ich wischte mir mit dem Shirt das Gesicht ab.

Mein Dad schlug mir mit der Hand auf die Schulter, drückte sie und sah mich mit rot geäderten Augen an. »Wie wäre es mit einem Stück Schokokuchen?«, fragte er schmunzelnd.

»Glaubst du etwa, du kannst das alles mit einem Stück Kuchen wiedergutmachen?«

»Wie wäre es mit zwei Stücken?«, fragte er schulterzuckend.

Ich konnte nur den Kopf über ihn schütteln. »Abgemacht.« Meine ganze Welt und alles, was ich zu wissen geglaubt hatte, war plötzlich auf den Kopf gestellt worden und ich wusste nicht, wie ich das Ganze wieder ins Lot bringen sollte. Aber Kuchen war schon mal ein guter Anfang. Seine Erinnerungen an mich und die Familie waren für Dad das Wichtigste gewesen. Er hatte Ruhm und Ehre aufgegeben, um sich die Erinnerungen, die er noch hatte, zu bewahren und neue schaffen zu können. Wenn mir jemand gesagt hätte, dass all meine Erinnerungen an Seph womöglich schon morgen nicht mehr da sein könnten, hätte ich genauso gehandelt.

Ich hatte versucht, mich gegen das Wissen zu wehren, wie viel sie mir bedeutete. Erst jetzt, nachdem ich sie verloren hatte, erkannte ich die Wahrheit. Ich musste beim Kuchen essen darüber nachdenken. Ich konnte die Dinge nicht so belassen, wie sie waren. Ich konnte sie nicht in dem Glauben lassen, dass sie mir nichts bedeutete, dass ich sie nicht liebte.

Ich ließ den Blick übers Publikum schweifen, bis ich schließlich irgendwo im marineblauen Meer einen roten Mantel erspähte. Ihre Haare lugten unter der roten Strickmütze hervor und flatterten im Wind. Mein Herz krampfte sich schmerzhaft zusammen, als würde es in einem Schraubstock stecken.

Ich wurde von allen Seiten angerempelt, diesmal allerdings von meinen feiernden Teamkollegen. Jemand kippte mir Gatorade über den Kopf und ich konnte einen Moment lang nichts mehr sehen. Ich wischte mir das klebrige Zeug aus den Augen und sah gerade noch, wie der rote Mantel durch die Masse feiernder Fans über die Treppe nach oben verschwand. Sie ging.

»Coach, ich muss weg«, verkündete ich, zog mir das Trikot über den Kopf und ließ es auf den Betonfußboden im Tunnel fallen. Das Jubeln und Grölen der anderen und das Tröten einer Stadionhupe, die irgendein Idiot mitgebracht hatte, brachten mein armes Trommelfell beinahe zum Platzen.

»Wie bitte?« Er beugte sich zu mir herüber.

»Ich muss weg.« Ich zog mir den Schulterpanzer aus und warf ihn ebenfalls auf den Boden, während der Strom aus Spielern uns in Richtung Kabine trieb.

»Bist du verrückt? Wir haben gerade gewonnen! Alle warten auf dich und wollen mit dir reden. Du bist mir in dieser Saison mit deiner Angeberei zwar gehörig auf die Nerven gegangen, aber heute hast du dich da draußen wirklich gut geschlagen.« Er legte mir einen Arm um den Hals und zog mich an sich.

»Aber jetzt muss ich dringend woanders hin.«

»Was könnte denn wichtiger sein als das hier?« In diesem Moment packte ihn jemand und zog ihn beiseite.

»Wir haben es geschafft!« LJ sprang mir so schwungvoll auf den Rücken, dass er mich fast umwarf. Der Coach bedachte ihn mit einem bitterbösen Blick, bevor er davonmarschierte.

Ich ließ mich von den Feiernden zur Kabine mitziehen. Dort angekommen raste ich zu meinem Spind. Es herrschte das reinste Chaos. Das halbe Team war da und drehte komplett durch, der beengte Raum war vollgestopft mit Polstern, Trikots, Handtüchern und unzähligen Leuten.

Von überall wurde mein Name gerufen, aber ich ließ mich nicht beirren. Für eine Dusche blieb keine Zeit. Ich kickte die Stollenschuhe von den Füßen und öffnete meinen Spind. *Verdammt.* Meine Schuhe waren weg. *Egal.* Ich öffnete die Tür des Spinds neben meinem und mein Blick fiel auf die grauen Monstrositäten, die dort standen.

Als ich mir das T-Shirt über den Kopf zog, blieb es an meiner schweißnassen Haut kleben. *Scheiß drauf.* Ich schlüpfte rasch in meine Jeans, schnappte mir Berks Schuhe und zog sie an. Mit dem Schlüssel zwischen den Zähnen knöpfte ich die Hose zu und bahnte mir anschließend einen Weg durch den Menschenauflauf.

Ich stürmte zur Kabinentür hinaus, benutzte die Ellbogen, um mich an Reportern, Teamkameraden, Fans und allen anderen, die mir im Weg standen, vorbeizudrängen. Schließlich legte ich die Hände auf den langen Metallgriff der Stahltür am Ende des Korridors und drückte sie auf. Als ich ins Freie trat, wehte mir ein schneidender Wind entgegen, der so kalt war, dass meine Zähne schmerzten. Meine Füße fanden in Berks potthässlichen Schuhen beim Laufen kaum Halt.

Am Wagen angekommen riss ich die Tür auf, ließ den Motor aufjaulen und legte den Rückwärtsgang ein. Auf der Fahrt zu ihrer Wohnung schien sich selbst der Verkehr auf den Straßen gegen mich verschworen zu haben.

33. KAPITEL

Seph

Ich begrüßte das taube Gefühl, das mich überkam, denn es war mir deutlich lieber als der heftige, bohrende, jeden klaren Gedanken vernichtende Schmerz, der meinen Brustkorb zu sprengen drohte. Reece war gegangen – ach was, er war nicht gegangen, sondern *weggerannt*, kaum dass ich auch nur andeutungsweise und im Scherz auf eine gemeinsame Zukunft angespielt hatte. Ich hatte meine Antwort bekommen. Warum saß ich dann jetzt in diesem Taxi? Warum quälte ich mich selbst?

»Du wirst über den Sommer mit der Kursarbeit beginnen müssen, eine Formalität, die zum Doktorandenprogramm dazugehört«, dröhnte die eintönige Stimme meines Vaters aus dem Handylautsprecher.

Hier hinten im Taxi war es noch kälter als draußen.

Ich lehnte mich gegen die Kopfstütze und blickte zum Fenster hinaus. Über mir erstreckte sich schier endlos der klare blaue Himmel. Wie konnte der Rest der Welt nur einfach weitermachen, als wäre nichts passiert? Als ich aufgewacht war, hatte ich das Gefühl gehabt, als würde die Luft in meiner Lunge feststecken. Ich hatte mich ans Laken geklammert und verzweifelt nach Atem gerungen.

Dieser Anruf weckte in mir das Verlangen, einfach aus dem Taxi zu springen, mein Handy wegzuwerfen, aus der Stadt zu verschwinden und jemand anderes zu werden. Jemand, der nicht wusste, wie sich seine zärtlichen Berührungen anfühlten, und der nie seine liebevollen, geflüsterten Worte gehört hatte.

Jetzt, nachdem ich Reece die Tür vor der Nase zugeschlagen hatte, fiel es mir viel schwerer, mich zusammenzureißen. Es war, als hätte ich auch die Tür zu einer möglichen Zukunft geschlossen, wie ich sie mir für mich selbst nie hätte vorstellen können.

Als ich am Ticketabholschalter meinen Namen nannte, war ich eigentlich davon ausgegangen, dass keine Eintrittskarte für mich zurückliegen würde. Doch auf diese Weise konnte ich mich wenigstens damit trösten, dass ich versucht hatte, mein Versprechen zu halten. Die Frau am Schalter bat mich über den knisternden Lautsprecher um meinen Ausweis. Ich legte ihn in die kleine Kuhle unterhalb der Schutzverglasung des Schalters, und als sie ihn mir zurückgab, lag tatsächlich ein Ticket dabei.

Am Eingang des Stadions drängten sich die Fans. Ich suchte nach meinem Platz, der sich ein paar Reihen oberhalb der Bande direkt hinter der Ersatzbank der Trojans befand. Als das Team aufs Spielfeld lief, hielt es niemanden mehr auf dem Sitz. Ich nutzte die Gelegenheit, um mich hinter den stehenden Fans zu verstecken, nur für den Fall, dass er zu mir hinaufblicken würde. Doch er war zu sehr auf das Spiel konzentriert, gab alles, wie er es auch bei allem anderen in seinem Leben tat. Für mich war es das erste Mal, dass ich ihn auf dem Feld erlebte. Zwar hatte ich seine Spiele immer online über den Ticker verfolgt, aber ich hatte ihn noch nie live spielen gesehen. Es war ein bittersüßes Gefühl, mit so vielen anderen zusammen die Früchte seiner harten Arbeit zu erleben.

Als das letzte Viertel anbracht, jubelte auch ich mit den Fans auf der Tribüne mit. Die Energie in dem nicht überdachten Stadion steigerte sich spürbar und bald schon hüpfte ich aufgeregt auf und ab, als Reece beim Versuch, einen Pass zu fangen, erst zweimal nachgreifen musste, bevor er den Ball schließlich zu fassen bekam und fest an seine Brust drückte. Die Spannung entlud sich in frenetischem Jubel. Auch beim nächsten Pass schien Nix zunächst fest entschlossen, Reece anzuspielen, warf den Ball dann aber zum Spieler mit der Nummer 52. Auf dem Rücken seines Trikots stand in Blockbuchstaben Keyton. Er fing den Ball sauber und ohne Probleme, und als er schließlich die Linie der Endzone überquerte, erreichte der Jubel im Stadion ein ohrenbetäubendes Crescendo. Es war so laut, dass ich versucht war, mir die Ohren zuzuhalten, weil ich ernsthaft befürchtete, einen Gehörschaden davonzutragen. Die Freude der Fans war überwältigend. Noch nie hatte ich erlebt, dass sich eine so große Menschenmenge gemeinsam auf ein einziges Ziel fokussierte.

Ich blieb noch kurz sitzen, um zuzusehen, wie Reece sich euphorisch auf Keyton warf. Dann schob ich mich die Reihe entlang bis zum Gang. Er hatte besser gespielt als alle anderen auf dem Feld. Auch wenn ich mich mit den Regeln nicht auskannte, wusste ich, dass er im Spiel alles gegeben hatte. Kein Wunder, dass er seinem Sport mir gegenüber den Vorzug gegeben hatte.

Auf der Taxifahrt zurück zu meiner Wohnung kämpfte ich mit den Tränen. Ganz kurz hatte ich den Eindruck gehabt, er hätte mich gesehen, doch gleich darauf hatte er mit dem Team weitergefeiert, als wäre nichts gewesen. Nachdem er nun den Meisterschaftssieg und einen Touchdown im Endspiel für sich verbuchen konnte, würde er beim Draft bestimmt gut abschneiden.

In der Wohnung war es still. Als ich mein Zimmer betrat, fielen mir die silbrig glänzenden Schnappverschlüsse unter meinem Bett ins Auge. Ich holte den Geigenkasten hervor und klappte ihn auf. Ich hatte ihn seit Wochen nicht angerührt.

Jetzt, da ich wieder Gefühl in den Fingern hatte, nahm ich die Geige zur Hand. Eine Sache hatten Sportstadien leider nicht: eine Heizung. Selbst inmitten Tausender johlender Fans war die abendliche Kälte durch meinen Mantel und die Handschuhe gedrungen. Möglicherweise rührte diese Kälte aber auch nicht vom Wetter her, sondern daher, dass er mich nicht mehr in seinen Armen hielt.

Der Bogen glitt über die Saiten. Ich schloss die Augen, wiegte mich im Rhythmus der Melodie, die ich schon tausendmal gespielt hatte und trotzdem jedes Mal tief in meinen Knochen spürte. Das Lied erzählte die Geschichte einer verlorenen Liebe, die für mich nun Realität geworden war. Früher hatte das Stück lediglich aus Noten und Fingerpositionen auf den Saiten bestanden – nun sprachen mir die schwermütigen Töne direkt aus der Seele. Ich ergab mich ganz dem Rhythmus und der Melodie und bemühte mich dabei, nicht die Beherrschung zu verlieren. Das alles hatte mich Stück für Stück zermürbt, jeden Tag ein bisschen mehr, doch gleichzeitig hatte die Erfahrung mir gezeigt, dass ich stark genug war, um Druck von außen standzuhalten. Ich würde nächstes Jahr nicht nach Boston gehen. Auch wenn ich jetzt alleine war, würde ich in Philly bleiben. Ich hatte mir ein eigenes Leben aufgebaut, und obwohl es sich gerade in Luft aufgelöst hatte, konnte ich dies noch einmal schaffen. Auch wenn es nicht dasselbe sein würde.

Mein Leben würde für immer zweigeteilt sein: VR und NR. Das Leben nach Reece würde nicht mehr ganz so heiter sein, aber ich konnte das hinbekommen. Ich würde nach Boston fahren und meiner Mom klipp und klar mitteilen, was ich zu tun beabsichtigte. Vielleicht würde ich mir Tante Sophie als Verstärkung mitnehmen. Meine Mom sollte nicht länger glauben, dass sie unter dem eisernen Regime meines Vaters leben musste.

Er verdiente es nicht, dass ich noch ein weiteres Wort an ihn richtete oder einen weiteren Gedanken an ihn verschwendete, und ich würde alles Erdenkliche dafür tun, dass meine Mom begriff, dass das Gleiche auch für sie galt. Wir sollten beide frei sein.

Meine Zimmertür wurde aufgerissen. Ich fuhr erschrocken herum.

»Ich bin jetzt zu Hause.« Alexa stand auf der Schwelle. Ihre Hand lag auf dem Türknauf und begann, die Tür wieder zuzuziehen.

Ich legte die Geige wieder an die Schulter.

»Hast du mich nicht gehört?« Sie riss die Tür erneut auf.

»Doch, ich habe dich gehört. Aber es ist mir egal.« Ich hatte es satt, mich von Tyrannen einschüchtern zu lassen.

»Du könntest etwas mehr Respekt zeigen. Schließlich wohnen wir unter einem Dach.«

Ich legte die Geige aufs Bett und drehte mich zu ihr um.

Anscheinend fasste sie das als Zustimmung auf und schloss die Tür.

Ich riss die Tür so kraftvoll auf, dass sie gegen die Wand knallte, und stürmte in den Flur hinaus.

»Du bist eine widerwärtige Person, die sich nur gut fühlt, wenn sie andere Leute schlechtmachen kann. So redet man nicht mit seinen Freunden.« Die Spannung, die sich in den letzten vier Monaten zwischen uns aufgebaut hatte, brach sich auf einmal Bahn und nichts konnte sie aufhalten.

Sie verschränkte die Arme vor der Brust und bedachte mich mit einem verächtlichen Blick. »Wenigstens habe ich Freunde.«

»Ach ja? Ich hab eher den Eindruck, dass sie alle fluchtartig das Land verlassen haben, um nicht in deiner Nähe sein zu müssen. Du tust nichts anderes, als Dan zu tyrannisieren und dich mir gegenüber wie ein Riesenmiststück aufzuführen. Dabei wollte ich nie was anderes, als einfach nur deine Freundin zu sein.«

»Du hast dich hier doch direkt zu Anfang mit deiner Geige und deinen Bibliothekarinnenklamotten breitgemacht – und ich hab genau gesehen, wie du Dan immer anglotzt.«

Ich starrte sie verdattert an. Endlich ging mir ein Licht auf. »Du bist eifersüchtig.«

»Von wegen.«

»Wow, du bist tatsächlich eifersüchtig auf mich. Die ganze Zeit über dachte ich, du hättest einfach nur eine schräge Persönlichkeit, aber in Wirklichkeit bist du eifersüchtig auf mich.« Wie dumm von mir, dass ich das bisher nicht mal in Betracht gezogen hatte. Andererseits hatte ich bisher auch noch keine Erfahrungen mit fiesen Zicken gesammelt. Das Zusammenleben mit Alexa entsprach einem Crashkurs in der Dynamik weiblicher Hierarchien. Ich beobachtete, wie sie die Nasenflügel blähte.

In diesem Moment ging die Haustür auf und Dan kam herein. Sein verwunderter Blick wanderte abwechselnd zwischen uns beiden hin und her.

»Dan, lässt du etwa zu, dass sie so mit mir spricht?« Sie drehte sich um und schaute ihn anklagend an.

Dan, der einen Pizzakarton in der Hand hielt, wich einen Schritt zurück. »Seph?«

»Hör auf, sie so zu nennen. Sie heißt Persephone.«

»Meine Freunde nennen mich Seph.« Ich machte einen Schritt auf sie zu. Diesmal würde ich nicht klein beigeben. In wenigen Tagen begannen die Semesterferien und ich würde es mir nicht mehr gefallen lassen, dass sie noch länger auf mir herumtrampelte und mich wie Dreck behandelte. Jetzt galt es, entweder sie oder ich. Und ich würde ganz bestimmt nicht als Erste den Schwanz einziehen. Das nächste Semester würde zickenfrei werden.

»Ach, dann seid ihr beide also jetzt Freunde?« Sie funkelte mich böse an. »Du versuchst also, ihn mir auszuspannen.«

Ich riss genervt die Hände hoch. »Ich will Dan nicht – ist nicht böse gemeint.«

Er zuckte lediglich mit den Schultern.

»Aber du auch nicht, oder?« Ihr halb nackter Übernachtungsgast von neulich sprach eigentlich nicht dafür, dass sie der Ansicht war, eine ernste Beziehung mit Dan zu führen.

Sie sah entgeistert zuerst mich und dann Dan an. »Du hast doch keine Ahnung, wovon du da redest«, fauchte sie mit zusammengebissenen Zähnen.

»Was?« Er stellte die Pizzaschachtel auf die Kommode im Flur und trat zu ihr. »Was meint sie damit?«

»Er hat es verdient, davon zu erfahren. Das ist das Mindeste, was du tun kannst, um zu beweisen, dass du kein absolut furchtbarer Mensch bist.« Es war, wie wenn man eine Wunde ausbrannte. Es würde wehtun. Dan schien ein netter Kerl zu sein. Ich wollte ihm keine Schmerzen zufügen, aber er hatte auch das Recht, die Wahrheit zu erfahren.

»Das geht dich nichts an«, zischte sie und fixierte mich wutentbrannt, wie eine Schlange, die im Begriff war, sich auf ihre Beute zu stürzen. Doch ich hatte keine Angst mehr vor ihr.

»Was geht sie nichts an? Was hast du getan, Alexa?« Er wurde lauter und in seinen Augen schimmerten Tränen. So hatte das eigentlich nicht laufen sollen. Aber besser, er erfuhr es jetzt gleich, als irgendwann später. Daraus, dass er auf meine Andeutungen sofort mit Anschuldigungen ihr gegenüber reagierte, schloss ich, dass das alles für ihn nicht ganz unerwartet kam.

»Es war nichts … Nur ein kleiner Fehler, der mir unterlaufen ist.« Sie drehte sich zu ihm um und streichelte beschwichtigend seine Brust.

Dan wich vor ihr zurück und starrte sie befremdet an, als sähe er sie zum ersten Mal. »Ein Fehler. Noch einer.« Sein Adamsapfel hopste auf und ab. »Du hast versprochen, dass das nie wieder vorkommen würde«, sagte er mit brechender Stimme.

»Musstest du *unbedingt* deine Nase in meine Angelegenheiten stecken?«, ging Alexa auf mich los, als wäre ich es gewesen, die diesen Kerl in die Wohnung zitiert und sie dazu gezwungen hätte, mit ihm rumzumachen.

Ich zuckte mit den Schultern. »Wahrscheinlich tue ich das, weil ich es einfach leid bin, dass gute Menschen von Leuten wie dir drangsaliert werden, die einfach zu nett sind und sich dein widerwärtiges Benehmen gefallen lassen.«

»Wir sind seit dem ersten Jahr in der Highschool zusammen. Egal, was du tust, du wirst uns nicht auseinanderbringen. Er wird niemals eine andere finden, die ihm geben kann, was ich ihm gebe.« Sie griff nach Dans Arm und versuchte, sich bei ihm unterzuhaken, doch er machte sich los und wich noch einen Schritt zurück.

»Du hast mich *schon wieder* belogen.« Die Tränen in seinen Augen quollen über. »Wer war es?«

»Ist doch egal«, gurrte sie, als könnte ihr Gesäusel den Schmerz über ihren Seitensprung wegwischen.

»Wer?«, wiederholte er mit brüchiger Stimme.

»Chad.«

Ich griff nach meinem Mantel. Die beiden mussten das alleine klären. Während ihre Stimmen immer lauter wurden, eilte ich in mein Zimmer, um meine Tasche zu holen. Es fühlte sich nicht gut an, diejenige zu sein, die die beiden an diesen

Punkt gebracht hatte, aber ich hoffte, dass ich Dan damit zumindest mehrere Jahre emotionalen Missbrauchs erspart hatte. Vielleicht würde Alexa auf diese Weise ihr Fehlverhalten erkennen und begreifen, dass es nicht in Ordnung war, andere Menschen wie Dreck zu behandeln.

Ich verließ mein Zimmer und blieb an der Wohnungstür stehen. Alexa säuselte gerade beschwichtigend auf Dan ein, fuhr ihn dann wieder wütend an und tischte ihm all die furchtbaren Lügen auf, mit denen sie bisher immer durchgekommen war.

Ich legte die Hand auf den Türknauf und sah ihn über die Schulter hinweg an. »Du hast was Besseres verdient, Dan. Du hast jemanden verdient, der dich liebt und der dir niemals das Gefühl gibt, dass du nicht genug bist. Sie ist irgendwo da draußen und wartet auf dich.«

Er drehte abrupt den Kopf zu mir herum. In diesem Augenblick stieß Alexa ihn so heftig gegen die Schulter, dass er beinahe hinfiel. Ich sah ihn fest an, in der Hoffnung, dass er mir glauben würde. *Du kannst das schaffen. Ich kann es dir nicht abnehmen.*

Er nickte und kam entschlossen auf mich zu. Sanft schob er meine Hand beiseite und öffnete die Tür. Alexa, die ihm hinterhergerannt kam, musste sich mit einem Sprung zur Seite retten, damit sie die Tür nicht mitten ins Gesicht bekam. Dan signalisierte mir, als Erste zu gehen. »Du hast recht.« Er trat hinter mir auf den Korridor hinaus und warf die Tür hinter sich zu. Auf dem Weg hörten wir ein lautes Krachen, das aus dem Apartment drang, doch das war mir egal. Selbst wenn sie all meine Sachen in der Wohnung zu Kleinholz verarbeitete, hatte ich Dan geholfen, endlich klarzusehen. Wenn ich Dan helfen konnte, konnte ich das vielleicht auch bei meiner Mutter schaffen. Und womöglich würde ich schließlich irgendwann auch mir selbst helfen können. Die vorübergehende Ablenkung von dem Schmerz in meinem Herzen hatte mir schon ein wenig Erleichterung verschafft. Vielleicht war das eine Möglichkeit, um ihn zukünftig nicht mehr zu spüren, nicht mehr an Reece zu denken – nach vorne blicken, weitermachen und anderen helfen. Dann würde ich nicht mehr darüber nachgrübeln müssen, dass ich nicht mal imstande gewesen war, mir selbst zu helfen.

34. KAPITEL

Reece

Ich fuhr auf den erstbesten freien Parkplatz in der Nähe ihrer Wohnung und stellte den Wagen ab. Das Heck hing halb auf der Straße, aber ich war bereit, eine verbeulte Stoßstange in Kauf zu nehmen, wenn ich dadurch schneller zu ihr kam. Mein Herz hämmerte gegen meine Rippen. Ich hatte die wichtigste Pressekonferenz meines bisherigen Lebens sausen lassen und es juckte mich nicht mal. Dass ich diesen Sieg nicht mit ihr feiern konnte, machte ihn nahezu bedeutungslos. Ich wollte, dass sie aufs Spielfeld gerannt kam und mich in die Arme nahm, dass ich ihr einen Kuss geben und ihr in die Augen sehen konnte. Ich wollte sie.

Die Worte meines Vaters kamen mir wieder in den Sinn und trafen mich mit voller Wucht. Eine Profikarriere würde nur so lange andauern, bis mein Körper schlappmachte, doch ihre Liebe … die war für immer – zumindest wäre es so gewesen, wenn ich nicht alles vermasselt hätte.

In diesem Moment sah ich, wie sie das Haus verließ, doch sie war nicht allein. Dan stand neben ihr und machte den Eindruck, als wäre er gerade durch ein Minenfeld gelaufen. Sie wandte sich zu ihm um und legte ihm die Hand auf den Arm, dann auf die Schulter. Sie sagte etwas zu ihm und Dan nickte.

Ich konnte nicht hören, worüber sie redeten, aber hier ging

es garantiert nicht um ihre bevorzugten Pizzabeläge. Die beiden wirkten bei ihrem Gespräch sehr vertraut. Seph stellte sich auf die Zehenspitzen, schlang die Arme um seinen Hals und er klammerte sich an sie, als wäre sie mitten in einem Sturm seine Rettungsleine. Seine Hände krallten sich auf ihrem Rücken in ihren Mantel.

Ich schluckte die Galle herunter, die in meiner Kehle hochstieg, ballte die Fäuste in den Jackentaschen und atmete tief durch. Meine Sneakers knirschten auf der dünnen Eisschicht, die sich auf dem Asphalt gebildet hatte.

Seph ließ ihn wieder los und lächelte dieses warme, gütige Lächeln, das sie jedem schenkte, den sie gernhatte. Das Eis zerbrach unter meinen Füßen und in diesem Moment wünschte ich mir, über einen See zu laufen, in dem ich versinken konnte. Lieber hätte ich die stechende Kälte des eisigen Wassers ertragen, als sie mit einem anderen zu sehen.

Sie drehte den Kopf und bemerkte mich. Das erkannte ich daran, dass ihr Lächeln erst verblasste und dann ganz verschwand. Der harte Knoten in meiner Magengrube schien noch größer zu werden.

Dan folgte ihrem Blick und riss die Augen auf. »Hast du nicht gerade die Meisterschaft gewonnen? Was tust du hier?«

Ich hob den Kopf und reckte das Kinn. »Ich bin hier, um mit Seph zu reden.«

Dans Blick huschte von mir zu Seph und wieder zurück. »D… dann lasse ich euch beide jetzt in Ruhe reden. Danke für alles, Seph.« Er schob die Hände in die Taschen und ging zu seinem Auto, warf noch einmal einen Blick über die Schulter, bevor er schließlich einstieg.

Wir standen uns in der Kälte gegenüber und starrten uns an. Die Atemwölkchen, die zwischen ihren Lippen aufstiegen, strichen über mein Gesicht, als ich näher kam.

»Du bist zu meinem Spiel gekommen.« Ich hatte die Ticketreservierung für sie nicht aufgehoben, für den unwahrscheinlichen Fall, dass sie doch auftauchen würde.

»Ich hatte es doch versprochen«, meinte sie schulterzuckend. Die Verunsicherung in ihren Augen machte mich fertig.

»Ich könnte dir auf so viele verschiedene Arten sagen, wie leid mir alles tut, aber ich dachte mir, ich zeige es dir lieber. Darf ich?«

Sie knabberte an ihrer Unterlippe, wie sie es immer tat, wenn sie nervös war oder nach der besten Lösung für ein Problem suchte. Immerhin war es kein ausdrückliches Nein.

»Es dauert auch nicht lange.« Ich streckte ihr die Hand hin. »Nur zehn Minuten Fahrt mit dem Auto.«

Sie betrachtete meine Hand eine halbe Sekunde lang und lief dann einfach an mir vorbei. Mir rutschte das Herz in die Hose. Ich schloss die Augen und ließ die Hand sinken. Ich hatte es wirklich gründlich vergeigt.

»Fahren wir jetzt oder nicht?«

Ich fuhr herum. Sie stand neben meinem Auto auf der Beifahrerseite. Eilig joggte ich zu ihr. Dabei rutschte ich auf dem Eis aus, fing mich aber zum Glück gleich wieder. Doch bevor ich sie erreichte, öffnete sie bereits die Autotür und stieg ein.

Ich stützte mich mit den Händen am Autodach ab und blickte zum Himmel auf. *Bitte, lass mich das nicht vermasseln.*

Während der Fahrt schwiegen wir. Einige Male musste ich auf Seitenstraßen ausweichen, um die Feierlichkeiten anlässlich unseres Meisterschaftstitels zu umfahren. Auf den Hauptstraßen waren überall Autos unterwegs, aus denen Flaggen und Banner hingen und deren Fahrer grölten und Jubelgesänge anstimmten.

Seph reckte den Hals und beobachtete das wilde Treiben. »Du lässt dir den ganzen Spaß entgehen.«

»Ich bin genau da, wo ich sein will«, entgegnete ich und spähte zu ihr hinüber. Es juckte mich in den Fingern, ihre Hand zu nehmen und an meinen Mund zu drücken. Alles in mir sehnte sich danach, unsere ineinander verschlungenen Finger zu küssen.

Auf dem Besucherparkplatz des Stadions standen nur noch wenige Autos. Die meisten Anhänger der unterlegenen Mannschaft hatten sich inzwischen wohlweislich aus dem Staub gemacht. Wir stiegen aus und ich konnte nicht anders, als sie anzusehen. Ihre Wangen waren von der winterlichen Luft gerötet. Einzelne Strähnen ihres Haares waren unter der roten Strickmütze hervorgerutscht, die sie immer trug. Ob ihre Haare darunter geflochten waren? Würde ich später noch Gelegenheit haben, das herauszufinden? Würde ich jemals wieder mit den Fingern darüberstreichen können, während sie schlafend auf meiner Brust lag?

Sie bemerkte meinen Blick und hob fragend eine Augenbraue. Das riss mich aus meinem Tagtraum. Ich wollte diesen Moment so lange wie möglich ausdehnen, für den Fall, dass es unser Letzter war, und ihn gleichzeitig so schnell wie möglich mit ihr gemeinsam hinter mich bringen.

Ich ging auf eine der Türen zu, die ins Stadion führten, und klopfte. Eine Meisterschaft zu gewinnen hatte durchaus seine Vorteile – beispielsweise, dass die Hausmeister eine Ausnahme für mich machten und mich gegen die Vorschriften ins Stadion ließen. In den breiten Korridoren herrschte gespenstische Stille. Als würde man ein letztes Mal durch das Haus seiner Kindheit laufen, nachdem die Eltern bereits alles für den Umzug verpackt hatten. Alles war so, wie man es in Erinnerung hatte, und gleichzeitig vollkommen fremd. Es schien nicht derselbe Ort zu sein, an dem ich mich noch vor wenigen Stunden aufgehalten hatte.

Seph ging schneller, um mit mir Schritt zu halten, streifte dabei meinen Arm. Ich verlangsamte das Tempo, führte sie durch die verschachtelten Gänge dieses Gebäudes, in dem ich die letzten vier Jahre zugebracht hatte. Da traf mich wie aus heiterem Himmel eine Erkenntnis: Dies war eines der letzten Male, dass ich hier sein würde.

»Wo gehen wir hin?«, fragte Seph und beschleunigte wieder, um vor mir laufen zu können.

»Hier entlang.« Ich führte sie aus dem Tunnel heraus. Wir schwenkten nach links ein und stiegen ein paar Stufen hinauf, bevor ich mich auf den zweiten Sitz in der ersten Reihe direkt an der 50-Yard-Linie setzte. Dann klappte ich die Sitzfläche des harten Formschalensitzes neben mir herunter, hielt sie für sie fest und klopfte darauf, damit sie neben mir Platz nehmen konnte.

Sie bedachte mich mit einem misstrauischen Blick und musterte kurz das Spielfeld, bevor sie sich hinsetzte und starr geradeaus blickte. »Warum sind wir hier?«

Ich beugte mich vor und stützte mich mit den Armen auf der stählernen Brüstung ab, die sich vor der ersten Reihe entlangzog.

»Ich habe mit zehn Jahren angefangen, Football zu spielen. Anfangs zwar nur Flag Football, aber schon damals fiel einigen Leuten auf, wie gut ich war. Ganz bestimmt gibt es noch Tausende andere Kinder überall im Land, bei denen das ähnlich ist, doch mein Dad war ein ehemaliger NFL-Spieler. Dadurch lagen die Dinge für mich etwas anders.«

Ich umfasste die Brüstung fester. Schon bald würde an meinem Finger ein Meisterschaftsring stecken, der klirrend gegen das Metall stoßen würde.

»Aber mein Dad kam nie, um mich spielen zu sehen. Er wollte nicht mal, dass ich spiele. Lange Zeit dachte ich, dass er sich so verhielt, weil er nicht an mich glaubte oder weil er befürchtete, dass ich besser sein könnte als er – dass ich seine Erfolge übertreffen könnte.«

In meinem Kopf spielte sich unsere Unterhaltung noch einmal ab.

»Und jetzt?«, fragte sie und beugte sich vor. Dabei streifte sie mit der Schulter meinen Rücken.

»Jetzt weiß ich, dass er nur versucht hat, mich zu beschützen. Für ihn war das der einzige Weg, mich das tun zu lassen, was ich tun musste. Mich davon abzuhalten wäre fast so gewesen, als hätte er versucht, mir das Atmen zu verbieten. Also hat er das Ganze quasi ignoriert, damit er mir die Möglichkeit geben konnte zu spielen.«

Sie saß schweigend neben mir. Das entfernte Rumoren der Leute, die überall im Stadion mit dem Aufräumen beschäftigt waren, hallte übers Spielfeld.

Ich holte tief und bebend Luft, bevor ich mich auf dem Sitz zu ihr umdrehte und ihre Hand nahm. »Und ich würde das alles für dich aufgeben.«

Sie riss ihre Hand aus meiner und sprang auf. Ihre Füße klatschten auf den harten Betonboden und mein Herz schien zerspringen zu wollen. Sie starrte mich an, als hätte ich ihr gerade eröffnet, dass ich zum Mond fliegen wollte. »Hast du deinen gottverdammten Verstand verloren?«

Ich hob abrupt den Kopf. »Es ist die Wahrheit.«

»Wenn das stimmt, dann solltest du dringend mal ein CT machen lassen.« Sie riss sich die Mütze vom Kopf. Sofort standen ihre Haare statisch aufgeladen ab. »Wieso sagst du so was? Glaubst du etwa, dass es das ist, was ich von dir will? Ich hab dich heute Abend da draußen gesehen. Du warst unbeschreiblich. Wie kannst du auch nur eine Sekunde lang daran denken, dieses Talent einfach wegzuwerfen? Wozu? Für nichts? Um irgendwas zu beweisen?«

Ich erhob mich ebenfalls und legt die Hände auf ihre Schultern. »Ich würde es nicht für nichts tun, Seph. Sondern für dich.«

Sie funkelte mich aufgebracht an und verschränkte die Arme vor der Brust.

»Nein, du würdest das für dich selbst tun. Damit du jetzt ein tolles, großes Opfer bringen kannst. Und in fünfzehn Jahren siehst du mich irgendwann an, als wäre ich eine Fremde, die dir etwas gestohlen hat.«

»Aber wenn du nicht bei mir bist, würde kein Tag vergehen ohne dieses tiefe Gefühl von unendlichem Verlust. Ohne die Gewissheit, dass ich etwas aufgegeben habe, das ich nie wieder zurückbekommen kann. Ohne die Gewissheit, dass ich das Leben mit dem Menschen, den ich liebe, für Ruhm und Ehre geopfert habe und für irgendwelche Fremden, die mir niemals so viel bedeuten könnten, wie du es tust.«

»Du wirst nichts aufgeben«, sagte sie fest und rammte mir ihren Finger gegen die Brust. »Ich lasse nicht zu, dass du mir das zukünftig vorhalten kannst.«

Ich musste grinsen. »Heißt das, dass ich zukünftig Gelegenheit haben werde, es dir *nicht* vorzuhalten?«

»Ich habe Angst«, gestand sie und kaute auf ihrer Unterlippe.

Ich zog sie in meine Arme. »Ich auch, Wildfang, aber mit deiner Intelligenz und meiner Athletik sind wir klüger und schneller als alles, was sich uns in den Weg stellen könnte.« Ich strich mit den Fingern über ihren Nacken und drückte sie fest an mich. Ihr Duft nach Lavendel und Bibliothek stieg mir in die Nase. Von mir aus sollte er von nun an jeden Tag an mir haften, solange es bedeutete, dass ich sie in den Armen halten konnte. »Zumindest noch für ein paar Jahre – bis irgendwann meine Knie nicht mehr mitmachen.«

Sie schubste mich vor die Brust und ich lockerte widerstrebend meine Umarmung. Nie wieder würde ich es als selbstverständlich betrachten, sie berühren zu können.

»Ich gehe nicht nach Boston zurück«, sagte sie und blickte mir in die Augen.

»Mir wäre es auch egal, wenn du nach Timbuktu gehen würdest – wenn es so weit ist, finden wir eine Lösung.«

Sie zupfte stirnrunzelnd an einem meiner Mantelknöpfe. »Hast du gerade quasi gesagt, dass du mich liebst?«

Ich wartete auf den panischen Drang wegzurennen oder das verzweifelte Verlangen, einen Rückzieher zu machen, doch ich empfand nichts davon. Ich nahm nur das Strahlen ihres Lächelns wahr und die Wärme ihrer Hand, die auf meiner lag. »Und ob ich das gesagt habe! Und ich werde es in Zukunft jeden Tag sagen, für den Rest unseres Lebens.« Ich streichelte ihre Wange und senkte den Kopf.

Ihre Lippen öffneten sich. Ich nahm die süßeste aller Einladungen an und ließ meine ganze Liebe in diesen Kuss fließen. Die knisternde Spannung zwischen uns wurde immer stärker, bis ich irgendwann den überwältigenden Drang verspürte, sie augenblicklich zur nächstbesten ebenen Fläche zu zerren.

Plötzlich dröhnte ein schrilles Kreischen aus den Lautsprechern, gefolgt von Jauchzen und Jubel. Als ich aufblickte, entdeckte ich, dass wir beide auf dem großen Stadionbildschirm zu sehen waren.

Seph merkte es ebenfalls und errötete. Sie zog den Kopf ein und klammerte sich an meinen Mantel.

Dann riss sie plötzlich den Kopf hoch. »Was um alles in der Welt ist mit deinen Schuhen passiert?« Angewidert starrte sie Berks ausgelatschte Treter an, als wären sie vom Grund des Meeres an Land gekrochen.

Ich betrachtete die grauen Monstrositäten an meinen Füßen ebenfalls und musste lachen. »Nach dem Spiel konnte ich meine Schuhe nicht finden. Also habe ich die von Berk geklaut.«

»Wenn du das gleich zu Anfang gesagt hättest, hättest du dir deine ganze Ansprache sparen können.« Kopfschüttelnd und lachend drückte sie mir einen schnellen Kuss auf die Lippen. »Da ihr anscheinend die gleiche Größe habt, könntest du ihm doch ein Paar von deinen überlassen. Ist das da ein Loch?«

Oberhalb der abgetragenen Gummisohle des alten Turnschuhs lugte mein kleiner Zeh aus einem Riss hervor. Ich schüttelte den Kopf. »Er ist wirklich ein hoffnungsloser Fall.« Ich legte die Hände an ihre Wangen und die Stirn an ihre. »Lass uns nach Hause gehen.«

»Und wo genau ist das?«, fragte sie und zupfte an meinem Mantelkragen.

»Wo immer wir sind.« Ich stöhnte. »In unserem Haus findet bestimmt gerade eine Wahnsinnsparty statt – ach was, wahrscheinlich sogar auf dem ganzen Campus. Das wird sicher noch die ganze nächste Woche so gehen.«

Sie tippte sich nachdenklich mit dem Finger gegen die Lippe. »Ich wüsste da vielleicht ein Plätzchen, wo wir hingehen könnten.«

»Wo denn?«

Sie drehte sich um und zog mich an der Hand mit sich. Ich musste mich beeilen, um mit ihr Schritt zu halten, während sie sagte: »Du wirst schon sehen.«

35. KAPITEL

Seph

Überall auf dem Campus hörte man Jubelschreie und Stadionhupen. Cheerleader vagabundierten in Scharen umher. Irgendwo schlug jemand den Rhythmus des Fightsongs unserer Schule auf einer Trommel. Das durchdringende Geräusch näherte sich rasch. Schnell duckten wir uns hinter einige Büsche und versteckten uns dort, bis die improvisierte Marschkapelle an uns vorbeigezogen war. Sie hatten eine riesige Flasche Rum dabei und einen batteriebetriebenen Standmixer, den sie auf einem Bollerwagen hinter sich her zogen.

Als einige Leute von der Campus-Security vorbeikamen, klatschten sie sich alle nur gegenseitig ab. Wenn du sie nicht schlagen kannst, verbünde dich mit ihnen … Wahrscheinlich hatten sie sowieso nicht genug Strafzettel für alle Leute auf dem Campus dabei.

Wir bogen die nassen, glitschigen Zweige der Büsche beiseite und kehrten auf den Fußweg zurück.

»Ich will mich ja nicht beklagen, aber wo um alles in der Welt glaubst du, finden wir hier auf dem Campus noch ein Fleckchen, wo es nicht hoch hergeht?«

Ich zog ihn mit mir und bog um eine Ecke. Er blickte an dem grauen Steingebäude hoch und neigte nachdenklich den Kopf.

»Vertrau mir.«

Wir gingen durch die Automatiktüren ins Gebäude.

Der Boden war mit Papieren übersät. Auf den Tischen standen verwaiste Kaffeebecher und darunter lagen zurückgelassene Rucksäcke herum. Es sah aus wie in einem apokalyptischen Zombiefilm. Der Schalter für die Buchausleihe war verlassen und im gesamten Gebäude war es mucksmäuschenstill.

»Ich habe dir doch gesagt, dass ich ein Plätzchen finde.«

Er schüttelte den Kopf. »Ich hätte wissen müssen, dass du bei der Suche nach dem ruhigsten Ort auf dem gesamten Campus klar im Vorteil bist.«

»Da, wo ich lerne, ist es immer so schön ruhig – normalerweise allerdings nicht auf diese postapokalyptische Art, als wären die Leute einfach ganz plötzlich verschwunden, sondern eher, als hätte sich dort schon jahrelang niemand mehr blicken lassen.«

»Was genau sollen wir denn deiner Meinung nach tun, wenn wir an diesem ruhigen Ort angekommen sind?« Seine Zähne schabten über die Haut an meinem Hals.

»Es ist ein guter Ort, um zu reden.« Ich erschauerte, als er an der zarten Haut saugte, unter der mein Puls heftig schlug. Schnell presste ich die Oberschenkel gegeneinander und konzentrierte mich auf das, was ich gesagt hatte und was ich gerade tat. Ich hatte einfach zu viele Tage ohne seine Berührung ertragen müssen.

»Du willst nur reden?« Er legte den Arm fester um mich, strich mit dem Daumen über meine Schulter. Selbst durch meinen Mantel hindurch konnte ich seine Finger deutlich spüren.

Ich leckte mir die Lippen und nickte. »Du musst mir erzählen, wie Weihnachten bei dir war.«

»Na klar, ich habe eine Diashow auf dem Handy, die kann ich dir zeigen«, sagte er, ließ mich los und nahm stattdessen meine Hand.

»Tatsächlich?«

»Leider ja. Meine Mom und mein Dad erstellen jedes Jahr eine, quasi als kleinen Jahresrückblick. Sie schicken ihn uns vorab per E-Mail und an Weihnachten schauen wir ihn uns dann alle zusammen an. Früher fand ich das immer merkwürdig, aber inzwischen kann ich es nachvollziehen.«

»Warum?«, fragte ich und suchte in seinem Gesicht nach einer Antwort.

Er drückte meine Hand. »Erzähl ich dir später.«

»Ich will die Diashow unbedingt sehen. Sie ist bestimmt toll«, sagte ich und schnappte nach seinem Handy.

Er hielt es hoch in die Luft. »Wir sehen uns jetzt nicht das Weihnachtsvideo meiner Familie an. Bring mich lieber in deinen Unterschlupf und tu mit mir, was du willst.« Reece legte wieder den Arm um mich und küsste mich auf die Wange.

Der Aufzug kam ruckelnd zum Stehen und die Türen öffneten sich ächzend, als wäre er gerade aus einem hundertjährigen Schlaf erwacht.

»Wie wäre es, wenn wir eine kleine Wette abschließen?«, sagte ich und tippte mir nachdenklich mit dem Finger ans Kinn.

Er kniff die Augen zusammen und musterte mich aus dem Augenwinkel. »Wenn ich dabei wieder nackt sein kann, mache ich sofort mit.« Sein Grinsen war so ansteckend wie ein Gähnen.

»Nach der Diashow.«

Er grummelte in sich hinein.

Der Aufzug brachte uns rumpelnd und bebend nach oben in den dritten Stock. Solche uralten Aufzüge gehörten zu einer Bibliothek wie dieser einfach dazu. Als sein Handrücken meinen berührte, flammte sofort Verlangen in mir auf, das sich durch meinen ganzen Körper ausbreitete. Doch wir hielten uns zurück, kosteten die Sehnsucht nacheinander noch ein wenig länger aus, den Wunsch danach, in den anderen einzutauchen wie in die tosende Brandung.

»Die Abmachung sieht folgendermaßen aus.«

»Ich höre.« Er verschränkte die Arme vor der Brust. Das enge Shirt, das er unter dem Mantel trug, dehnte sich über seinem muskulösen Körper.

»Derjenige, der als Erster meinen Lernraum erreicht, darf entscheiden, was wir tun, wenn wir drinnen sind.«

»Du willst dir ein Wettrennen mit mir liefern«, sagte er kopfschüttelnd, als hätte ich gerade auf ein Pferd gewettet, dass nach dem Rennen eingeschläfert werden sollte.

Ich hielt ihm die Hand hin. »Abgemacht?«

Sein behäbiges Grinsen war wie ein sexy Hinterhalt und mein Herz schlug schneller. Er schob die Hand in meine. Seine Fingerspitzen strichen über die Innenseite meines Handgelenks. »Abgemacht, Wildfang.«

Wie immer, wenn er meinen Kosenamen aussprach, lief mir ein lustvoller Schauer über den Rücken. Mit ihm konnte ich wild sein.

Die Türen des Aufzugs glitten auf. Ich riss mich von ihm los und raste aus dem Aufzug, bevor die Türen sich ganz geöffnet hatten.

»Aber ich weiß doch gar nicht, wo dein Lernraum ist!«, rief er mir nach.

Ich warf einen Blick über die Schulter auf den verdatterten Reece und lachte. »Weiß ich doch!«

Auf seinem Gesicht erschien ein erfreutes Raubtiergrinsen. Dann nahm er die Verfolgung auf.

Ich lief geduckt einen der Gänge zwischen den Regalen entlang. Dieses alberne Katz-und-Maus-Spiel war genau das, was wir jetzt brauchten. Und welcher Ort wäre besser dafür geeignet gewesen als eine menschenleere Bibliothek? Mein vertrautes Revier.

Als ich seine gedämpften, schweren Schritte auf dem langweiligen Teppich hörte, lief mir ein Schauer über den Rücken. Ich umrundete das Ende eines Regals und schlich auf Zehenspitzen weiter in Richtung meines Lernraums. Durch die Lücken zwischen den Büchern sah ich seinen Schatten vorbeihuschen und duckte mich noch tiefer. Mein Herz hämmerte in meiner Brust und ich musste fest die Lippen aufeinanderpressen, um nicht laut loszulachen. Um Reece abzulenken, schlüpfte ich aus meinem Mantel und warf ihn in den benachbarten Gang, bevor ich in die entgegengesetzte Richtung rannte. Seine dumpfen Schritte erklangen hinter mir. »Das heißt doch nur, dass du dich für mich ausziehst«, flötete er. Ich schlich weiter geduckt die Regale entlang und verfluchte meinen Orientierungssinn. Ich befand mich auf der falschen Seite des breiten Mittelgangs. Vorsichtig spähte ich hinter einer Ecke hervor. Dann sprintete ich los. Ich schaffte die Hälfte der Strecke, mein Lernraum war bereits in Sicht.

Vielleicht war es grausam von mir, aber die Vorstellung, wie ich in aller Gemütsruhe seine Familiendiashow anschaute, während er neben mir schier aus der Haut fuhr, war mir die Mühe wert. Für mich wäre es sicherlich genauso hart wie für ihn, aber die Belohnung würde eben etwas später kommen.

Binnen weniger Sekunden schnappte er mich, wie ein Serienkiller in einem Film, und hob mich hoch. Ich kreischte und versuchte, mich loszureißen und zum Lernraum zu rennen. Er warf derweil unsere Mäntel auf den Boden. Abgesehen von Büchern und Regalen leistete uns lediglich das Summen der Neonröhren an der Decke Gesellschaft. Allerdings kündigte ein Neuankömmling seine Ankunft an, indem er sich gegen meinen Rücken presste.

»Ich habe dir doch gesagt, dass ich dich erwischen würde«, flüsterte er, drehte mich um, hob meine Hände hoch und drückte sie gegen das Bücherregal hinter uns.

Seine Hand stahl sich zwischen uns und zog mir das Shirt hoch, gab meine Haut der kalten Luft im Raum und seinen heißen Berührungen preis. Meine Hände drückten sich gegen das kühle Metallregal. Unter meinen Fingerspitzen spürte ich die Rücken der Bücher. Als Reece die Hand hinten in meine Hose schob und auf meinen Po legte, erschauderte ich am ganzen Körper.

»Ich dachte mir, dass ein kleiner Vorsprung nicht schlecht wäre.«

Er zog seine Hand wieder aus meiner Hose und machte sich eilig daran, den Knopf und den Reißverschluss zu öffnen und sie mir herunterzuziehen. Der leichte Zug, der im Raum herrschte, strich über meine Haut, sodass ich eine Gänsehaut bekam. Mit den Unmengen Hormonen, die durch meinen Körper rauschten, oder dem ein Meter fünfundachtzig großen Footballspieler, der mich gerade in aller Öffentlichkeit auszog, hatte sie bestimmt nichts zu tun.

»Nicht, wenn du der Preis bist.«

Seine Finger glitten über meinen Bauch, schickten ein lustvolles Prickeln bis in meine Zehenspitzen. Er schob mein Oberteil hoch, enthüllte meinen BH. Er küsste den Ansatz meiner Brüste Dann schaute er mich so andächtig an, als wäre ich der Altar und der Gottesdienst würde in Kürze beginnen.

Ich spähte zur Tür meines Lernraums hinüber. Er war so nah.

»Du schaffst es nicht bis dorthin. Hier ist es menschenleer – wie wäre es, wenn wir deiner Liste ein weiteres erstes Mal hinzufügen würden?«

»Was denn?«, fragte ich und leckte mir die trockenen Lippen.

Er öffnete den Knopf seiner Jeans. Sie raschelte leise, als sie zu Boden glitt und das Geräusch ließ Wellen aus Lust durch meinen Schoß schießen.

»Das wirst du noch herausfinden.«

Er ließ mein Handgelenk los, legte die Hände stattdessen um meinen Po, hob meine Beine an und legte sie sich um die Hüften. Sein hartes Glied presste sich fordernd gegen mich. Wir erschauerten beide. Mein Körper stand in Flammen. Gierig rieb ich mich an ihm.

In der Sekunde, in der er begann, in mich hineinzugleiten, erstarrten wir beide.

»Oh, verdammt«, stöhnte ich und hielt mich an den Regalbrettern hinter mir fest.

Ohne mich loszulassen ging er in die Knie, schüttelte seine Geldbörse aus der Hosentasche seiner Jeans, die am Boden lag, und angelte ein Kondom heraus. Er riss das Päckchen mit den Zähnen auf und streifte das Kondom über, während er mich mit einem Arm weiter festhielt. So viel ungezügelte Kraft und herrliche Muskeln. Ich freute mich schon darauf, die nächste Demonstration seiner athletischen Fähigkeiten hautnah mitzuerleben.

Da wir nun geschützt waren, drang er mit einer einzigen, geschmeidigen Vorwärtsbewegung in mich ein, dehnte mich bis an meine Grenzen, raubte mir den Atem. Reece gab ein Zischen von sich, als ich die Beine fester um ihn schlang und begann, meinen Unterleib in kleinen, kreisenden Bewegungen an ihm zu reiben.

Ich legte meine Arme um seinen Hals, hielt mich fest, getrieben von dem fieberhaften Verlangen nach seinem süßen Geschmack und dem Orgasmus, der nicht mehr weit entfernt war. Hinter mir klapperten und schepperten die Regalbretter.

Er drückte und massierte meinen Po. Unsere Körper trennten sich nie länger als eine Sekunde. Meine Haut war schweißnass. Da neigte er ein wenig die Knie und seine Stöße trafen nun eine besondere Stelle in mir. Ich hatte das Gefühl, wie eine Feuerwerksrakete brennend in schwindelnde Höhen zu steigen. Ich biss in seine Schulter. Der salzige Geschmack seiner Haut füllte meinen Mund. Mein gedämpfter Aufschrei erstarb an seiner Schulter. Immer wieder stieß er mit seiner ganzen Länge in mich. Dann presste er stöhnend das Gesicht an meinen Hals. Ich spürte, wie er in mir noch größer wurde, und eine neue Woge der Lust rollte durch mich hindurch, sodass ich genussvoll die Augen verdrehte.

Schließlich setzte er mich wieder ab und ließ mich auf den Boden sinken, bevor er sich zu mir gesellte. Unsere Mäntel gaben ein improvisiertes Nest ab, in dem wir uns erholen konnten. Er legte meinen Mantel über mich und zog mich auf seine Brust.

»Ich komme einfach nicht drauf, was für ein neuer Punkt meiner Liste das gerade war«, sagte ich und folgte mit dem Finger dem Verlauf seiner Muskeln.

Als er leise lachte, bebte unter mir sein ganzer Körper. »Dann müssen wir es weiter versuchen, bis es dir klar wird.«

Ich hob den Kopf. Sein Atem wurde ruhiger und er lehnte sich zurück und schloss die Augen. Behutsam streichelte ich über seine Wangen und seine Augenlider.

Er legte die Hand hinter den Kopf und sah mich an. »Ich habe etwas für dich.«

»Die Diashow?«

Amüsiert schüttelte er den Kopf über meinen hoffnungsvollen Tonfall. »Warte nur ab, bis du sie dir nächstes Jahr an Weihnachten wirklich antun musst. Dann wird es dir noch leidtun.«

Nächstes Weihnachten. Ich konnte es kaum erwarten. Er schob mich ein wenig beiseite und griff unter sich. »Das hier muss ich dir wiedergeben.« Die lange Silberkette mit dem Anhänger baumelte von seiner Hand.

Meine Kehle schnürte sich zu und meine Augen füllten sich mit Tränen. Ich blinzelte sie fort und setzte mich auf. Er legte mir das Schmuckstück um den Hals, schloss den Verschluss und küsste mich auf die Schulter. »Sie hat immer dir gehört und diese Worte waren schon immer wahr.« Ich sah ihn an und küsste ihn, versank völlig in diesem Kuss. Jetzt war ich bereit für die zweite Runde.

Plötzlich ertönte ein leises *Ping*. Wir unterbrachen den Kuss und starrten einander an.

»War das etwa …« Das dumpfe Rumpeln der Türen, die sich quietschend öffneten, bestätigte meine schlimmsten Befürchtungen. Hastig schlüpften wir in unsere Klamotten, während sich dumpfe Schritte von Sekunde zu Sekunde näherten.

Ich ließ den Knopf meiner Hose offen und schob rasch die Arme in den Mantel, während Reece die Kondomverpackung vom Boden aufklaubte und in der Hosentasche verschwinden ließ. Dann nahmen wir uns an der Hand und schlenderten den Gang entlang auf den Aufzug zu. Dabei wären wir fast mit dem einzigen Kerl auf dem ganzen Campus zusammengestoßen, der ebenfalls der Meinung war, dass dies der beste Zeitpunkt wäre, um in die Bibliothek zu gehen.

Er erschrak so sehr, dass er beinahe seinen Kaffee verschüttete. Ich vergrub lachend den Kopf an Reece' Schulter und wir flüchteten zum Aufzug. Während wir uns im Eiltempo davonstahlen, konnte ich spüren, wie sein Blick uns folgte. Als wir endlich draußen waren, sah Reece mich von der Seite an.

»Du weißt schon, dass dein Mantel auf links gedreht ist, oder?«

Ich schaute an mir herunter und stellte fest, dass das Futter meines Mantels tatsächlich außen war. Ich schubste ihn gegen die Schulter, zog den Mantel aus und wendete ihn. »Warum hast du mir das nicht gleich gesagt?«

»Ich war einfach nur froh, dass er nicht gesehen hat, dass mir dein Höschen aus der Tasche hing.« Er zupfte an dem hellblauen Spitzensaum, der aus seiner Hosentasche lugte.

Es fühlte sich an, als hätte jemand einen Flammenwerfer auf mein Gesicht gerichtet. Reece gab mir einen Kuss auf die Schläfe. »Los geht's, Wildfang. Jetzt wird gefeiert.«

EPILOG

Reece

Ich saß auf der Bank und stützte die Ellenbogen auf die Oberschenkel. Die erste Saison in der Profiliga hätte nicht perfekter laufen können. Um uns herum bebte das Stadion. Die Fans auf den Tribünen waren wie ein einziger lebendiger Organismus, angetrieben vom Geschehen auf dem Spielfeld, ein Meer aus Grün und Gold. Schweiß tropfte von meiner Nasenspitze. Ich ließ den Blick übers Publikum schweifen, bis ich sie entdeckte. Sie hatten keine Tickets für die Stadionloge gewollt, sondern saßen mittendrin.

Seph war in ihrem roten Mantel leicht zu erkennen – eine mutige Wahl, denn alle anderen im Stadion trugen grün. Die Haare hatte sie dicht an den Kopf geflochten wie eine Krone. Ich konnte es kaum erwarten, sie nachher zu lösen. Ihre Frisur aufzuflechten und ihre seidigen, karamellfarbenen Strähnen durch meine Finger gleiten zu lassen war ein Ritual, dass ich nach keinem Spiel missen wollte.

Mom und Dad saßen neben ihr und hatten die Arme umeinander gelegt. Nach einem langen Gespräch mit meinem Dad hatten wir endlich begonnen, den tiefen Spalt zwischen uns zu kitten, der entstanden war, als ich das erste Mal einen Football in die Hand genommen hatte. Wenigstens knutschten die beiden nicht herum. In dieser Saison würden sie zu jedem Heimspiel kommen.

Ich blinzelte die Feuchtigkeit in meinen Augen weg und winkte ihnen zu.

Plötzlich erscholl ein lauter Ruf, den ich trotz des frenetischen Jubels des Publikums hören konnte. Nix hatte die Hände an den Mund gelegt und brüllte zu mir herunter: »Du hast drei Spiele gebraucht, bis du deinen ersten Touchdown gemacht hast. Ich bin so enttäuscht von dir.« Doch sein Grinsen bewies das Gegenteil.

»Dann beweg doch deinen Arsch hier runter und mach es besser.«

Er zuckte mit den Schultern und entgegnete: »Das überlasse ich lieber den Profis.«

»Immer diese Ausreden.«

Das Spiel endete mit einem weiteren Sieg für uns. Wenn wir so weitermachten, konnte das eine außergewöhnlich gute Saison werden, in der sich Philly die Meisterschaftstitel im Football und im Hockey sichern würde. Ich beeilte mich, so schnell wie möglich die Umkleidekabine zu erreichen, und sie auch ganz schnell wieder zu verlassen. Heute hatte ich keine Pressekonferenz. Wenn ich nie wieder an einer teilnehmen müsste, wäre mir das absolut recht.

Meine Eltern, Seph und Nix erwarteten mich schon draußen auf dem Gang.

»Bist du bereit?«, fragte ich Seph, schob meine Hand in ihre und küsste ihren Handrücken.

»Ja, meine Mom hat mir geschrieben, dass sie auf dem Weg ins Hotel sind. Ich wünschte, sie hätten einen früheren Flug bekommen. Dann hätten sie dich spielen sehen können.«

»Dazu werden sie noch oft genug Gelegenheit haben. Und später in der Saison spielen wir auch noch in Seattle. Dann lasse ich dort den roten Teppich für sie ausrollen.«

»Esst bitte auf keinen Fall etwas von den Backwaren, die Tante Sophie heute Abend mitbringt«, warnte sie alle.

»Mein Schatz, du warst großartig.« Mom gab mir einen Kuss auf die Wange und drückte mich an sich.

»Tolles Spiel, mein Sohn.« Mein Dad umarmte mich ebenfalls und klopfte mir auf den Rücken. »Spiel so weiter und ich sorge dafür, dass bei uns zu Hause immer ein Schokokuchen für dich bereitsteht.«

»Ich hab den Eindruck, du versuchst, mich zu mästen.«

Er lachte und legte Mom liebevoll den Arm um die Schultern.

»Er will die ganzen Kuchen nur loswerden. Wenn er Stress hat, bäckt er. Inzwischen stehen ungefähr zehn Stück im Kühlschrank – nicht, dass mich das stören würde.«

Ich musterte ihn, aber er meinte nur: »Das ist mein Problem, nicht deins. Mach weiter dein Ding. Ich bin stolz auf dich.« Er blinzelte, als hätte er etwas im Auge, und legte den Arm fester um meine Mom.

Seine Worte bewegten mich tief. Ich nickte.

»Alle bereit fürs Essen?« Nix rieb sich die Hände.

»Jetzt klingst du genau wie Berk.« Wir verließen das Stadion. Draußen teilten wir uns auf mehrere Autos auf und fuhren zum Restaurant. Ich legte meine Hand auf Sephs, die auf der Mittelkonsole lag. Sie wandte kurz den Blick von der Straße ab, um mir zuzulächeln.

Egal wie oft sie das tat, es war immer wieder wie beim ersten Mal, wie der erste Sonnenstrahl, der einem nach einem trostlosen Tag ins Gesicht fiel. Ich liebte diese Frau mehr, als ich es jemals für möglich gehalten hätte.

»Was ist los?« Sie drückte meine Hand, zeigte mir mit dieser beruhigenden Geste, dass sie für mich da war und es auch immer sein würde.

»Nichts, ich bin nur froh, dass die Uni fertig ist und du zu meinem Spiel kommen konntest.«

»Wer hätte gedacht, dass ich dieses Jahr mehr zu tun haben würde als du, Mr Profi-Footballer?«

»Du kannst dich glücklich schätzen, dass ich das Haus so sauber halte und obendrein ein ausgezeichneter Koch bin.«

»Ja, ich habe wirklich verdammtes Glück.«

Seph

Im Restaurant angekommen entdeckte ich meine Tante Sophie sofort. Bei der Person neben ihr musste ich erst zweimal hinsehen, bis ich sie erkannte. *Mom!* Sie hatte sich komplett verwandelt. Tante Sophies Haare waren in einem hellen Grün, fast schon in einem Petrolton gefärbt, und Moms Haare, die normalerweise hellbraun waren, leuchteten in einem gewagten, dunklen Rot.

Diese ganze *Ist das deine Mutter oder deine Schwester?*-Sache hatte ich nie nachvollziehen können, aber so, wie sie jetzt aussah, hätte es mich nicht gewundert, wenn *mich* jemand für ihre Mutter gehalten hätte. Als ich gemeinsam mit Tante Sophie zu meinen Eltern gegangen war, hatte ich nicht gewusst, ob Mom mit uns mitkommen würde. Reece hatte sich nur schwer davon überzeugen lassen, im Hotel zu bleiben – tatsächlich hatte er sich gar nicht überzeugen lassen und für den Fall, dass es Probleme gab, vorm Haus im Auto gewartet. Die gesamte Szene, die sich vor einem Monat in Boston abgespielt hatte, stand mir auf einmal wieder glasklar vor Augen.

Ich trat durch die Haustür. »Mom?« Ich blieb mitten im Eingang stehen und rief nach ihr. Das hatte ich noch nie getan. Tante Sophie war an meiner Seite.

Ihre eiligen, gedämpften Schritte, die die Treppe hinabkamen, waren abgesehen vom Ticken der Standuhr im Wohnzimmer das einzige Geräusch im Haus.

»Seph, was ist los? Geht es dir gut?« Sie starrte mich mit großen Augen an, als rechne sie damit, dass ich einen Arm oder ein Bein verloren hätte. »Sophia, was tust du hier?«

»Ich bin hier, um das zu tun, was ich schon vor Jahren hätte tun sollen. Wir gehen.«

»Wo wollt ihr beiden denn hin?« Sie sah uns abwechselnd an und rang die Hände vor dem Oberkörper.

Ich machte einen Schritt nach vorn und legte ihr sanft die Hand auf den Arm. »Nicht Tante Sophie und ich, Mom – sondern wir drei. Ich bleibe in Philly. Ich habe mit Dr. Huntsman alles geklärt. Ich werde Ende nächsten Jahres dort meinen Abschluss machen und auch anschließend meinen Doktor.«

Mom warf einen Blick über die Schulter. »Aber dein Vater …«

»Hat nicht zu bestimmen, was ich tue – oder was du tust.« Ich nahm ihre Hand. »Komm mit uns, Mom. Er hat keine Macht über dich und ich werde nicht zulassen, dass er noch länger unser Leben ruiniert.«

»Helen, was ist das für ein Lärm?« Mein Vater kam in den Flur. Jeder Muskel in Moms Körper spannte sich augenblicklich an, wie bei einer Gazelle, die gerade einen Löwen entdeckt hatte.

»Oh. Hallo, Arthur.«

»Sophia«, sagte er so höhnisch, dass Mom zusammenzuckte.

»Begrüßt man so etwa seine Schwägerin, du unausstehlicher Mistkerl?«

Mein Vater riss die Augen auf und lief knallrot an. »Verschwinde aus meinem Haus.«

»Gern. Helen, lass uns gehen.« Tante Sophie öffnete die Haustür.

»Helen.« Als ob der warnende Ton seiner Stimme, der tief in unser Gehirn eingebrannt war, nicht schon genügt hätte, legte er ihr

auch noch die Hand in den Nacken. Sie schnappte nach Luft und ich ließ ihre Hand los.

Ich trat vor ihn und legte die Wut über jedes strenge Wort, jede abfällige Bemerkung, jede Erinnerung an unsere blauen Flecken in meine Bewegung, als ich die Hände mitten auf seine Brust legte und ihn wegstieß. Er taumelte rückwärts und prallte mit dem Rücken gegen die tickende Uhr. »So etwas tust du nie wieder. Du wirst sie oder mich nie wieder anrühren. Und nach dem heutigen Tag will ich nie wieder ein Wort mit dir wechseln.«

Er stierte mich an, als wäre ich eine Fremde – und genau das wollte ich für ihn sein.

»Mom, ich liebe dich. Ich liebe dich so sehr und ich will nicht, dass du unglücklich bist. Ich will nicht, dass du in deinem eigenen Haus wie auf rohen Eiern gehen musst. Bitte, komm mit uns. Hier gibt es nichts mehr, was dich noch hält.« Ich streckte ihr die Hand entgegen. Tränen traten mir in die Augen. Mein Blick verschwamm und das Gewicht, das auf meiner Brust zu lasten schien, wurde beinahe unerträglich.

Sie sah meinen Dad an. Er stieß sich von der Uhr ab.

»Helen.« Sein Tonfall war nun nicht mehr warnend, sondern eine unverhohlene Drohung.

»Helen, wir können das gemeinsam schaffen.« Auch Tante Sophie streckte neben mir ihre Hand aus.

Mom schluckte schwer und machte einen kleinen Schritt vorwärts. Die Hand meines Dads schoss vor und packte sie am Handgelenk.

»Arthur, ich schwöre, ich ramme dir meinen Schuh so tief in den Arsch, dass du für den Rest deines Lebens Leder schmeckst. Finger weg von ihr.« Soweit ich mich erinnern konnte, hatte Tante Sophie noch nie die Stimme erhoben, doch jetzt klang jedes ihrer Worte wie flüssiges Feuer.

Mein Dad erbleichte und ließ sie los.

»Was meinst du, meine Wilde – bereit für ein neues Abenteuer?« Tante Sophies Miene und Tonfall wurden wieder freundlicher. Mom ergriff unsere Hände.

Ich war so unendlich erleichtert, dass Tränen über meine Wangen strömten.

Wir wandten uns gemeinsam der Haustür zu. Reece, der draußen auf dem Gehweg auf und ab getigert war, blieb stehen. Er sah mein tränennasses Gesicht an, spähte dann durch die offene Tür ins Haus. Die Muskeln in seinem Hals spannten sich. Als Tante Sophie und Mom hinter mir ins Freie traten, entspannte er sich sichtlich.

Er legte den Arm um mich. »Soll ich noch irgendetwas von drinnen holen?«

Mom blickte eine Sekunde lang zum Haus zurück. »Nein, was am wichtigsten ist, habe ich hier bei mir.« Sie drückte mir und Tante Sophie die Hand – und das war ihr Neuanfang. Ebenso wie meiner.

Ich blinzelte, um die Erinnerung abzuschütteln und ins Hier und Jetzt zurückzukehren. Dann bewunderte ich erneut Moms neue Frisur. Diese Seite kannte ich nicht an ihr, aber ich fand es schön, meine Mutter endlich so kennenzulernen, wie sie wirklich war.

»Schätzchen.« Sie umarmte mich fest. Tante Sophie drückte mich ebenfalls an sich, und jedem, der uns nicht kannte, musste es sicher so vorkommen, als hätten wir uns jahrelang nicht mehr gesehen.

Während des Essens versuchte ich zu ignorieren, dass Berk mit meiner Mutter und meiner Tante flirtete. Die anderen Gäste schauten wegen des lauten Gelächters an unserem Tisch hin und wieder zu uns herüber, doch das war mir vollkommen egal. Wir zogen ohnehin jede Menge Blicke auf uns, und das war auch kein Wunder, denn schließlich saß einer der Lieblinge von Philadelphias Footballmannschaft an unserem Tisch.

Nach dem Abendessen machten wir mit Drinks weiter und tanzten auf der kleinen Tanzfläche, neben der eine Band spielte. Reece hatte den Arm um meine Taille gelegt und hielt mit der anderen Hand meine fest.

Er hatte mal wieder atemberaubend gut gespielt. Ich konnte nicht verstehen, wie er je auf die Idee gekommen war, irgendetwas anderes zu tun.

»Du bist ja auf einmal so verkrampft. Worüber grübelst du gerade nach?«

Ich öffnete den Mund, klappte ihn aber gleich darauf wieder zu. Vielleicht wollte ich die Antwort gar nicht wissen.

»Raus mit der Sprache.« Er ließ mich eine Pirouette drehen und zog mich dann an sich.

Ich leckte mir die Lippen und atmete tief durch. »Denkst du jetzt, nach einer halben Saison in der Profiliga, immer noch, dass du das alles hättest aufgeben können? Also, wenn ich zum Beispiel den Verstand verloren und zu dir gesagt hätte, dass ich nicht will, dass du weiterspielst, und dass du mir dahin folgen sollst, wo auch immer ich meinen Doktor mache. Hättest du es dann wirklich getan?«

Er legte mir die Hand an die Wange. »Ohne zu zögern. Football ist nichts für die Ewigkeit. Das mit uns dagegen schon. Das hast du mir gezeigt. Ohne dich weiterzuspielen hätte alles bedeutungslos gemacht. Ich hätte nur noch den Sport gehabt und eines Tages wäre es vorbei gewesen und dann wäre mir bewusst geworden, was ich verloren habe. Ein Profivertrag oder diese Hände …« Er nahm meine Hand. »Diese Lippen …« Er beugte sich vor, legte seine Lippen auf meine und küsste mich innig. »Dieses Gehirn …« Er kitzelte mich im Nacken. »Da ist die Antwort eindeutig. Du bist mehr als genug. Du bist perfekt.«

DANKSAGUNG

Wie all meine Bücher wäre auch dieses Buch niemals ohne die Mithilfe zahlreicher Menschen entstanden. Von meinen Herausgebern bis zu meinen Freundinnen und Freunden – sie alle haben einen großen Anteil daran, dass meine Figuren zum Leben erwachen.

Mein ganz besonderer Dank gilt Tamara Mayata und Caitlin Marie! Nikki ist immer da, um meine Hand zu halten, mit mir durchzusprechen, was meine Charaktere denken, und mir zu helfen, den Überblick zu behalten. Najla ist eine hervorragende Coverdesignerin, deren Ideen mich stets begeistern.

Außerdem geht ein ganz großes Dankeschön an Dimaris, eine meiner *Sirens*. Es ist wunderbar, dich in meiner Gruppe zu haben, und ich kann dir gar nicht genug dafür danken, dass du mir so geholfen hast, andere mit der Begeisterung für *The Memories We Make* anzustecken.

Und zu guter Letzt gilt mein herzlicher Dank euch allen! Ohne Leserinnen und Leser wie euch könnte ich diesen Geschichten, die nur in meinem Kopf existieren, niemals Leben einhauchen. Dafür kann ich euch gar nicht genug danken und ich würde mich freuen, von euch zu hören. ♥

Bis zum nächsten Mal!
Maya xx

Ihr größter Traum ist es, endlich frei zu sein. Niemals hätte sie gedacht, dass sie ihr Herz dabei verlieren würde

Kara Atkin
FOREVER FREE –
SAN TERESA UNIVERSITY

480 Seiten
ISBN 978-3-7363-1298-2

Raelyn Miller kann es kaum erwarten, ihr Studium in Kalifornien zu beginnen und weit weg von zu Hause noch einmal ganz von vorn anzufangen. Doch schnell stellt sie fest, dass es gar nicht so leicht ist, auf eigenen Beinen zu stehen, und dass ihr altes Leben sie stärker im Griff hat, als sie dachte. Vor allem, als sie den geheimnisvollen Hunter kennenlernt, zu dem sie sich magisch hingezogen fühlt, obwohl er doch alles verkörpert, was Raelyn endlich hinter sich lassen wollte ...

LYX

Es heißt: Berühmtheit hat ihren Preis. Doch was, wenn der Preis die Liebe deines Lebens ist?

Julie Johnson
FADED - DIESER
EINE MOMENT
Aus dem amerikanischen
Englisch von
Anika Klüver
368 Seiten
ISBN 978-3-7363-1133-6

Als Felicity Wilde mit nichts außer einem gefälschten Ausweis und ihrer alten Gitarre in Nashville ankommt, will sie nur eins: so unauffällig wie möglich bleiben. Aber sie hat nicht mit Ryder Woods gerechnet. Der stadtbekannte Rockstar zieht sie vom ersten Moment an in seinen Bann. So sehr Felicity auch versucht, die Gefühle, die er in ihr weckt, zu unterdrücken, fasziniert er sie bei jeder Begegnung mehr. Doch ein Leben im Rampenlicht an Ryders Seite ist für Felicity eigentlich unmöglich ...

»Diese Geschichte wird dich mit tränennassen Augen und einem blutenden Herzen zurücklassen.« INKED AVENUE BOOK BLOG

LYX

Sie möchte endlich nach vorne blicken.
Er macht es ihr unmöglich

Sarah Sprinz
WHAT IF WE DROWN

400 Seiten
ISBN 978-3-7363-1448-1

Ein Neuanfang – das ist Lauries sehnlichster Wunsch, als sie nach dem tragischen Tod ihres Bruders an die Westküste Kanadas zieht. Noch vor der ersten Vorlesung ihres Medizinstudiums an der University of British Columbia lernt sie Sam kennen und spürt sofort, dass er sie auf eine nie gekannte Weise versteht. Unaufhaltsam schleicht sich der attraktive Jungmediziner in ihr Herz. Bis Laurie erkennt, wie tief er in die Ereignisse der Nacht verstrickt war, die ihren Bruder das Leben kostete ...

Wenn meine Welt stillsteht, dreht sich deine dann weiter?

Ava Reed
TRULY

384 Seiten
ISBN 978-3-7363-1296-8

Kein Job, keine Wohnung, kein Geld – so kommt Andie nach Seattle. Hier will sie sich ihren Traum erfüllen und endlich zusammen mit ihrer besten Freundin an der Harbor Hill University studieren. Während Andie darum kämpft, das Chaos in ihrem Leben in den Griff zu bekommen, trifft sie auf Cooper, der sie mit seiner schweigsamen Art gleichermaßen anzieht wie verwirrt. Und obwohl Andie genug Sorgen hat, lässt er sie einfach nicht los. Sie will wissen, wer Cooper wirklich ist. Aber sie merkt schnell, dass manche Geheimnisse tiefe Wunden hinterlassen…

»*Truly* ist einer der schönsten New-Adult-Romane, die ich je gelesen habe.« TAMI FISCHER

LYX